长篇小说

风生水起

孙红旗◎著

中国言实出版社

图书在版 编目 (CIP) 数据

风生水起 / 孙红旗著 . -- 北京 : 中国言实出版社，
2017.7
ISBN 978-7-5171-2568-6

Ⅰ．①风… Ⅱ．①孙… Ⅲ．①长篇小说－中国－当代
Ⅳ．① I247.5

中国版本图书馆 CIP 数据核字 (2017) 第 246514 号

责任编辑：丰雪飞
出版统筹：胡　明
封面设计：鸿艺工作室

出版发行　中国言实出版社
　　　　　地　址：北京市朝阳区北苑路 180 号加利大厦 5 号楼 105 室
　　　　　邮　编：100101
　　　　　编辑部：北京市海淀区北太平庄路甲 1 号
　　　　　邮　编：100088
　　　　　电　话：64924853（总编室）64924716（发行部）
　　　　　网　址：www.zgyscbs.cn
　　　　　E-mail：zgyscbs@263.net
经　　销　新华书店
印　　刷　三河市华东印刷有限公司
版　　次　2018 年 1 月第 1 版　2018 年 1 月第 1 次印刷
规　　格　690 毫米 ×1000 毫米　1/16　印张 21.5
字　　数　315 千字
定　　价　58.00 元　　　　ISBN 978-7-5171-2568-6

用未来的眼光审视过去（自序）

孙红旗

试图把"我"分裂成两个不同时代的人，用各自的眼光去审度彼此的世界，于是"我"惊奇地发现，本来声希味淡的风景会变得十分有趣。

小说《风生水起》中的"我"，担当的就是样一个角色。

那是"BP机"年代。"BP机"对当下年轻人来说是个陌生的通信工具。20世纪80年代中期，火柴盒般的"BP机"出现在上海，90年代风靡全国，是一种只能接收，不能发送的单向通信工具。不过，像其他通信终端一样，之后的移动电话粉墨登场，彻底扼杀了"BP机"的命运。

之所以要提到"BP机"，因为那是时代的一个显著特征，而《风生水起》中主人公的命运，很大程度与"BP机"关联。也就是说，在故事发展和人物命运的进程中，"BP机"扮演着一个不可或缺的角色。

《风生水起》中，"我"最关注的是父亲这个人物。他是底层工作岗位上的一个普普通通的人。20年之后，"我"像是重蹈覆辙，不顾母亲的反对和肖石安的质疑，登上了同一条航船，在纷繁复杂的世界里扮演着梭子一样的角色，穿巡于时空两端，体味、捕捉游荡于两个不同世界里的灵魂。

"我"是个内向的青年，从读书开始，就伴随着父亲的影子，同时被肖石安的印象所包围，只是对他们客观生存状态知之甚少。随着时间的推移，母亲不经意的流露和肖石安的讲述，在有与无之间，幻化成"我"延续思考的理由，于是萌发了将父亲写出来的念头。念着焐着，父亲的形象在"我"心目中逐渐清晰起来。问题是，这一确定了的形象并非传统意义上的高大全，也不代表"BP机"时代主流。父亲琐碎、偏颇、固执且一意孤行，算不上一个好丈夫，也够不着一个好警察，这样的形象与一个即将塑造的英雄相比，显晦之间相去甚远，这让"我"感到十分为难。

父亲既没有肖石安聪慧机敏，也没有彭位泽浩气英风，更没有惊天动地的业绩，像更多人一样，他只是一个忙碌而又平庸的人。奇怪的是，当这个平庸的人即将消失在地平线上的那一刻，却书写了一生中从未有过的辉煌。心灵有眼，山城震动，无数的普通百姓拥向"望极门"外，在修建8年的殡仪馆里，出现了从未有过的爆满。

在"我"的眼里，不论是过去还是现在，历史的脚步都在同一经线上行走。一个"BP机"的年代，匹夫匹妇在长久的沉睡中被忽然唤醒了，一下子变得神情紧迫，脚步惝卒起来。权与利的诱惑展现了从未有过的魅力，每一个人都在欲望间确立坐标，寻觅方向，彭位泽正是这样的人。他体格健硕，谈吐诙谐，一边竭尽全力履行职责，一边缠绵缱绻享受爱情，在跑官的自谴心绪中，跳入湍急的河流，一连救起11名采茶姑娘，轰动了山城，也完成了对自我的救赎。

肖石安是《风生水起》中最重要的人物，他是父亲的同事，又是一个除了权力之外还有更多力量的男人。从小到大，他一直是"我"心目中的英雄，以至于"我"选择了他任教的大学，选修他的课程。令人困惑的是，这位英雄却把自己称作"逃兵"。后来"我"才知道，这与冯开石案件有关。在"突击月"活动里，肖石安波谲云诡般迫使冯开石开了口，自己的良心却遭受了鞭笞，尽管他选择了逃离，却远不如彭位泽那样幸运，没再能找到安放灵魂的居所。

"BP机"年代，欲望有了彰显的机遇，并且变得毫无遮掩的张扬。夏可是时代催生的胎儿，又是时代的牺牲品。她每行走一步都在遵循自己的诺言，追逐时代的浪潮。她坚信，通过努力，今天和昨天一定不一样，否则明天将失去意义和光彩。她喜欢优秀的男人，追逐痴迷，爱得疯狂。而当恋人彭位泽再度扬起人生的风帆时，她竟然在茫茫人海中迷失了方向。

同样是"BP机"年代，多元化兴起，每一个人似乎都在憧憬自己的未来。唯独冯开石例外，因此，他的选择也最为悲惨。新中国成立初期，他是村里的民兵连长、治保主任，后来当上村支部书记，改革开放之后，因为严重的哮喘被迫退位。他是个有原则的人，对村干部的言行看不习惯，干部先富裕，群众穷下去，这怎么成！他一直在抵制，哪怕化作闲言碎语。不巧，儿子儿媳因为计划外怀孕举家出走，在"突击月"活动里他受到株连，接着镇书记被打伤，冯开石成了嫌疑人。然而他坚守信念，怀着断脰决腹的心态与命运抗争，无奈，屈服于肖石安诡谲的心战，再一次为信仰作出牺牲。

在"我"眼里，"BP机"时代许多现象纵横交贯，令人目乱情迷。市场经济像初升的太阳蓬勃升起，多元理念的呈现改变着普通民众的生活，一些东西快速死去，另一些东西瞬间诞生，在日月滚动的倥偬影子当中，真实的面目渐渐显现。人们的想法变得更加简单，简单得时刻都在复制着别人。于是，"我"试图客观呈现那个时代里的那些小人物的生存状态，揭示他们对物质、精神价值取向的追求，描写他们在这一历史时期彷徨与奋进。除此之外，"我"还想老老实实写好几个人物，讲述好他们之间发生的故事。只是道有深浅，神有清浊。"我"的努力是否解读了自己的心愿，由众人评说去。

2017 年 7 月

一

　　从肖石安那里，我开始了解父亲。

　　肖石安调离开阳城后，就像一只断线的风筝，让我有过很长一段时间的迷茫。我不知道他去了哪里，也没有他的任何消息。我一直认为，除了父亲，肖石安是我心中最亲近的人，而那些年，他竟然完全消失在我的视野里。

　　直到我考取大学，与肖石安的接触慢慢多了起来。奇怪的是，与孩提时留在脑海中的形象截然不同，以至于我下意识里不断修饰两张不同的面孔，忘记了初始的真实。脑海中的肖石安与现实中的相比，哪一个更接近理想中的那个，一时间竟然不得而知。

　　相对于肖石安，母亲永远是我心中的谜团。她很少讲到肖石安，但是，她内心对肖石安的敬重与感激，我能从她吐露的每一字里感悟到。问题在于每当我讲到肖石安时，总会让母亲联想起父亲。在我明白这个道理之后，我的言词变得愈加小心谨慎。

　　在与肖石安的交流中，我还了解到那个年代里的好多人、好多事。在开阳小城里，他们就像摊在桌面上的棋子，不论什么身份，职务高低，每行走一步，都留下时代的印迹。尽管用现代的眼光去审视过去显得有些不可思议，甚至有几分可笑，但作为历史，每一个台阶都只是铺垫，一种渐进。从古至今，没有人能够回避历史曲折的过程，也没人能够摆脱历史的束缚，就像一个人不可能拎着自己耳朵离开地面一样。

　　从父亲到父亲身边许多人，各自都涂抹着时代的色彩，同时也留有时代的缺陷。在经济迅猛发展的岁月里，他们就像奔跑的战马，被澎湃的浪潮簇拥着。他们的言行纯朴，情感真挚，就像一件件不曾被过多雕琢的作品，展现着原本的百态人生。这些人，这些事一直在我心中滚动，我用爱抚慰他们，让他们自由盘旋，久而久之产生了一个强烈的想法：用我的笔，真实地、不加修饰地把这些人物写出来，这其中包括他们的缺点，他们的喜怒哀乐，通过这些人物的言行，还原他们所处的时代的面貌，让人们看到，哪怕在和平岁月里，同样需要每个公民为他的国家奉献自己。

这个想法一旦确立，我的内心再也无法平静。我仿佛听到了他们的声音，看到了他们栩栩如生的面容，目睹他们所有的喜怒哀乐。从奉献到卑劣，从亲情到爱情，从生与死的体验到成与败的嬗变，一样样真切地在我脑海里展示、翻腾。

在我写作之前，最大难题是父亲这一形象。对父亲的感悟，来自肖石安的叙述和我脑海中残留的印象，来自那枚常常被我焐得发热的奖章，这都不是问题。关键是父亲的形象不像肖石安那样完美，他正直却又直白，无私却又牢骚满腹；他像画家手中的调色板，让你很难判定他一生中的主色调。这让我在父亲的性格和言行的把握上不得不十分地谨慎。我既不能用夸张的手法描绘父亲，让他在这部作品里处于一个相对重要的位置；也不愿意用抑制的方法限制父亲个性的发展。于是在处理这个人物时有一种进退两难的尴尬，就像一个外科医生面对手术台上的亲人一样。其实，我的小心与纠结是多余的，我只要按照父亲的个性，客观地写出这个人和这个人在那个时代里的所言所行，哪怕暴露许许多多的缺点，只要逻辑上站得住脚，镌刻着时代烙印，也会赢得众多读者的理解与宽容。

说到父亲，就要说到肖石安，说到肖石安自然要说到另一个主人公彭位泽，说到彭位泽就必须要说到夏可这个人物。我觉得，从彭位泽与夏可的关系切入更能引人入胜。

我的故事从彭位泽开始。

彭位泽微微动了一下身子，转身滚到床上，接着听到夏可如释重负地呼气。

彭位泽把脸埋在枕头上，痴痴地笑。每次他都这般地笑，每次夏可都要问他笑什么，彭位泽笑而不答，夏可便用细嫩的手指戳他背，彭位泽就会转过身子，甜甜地望着夏可。

"非常开心。"彭位泽拉过被角遮住身子，看到夏可痴痴昵昵的目光。

夏可白净的脸上透出酡颜，柔柔地散发出光芒，鲜红的嘴唇不厚不薄，嘴角微微往两边延伸，丰满而又洒脱，整张脸像个熟透的蜜桃。夏可侧身躺着，乳房像对傲慢的白鸽，任凭彭位泽的目光在上头抚摸，静谧中不时传来夏可欢笑，还有一脸娇嗔，一脸调皮。

夏可伸手抚彭位泽的脸，将手指深深地插进他浓密的头发里。"我爱你。"她说。

"我明白。"彭位泽手指在夏可胸前划过。

彭位泽说的是实话。拥有夏可，彭位泽身上每个细胞都无比兴奋，他的肌体跳跃着、摩挲着她身上的每一寸皮肤。彭位泽觉得，与夏可已不是一般意义上的结合，而是全身心地投入，是对生命深刻地体验，并在体验中放逐灵魂，神游万里。这一点，彭位泽在妻子沈冰身上从来感受不到。

妻子沈冰永远是平静的、机械的，就像完成一种冷峻的工作，完成女人对男人、妻子对丈夫的义务。彭位泽时常将两种迥然不同的感受拿起对比，一条干涸的河床和一条汹涌的河流；一个应对，一个生机勃发。对此，彭位泽只能把夫妻生活当成一种义务，一个要解决的问题。但是在认识夏可之后，那种义务尽得越来越马虎草率，幸好妻子知书达理，最多是将习惯的矜持转换成无声的叹息。

彭位泽看表，坐起靠在床上，点燃一支烟。他烟瘾不大，但放松之后就特别想吸一口。夏可像蛇一样爬到他身上，伸手摘下他嘴里的烟卷吸了一口，把不圆的烟圈吹到他的脸上，然后咯咯地笑了起来。

"如果那次艺术节不是你采访，如果那口钟不是半死不活，我们还会有今天吗？"彭位泽道。这是头脑里经常泛起的念头。

"说不定是另外一个女人。"夏可抬头戏言。

彭位泽不吱声。之前除了妻子沈冰，他没爱过任何一个女人。他想，如果人间有真爱，他和夏可就是了；人间谁能从性爱中获得最大幸福和满足，他和夏可登峰造极了。因此他觉得此后不再会有其他的女人，更不可能从其他女人身上得到更多的幸福。从第一次，彭位泽这么想，到现在他仍旧这么想。

夏可见他不语，昂着头望着彭位泽的脸说："我猜中了吗？"

"胡扯。"彭位泽说。

"第一次见面我给你什么感觉？"夏可不知问了多少次，每次彭位泽都是重复那两个字"火热"。可夏可总想让他多说些什么，彭位泽却像市场里的菜农，不愿意将秤抬高一丁点儿。

"可爱。"彭位泽说。的确，这是他的第一感觉，他本来就是顺着这样的感觉走的，一直走进她的心里。

去年首次开茶节，县里决定联络歌星影星"大腕"来捧场。尽管"大腕"们要价不低，县里还是决定出一次血本。一则是通过首次开茶节扩大拳头产品的影响，把茶叶推向更广阔的市场；二是通过这种艺术搭台形式，让经济唱戏，吸收外来资金，带动茶文化旅游市场，拉动地方经济发展。这次主题活动筹委会负责人是常务副县长彭位泽，开幕式放在开阳城最醒目的钟楼广场举行。

钟楼大厦布置完毕，墙面上挂满了七彩条幅，条幅从楼上垂落到楼下，被风刮得噼啪乱响，就像燃放鞭炮一般。广场的主席台四周，布满了鲜花，可见花卉拼成的"庆祝首届开茶节"几个大字。忙了半个多月，似乎一切就绪，回到办公室，彭位泽给自己冲了杯茶，然后打开电扇，又细细看了一遍开茶节的整体安排，并未发现破绽，刚呼了一口气，门口闯进一个姑娘。

"可以不预约吗？"姑娘开口问。

"你不是进来了嘛。"彭位泽有几分恼火，脸上依旧带着笑容。

"人家都说彭县长是最接近百姓的，人也最亲和，所以就直接闯进来了。"姑娘道。

彭位泽笑笑，伸手让姑娘坐在对面的沙发上，然后将电风扇转向她。

姑娘剪了一头短发，漂亮的脸由于炎热而变得通红，鼻尖上的汗珠像清晨的露珠一样闪着光。她上身穿着白色真丝短袖衫，下穿一条高腰牛仔裤，脚上一双白色的高跟凉鞋，肩上背着双带皮包。她中等个头，身材苗条，真丝的下垂感让她的胸脯轮廓显得格外分明。

"如果允许的话，在你自我介绍以前，我想猜猜你的职业。"看到夏可，彭位泽半个月里紧张的心情稍稍松弛下来。

夏可抿嘴望着彭位泽。

"你是记者。"彭位泽指着夏可道。

于是两人笑。彭位泽为她沏了杯茶。

"说吧。"他很认真地望着姑娘，觉得那双眼睛十分漂亮，恰好给了他一个注视的理由。

"假设我是投资商，不会到你这里投资。那么，你的台白搭，戏白唱，钱也白花了，因为往下除了失败什么戏都没有。"

"这么说，肯定有你的道理。"彭位泽吃惊道。没想到姑娘会突突地冒出这么一句话来，这无疑是对这次活动的一个全盘否定。或者说，对县委县政府组织这次活动的全盘否定。如果真像她说的，上百万元岂不是白白扔进水里，而他这个常务副县长，首届开茶节筹委会主任不是很不称职吗。他头脑像过滤器一样将整个安排过滤一遍，又对即将到来的可预见成果重新盘点，竟然找不出一点破绽。于是他饶有兴致地望着姑娘，摆出一副洗耳恭听的模样，心想从她微红的嘴唇里能蹦出什么字来。

"作为主席台背景的钟楼顶端是什么？"姑娘问。

彭位泽一顿，想了想回答道："四面大钟。"

"不，应当说四面死钟。"

"哦。"彭位泽脱口而出，他从未注意高高在上的钟楼顶端有什么，更没想到那里还有四面死钟。他意识到姑娘想要说什么了，如果她想到了死钟，想到了投资商的敏感心态和投资趋向，那么她一定想到了死钟后面隐藏着的危机。他承认，姑娘提出了一个非常有分量的问题，但彭位泽不能丢失身份，他望着姑娘问道：

"死钟怎么了？"

"一部荒废的机器。"姑娘十分自信地说。

彭位泽心想这个莽撞冲进他办公室向他提出关于死钟的姑娘，不仅人长得漂亮，还有女人特有的敏感和深刻的见地。这次应邀的几十名记者，上百名贵宾，县里还有那么多领导干部，文化、广电、计经委的所有承办人员，政府筹委会等，不乏有文化有眼光的人，竟没一人想到"死钟"和一部"荒废的机器"。这么一想，姑娘不仅漂亮，有思想，而且有几分动人了。

"一部荒废的机器，一个令人惊叹的定义。"彭位泽重复着姑娘的话。

此时，他不能坐在办公桌后头了，也不能通过那宽大的办公桌，目光穿过叠得山一样高的文件，公事公办地听取姑娘的建议。他推开椅子，绕过办公桌，坐到她身边的沙发上。

"请您指教。"彭位泽谦逊道。

彭位泽小小的举动体现了他的细心和善解人意，也迎合了夏可的"亲和力"的传说。

夏可看到缓缓走过来的身影，折射出一股摄人魂魄的力量。这种混合的基调反而让她挺起了胸脯。她觉得，一个建议能改变常务副县长的座位，本身也证明了她的力量。她不依不饶地说：

"我想钟楼无疑是开阳城的地标性象征，也是这次活动的重大背景。那些条幅就像无数双手，托着钟塔。开幕式上，訇然的钟声在空旷的天空经久不散，给开阳城人以振奋，也令宾客耳目一新。不仅如此，一声声巨响的钟声宣告着新时期的到来，告诫人们时光正在敲击中流逝，暗喻着一种紧迫感，同时又催人奋进。正常行走的钟还象征着这个县的政府和职能部门作风严谨，运作有序；正常行走的钟同时体现了这个县经济发展的勃勃生机，社会事业和城市居民充满活力，有一种蒸蒸日上、永不停歇的感觉。但目前的问题是：千百名观众、记者、嘉宾和投资商云集在钟楼下举行首届开茶节的开幕式，在他们头顶悬着的却是几面死钟，死钟高高在上，像一部部荒废的机器！我不知道来宾和商客会怎么想。"

姑娘毫无顾忌地说了这番话，然后端起茶杯。

彭位泽想到的姑娘都说了，他想他只有称赞的分了。不过彭位泽没有像对待以前上门提意见的人一样：是下属，首先是称赞他们的精神，一概不论是非；是百姓，除了作出必要的解释，一概不否认。但今天他想赞扬的话是发自内心的。彭位泽刚想开口，却见姑娘还有话没说完，就打住了话头，伸手示意她继续讲下去。

"如果死钟也就罢了。"姑娘接着说，"人们知道是死钟，不看也不信，权当上头没那几面钟，可偏偏不全是死钟，其中有两座还半死不活地走着，四座钟时针分针完全相悖。这种半死不活地走着的钟发出一个误导信号，让人们无所适从，不知所云，同时隐喻着权力机关领导的一种内耗。说到危害，'误导'远远甚过'不导'；而内耗，化解了最后的朝气。如此说来，半死不活的钟造成的危害远远超过'死钟'。"

姑娘这回说完了，而这点彭位泽完全没有料到。除了"死钟"还有两座半死不活的钟，就像当初他没想到主席台顶端会有死钟一样。

彭位泽沉吟片刻，他不是去找台词，而是想让这种片刻的沉默将气氛搅动得更有分量，更加庄重一些。他从沙发上站起，抻平衣角，微微弯下身子，向姑娘伸出手，用一种十分诚恳的声音对姑娘说："我代表筹委会和开阳城人民感谢你！"

彭位泽握住那只手，那只手柔柔的，给了他一种从未有过的感觉。姑娘脸上一热，悄悄地抽回手说："彭县长言重了，我冒昧提了个小建议，经受不住全县人民的感谢。"

彭位泽不置可否，他看表，对姑娘做了个手势，转身拿起电话：

"明天早上9点钟，我要钟楼顶端的四面钟准点敲响。"彭位泽放下电话，耸耸肩膀，像是在说：解决了。

姑娘迎着他笑，觉得彭位泽这个动作不乏幽默，与他脸上的表情、身材和走过来的姿势浑然一体，十分和谐。彭位泽比她想象的要年轻、英俊，又不乏稳重，给她很好的感觉。姑娘想着，觉得自己走了神，便从沙发上站起。

"要走吗？"彭位泽问。

"说完了呀。"

"如果方便的话明天中午我请你吃饭，当然还有其他贵宾。"

"我希望你是个守信用的人。"姑娘欢快地说。

"一言为定。"

"一言为定。"

"我总该知道您的尊姓大名吧。"彭位泽像是突然想起。

"姓夏名可。关于我的职业你只猜对了一半。"姑娘说完从包里掏出一张名片。彭位泽接过一看，上面写着××日报"实习记者"。

彭位泽笑。夏可也笑。彭位泽在笑声中为她开门，他的手臂触碰到她的手臂，彭位泽说对不起，于是夏可两颊绯红。她走出办公室，总觉得身后跟着一双眼睛，让她迈出的脚十分僵硬，像T台上蹩脚的猫步。

彭位泽吸完烟开始穿衣服。夏可依旧仰卧在床上。彭位泽的房间八九十个平方，三室一厅，几乎没有装潢。卧室里除了一张床就是一个挂衣柜，另一间放着一个大书橱和一张写字台。客厅里有一对木沙发和一张小方桌。里头还空着个房间。夏可曾听彭位泽说过，机关事务局的马局长几次要给他装修房间，都被拒绝了。彭位泽的回答很简单：政府的钱，每一分都是百姓的血汗，县里本来就穷，装修钱不值得花。县委江副书记背地里说彭位泽，下派尽管只是镀金，但能做到防微杜渐，事事谨慎，就是个好干部了。彭位泽听后笑而不答。后来所有的常委办公室、住宿的房间都安装了空调，唯独他那儿还用电风扇。彭位泽的举动也让一些领导心里不舒服，但他不是刻意做给别人看的，他的确觉得没有必要。自己身体健壮，精力充沛，要热便热，要冷便冷，生存环境越是自然，也就越接地气。

"两点钟我有个会，余下的时间你自己打发。"彭位泽笑笑说。

夏可从床上蹦起，搂过彭位泽的脖子亲了一口，倏地钻进被子里。

彭位泽一走，夏可起床钻进卫生间，冲了个澡，然后又钻进被窝，迷迷糊糊睡去了。她做了一个梦，梦中的主人公不是彭位泽，而是肖石安，她感到非常奇怪，硬是强迫自己醒来，然而无济于事，翻了个身又睡着了。

二

这里说到的肖石安，就是我的叔叔。那时，他是开阳城公安局治安科的科长。

肖石安的年龄比父亲小两岁，是个注重学习，强调自我修养的人。当兵退伍后从基层派出所到治安科长，肖石安从来没有放弃过读书，也从来没有停止过手中的笔。他和当时的副局长林洋合作，在国内刊物上发表过许多文章，从警察的法律法规建设到处警机制，无所不及。因此，他是全省公安机关公认的"儒警"。肖石安既是父亲的同事，也是父亲最好的朋友，在经济迅猛发展的大时代里，他们为维护社会稳定、百姓安宁保驾护航，付出了全部，完整地体现了第二代人民警察的忠诚。

其实，父亲的时代离现在才二十多年。但是，在那时，与社会治安相比，基层干部压力最大的是人口问题。经济发展，人民生活水平要提高，要实现"四个现代化"，就要节生优生。因此，计划生育是基本国策，这样的国策在基层干部脑子里像是一条高压线，自己不能触碰，还必须履行职责，控制辖地人口指标增长。也就是说，除了社会治安一票否决外，计划生育一票否决对基层干部而言，更加具体，也更加严重。

那些日子，换届已提上议事日程，上上下下面临着重大人事变动，县里准备总动员，彻底解决计划生育中存在的指标落后问题。各部门准备深入基层，悉心开展计划生育"突击月"活动。这个节骨眼上，冯家坞的老干部冯开石父子关系出现了问题。公安局治安科长肖石安带着民警小黄去冯家坞调解冯开石父子的家庭纠纷。这些小事本不该由治安科长亲自去做，而是由镇派出所邱大生那边处理。这一点开始我并不明白，不明白冯开石在肖石安心中的地位，所以很长一段时间里，对肖石安的处事风格平生出许多疑惑。

肖石安一定是熟门熟路的，他径直走进院子，见有个三四岁的小姑娘在泥窝里捏着泥团，几只鸡正围着她打转，却没见冯开石和儿子冯进。

"爸妈呢？"肖石安问小姑娘。

"爸做事，妈洗衣服。"姑娘将泥团向鸡砸去，鸡咯咯叫着跑开了。

"你爷爷呢？"

"不知道。"小姑娘看了小黄一眼，撒腿往山坑里跑。

肖石安对小黄说等吧，便在院子里的石墩上坐下。

"谁是冯开石？"小黄眨着眼睛问肖石安。

小黄工作时间不长，在治安科当内勤，对镇里的情况不太熟悉，当下各单位忙着计划生育，有一种山雨欲来风满楼的感觉，这么一起普普通通的家庭的纠纷，却要科长亲自出马，小黄也觉得奇怪。

肖石安说："解放初期，冯开石在村里干了十多年的治保干部和民兵连长，后来又干村支书，跟当时冯家坞县煤矿的领导关系非常好，因为哮喘自己主动退下来了。他是个有文化的人，也是个党性强、有水平的老党员老干部了。现在老了，靠自己劳动养活自己了，很不容易。儿子冯进耳根子软，事事听媳妇的，不赡养老冯，村里镇里调解多次也不管用。冯开石只得将儿子告到法院里。法院判了，每年给多少衣服、多少钱和粮食什么的。可法院不能老盯着呀。第一年执行了，第二年拖着，第三年不给了。冯开石又跑法院。第一次办案的人出来说了，第二次说没时间，第三次不理不睬了。办案的人说：'总不能每年都判吧，执行还是要靠基层组织的。'冯开石拿着判决书到处告状，人家说不能干预司法部门独立办案。后来冯开石总是找信访局，信访局也解决不了，就找常务副县长彭位泽。彭位泽是市里的下派干部，刚进常委班子，他下放时就在冯家坞，回城读了大学，毕业后分配到县委宣传部，一直当到了副部长。冯开石和父亲、彭位泽都熟悉，冯开石与彭位泽一定说过什么。一次，我和彭位泽路上相遇，正巧冯开石在场，彭位泽说：'共产党应该为百姓做事的嘛。'我说没错呢。彭位泽又说：'共产党的天下是人民打下来的，战争年代，社会主义建设多少普通人为之流血牺牲，现在有的人当了领导就图享受，而付出牺牲的百姓改变了什么？'我一听，县长说得这么深刻心里挺感动。的确，历史是割不断的，党和群众怎么分得开。'海之大鱼，网不能止，钩不能牵，荡而失水，则蝼蚁得意焉。'我说是的，于是他指着身边的冯开石说：'他搞了一辈子农村治保，当了半辈子干部，老了身子骨不行了，还要靠自己一锄锄挖地种粮。儿子不孝不赡养，你当警察的，又是治安科长，不管吗？现在县里正搞一帮一结对子，你就和冯开石结个对子吧。'副县长一席话说得冯开石泪水直流。就这样我管上了，我想这一帮一结对子，谁都省心了，冯开石从此也就认准我了。"

肖石安说完，小黄往里张望，这是幢木结构楼房，墙体是河滩里的鹅卵石叠的，共四间，丁字间未隔开，也没有楼板；北面是厨房，房子里没什么像样的家具，看去挺清贫的。肖石安说：冯开石生了一儿一女，女儿20出头就嫁到外村很少回来，老婆七年前去世，第二年儿子冯进讨来婆娘，生了女儿，婆娘闹着和公公分家，冯开石找来书记、治保、会计，把家给分了。冯开石一间，丁字间共用。冯开石放了一张小桌用作吃饭，又在厨房里泥上一口小灶，种菜到农贸市场去卖，勉强糊口度日。

说着小姑娘蹦蹦跳跳地跑回来，后头跟着挎篮子的冯进老婆。她叫查香，肖石安见过多次了。查香看了他们一眼说了声来了，然后挑起竹竿晒衣裳。

肖石安知道，每次冯开石父子争吵，查香总在一边嘟嘟囔囔地插嘴。肖石安听到了说了查香几次，以后查香对肖石安总是不冷不热的。

"冯进什么时间回来？"肖石安问。

"没种好麦子。"

"公公呢？"

"早出晚归鬼晓得。"

"告状。"小姑娘抢着说。

"啪"！查香扇了她一耳光，小女孩哭，小黄拉过来用纸巾给她揩鼻涕，讲起《小猫钓鱼》的故事。

查香晒好衣服搬出木盆切猪草。

"冯开石身体好吗？"

"好着呢。"

"70岁的人了，还要你们多照顾的，儿女学着爹娘的样，人都有老的时候。"

"用得着我们照顾吗，寻法院去呀。"

"那都是不得已嘛，谁不稀罕过个清静日子。"

"谁逼他了，当了几年治保、书记，又不是开法院当法官，成天法律法律的。"

"人家也是讲个依法办事嘛。"

"家里没粮，袋里没钱，法院生吞活剥我们呀。"查香有些来气，小黄扭头望了一眼查香。小姑娘却拉着小黄的手，让她继续讲故事。

"总不能让长辈饿着吧，不说法律责任，也得讲个良心，村里老百姓就讲这个。"肖石安也放大喉咙。

"什么良心，你们有良心吗，你们有良心吧，当了几十年的农村干部，老了，不中用了，就把人一脚踢开，一分钱都不给，若是老百姓真的没了良心，也是跟着你们学的，你们这些干部也好不到哪去！"

肖石安被敡得无话可说。他怎么解释？冯开石是干部，虽然也为政府、为百姓做事，但不是国家干部。不是国家干部就不能拿工资，不能拿退休金，老来也没有保障，这是个制度，制度这么规定，谁也没办法。怎么向她说明什么叫制度呢，制度就是一种规范，一种行为的规则……往下又怎么解释？面对这么个连长辈都不肯赡养的人，怎么听得进去这些道理呢？想到这里他换了笑容道：

"冯开石是干部，但不是国家干部，不能……"肖石安才开口就被查香打断了。

"怎么不能，不是国家干部也是村干部，难怪有人说，村干部干不动了不如村里的'乌狗'。"查香说完端起盆子往里走，一副不理不睬的模样。

查香所指的"乌狗"叫冯金生，是个解除劳教人员。国家三年困难时期，冯金生偷了生产队里的一袋谷子，被判重刑送到新疆劳改，刑满后冯金生要求留场，成了那里的正式职工。十年前，冯金生带着工资回到老家安营扎寨，说是落叶归根。他西装革履，满面红光，风光得不行，这倒没什么，问题冯金生的案件是冯开石配合公安办的，因为破案有功，县里给冯开石发了大红奖状，冯开石以此为荣，奖状一直贴在毛主席像旁边。那时冯开石还住着旧房子，那张奖状由于年久有些发白，冯金生回村后，先到冯开石家里，站在奖状前半天没吱声，突然转过身问冯开石：村里一月给你多少钱。冯开石理直气壮地说：共产党员只讲无私奉献，不讲个人报酬，你不配提这个问题。冯金生听毕翘起拇指，扯扯西装走了。冯金生一走，冯开石望着奖状，泪水啪嗒啪嗒砸在地上。他冯开石为共产党干了一辈子，没拿一分钱；那个劳改解除人员却月月拿票子，还跑到家里给他气受，这让他一时想不开。冯开石退下来那天，冯金生买了两瓶高粱烧，一根猪舌头，两只猪耳朵，一包花生米来看冯开石，说要和冯开石喝一顿。冯金生放下酒，抓起冯开石的手重重地拍了几下，然后是摇头。刚坐下，冯开石就踢翻了凳子，冯金生一屁股跌落在地上。冯开石砸了酒瓶愤怒地说："我冯开石虽然清苦，但我永远是共产党的人，永远活得充实；你这条乌狗，穿得再挺括，都无法改变你曾经是个罪人，我和你坐不到一条板凳上。"

冯开石就是这样的人。

查香能言善辩，认定了死理，肖石安也难以说服她。

肖石安在农村派出所当过6年所长，成天和农民打交道，他最了解百姓的习性。要说农民最大的特点就是直观了。他们脑子里没有枝枝蔓蔓的空想，也不会有多少预见与判断，他们只相信看到的、听到的，只认准亲身经历的。不管你在他们面前展示多么宏伟的蓝图，他们首先考虑的是眼前利益。冯金生每月到镇里领钱，拿着工资，还在村里开了个代销店；冯开石却要靠自己种蔬菜，呼哧呼哧拖着风箱般的哮喘，拿到街上去卖。这种对比你用花一样的道理说服他们都没用。查香也为不赡养公公找到了最合理的道德依据。

肖石安无法说清，历史常常把许多事情掷入尴尬的境地，这让很多人无法理解。

冯开石没回来，墙角那边却传来了猪叫。肖石安绕过墙角，走进猪棚，那头瘦瘦的猪一定以为是喂食来的，"轰"的一声拱上猪圈栅栏，朝肖石安伸着长嘴。肖石安踢了一脚猪圈栅栏，嘀咕着退了回来。

查香进进出出不再搭理他们，小黄和小姑娘倒成了朋友。小黄正在对她讲卫生知识。

肖石安对小黄说改日再来吧，便朝屋里叫查香。查香应着不出屋，他们只得推着自行车往外走。那小姑娘拉着小黄的衣角，小黄从袋里掏出10元钱说："买糖吃。"小姑娘拿着钱往院子里跑，等查香追出来时，他们转到了冯贵家。

冯贵是冯家坞的支部书记，他和肖石安有些不对路。这要从开挖小煤窑的事说起。冯家坞县煤矿关停之后，冯贵的儿子冯太安带人偷偷开采，造成坍塌压伤了一个民工。肖石安和劳动部门调查中发现，冯太安不仅无证开采，连爆破证都没有，通常是私下从外地购进炸药擅自爆破。那时肖石安提出对冯太安从重处理，冯贵先是自己讲情，后又通过镇里的方严枫副书记充当说客。肖石安没买账，照旧治安拘留了冯太安，还罚了款。冯贵心里就有了一个解不开的疙瘩，每次到村里和他谈工作，总不怎么热心。后来肖石安把这事说开了，冯贵才稍微解了气，显示出村干部的风度来。

冯贵的房子是村里最好的，三层楼，钢筋水泥结构。整座房子表面贴着白色条砖，所有的窗门都是铝合金配茶色玻璃。只是院子小了些，看得出是拆旧新造的。农村实行联产承包之后，大部分劳力外出打工，小部分人的确是先富起来了，这小部分人当中，也包括干部。肖石安心想。

走进门，却见冯开石和冯贵都在里面。冯开石身穿黄军装，这还是当民兵连长的时候配发的，军装洗衣得发白了，下摆起了毛边。此时，只见他满脸通红，手上拿着几块钱，与冯贵争论着什么。冯贵身着咔叽中山服，带着解放帽，一脸尴尬坐在八仙桌旁，见到肖石安和小黄，起身让座。完了冯开石将钱推给冯贵。冯贵苦笑，起身到房门里拿出一本收据，接着给肖石安他们泡茶。

"这是怎么了？"肖石安笑笑问。

"书记不收我党费"，冯开石说，"不是想让我退党吗？"

冯贵摇摇头说:"哪有这意思,我说老叔经济困难,卖青菜的钱还是留着自己开支,党费嘛——象征性交点就行了。"

"交党费完全是自愿的事,交多交少和支部书记没关嘛。"冯开石瞪眼说。

冯开石尽管退位多年,对党的忠心一点儿没褪色。不说交党费一事,对政策乃至国际时事十分关心。村里的报纸杂志多得数不清,通常是有人订没人看,只有冯开石每天晚上跑到冯贵家里细细阅读,还向冯贵讲巴尔干、中东战争和国内外政治时事,省去冯贵不少阅读时间。

冯贵先泡茶,而后给冯开石开收据,冯开石小心将收据放进衣袋里,像对待婴儿一样在外头抚了一下。

"冯进又闹了?"肖石安问冯开石,顺手翻开党费收据本。

冯开石一听这话,脸上像吹过一层炉灰,然后是摇摇头。

"生了个不孝之子,真是我冯家的不幸。不去指望这对夫妻忠呀信呀,对我这个老人总该尽点孝道吧。前些时间硬是说厨房太小,又说灶台上时常少盐短油,让'大老鼠'给偷吃了,还让孙女来问我。硬是让我把锅头撤了。说他出钱给我在猪栏边弄一口小灶。我不肯,他们赶鸡、打猪成天骂骂咧咧,不让孙女靠近我,还打她的脸给我看,弄得我哮喘病老犯,这个孽子。"冯开石说。

"我正为这事来的,没见着你和冯进,就上冯贵这里了。"肖石安还翻着收据。

"幸亏肖科长和彭县长人好,不然我这老头饿死在床上也没人管顾一下呢。"冯开石说完拿眼看小黄。小黄朝他笑笑,肖石安接着说:"这是科里的小黄,才来。"于是冯贵和冯开石朝她点头。肖石安把收据放在桌上,翻遍了也没见有冯贵交党费的记录。

肖石安对冯贵说:"开石叔家里的事要请书记多关照,不说别的,就那几斤粮几块钱总要按法院判的给吧,让他老人家满县里找领导,你冯家坞这个书记当得也不光彩不是?"

冯贵应道:"说的是,论辈分,老冯是我叔,论资历又是我的入党介绍人。冯进那里我没少说,只是媳妇生性刁蛮,冯进又是个软耳骨,事事听媳妇的,这边答应好的事,让枕边风一吹全散了。"

肖石安道:"这个我明白,村里的事解决在村里,前些天不是刚到凤桥参观过吗,镇里要求学习人家的经验,小事不出村,我们为什么不能做到?"

"人家有几十年的基础了,还是毛主席时代的东西。现在讲经济,每个人头脑里想的都是钱,村里的民风民俗不知怎么一夜间全被风卷跑了,发家致富光荣,上头都这么喊,让我们干部带头富起来。"

冯开石接话说:"你还不够富呀,比比村里的社员,谁敢和你较劲!"

"嘿嘿,我也是执行上级带头致富的文件精神嘛。"冯贵笑道。

"冯书记,再富也不能忘记老祖宗那点德。鱼和熊掌不能兼得,取利还是要先讲义。"

"这村里的事不比机关,大大小小上头千条线,下头一根针。这不,学习枫桥经验刚开始,计划生育'突击月'就要上了,事有的做了。"

冯开石插嘴说:"冯书记没时间管这事,广播说,开阳计划生育全市倒数,这次一定要摘帽子。还说:计划生育搞不好,各级领导逐级向上头写辞职报告,市里摘县里的帽子,县里摘乡里的帽子,乡里摘村里的帽子。"

肖石安作为治安科长,参加了县里的动员大会。计划生育是国策,是头等大事,"突击月"里,县里制定了一整套方案,方便各级操作落实,这里头还有一环紧扣一环严厉的处罚措施,每个干部都脱不了干系。

冯贵说:"会议精神刚传达,城关镇是重头,这回公安局怕是要出人出力了。"

计划生育年年搞,治安部门主要是查处影响大、妨害依法执行职务的案件。不过现在不好说,上头的要求和下头的实际往往有很大的距离,距离越大,苟合越难。再说了,上头自有上头的想法,减少非警务活动,给下头推托一个上好的理由，出了问题，也给上头处罚下头一个可靠的依据。计划生育是国策，地方必须坚决执行，这项工作的难度，只有干过的人才知道，有困难找警察，警察不上谁上？警察归地方政府领导，政府的事推不了；公安机关吃地方财政的饭，每一分钱都要县长市长签字，局长还是地方政府任命的嘛。人事和钱财被管住，就像一个人被卡住脖子，要你干啥你就得干啥，谁也不敢阳奉阴违。

肖石安想着，看看时间不早了道："哪天冯进回来，我们再来做工作。"

冯开石道："这小子黏糊糊的没个主心骨，什么事都被老婆捏着。"

冯贵说："被老婆捏着有福气呀，如果查香也像他那样，两人没法过日子了。"

肖石安说："这次带小黄来想让她和查香熟悉熟悉，女同志之间工作会好做些，我们一帮一成了二帮二了。"

冯贵见肖石安起身，说要留他们吃饭，却摆出副送客的模样。肖石安说二十分钟到家了。冯贵不再言语。冯开石一直将他们送到路口，硬要挽留他们吃晚饭，肖石安谢绝了。

天气很好，肖石安和小黄沿着公路往回骑车，西边的山绿绿的，一丛丛红枫在绿色的世界里特别醒目。要是以往，小黄早就喜笑颜开，吟首诗什么的，可今天她没了这个心情。

小黄问："冯开石哮喘十分严重了，也不医治。"

肖石安答："这是个慢性病，农村里谁为这病去看医生，现在别说哮喘，通常的感冒咳嗽花个两三百元也治不好，他有钱吗？"

小黄说："钱钱钱，把有些人头脑搞晕了，拼命地赚钱忘了道义。钱谁都想要，赚钱忘义就不道德了。像冯开石那种对党怀有纯朴情感的人实属少见。我听同学说，他们村里涣散了，挣钱挣得不择手段。"

肖石安不语，这是他研究的课题，而且想得更深更广。他曾和林洋副局长说起"冯开石现象"。冯开石无疑代表了退下来的那一代老人。他们不习惯当下的世风甚至是格格不入。这种心态把自己的行为推向原有的那个极端。只是冯开石的信仰不是盲目的，而是几十年的干部生涯烙下的印证，尽管他们觉得自己已经离开了革命的阵营，但几十年对党的忠诚让他依旧保持晚节。冯开石因为赡养与儿子打官司上法庭，却将卖菜所得的钱交纳党费。

小黄见肖石安不语，不敢再说什么。她觉得肖石安虽然待人平和，但从他脸上和目光里读到的是一种庄重，这种神态有一种无形的力量，任何一个人在这种磁场中，都不免产生几分敬仰之心。小黄第一天见他时就有这种感觉。

山坡上，草木正朝着她点头，一股微风掠过，有些冷，但很舒服。

三

写到这里，父亲还没有出场，这似乎不可思议。父亲是城关派出所的所长，叫邱大生，是个把心思扑在工作上，毫无私利，缺少家庭观念的人。在他一生中，面对个人和集体几乎不存在选择。我母亲早早习惯了他的处世模式，只是在家里不得不叫他帮忙的时候才开口，而他总是用一个"忙"字推得一干二净。对此，母亲从来没有怨言，总是默默地干着。那年，母亲因单位改制下了岗，成了地地道道的下岗工人。城关派出所所长管辖区内，到处都有企事业单位，只要父亲愿意开口，解决母亲的工作几乎不成问题。但是父亲从来不对外透露半个字。在母亲下岗半年后，一个企业老总找到父亲，说厂里有一个适合母亲的岗位。父亲一瞪眼道：我老婆工作好好的，干吗换单位。父亲经常说：你一开口就欠了人情，往后若是那个人或是他亲戚朋友违法犯罪找上门来，你是帮还是不帮？父亲这么说不是没有道理，开阳是个小县城，派出所所长算得上是个"狠角"，不说人人皆知，至少是家喻户晓。肖石安曾经说过，当派出所所长最困难的不是工作上的压力，而是处理人际关系。处理人际关系不是处理一般的人际关系，而是上头的人际关系。我并不十分理解肖石安说的"上头的人际关系"的确切含意，但我知道，这个上头包括各部门领导甚至更高的领导，这都不是难题，最难对付的是自己的领导，比如你的局长、政委和分管副局长，这样的对象开口总有让你无法拒绝的理由。有一次父亲对母亲说：领导找你的都是要承担责任的事，或者是法律边缘的事，可大可小，可上可下，这种事搁在谁身上都担着风险，否则，领导为什么让给你做。我一直在想，这就是父亲宁愿让母亲待在家里，生活清苦一点，也不愿意违心接受别人的原因，那样心里不踏实。

很多年以后肖石安告诉我：父亲在那个位置上，就是要给公众树立铁面无私的形象，说情，在邱大生这里行不通！

我一直觉得，父亲身上具备的时代特征，恰恰缺少了应有的灵活性。用一句时髦的话来说：缺少"弹钢琴"的应世风格。我理解父亲，但是，把坚持原则当作工作理念，在经济浪潮冲击下许多禁忌像晨雾一样消失的时候，父亲背时的风格还是伤害了自己和我们这个家庭。这样的定论在我们成长的年代已经得到充分的证明。

话说的远了，咱们还是回到主题。当时的环境，已经把肖石安裹进漩涡里。

肖石安回到科里，民警老龚告诉他，他代肖石安在局里开了科所队长会议。

老龚50岁，性格开朗，为人忠厚。治安科会议多，遇上科长不在，科里人都推举老龚代肖石安开会，说他扛得住，经得起锤炼。老龚乐意接受，久而久之同事送给他一个绰号叫"准教导员"。肖石安问怎么没通知。老龚说临时的，还是紧急的，现在向你汇报汇报情况？

肖石安问："计划生育的事？"

肖石安一语点破，老龚就觉得没了神秘感。他说："这次'突击月'

搞得很厉害，哪里卡壳或是出了问题，就摘哪里领导的帽子，县里四大班子领导都参加了。"

"我们具体任务是什么？"肖石安从抽屉里摸出茶叶，为自己沏了茶水。

"哎，领导带头，治安科长联系城关片。城关是龙头，是难点，城关搞不好，会影响全县的工作进程。所以，这次行动就像观音给猴王套了紧箍咒，台上念经，台下头痛。"

肖石安问："有没有文件？"

老龚说："这事能下文件吗？处罚措施按口头命令执行。"

肖石安想了想，掏笔记本准备找林洋副局长，林副局长分管治安，又是他的合作伙伴，遇事肖石安总是先找他。正起身，局长高会理打电话叫他到他办公室。

高局长办公室坐着城关派出所邱大生，邱大生脸色苍白，表情严肃。肖石安四顾，没见林洋副局长，却看到了常务副县长彭位泽，办公室的气氛有些紧张。

依照老龚的说法，城关是重点，当下的领导班子就算是搭建起来了。县领导有常务副县长彭位泽，局领导有公安局长高会理，治安科长肖石安和城派出所邱大生抓落实。这的确是一个强大的具有活力的班子。

肖石安小于彭位泽。肖石安的父亲曾在冯家坞县煤矿当过副书记，彭位泽下放回调读了大学，毕业后正式分配到县委宣传部，两年后从文明办到副部长，编写了《社会主义市场经济浅析》一书。这本书很受市委领导的重视，不久在全市推广，作为干部参考读物，因此，彭位泽到省委党校学习一年，毕业后分配到市委宣传部任宣教科长，干了一年，下派开阳县当县委常委、常务副县长，分管政法。在彭位泽进入县委宣传部期间，高会理考上了警察学院，毕业后一年成了公安局副局长。彭位泽下派第二年，高会理当上了公安局长。

肖石安退伍分到城关派出所，彭位泽回县委宣传部。彼此熟悉，接触却不多。彭位泽上调时，专门请肖石安吃饭，彭位泽酒量浅，被肖石安弄得烂醉如泥。以后，彭位泽一见肖石安就说："我都怕你了。"这话一直说到彭位泽下派当副县长。之后，把这事给淡忘了。再后来，因为冯开石的家庭纠纷，肖石安和彭位泽才有几次面对面的接触。

肖石安不会忘记彭位泽邂逅时讲的那番话：这样的老干部我们不帮助，那么我们帮助谁？这样的基层力量我们不依靠，那么我们依靠谁？如果还有原则的话，这就是原则！

彭位泽关注一个不能称其为干部的冯开石，尽管有着下放时的老感情，内心的确是体恤民情了。这件事后来被市报知道了，作为关心群众联系群众的典范，市报不但采访了肖石安，还采访了彭位泽。整篇报道彭位泽始终突出为人民服务，为百姓分忧的宗旨。于是彭位泽几乎成了人民的代言人，平常找他反映情况解决问题的人特别多，彭位泽成了大忙人。

彭位泽见肖石安进来，向肖石安伸出手。

肖石安坐在沙发上。

彭位泽说："本来城关镇书记方严枫要来，因为镇里开动员会。当然，这不算正式会议，这段时间大家拴在一块儿了，一起坐坐，看看往哪使力，怎么出招。"

大家望着彭位泽，见他脸上浮起了笑容，紧张的气氛渐渐缓解下来。他指着高局长说："你们局长是全县'突击月'的行动组副组长，我跟你们局长一样，不但负责全县，还主抓城关片。肖石安科长和邱大生所长是城关镇行动组副组长，乡镇党委一把手亲自任组长，这都是县委县政府决定的。"

高局长接话说："这次'突击月'活动非常重要，县委县政府领导向市里立下了军令状，全县上下全力以赴。我们，不仅要抓好本职工作，还要保驾护航，确保'突击月'顺利进行。"

彭位泽接着道："现在民警脑里有一种想法，认为计划生育和公安工作有距离，是职责范围之外的事，这是认识上的误区。公安机关的执法与计划生育工作并不矛盾，从大局上看，都是保障维护社会稳定和经济发展；从小处讲，都是预防和处理社会不稳定因素，查处治安刑事案件。不论是直接参与，还是间接参与，都在运用法律武器保护基本国策，维护社会大局稳定，为'四个现代化'建设服务。这是一盘棋，怎么分得开？如果说警察这支队伍讲忠诚，讲政治，这就是忠诚和政治的体现。"

高局长说："我们具体的任务是，对阻碍计划生育工作的案件从重从快处罚，尤其是城关镇。城关镇是老大哥，搞不好就会影响其他乡镇，就会拖全县的后腿。县里态度很明确，一个月内四项指标不下降，各级主要领导自动辞职。这里也包括我们在'突击月'活动里的任职的同志。"高局长说完目光扫了一眼大家。

肖石安心想，尽管不是一个正式的会议，但会议的严肃性比正式会议有过之而无不及呢，说得幽默一点，这是在"开小灶"。但肖石安却品尝不出佳肴的味道。难怪,科里的老龚会说领导给大家戴了个紧箍咒。

彭位泽还在兴头上，肖石安没多想，只是觉得事情要比以往严重得多。领导的压力大了，就会把压力和危险转嫁给下属。果然，彭位泽道："这项工作没退路，大家首先要统一思想，无条件地完成任务，然后再考虑其他后果。工作中的难点，要靠宣传，做思想工作，但是光靠宣传教育还不够。那么采用什么方法突破难关？这是一对矛盾。矛盾的存在从下至上都知道，谁也没有解决矛盾的条条框框，各地有各自的创新，解决矛盾的方法也各不相同。就说这次吧，四项指标百姓跟我们一样清楚，违反的仍然不乏其人。解决问题，除了宣传还要结合有力的措施，措施一竿子插到底，让人们觉得这项工作政府不会妥协，更不会手软。这样的态度和决心可以争取一部分左右摇摆的人；而对那些老大难、老顽固，就要铁心用铁腕。说心里话，我在基层干过，干部对这项工作有为难情绪，这需要我们做工作。大战在即，你不动真格，他不动真格，谁来动真格！这次操作条款正是为基层着想，替基层干部挑担。反过来说，有一百个理由，一百个同情心，能解决当前突出的计划生育问题吗？能甩掉全市落后的帽子吗？工作中的连带政策只是迫不得已，除此之外，还有什么办法能保证完成任务，至少我想不出来。"

彭位泽的话既像出鞘的利剑，也像绵里藏针。不过在肖石安听来，多是肺腑之言了。现在别说是基层干部，全社会都知道这项工作的重要性，也知道这项工作的艰难。那些不着边际的批评者，同样想不出好的法子。这么些年过来了，人口得到有效控制，有了好的效果，这才是最重要的。

高局长说："公安机关的保障也要推向一线，不能按部就班。要突破老框框，在维护中心工作的同时，让操作条理化、法律化，不留后遗症。"

彭位泽看看大家，把目光落到肖石安身上，片刻道："这要靠你们这些刀把子了，这项工作你们不便直接动手，但只要穿制服的往那里一站，干部们心里就踏实，就敢出手。"彭位泽顿了顿又说："也许大家会想，上级公安机关三令五申禁止你们直接参与非警务活动，这里有个理解问题，'警力前移，维稳在先'可以避免事态扩大，既保护了群众的利益，也维护了干部的工作积极性。我想就是这个理。"

高局长说着做了具体分工："治安科、城关所各派三名民警，肖科所长亲自负责。领导重视了，我们就要端正工作态度，就要理直气壮。'突击月'中发生的现行案子，要快查、快审、快处理。让一线干部觉得，我们一直开着门，一直是他们的靠山。这项工作事关我们的切身利益。"高局长没把话讲完，"切身利益"四个字让人不好理解。

肖石安本想问问什么叫"连带"。因为这似乎是操作问题的关键。但一想自己没参加会议，反而多出话题，不如去问科里的老龚，没想到彭位泽自己说了出来。

"城关镇要做全县的表率，不折不扣地执行县里的指示，坚决完成规定的指标。对于连带的做法也要有坚决的态度，先直系后旁系再亲戚，能连带上的只要工作需要都要连带上。县领导下了决心，不管是谁，只要违反规定，该免职撤职的绝不手软；至于扰乱社会治安，妨碍工作进程的案件，要像高局长指示的，发生一起，查处一起，绝不姑息——城关镇'突击月'工作的成败，全靠你们各位了。"彭位泽说着竟然抱拳作揖，说着包里的手机响了起来。

大家看彭位泽接电话，手机算是个新奇的东西了。

高局长笑笑说："县领导统一配置了手机，可见这次'突击月'活动的重要了。"

邱大生一句话没说，这的确有些反常。一般场合，邱大生总像连珠炮一样开门见山，直捣要害，今天却是闭口不言。肖石安一直想，邱大生说话办事有着自己的观点和立场，而且这家伙消息特别灵通，这样的会议，邱大生能沉得住气，着实有几分反常，这一点肖石安完全不理解。

彭位泽接完了电话，又看肖石安。肖石安没接彭位泽的目光，像一个看到滚动的火球而怕被烫伤的孩子。

局长打电话叫行政科长安排晚餐，彭位泽摆摆手说："为我就免了，我还有事呢。"

说着起身要走。高局长哪里肯应，硬是拦住彭位泽。彭位泽说："市里有客人要陪。"

说完起身和大家握手，大家跟着站起来。

匆匆回到房间，夏可不在。房间里有条不紊，桌面杯子下压着一张纸条，上头草草写着几个字：

"你忘了做一件事，我不原谅你，我走了。"

彭位泽见罢，扑哧一笑。他的确忘了一件事，于是在纸条上吻了一下。

四

父亲邱大生首次出场，就像冬眠的黑熊，没说一句话，这样的安排有点窘迫。

肖石安的猜疑是有道理的，在所有中层会议上，领导在布置完工作之后，往往会听听大家的意见，而每次第一个发言的必定是父亲。父亲称自己是河道里那群鸭子的"头鸭"，不论清晨出去还是暮色回归，他都"嘎嘎"叫着左顾右盼走在头里。每次，他都会毫无保留地袒露自己的观点，因为他知道，身后还有一个老同学老朋友肖石安支持他。而一旦肖石安对父亲公开支持，那么，往下的讨论无非重复或是丰富他们的观点，很难有人提出反对意见。应当说，肖石安和父亲邱大生是中层骨干的核心，一个红面，一个白脸，多年碰撞早已约定俗成。

当然，支持父亲并不是因为肖石安是父亲的老同学老朋友，而在于他们的世界观和人生观十分相似，他们面对纷繁复杂的世界，都有自己强健的定术，他们理解经济社会发展，却呵护着道德的分寸，于是每行走一步都会保持着戒备之心，并用道德这杆秤进行逐一衡量。一旦他们认定的事，就会坚定不移地去做。他们都是是非分明而又对职业忠诚的人。这是根据肖石安的描述，我对父亲的道德观作出基本的判断。

与肖石安相比，父亲是激越的那种，因此，在这项重大决策之前，在一个小型的不算正式的会议上，父亲竟然一言不发，这让肖石安感到意外。

那时，肖石安一定想到因为有彭位泽在场，还有高会理局长绵里藏针的面孔，后来我才知道，父亲的观点与肖石安的十分相同，对法律的忠诚让他们用另一种眼光看待当下的问题，而那个像是打招呼、开小灶的温馨场面，很难让他们变得理直气壮，并且与领导叫板。

离开高局长办公室，肖石安觉得应当见见林洋副局长，摸摸他对这项工作的态度，便径直走向林洋的办公室。

林洋副局长年龄和肖石安相仿，他们经常合作写文章，一个用左手，一个用右手，被称为"警界双雄"，肖石安和林洋讲话比较随便。

林洋一见肖石安就问："局里这么重要的会议怎么不参加？"

"下乡去了。"

"会议精神都知道了？"

"刚才高局长强调了一遍。"

林洋没吱声，肖石安问林洋分管哪个片。林洋说："丰林镇，跟着江副书记。"接着吩咐肖石安说："你那边担子轻一些，高局长把最重的担子自己捡了，你这个治安科长要全力以赴唷。"

肖石安觉得今天林洋有些怪，平常背地里讲到高局长，他总是颇有微词，从没像今天这样爽快，让他支持高局长的工作。

林洋副局长可以说是毫无背景。他参加公安工作后考取大学，毕业时，高会理当副局长，林洋当治安科长。那时提倡"四化人才"，林洋大学刚毕业，符合人才使用条件，接着当上了副政委。不久老局长退居二线当政委，高会理升为局长，林洋也当了副局长。据说，这期间上头来考察过几次，不知什么原因，高会理没动，政委没退，一时半会儿也轮不着林洋。林洋热爱警察这份职业，不愿意外调，至今仍是原地踏步。

林洋和高局长虽然没有直接的利益冲突，但两人都有一本自己的账。平常林洋和高局长表面上能说到一块儿，背地里却常有磕磕碰碰。不过林洋对"突击月"活动主动性出人意料，他要求肖石安协助高会理局长，从分管工作角度，也说得过去。

肖石安接着林洋的话说："方法和任务都明确了，干着就是。"

林洋说："那篇文章刊用了没有？"

肖石安见林洋转移话题便答："我刚打过电话，说是刊在今年的第六期。"

林洋指的是前不久他和肖石安合写的《边缘山区结合部治安状况及对策浅议》这篇论文发在了国家级社会学刊上。

林洋当上了副局长，常和肖石安议论观点，评析社会疑虑，弄些理论方面的文章。通常是林洋出题，肖石安执笔，再由林洋修改后发表。

林洋对这方面的探索虽然不花多少力气，但一个副局长对文字的执着还是令肖石安十分敬佩。一次，肖石安问林洋："当领导也算是一种职业呀，为什么还追求那些虚荣的东西？"林洋不解地道："亏你还是个文化人，这官把人当得越来越浮躁，不补充知识，大学读的那十来本书，早还给导师了！"

肖石安觉得林洋说得不错，但只是表述了一半，另一半被他锁在心里。没想到一次酒后，林洋硬扯着肖石安说话。肖石安相信，林洋把藏着掖着的那些东西都掏出来了。"你知道我为什么写论文吗？"肖石安看着两眼发红的林洋作茫然状。"你说现在领导要看书吗？不看，说明那没用。正职可以，我不是正职。你想写文章，就要有思考；有思考思想才活跃。不看书你不但活跃不起来，最后只剩下'对应的技巧'啦。这就是区分你与别人不同的地方。这只是一个方面。"林洋咂咂嘴又说，"我林洋工作上干得出色，谁分享了成果？是局里，说精确点是领导班子里的成果，局长的成果。但我林洋有文章见诸报端，即便是与你合作，也是我林洋自己的成果，没人能够分享。"

肖石安听了笑笑，他想这种话在清醒时林洋是绝对不肯吐露的。林洋文章见报，有没有让其他领导不舒服他不得而知，局长对那些东西倒是有一种大家风范，还常常笑着说肖石安沾了领导的光，这话不仅在肖石安面前说，还在吃饭时当着林洋的面说过，弄得林洋满脸通红。肖石安觉得高会理和林洋之间的那种微妙感觉，有几分滑稽。

林洋一如既往地和肖石安合作，在他向肖石安吐了心腹之言后，第二天就将肖石安叫到办公室，肖石安一口否认昨天听到了什么。林洋望了他半天，将话锋一转，扯到别的话题上去了。

林洋又对肖石安说："这次'突击月'活动，县里的重视程度前所未有，公安机关如何配合，在当下是个新课题。警察对非警务活动，上头是三令五申禁止的，但实际情况是地方公安机关必须服从党委和政府的领导。就拿我们县来说，每年从财政中支出五六百万，这可是吃饭钱，否则你乞讨去呀。这是一对矛盾，怎么个解决法？实际工作中摸索摸索探出条路子来，敏感的问题在实际工作中把握好了，写出来说不定能起到良好的社会效益。"

肖石安听了道："林局超前了，工作还没有开始，倾向性的文章标题却有了。不过有的东西不能写，比如这个话题就太敏感了。"

"手段和目的关系，这是永久性的矛盾。"林洋说了这么一句话就没了下文。

当我听到肖石安介绍林洋说的这段话时，便联想到当下的全县的重点工作，当然不是当年的计划生育，二胎已经全面放开，生育问题上不会再有类似尖锐的矛盾。当下的开阳城的任务和当年计划生育"突击月"活动一样重要："奋战 60 天，争创全国文明县城"，这是当下每一个公民必须参与的行动。警察自有包干区，从早到晚每日分四班上街巡查，纠正违章，劝说小贩。不管是否警务活动，这样的活动与肖石安当年搞计划生育没有本质区别，这是后话。

关于手段和目的的关系，肖石安也不想再扯下去。手段和目的关系，这是警察每天都碰到的问题，这点不仅存在于对立性的办案过程中，还存在于人民内部矛盾处理中，甚至日常工作中都会遇上这个问题。就像赶着上下班的工薪阶层，每天都面临着走一条路，用一种交通工具一样。大约这也可以归结到方法论上，在这点上肖石安从来不抱有更多的幻想。在无数次办案中他从没想到要为违法犯罪人员建造疗养式的花园，并且温文尔雅地治愈他们的病情。许多问题就是这样，坐在办公室里的人，都不能亲身体验现实社会中的尖锐与复杂，而通过某种逻辑想象来代替现实生活中的操作，那是十分滑稽的。因此，在法律的框架下，手段似乎十分必要而且突出。不过警察完全可以津津乐道地谈论面对面斗争、方法论问题，但不会谈论在处理敏感案件中的手段问题。除去法律规定之外，常年的执法活动或者说相传的行为习惯，已经让警察明白采用手段中对"度"的把握。在他们心中早有个明确的界线：那就是罪恶的程度会本能地在他们心里折射出手段的强度。这种界线控制着每一个有职业道德的警察的行为。犯罪、违法，道德性误差的对应有质的不同。

肖石安正想着，林洋副局长又说："在执行'突击月'任务工作中，既要做耐心细致的思想工作，文明对待群众，又必须严格执法，将政策和法律有机地结合起来，特别要注重警民关系。"肖石安见林洋说不出更新的问题便起身告辞。林洋副局长："晚上有人请客？"

肖石安笑笑答："怕应酬，喝了酒晚上什么也写不了了。"

林洋听罢摇头笑。

五

我一直在想，那个时代经济发展太快了，这给基层干部带来很大的精神压力，这不仅是一系列经济指标驱使下使得钱财迅速流动所造成的恐慌，还有急剧的变化中人的思想观念经受的巨大的考验。几十年甚至更长时间的行为规则，在经济浪潮下承受着颠覆性的冲击，一些人茫然又无所适从，意识形态领域内暗流汹涌，一种更新的潮流在中国大地不断地蔓延。基层干部怎么干，依据什么干，很多理论问题并没有解决。于是在一个新旧更替的过程中，依法治国被提上议事日程。这是战略性的真知灼见。

依照法律治理一个国家，应当成为中国治国的基本方略。这不仅是社会文明进步的显著性标志，也是国家长治久安的保障。经济发展，社会稳定，依法治国是前提。经济发展冲破了旧的理念，新秩序的建立，在日益法治化的中国已经得到了最充分的证明。

其实，在20世纪90年代中期，也就是依法治国方略提出之前，关于实现目标"手段"的讨论刚刚兴起，不仅在公安机关，地方政府在施政过程中，基本上处于想依法却无法可依的状态。谁也没想到，改革开放政策像一只治愈双翅的巨鸟，挥动着翅膀带动社会的迅速发展，但此时，关于什么是社会主义的讨论开展之后，许多旧的法律法规被搁置甚至淘汰，而适应社会主义市场经济的新型法律法规没有建立起来。因此，在实际工作中，政府机构运作的基本依据就是"红头文件"了，而更大面积的作为通常是沿袭上一代人的习惯。许多人在做，许多人在思考。历史似乎就是这样，社会与自然总是影射着同一种现象，一片树叶在凛冽的寒风中无声凋零了，另一颗萌芽在阳光下悄悄地诞生。这当中似乎都有一个"绿秃"的间隙。作为一线执法人，肖石安、林洋这些公安民警，对于执法过程中的手段问题，应当是最早意识的人，也是最早觉悟的人。

还有一个现象同样迎合着类似的定律。20 世纪 90 年代第一部移动电话出现之前，主导中国长达十年的通信工具除了人工电话外还有 BP 机，也叫"传呼机"。这样的通信工具我们这一代人见到过但没有使用过。据说，这种机器在 20 世纪 80 年代中期最早出现在上海，90 年代风靡全国。BP 机伴随着那个时代迅速发展，一枚像火柴盒一样的东西，给运营商带来了巨大的利润。

BP 机只能接收无线电信号，不能发送信号，应当说是一种单向的移动通信工具。BP 机最大的特点就是，在一定的范围内，对方都能通过寻呼台找到你。因此，也有人称 BP 机叫"呼狗机"。比如，我要寻找一个人，先拨通寻呼台电话，告诉他们那个人的 BP 机号和回复电话号码，于是对方在听到"嘀嘀嘀"的呼叫或是强烈的震动后，不到半支粉笔大小屏幕上会出现传呼者的电话号码。像所有的通信商和此后的移动终端一样，十年的 BP 机生涯并不长，却让运营商获得了巨大的利益。可惜，移动电话粉墨登场，很快结束了 BP 机的命运。

这里之所以要提到 BP 机，是因为每个主人公的故事和人物命运的发展，很大程度与 BP 机关联。也就是说，在作品的推进和所有人物命运发展的进程中，BP 机扮演着一个不可或缺的角色，这有点像深陷重闺里的公主，传递信息、穿针引线的总是身边的丫环。

活动刚刚开始，两天后，市报刊出大篇幅报道，那是关于"突击月"活动进展的文章。上头除了提到书记、县长如何重视之外，还特别讲到了彭位泽在城关镇狠抓工作落实的情况。

办公室里，彭位泽看了报纸后觉得这种提法突破了新闻常规，正想传呼作者夏可，自己腰里的 BP 机倒先响了起来。于是彭位泽用手机拨通显示的电话。

"看了吗？"

"正看着。"

"还满意吧。"

"有喧宾夺主之嫌吧。"

"那等着反宾为主的时候吧。"

彭位泽不语，这种时候讨论这个问题大煞风景。他顿了顿接着道："你怎么不辞而别？"

"那要问你。"

"你没要求么！"

"以往我从没要求。"

彭位泽"扑哧"笑了。以往她确没要求过，不论是他还是夏可先离开，他总在她胸口嘬出两个红血印。第一次夏可不明白彭位泽为什么这样做。彭位泽用手指抚着红印说："像什么？""没形状。"夏可低头看自己的乳房。彭位泽说："像玫瑰，不，像月亮。""该死。"夏可用手指戳彭位泽的脑门，又补上一个吻。"能红多久？"彭位泽问。"两天或者三天。""太短了。"彭位泽又说，在原先的红印上又嘬。"唷唷唷！"夏可叫唤，溢满着幸福。"这回要十天了吧。"彭位泽说。夏可似乎明白了什么，用拳头擂彭位泽，把头钻进他的胸口，也嘬他。可当她抬起头时，却没看到一星红点。

"我该给你留的，省得你找沈冰。"夏可说。

彭位泽痴痴地笑，夏可说："这回放心了，一脱衣服就会让人看出什么。不过你不担心我指给市委林书记看吗？这是彭位泽副县长吻的。"夏可说完这话，自己笑得支持不住了。

那日彭位泽匆匆离开到公安局开会，竟忘了这事，夏可便找到了拌嘴的理由。

"不吭声了？"夏可在电话里问。

"没什么。"彭位泽应道。

"我想过几天再来作连续报道。"夏可又说。

"主要宣传县委县政府，不应当突出我个人。"

"难道我是你教出来的吗？"

"你还是实习记者吗？"

"转正了，官僚。"

"也没请客。"

"只要你愿意，连我也吃了吧。"

"谢谢。"彭位泽忍受不住夏可热情似火的话。他需要这种情绪：真实和真心，一种让彭位泽心跳的感觉。夏可能给予的是彭位泽从沈冰身上永远得不到的东西，而夏可的毫无保留，赤裸裸袒露的本真，是最让彭位泽神魂颠倒的。

彭位泽陶醉了，他仿佛看到她舒展地陈横在床上的身子。

"谢谢。"夏可动情地说，"也给你一个。"夏可吻得很响，电话挂了。

彭位泽舒服地躺在椅子上，总觉得和夏可相识后，内心充满了激情。不论每天工作多长时间，精力依旧旺盛。前些时间，他和秘书小马连续几天泡在乡下搞良田改造工程。每天脱去鞋子，打着赤脚，和村民一块儿干义务工，像个真正的农民。小马累得拉长了脸，彭位泽将畚箕挑得吱吱响。最后那天回到县里，是夜里12点钟了，彭位泽还要到办公室阅读文件。小马责怪彭位泽不知疲倦，彭位泽却指着自己的脸问："我有倦意吗？"小马果然没在彭位泽脸上找到倦意。小马问彭位泽是否吃了虎鞭了。彭位泽用英文说了句"雷皮特"。小马听不懂，说："我快累死了。"

彭位泽脑子里老想起开幕式的钟声。

开茶节开幕式由彭位泽主持。

会场四周插满彩旗，周遭的高楼上垂落多颜色的条幅，阵风像无形的手刮得彩旗猎猎作响。主席台上方是大幅标语，两只高音喇叭昂首挺胸，对着万头攒动的会场，重要贵宾和市县相关领导上座。

彭位泽暗暗看表，然后宣布开茶节开幕式正式开始。话音刚落，会场便奇迹般的宁静。忽然天空响彻猛烈的金属撞击声，撕裂着苍穹，那声音像带着一条长长的尾巴，在茫茫上空摔打出响亮的余音。钟声不紧不慢，一际一际地响，余音横贯天空。彭位泽热血沸腾。他突然感觉到，这种声音就像是战马奔腾前的嘶鸣，让开阳城忽然变得更有活力。钟声在空中缭绕，抓住所有人的注意力，彭位泽看到一个个仰头望着上面的大钟的人，心灵仿佛得到净化与洗涤。他从前没有这种感觉，钟楼建造好后，钟就没再响过，或者说，响过了他也没把钟声和自己的感受联系起来。在悦耳的钟声中他突然产生一种使命感，有了百倍的干劲，于是他倏然想起了夏可，那个冒昧冲进他办公室的姑娘，他的目光在寻找，发现她在不远的地方给他照相。他投去了一眼，不论夏可有没有看见，那一眼包含着内心所有的感激之情。他想她看明白了，因为她不合时宜地摆弄着相机。

钟声仍在会场上空回荡，千百只气球和几百只和平鸽带着哨声飞上天空。一切照着计划顺利进行。

午宴放在县委招待所，机关事务局马局长把一号桌安排在玫瑰厅。

关于一号桌坐哪些人，马局长了然于心，尽管如此，他还是一而再再而三地斟酌，然后把方案交给彭位泽过目。

玫瑰厅只搁置一张桌子，十四座，来宾有市政府朱副市长和姚秘书，洪副部长，报社吾副主编，电视台孙副台长，电台叶副台长，省报钱主任和县里的两个书记，两个县长，两个主任。彭位泽对桌子上的空位并没有提问，马局长心中暗喜，那个位置是马局长留给自己的，一号桌得有人招呼，诸如席间倒个酒要个菜什么的，尽管有一流的服务员，但最要紧的时刻不如马局长出手更贴切。

马局长这样安排没什么不妥，再添其他人也想不出该是谁。县委汪书记先招呼"大腕"，这活本该主持人彭位泽做，只是汪书记当众说了他是某大腕的粉丝，硬是被她逮着要汪书记陪同。汪书记只得先行招呼那边，这里先由彭位泽顶着。

与主要领导一起，即使是普普通通的就餐，也是一个重要的信息源。这就像这些年蜂起的BP机，不论你在哪儿，都会被腰间的小盒子锁着，这就是信息的力量。

那个空位只能留给他马局长自己，当然，这话得由彭位泽副县长说了算。那时马局长会推辞几句，然后听到彭位泽说："你不去，谁去？"马局长这才会笑纳。

宾客先后来到餐厅，彭位泽招呼大家坐下，说书记一会儿就来。末了他把马局长拉到旁边问："还有个空位呢？"马局长说："要么让领导坐得空些。"彭位泽说："本来就是十四座嘛。"马局长说："彭县长的意思安排谁？"

马局长本来等的是"你不坐谁坐"这句话，没想到彭位泽却说："叫夏可过来。"

马局长以为听差了，可他明明听到了另一个名字。这个名字很陌生，叫"夏可"。他在机关事务局当了八年的局长，从来没听过夏可这个名字，不知是省里还是市里的领导，省里领导包括厅级的他都知道姓名，市里领导连他们的家属孩子他也熟悉。如果不是领导，彭副县长定然不会让他坐到一号桌子上来。马局长搜肠刮肚，还没想出彭位泽叫的是谁，于是像犯错误的人一样断断续续问："夏……可……"

彭位泽显然知道马局长的意思，于是说："市报那位女记者。"马局长诺诺，一溜烟跑了出去。

县委汪书记一到，一桌子算是齐了。大家刚刚坐定，夏可出现在门口。

吾副主编（兼新闻部主任）眼尖，大声叫夏可，彭位泽站起向她招手，然后指指吾副主编身旁的空位，那位子正在彭位泽的斜对面。彭位泽向大家介绍说是市报记者，在吾副主编手下干活。不少人认识夏可，汪书记瞟过一丝不解的目光，还是点头说欢迎。

夏可原先有几分拘谨，一动筷子后发现话题离她很远，就落落大方起来。领导们在酒桌上很活跃，不时就有几句幽默的话语，你一句我一句，谈兴趋浓。一双双眼睛在夏可脸上身上滑过，却装着漫不经心的模样。桌子上谈得最多的是开幕式的成功，有气势，环环相扣，讲气球怎么都做成了茶叶似的，讲了哨声悦耳的鸽子，还讲了整个会场的布置。彭位泽一言未发，只是不时将目光投向夏可。他似乎在等待什么，他相信所有参加开幕式的领导内心都有一种和他相同的感觉，就是那回荡的钟声引起的震撼力，他想这种震撼一定会在这片赞许中推出来。于是他等待着。果然，市报吾副主编开口道："汪书记，那钟声在宣布开始后敲响很有震撼力，不亚于春节晚会的钟声。这个节奏掌握得好。"于是大家像突然发现似的，夸起钟声来。

汪书记说："这都是彭副县长的主意。年轻人脑子好使，能掌握住气氛。"大家又转而赞许彭位泽。

彭位泽见话已到酣处，举杯指着夏可说："如果这次开幕式成功并且像领导们说的钟声有这般感染力，这个功劳该归功于夏可小姐，因为直到昨天下午三时，钟楼上还是座'死钟'，就像一座荒废的机器。"

吾副主编往后仰身子，先鼓起掌，大家附和。夏可被闹得满面通红。就是这张通红的充满活力的美丽的脸，让彭位泽心中一阵颤动，接着是一股柔情涌上心头，他自己有些莫名其妙了。

夏可怎么也没想到，彭位泽会在这种场合把她抬出来。作为小记者，与许多领导同桌已不是寻常之事，如今彭位泽在被赞许得最耀眼的时候，把真实的话说了出来。她不知道彭位泽是否想过，这么一个被人称赞的金点子，出自一个外来女记者之口，对他这位筹委会主任是否是一个损失？一个常务副县长，一个蓬勃向上、大有希望的青年，通常总希望自己有更多的政绩积累，不论大小，窃取的，还是自己创造的，而有关"死钟"的事除了彭位泽以外，她没对任何人讲过。彭位泽完全可以顺应领导们的意思，笑纳所有的赞许。但他没有，而是说出了真话。于是，夏可看彭位泽。彭位泽的目光是坦然的，是发自内心的，没有一丁点私欲，但是夏可觉得彭位泽为了"死钟"的建议请她到一号桌上，并当众给她戴了一只美丽的花环，完全是一种情绪化的行为。

　　于是，她又看彭位泽。

　　彭位泽接住夏可的目光，他没想那么多，只觉得属于夏可的就应该还给她。从他让马局长邀请夏可到一号桌开始，应该说从听到钟声的一刹那他就打定主意这么做。但他没有设想在这种场合说出这样的话，这的确有几分感情用事。在他话刚出口瞬间，对自己的表白有一丝的后悔，只是看到夏可红得像花瓣一样的脸和投来感激的一眼，这种想法顿时荡然无存了。他做得很坦然，这种坦然不但博得夏可的赞许，也博得在座领导的理解。他不想默默吞下不属于自己的赞美，那样虽然可以瞒过在座的人，却不能瞒过夏可和自己的良心。

　　于是，他接受夏可投来的目光并且坦然地笑了笑。他揣摩到夏可想什么了，他觉得自己不会因为讲了实话失去了什么，反而会赢得更多。

　　彭位泽安慰自己，这不算情绪化吧。他所处的年龄正在情绪化和理性的交差点上，这就像一根紧绷的琴弦，只有真情真心才能演奏出美妙的音乐，彭位泽始终信奉这一点。

　　这顿酒喝得特别畅快，时间也显得特别的短。

想到这里，彭位泽给夏可打传呼，还在后面加上 119。夏可回了，问彭位泽有什么事。彭位泽不回答，急得夏可那边直叫唤："你快说呀，想让我急出病来！"彭位泽"嘿嘿"一笑，不等夏可回话，便挂了电话。

六

写到这里，我并不晓得这两个人物后继的发展，我把握不了。但出于好奇，总想早些知道结果，也好为他们的前景预先埋下伏笔。于是，我认真问过肖石安怎么评价彭位泽这个人。肖石安平静地回答："人无完人。"

我想，肖石安说这话时心里一定想着父亲和那个名叫冯开石的人。父亲一心扑在工作上，忘记了家庭的责任；冯开石这位老党员，面对社会进步与发展，一时没有转过弯来，有一种抱残守缺之感。肖石安说得对，每个人都有缺陷，就像物体负阴抱阳一样，每个人都无法摆脱他成长的那个年代。肖石安说，在他办理冯开石的案件时，看到了人的本性和摧毁这一本性的残忍。我不晓得肖石安的话指的是什么，但我能感觉到他指的是人生固有的东西，这种东西与生俱来，人类本身很难将它从身上彻底驱除。

拿肖石安的眼光审视彭位泽，这样的回答是很奇怪的。彭位泽是党的干部，而且是一名领导干部，婚外恋意味着身败名裂。这一点彭位泽不会想不到，或是想到了没有在意？"人无完人"，肖石安似乎也在为彭位泽开脱、辩护。

这是后话。

那时，最重要的工作是完成计划生育的指标，就像现在全力以赴"争创全国文明县城"一样。把落后的帽子甩掉，犹如一条脱皮的蛇获得新生。这是国策，也是开阳城上上下下重中之重的工作，完成这项工作，涉及方法问题，方法往往在法律与行政之间诡异地游走，左右着事实本身，这是那个年代的特点。

夏可的文章写了城关镇，城关本来是重点，推出重点稿件也属自然。但在知情人看来，夏可笔下的文字对彭位泽有着额外的倾注。

肖石安看完这篇文章，心里很不是滋味。文章讲到彭位泽在城关镇如何搞宣传活动，制造声势，像是开阳县城关镇的计划生育工作让彭位泽给包了，或是开阳县城只有一个城关镇在搞计划生育。他不知道县委汪书记和江副书记看了这样的文章会怎么想。不过，让肖石安心里做痛的不是报道有什么失实之处或是喧宾夺主，而是报道超出常规的写法。肖石安觉得写这篇报道的夏可用心别致，这才是令肖石安心里不快的真正原因。固然，一篇高质量的报道有鲜明的倾向性，但无论如何都不能让读者在文章里看出作者和报道对象之间的某种情绪化的东西，何况文章的破格写法已经说明了问题。

夏可的情感永远是真实的，她从不会掩饰、伪装自己，除非这种伪装阻碍了她的情感发展；夏可也不欺骗自己，不懂得委屈自己的情绪。正是这种永远的真实，决定了她生活和爱情的变迁的可能性。夏可恋爱过两次，其中一次有幸成为她恋爱对象的就是肖石安。那时夏可在县广播站当采编，叫夏凯，一次采访中和肖石安认识。那是一起半年才侦破的杀人案件，案犯被抓获后，直到第七天才交代自己的罪行。这个时节，大队和派出所的干警沉溺在欢乐的气氛当中，大家拿起啤酒瓶猛烈地晃动，像赛车夺冠选手一样互喷着泡沫，然后撞击着茶缸。千辛万苦的努力终于有了一个圆满的结果，狂笑、流泪、相互拥抱，任何一种表达的方法都不会过分。但是，唯独肖石安像一颗螺丝钉，安安静静地立在那儿思考。他从砍木头的方式和案犯的身体状况判定，作案人不是目前的怀疑对象，尽管那时痕迹已经同一认定。肖石安提出了自己的看法，先是让大家目瞪口呆，而后是一片唾骂声。审判的结果证实了肖石安的看法，被告人被无罪释放。此后，夏可在采访肖石安时曾问他：为什么所有参与办案的人都认为嫌疑人就是案犯的时候，你却有一种冷静的态度？肖石安说：在排摸侦察阶段，要将嫌疑都当作案犯，寻找作案的证据；在案犯交代自己罪行之后，你就要全力寻找不是嫌疑对象作案的证据。肖石安的话让夏可感动。后来就这起案件夏可写了一篇几千字的侦破通讯。见报那天，夏可仿佛比谁都高兴。她打电话给肖石安，没想肖石安冷冷地说："谢谢，我没有这种想法。"说完挂了电话。夏可本以为肖石安会为自己的态度向她道歉，没想半个月过去了，连她自己都沉不住气了。她风风火火跑到派出所，却见肖石安手臂上挂着盐水，脸色苍白地审问案犯，完全是一副硬汉的形象。夏可的心一下软了，那些即将冲出喉咙的脏话、气话顿时烟消云散。她看见肖石安疲惫的面孔和参差不齐的胡子，眼眶湿润了。那天她一直徘徊在派出所门口，当肖石安拖着沉重的步子走出大门时，夏可飞快地迎上去塞过一张纸条。肖石安展开一看，上头龙凤飞舞般写着几个字："我爱你，希望你接受我。"肖石安把纸条揉成一团，塞进兜里。他想这个和他只见了一面的姑娘，明天就会后悔。没想到第二天一上班，她就将电话打到办公室。"你没回答我的问题是吗？"肖石安沉吟片刻后说："我谢谢你的爱，我会珍惜它，并将它藏在心底。"肖石安挂了电话，他觉得警察不是新闻工作者所喜欢的职业；再说，他对突然爱上自己的女人总要保持几分警惕，也算是一种拒绝吧。他想让这件事逐渐淡化。那日，县里开政法会议，大会堂挤满了人。肖石安挑了个最后的位置。会间不知不觉身边多了一个人，肖石安开始并没在意，没想到眼皮底下伸进一张纸条。肖石安扭头看，是夏可。忙接了纸条欠欠身。只见上面写着："如果我没让你讨厌，请给我一次对话的机会。"肖石安突然想起"对话"这个特定词汇，不觉笑出声来。他前后都坐着人，的确不是一个说话的地方。于是接过夏可的笔，在纸上写道："没有，不知道你想通过对话得到什么。"肖石安又把笔纸递过去。

"我想在你心中占有一个位置，我希望那里有一个属于我的空间。"她写道。

"我没有注意到我心中有这样的空间，或者说，我的情感世界里有没有开拓这样空间的可能。"肖石安写道。

"我想用我的真诚、真实、真心拓开你的内心世界，并为自己建一个窝，这是我近期最想做的事。"

肖石安看了看纸条，心头一动，人世间最能打动他的大约就是真诚、真实和真心了。他不知道身边这位姑娘的想法会和他一样，这种认同感像一缕缕春风，让他解除了些许戒备、轻视与敌意。于是他在纸条上写道："我非常感谢你的真诚、真实和真心，但你并不了解我，就像我不了解你一样，我不知道自己能否做得让你满意一些。"

夏可接着写道："很多事不需要更多的了解，女人瞬间的直觉有时会胜过所有成熟的思考，我只想跟着感觉走，不论这种感觉把我带到什么地方。"肖石安再次接过纸条时，发现刚刚写上去的字被泪水溶化开了，就像一幅水墨画。

那年肖石安27岁，夏可比他小4岁。

肖石安最终在纸上写道："我愿意给你所要的那个空间，希望你过得惬意。"

夏可接过纸，突然眼睛一亮，举到唇边吻了一下，起身离去。

肖石安内心波澜起伏，这是他从来没有过的。退伍前，正遇上第二次自卫反击战。那时，他在运输连保证一线弹药供应，车队常常冒着炮火往前方送补给。他不止一次看到身边的战友倒在敌人的炮火下，他自己也在一片开阔地里被炮弹掀掉一块儿背脊皮。在这次战斗中，他那个班唯有他的车子开到了前沿，于是立了二等功。退伍后当了警察，他边读电大边工作，三年后当了派出所的副所长。肖石安从战场到公安，除了工作就是读书做笔记，几乎投入了所有的精力。他觉得在和他一同当兵的战友中，唯有他是最幸运的。他仿佛觉得那些长卧西南边陲地下的英灵，永远会睁着眼睛望着他，班长、班副、当兵才三月的矮个、扁嘴……于是在他的头脑中，从未开拓过那个情感领域。如果不是夏可，他也许不会想到和女人恋爱、结婚。夏可的感情像烈火在他身上燃烧，让他硬汉的形象一点点消融。她那不顾一切、坦然的投入，渐渐唤起了肖石安长眠的情感，他觉得自己被一种情绪簇拥着。夏可苗条的身材和姣美的面容，不时在他脑子里闪现，于是他希望能接她的电话，听她热情洋溢的言辞。他想这就是爱吧！不过肖石安不想在作出决定前，就把什么事弄得满城风雨，毕竟这是个小县城。因此他们没有约会，他总觉得自己忙，每天除了工作又要读很多书，他们只通通电话，他没想到那天晚上，夏可会叩开他的门。肖石安望着门口的夏可，几乎认不出她来了。她剪了齐耳的短发，穿着一身白色的西装裙，肩上背着皮革小包，肖石安第一次注意到夏可是个美丽动人的姑娘。瓜子脸，白皮肤，精巧挺拔的鼻子，一双眼睛就像流动着的山泉一样清澈，一身得体的服装衬得她更加婀娜多姿。

"总不能让我老站着吧。"她说。

夏可说着走进房间。那时派出所没有自己的房子，肖石安在外头租着住，一室一厅，带卫生间。

客厅里置放一张小桌，一对木沙发。夏可坐在沙发上，视线一直留在肖石安身上。肖石安为她沏了一杯茶。

"我一直想来。"夏可直言不讳道，她是完全放下身架了，她要让肖石安明白是她在主动追求，仿佛刻意在消除肖石安的顾虑。

肖石安从她目光里瞥见了旺盛的火焰，他避开她的目光。

"我也想你，我不知道会这样，但这是真的。"肖石安说，他靠在小方桌上，望着夏可，夏可胸脯起伏。

"我成天想着你，夜里还做梦，我没法不来。"夏可坦诚道。

肖石安在夏可的目光里感到了什么，他觉得她眼里的那团火像是要燃烧起来了，这让他心跳加快。

夏可支着木沙发扶手，往前探身子，有一种随时扑上来的本能。

　　在肖石安眼里，夏可的心犹如一泓清泉，透彻见底。她似乎不愿意用某种虚伪的东西掩盖自己，她要表达的，是一个真实的自我。肖石安被她这种真实的情感所打动。他迎着她的目光，相撞的火花顿时点着了干柴，但他强迫自己冷静下来，他们的感情发展得太快了，他甚至来不及对夏可进行彻底的了解，并对未来作出深入的思考，恋爱就必须结婚，而婚姻是终身大事。肖石安想着，夏可却像燕子一样向他飞来，扑到他身上，双臂死死搂着他的脖子。

　　"我想你，我爱你！"夏可喃喃自语，灼热柔软的唇在肖石安的脸上、脖子上雨点般探索。"抱紧我，抱紧我！"夏可紧紧地贴着肖石安，呻吟着扭动起来。

　　肖石安被夏可的突如其来震惊片刻，似乎不相信眼前一切的真实性。太快了，太猛烈了。他抽手来，轻轻搂着夏可的背，嘴唇在夏可的脸上吻了一下。夏可的脸额滚烫，这一吻，便引来了夏可的唇。她几乎是闭着眼睛，用她的唇寻找着他的唇，他的唇被紧紧地吸住了，这令他喘不过气来。他抓住了她的肩膀，轻轻地拉开他们的距离。夏可脸额绯红，艳美绝伦。肖石安惊讶地发现，夏可不知什么时候解开了上衣的两个扣子，胸罩的一根带子从肩膀上脱落下来，洁白的乳房裸露在肖石安的面前。

　　肖石安的吃惊一定大于冲动，同时感到了喉咙的干裂，他需要滋润。肖石安疑惑不定的心绪降低了他的热情，于是他伸手颤抖着提起她胸罩的带子，扣上她的衣服。夏可并没有就此罢休，她飞快地解开扣子，动作近乎拉扯，脸上挂着执拗的表情。她眼睛里闪着泪水，不顾一切搂着肖石安："我要你，都给你，都给你！"夏可几乎是呻吟了。肖石安不敢有丝毫的热情表示，他克制着自己，用手捉住她的双肩，与她保持着一定的距离。这时，BP机"滴滴滴"叫了起来，肖石安看号码，是所里的电话。他放开双手，抹掉她脸上的泪痕，转身回电话。

电话是所里同事打来的，说乡下发生一起民间纠纷，引起自杀案件，死者娘家开了五部拖拉机，将尸体拉到另一家，杀掉了猪，捣毁了全部的家具。

肖石安整理衣服，带上洗漱用具。

夏可默默地望着这一切，用纸巾吸了泪水，突然冲到他面前吻了他一下，转身离去。等肖石安下楼来，所里的车子早已停在楼下。

肖石安和夏可热恋了两年，夏可感情像进入了深秋的气候渐渐冷去。这两年，他们见面并不多，但每次见面夏可就像一团火燃烧着肖石安和她自己。他们总有说不完的情话，吻不够的香唇。虽然这样，他和夏可都没谈及结婚的事，但在肖石安的内心，早把夏可当成他的妻子。肖石安觉得自己工作太繁忙，太理性，他非常需要一个像夏可这样的姑娘来补充自己性格和感情上的缺陷。但夏可渐渐电话少了，有时肖石安把电话打到她家里，夏可竟支支吾吾没话可说，而绝不像以前一样，一句话要重复多次，恨不得每个字词都能嚼出甜味来。肖石安感到了一种干涩，一种情感上的危机，他不知原因。问题是他越来越爱夏可，这种爱让他牵肠挂肚，没一日安宁。有时他一连几日不给夏可打电话，希望她明白他在生气。但到了他自己都无法克制，不得不打电话的时候，对方却像什么事都没发生一样，只是说："对不起，我采访任务很重，且准备着考试。"

肖石安心情沉重地请夏可来一次。夏可问："有那么严重吗？"

夏可还是来了，肖石安说："我们结婚吧！"

夏可望着他半天说："我爱你，我给了你一切，但并没说要和你结婚。我要读书，我的事业才刚刚开始。"

简单的几句话不啻一记记闷雷。肖石安不知多少次想过这个问题，他觉得他们有感情基础，结婚是一种自然的归宿。他无法想象他们这样的男女除了情感之外，还有什么能成为阻碍他们成为终身伴侣的理由。正是这种隐约的担心，他才想到用结婚拴住夏可。

"你在逐渐冷淡！"肖石安轻声道。

"是的。"

"为什么？"

"不知道，我怎么想，怎么说；怎么说，怎么做。这点你知道。"

"你曾经非常爱我！"肖石安有气无力地问。

"是的，曾经；而且现在和曾经一样，也是真实的。"

肖石安无话可说。这是真正的夏可，一个不愿说违心话的夏可。夏可的坦率和轻而易举的忘却令肖石安难以接受，他希望夏可能婉转些，哪怕这种委婉是出于欺骗，夏可没有。

后来他不止一次回忆他们相处的日子，夏可的感情就像夜空的流星，从明亮到暗淡，最后消失在夜空里。她曾给你的都是真实的，这种暴风骤雨般的真实一开始就寓意着某种危机。夏可不可能始终爱一个人，她完全是情绪化的人，她把一切给你的时候，会全身心地投入；当感情像油灯一样在你身上燃尽时，绿豆般的火苗就会熄灭。肖石安理解这种情感的时候，任何一种方式都无法挽回了。后来夏可果然考上了大学新闻系，再也没和肖石安联系过。

上学后，夏凯改名为夏可。

肖石安又拿起报纸看着，眼前泛起夏可热烈的眼神。在肖石安的心目中，夏可的热烈远远超出她的艳丽。他不知道夏可现在会将热情的种子种植在哪片土地上，但从夏可的每次报道中，肖石安似乎有一种感觉，她对常务副县长彭位泽的偏爱，让他想到了很多。一想这，心中又掠过一阵忧伤。

城关派出所的邱大生大大咧咧走进来，把案卷往桌子上一放。肖石安不用看就知道是妨碍公务案件。

"突击月"活动开始以来，几乎每天都有村民被治安处罚。这些人大多是冲撞或者拒绝乡镇干部执行计划生育政策，并且有够处罚的违法事实。这类案件倘若像其他案件一样严格审查，得全部退回重新补充材料。县里规定法院不得受理因计划生育引起的行政诉讼，因此材料少不得粗糙夹生。轻微伤害一般不搞伤势鉴定，只要双方认可且有旁证；传唤手续不全，或是乡镇干部态度粗暴引起的对抗，派出所一般是当场扭获违反治安管理人，然后搞材料。当治安科拿到材料时，被处罚对象已在办公室或外头车里等着了。你只要签个字，办完手续并不告诉当事人的权利，直接送进拘留所。计划生育案子哪里都不能卡壳，否则乡镇干部一个状就告到了县里，局长会训斥得你浑身冒汗。"签吧！"局长只说两个字。因此批这些案件，一般问个几个问题，翻翻被处罚人的口供，从不看其他证据材料。

肖石安对邱大生说："太草率点了吧，总要问问家庭情况吧！"

"签吧！"邱大生学着局长的口吻，"做材料和不做材料一个样。"

"事实部分不明确。"

"三四个人在现场，有指认证据材料，乡镇干部还会瞎说！"

肖石安苦笑。他想起那天高局长在彭副县长面前表的态，摇头签上了处理意见。

肖石安问："还有多少对象没完成？"

"共98名对象，63名宣传后主动节育放环，交罚款，35名有些小难题。"

"镇里方严枫书记还不得累趴下。"肖石安说。

"乡镇干部不好当呢！他们没日没夜跑村里，磨嘴皮，耳朵灌进的是谩骂声。方书记中耳炎复发，说是被农村妇女恶语灌的。"邱所长笑着扔过一支烟，肖石安摇头把烟放到一边。

肖石安和邱大生谈得来，有事没事一块儿说两句掏心窝的话，发两句牢骚，骂两句娘，就会心满意足地把个人心思放到一边。

"警察老是冲到计划生育第一线，的确是个问题。不去吧，头儿们没法向县里交代；去吧，公安上头没法交代。这当局长常年涎着脸向县长讨钱，幸好这些年经济景气。"邱大生说。

"这是个过渡期，持续下去的结果不堪设想。靠罚款维持警察日常运转，会失去执法的尊严，想扭转民众对警察不良印象，不知要花去多少时间。"

"就这样挨着呗。你我都是小人物，小人物手中没有真理。再说，做得实些，想得浅些，现在没人想深刻的问题，尽管许多事无法回避。工作做好了，你往上爬，也合情合理，靠弄虚作假哄骗上边，领导出数字，数字出领导，这种人最缺德。最后自己上去了百姓却遭了殃。你不知道吧？"邱大生突然问。

"什么？"

"这次县里为什么这么狠抓计划生育工作？"

"全市最差，何况这是国策，不重视国策重视什么。"

"这样倒好。这次计划生育搞不好，县里头头不少要丢乌纱帽，这才是他们最担心的。"

"这个我知道，完不成任务自动辞职。"

"你只知其一，不知其二，搞好了呢？"

肖石安摇头望着邱所长。邱所长的消息渠道畅通，有时候肖石安觉得他透露的许多消息不可思议，可几天后就变成了现实。后来他知道，他有一个同学在市委组织部里当干部处长。

"你说。"

邱所长神秘一笑，便闭了嘴。然后拿起案卷起身道："再说吧，这可是特级机密。"说完走出门，还回头哈哈笑了两声。肖石安无奈撇了撇嘴。

肖石安想，搞好了自然是升官。现在官场上的人把当官作为职业，就是希望永久性地做下去，官当得越大，爬得越高越好，这无可非议呀。不过所长讲的并不会那么简单，泛泛而谈算什么"特级机密"。邱所长从来不会小题大做或者无中生有，设计某些悬念倒是他的拿手好戏。他一定知道，这次计划生育搞好了，谁上台阶，这种消息才算得上是"特级机密"。想到这里，肖石安扑哧地笑了。其实这和自己无关，自己没有太多的欲望，谁当官谁提拔都不会对他构成威胁，也不会威胁到别人，干吗自寻烦恼操那份心。这么一想，肖石安把邱大生设计的悬念给熨平了。

七

我不知道，邱大生的第一次出现给读者什么样的印象，他像是官场里的一个碎嘴子，专门捣鼓鲜为人知的小道消息。曾有同事问我，为什么你父亲一出现就给人一个琐碎的形象，这样形象一定会在读者心中大打折扣。其实这个问题我也回答不了，在对父亲的形象定位之前，我本想征求肖石安的意见，那时候我并没有产生要写这部作品的计划，而只是在我内心有一点点闪烁的火花。不过，这部作品的创作就是从点点滴滴的火花开始的。

第一次关于彭位泽"人无完人"的回答，我就想到了父亲邱大生。这样的评价不仅仅是针对彭位泽，对生存在这个世界上的人都带有普遍意义。但是我的判断并不准确。那日在课堂上，讲到了心理学方面的例子，便讲到了警察奉献与牺牲精神。肖石安想通过父亲邱大生的事例，寻找忠诚者内心的支撑点。他把父亲的品质归结为忠诚，或是把忠诚归结为高尚的品德。他以为父亲内心深处的一种别样的感情，这种感情通过奉献来达到心理上的满足。在财经大学，没人知道父亲，也没人知道肖石安讲到的邱大生与我的关系。就像没人知道我的出生地一样。英雄的名字具有很大的时空局限性，况且，父亲算不上真正的英雄。我看到很多女同学在流泪，我的内心也在哭泣却只能强忍着。肖石安讲到了父亲的死，父亲死的方式很平常，不平常的是最后那杯酒和警服口袋里的那张纸片。肖石安在课堂上并没提到父亲的缺点，这与他想给同学塑造的父亲的形象不相符合。课后，我走进肖石安办公室，这是我读大学一年多来第一次走进肖石安的办公室。办公室单间却很整洁，一张桌子一张书柜，桌子书柜堆满了书。除去书以外，四周的墙上挂着许多他在地方工作时的照片，最多的是当警察时的留影。有白色和蓝色的制服，也有我熟知的橄榄绿，这之间还有与父亲的合影。我与肖石安的交谈从来没有多余的话语，肖石安让我坐，我站着问："叔叔怎么看待我父亲？"

"你在创作？"他没有回答我的提问。

我一直用笔名写作，可还是让肖石安知道了。我点点头。

"很好，在你这个年龄，我也开始了写作了，后来与一个叫林洋的副局长写了很多文章，不过我写的更多的是论文而不是文学作品。"

"我知道。"

"如果有机会，你可以写写你的父亲，他不是英雄，却是真正的英雄；但他首先是一名有血有肉的普通人。你只有将英雄当作普通人去写，你的作品才不落俗套，才能把人写活，才有生命力。"

好些年过去了，我一直没有忘记肖石安的话，即使我的文学创作日趋成熟，我依旧觉得肖石安的话对塑造艺术人物而言，是一个普遍的真理。自那以后，父亲的形象慢慢在我内心孕育，我一直想让他从"英雄"框架里摆脱出来，捕捉他平凡的琐事，让他与千千万万个警察相同。但是，那个时候，不论是肖石安还是彭位泽都不知道在父亲身上发生了什么，直到计划生育"突击月"活动结束，他像是浸泡日久的土坝，在最后一场暴雨中崩溃了。

我先把肖石安与父亲放在一边，继续讲述彭位泽的故事。

走出书记办公室已是下午四点半了。应当说彭位泽不会有什么烦恼，至少给人的印象是这样。他高大的个，身子结实，通常说接近不惑之年的人不注重锻炼，十有八九开始发胖，尤其像彭位泽这种胖体型基因的人。但彭位泽身上没一点发福的感觉，他旺盛的精力在班子里是出了名的，汪书记有时会幽默一下调节班子里的气氛，就对大家说彭位泽的精力归结为沈冰不在开阳城。沈冰在市劳动部门工作，后来调入市妇联当领导，市里离开阳城 80 里地。她戴副眼睛，性格内向，深居简出，很少到开阳城来，就是偶尔来看彭位泽，也很少与彭位泽的同事接触。

彭位泽回到办公室，想利用点时间看完厚厚的文件，可那一排排红文字像飞舞的红蜻蜓，让他神情恍惚，目光迷乱。他揉了一把眼，还不定神，索性将文件夹放回去，耳边老响起汪书记的话。

"小彭，全县'突击月'活动进展不快呀，城关镇尤其落伍了。这两天我下去跑了一圈，最大的问题不在群众，而在我们干部。就拿城关镇来说，六个镇长书记，就有三个请了病假，这算什么'突击月'。"书记说着点了一根烟，紧绷着脸，手指因为激动微微颤抖了一下。"城关镇是这次'突击月'的龙头，城关搞不好，会带来什么样的影响，把你放在城关我是有意图的。"汪书记吐出烟，冷冷地望着彭位泽。

对于汪书记的火气，彭位泽想到了夏可的那篇文章。从指标来说，城关片完成得不是最好的，这里除了总量之外，工作也比山里的难做。你说挨着城边的人不懂法吧，他的确也懂一点；你说他全懂吧，不过是一知半解。可他们老是拿法拿人权来作挡箭牌，强调自己的维权意识。这样的周折不仅消耗精力，还把宝贵的时间给一点点给蚕食了。

除了工作进展，还有夏可文章造成的气势。从文章本身来说，并没有提到城关镇计划生育进展多快，也没有讲到效果多明显，最多的是领导如何重视，全体干部众志成城。但是，哪怕你什么都不提，进展快的乡镇并没有大版大版地刊登这样的文章呀，你一个不算先进的单位却出尽了风头，这样的对比也许是汪书内心不快的根源。各乡镇之间轻重与否在汪书记心里有一杆秤，关键在于秤砣往哪里搁，保持这杆秤的平衡。

这么一想，彭位泽怨起夏可来了。

其实，彭位泽心里比汪书记还急。基层干部对计划生育有为难情绪他是知道的，所以那次在镇里召开动员大会，他曾宣布了三条纪律，其中一条就是"突击月"期间所有干部一律不得请假；党委委员以上的干部请假要通过县里，一般干部要镇长书记同时批准。两个副镇长、一个副书记请假都是经过他同意的：一个老闫，快退休了，又有高血压，工作开始两天后就头晕、手脚麻木、抽搐，犯了老毛病，说是脑血管发生病变，住进了医院；副书记小张倒是干劲冲天，像条猎犬在山里追赶结扎对象，结果被竹根扎穿了脚板，刺破了血管也住了医院；另一个副镇长起早贪黑，慢性阑尾炎转化成了急性，无奈住院动了手术。彭位泽没解释，他想汪书记和他一样知道详情，既然要批评，你找理由只会增加他的怒气。不过仅仅城关镇进展不快，不会引起汪书记的不满，总还有比城关快的地方，果然汪书记说："丰前镇进展得不慢，江副书记工作很得力。"江副书记比彭位泽大两岁，打个不恰当的比喻：在开阳，他和彭位泽是山里的两只公虎，明里暗里斗着法。他们都是这次活动中的副组长。彭位泽抓住公安局长高会理，是江副书记意料之中的事。高会理和彭位泽的关系县里都知道，把局长抓在手里，调兵遣将就比较方便。但彭位泽被安排联系城关镇，的确是江副书记不开心，他毕竟是副书记，提拔时间早一年，位置排在彭位泽前头，把他放在城关，这才顺理成章。他想找汪书记谈谈，又寻不出充分的理由，反而被汪书记说自己小肚鸡肠。"城关是龙头。"这是汪书记在动员会上说的。既然彭位泽抓住了龙头，那江书记只有在进度上做文章，化劣势为优势。问题是这些天电视、报纸都在说城关镇的工作如何如何，其他乡镇只是稍稍带了一笔。而联系城关的彭位泽既担心又得意，现在汪书记一否定，让他警觉，也让他失落。

不过彭位泽知道，汪书记对自己信心百倍，如果落在丰前镇后头，自己没了脸面，也让汪书记下不了台。当下，江副书记不声不响地在那边使劲，很少公开宣传自己的成绩，彭位泽摸不着情况，只是在碰头会上听各乡镇汇报，说说自己的进展。这些数字不比工农业总产值，可以出于某种目的往上加零。计划生育检查考核十分细致，而且参加考核的都是专家，任何虚假都无法蒙住他们的眼睛。因此，汇报的数字十有八九是准确的。这又让彭位泽着急。

彭位泽了解所有环节，城关镇完成的绝对数，远远超过其他乡镇，只是在任何场合都没法提，不然汪书记会说你拉客观，拉客观就是懈怠，就是回避问题。那样，就是主观思想上的问题了。找不出更多的漏洞，会失去方向，下步工作会更艰难，许多工作对象东躲西藏，有的甚至远走高飞，人影都找不着，只有采取非正常手段，逼着对方就范了。

下班回到家里，沈冰正在做饭。沈冰从市里来没和他打招呼，这让他感到很意外。

"什么时间到的？"彭位泽问。

"才一会儿。"沈冰答。

"你今天没上班？"

"今天是双休日。"

彭位泽听了一拍脑袋，自嘲地笑笑。

沈冰语调平和，不冷不热，彭位泽习惯了这种相敬如宾的家庭气氛，只是在遇到夏可以后，才体会到这样的家庭缺少热烈、浪漫和温馨。与沈冰相距尽管只有80里地，可一个月他们见不到一次面，却没有小别胜新婚的炽热。从见面、吃饭、聊天，甚至上床，循序渐进四平八稳。他们有一个儿子已经7岁，在市里读书，平常跟着外婆，除了开会看儿子，彭位泽从未燃起见一见沈冰的欲望，他总是觉得忙，许多事情身不由己；沈冰或许更加适应这样的生活，至少给彭位泽的感觉是这样。夫妻难得见面，除了彭位泽提出或是暗示以外，她永远静静地等待，并在等待中进入梦乡。

彭位泽吃得很少，平常除了应酬，就拿个碗到食堂里胡乱吃点。他不喜欢浑身长肉的模样，身体上的重量会让自己失去自信。

"吃得太少了。"沈冰说。

"谢谢，没什么胃口。"在沈冰眼里，彭位泽永远像个客人。

"身体不舒服？"

"没有，这些天工作挺忙。"

"不能只是忙工作，你又不是新手。"沈冰点拨道。

"什么意思？"彭位泽听了沈冰的话坐着没动。

沈冰边收拾碗筷边答："市里个别领导要调动，县里也有不少传闻，有人正往市里跑呢。"

彭位泽没吱声，他起身为自己沏了杯茶，坐到写字台前。市里人事调动早听华部长说过，汪书记有希望顶替那位上调的市委副书记，如果这个消息确切，县委书记的位子就是空缺。通常说，曾县长升书记，当第一把手；县长这个空缺就会有竞争，这点彭位泽早就权衡过。现任副职当中，除了他和江副书记，其他几个都是在他们之后提到县领导位子上来的，而且还没进常委班子，自然不会成为他们的竞争对手。江副书记尽管早了一年，排位在他的前面，不过最大的优势在于做人圆滑，讨领导欢喜。但江副书记并不怎么受汪书记赏识，因他是曾县长同乡。曾县长总是在一些难以回避的场合，说江副书记和彭副县长"手心手背都是肉"。汪书记却不同，他说："彭副县长、江副书记各有所长。"这话听不出高下之分，但彭位泽没有一次听到汪书记把彭、江说成江、彭，这说明彭位泽在汪书记心目中的亮点要多些。"手心手背都是肉"说明了什么？谁是手心，谁又是手背，谁又能说清手心手背哪面更重要？暗地里其他常委都说曾县长真是中庸到家了。

沈冰见彭位泽没有应她的话，也不多语，自顾洗碗、搞卫生，然后为彭位泽洗衣服，在厨房卫生间里忙碌着，任凭器具发出"叮叮当当"的磕碰声。

彭位泽回城考上大学，和沈冰也是相识在大学里。他们的宿舍楼面对着面，都住五层。沈冰比彭位泽晚两届。彭位泽在下放冯家坞期间学得一手好笛子，一有空就站在窗口吹首《梁祝》。悠扬的笛声穿过五十米的空间钻进对面的窗口，像是在两堵墙之间架起了一道桥梁，不时引来对面窗口倩影的晃动。于是彭位泽的笛声被女生称为"塞壬岛的魔笛"。彭位泽注意到对窗房间住着的6个女生中，唯独常穿白内衣的那位从不在他笛声中出现，正是这个像谜一样的女生吸引着他。于是彭位泽脑子里编织着许许多多浪漫的故事。一次在庆祝同学毕业典礼上，彭位泽上台吹了一首《百鸟朝凤》，彭位泽突然看见那女生就坐在前排，他心中"怦怦"直跳，把百鸟的欢跃展现得淋漓尽致。雷动的掌声鼓励着彭位泽的勇气，他朝台前走了几步，对着白衣姑娘深深地鞠了一躬。旁边的同学反应极快，一束鲜花送到了姑娘的手里，在同学推搡下，白衣姑娘终于走到台前，将手中的鲜花送给了彭位泽。

此后，彭位泽知道她叫沈冰，还是同一个市的老乡。彭位泽毕业后一直和沈冰通着信，那时他在宣传部文明办当副主任，是个有希望的青年。待沈冰毕业不久，他们就结了婚。

彭位泽十分赞许沈冰古典式的做派，可后来他觉得沈冰那种温文尔雅有些虚假，这让他活得很累。他自己成日在官场里泡着，迎面扑来的微笑像是一张张脸谱，不论谁见他和汪书记在一起，第一个总是朝书记点头，不管角度有多么别扭，几乎是一成不变的真理。他希望在家里能看到人性中一点真实的东西，但沈冰比他的同事更有理性。家里她总是穿戴整齐，谈吐的句式有完整的主谓宾，她老把"请""谢"等外交辞令挂在嘴边上，把他也弄得很拘束。彭位泽希望沈冰颠倒个儿，让他领略一次不打招呼的方式。他宁愿每次见到她时只看她见穿宽松透明的睡袍，里头赤裸着身子，举止说话粗鲁些，睡觉别穿衣服，做爱骑在他身上，发出"哼哼唧唧"的叫声……

沈冰一如既往没有任何改变，反倒像个修女更加墨守成规。彭位泽渐渐习惯了，慢慢学会了忽略，他感觉不到她身上的热情，老想着她是一条冬眠的蛇。生活就是这样，家庭只是个载体，是冷是热总得过下去。彭位泽时常想。

沈冰做完家务，无声地进了卫生间，一会儿里头传出洗澡的流水声。彭位泽把文件夹打开，准备用一个钟头时间读完。这时腰里的 BP 机响了起来。这是他和夏可的约定，通常情况不直接打手机。彭位泽一看是夏可，心里一动，热量回到了心头。他拿起桌子上的电话。

"她在那儿？"夏可开口问。

"你是搞间谍的吧。"彭位泽朝洗手间瞥了眼道。

夏可笑，笑得很开心。彭位泽不明白夏可笑的含意，不过同夏可交往过程中，她从来没有对他夫人的存在表现出不满，反而鼓励他给沈冰多一些爱。她说："女人有时把爱看得比婚姻更加重要。"

夏可说："吾副主编让我星期一再过来，继续采访县里计划生育'突击月'的进展。这不，正中下怀呢。"

"太棒了。不过城关进展并不顺利，你的文章让有些领导不快活了，也许有副作用呢。"

"我不管这些，日报不是开在开阳城，我们听市委的，接受市委宣传部的领导。另外，我想天天去，和你在一起！"

"嗯嗯，夏可……她出来了。"彭位泽一边和夏可说着热切的话语，一边注视着卫生间里的动静。他对着话筒放大声音道："我会调节两个局的关系，放心好了。"夏可在电话里咯咯笑，弄得彭位泽忍俊不禁。

夏可那边放下电话，彭位泽嘀咕着翻开文件夹。

他觉得这种生活有点像地下工作者，充满刺激，也挺有意思。

"还出去吗？"沈冰此时已是穿戴整齐，用毛巾擦着头发。

他本想去办公室，只是已经把文件带回家了，就找不到什么理由了。

"不，但要看完这些文件。"他答。沈冰不吭声，走到另一个房间，打开电视机，把音量调得很小，然后轻轻关上门。

彭位泽看完文件已是10点多，他走进电视间，见沈冰在看音乐节目，又退了出来，走进卫生间。

卫生间挺大，有浴缸、抽水马桶，墙上还有面大镜子。这些都原装的。彭位泽搬进来时没做过任何装潢。他扭开热水龙头，让水喷到自己的身上，大寒将至，气候寒冷，而水温冷暖适宜，他喜欢这样的姿态，让自己的思绪在喷淋下飞翔。

镜子被雾气抹得灰蒙蒙的，里头依稀可见朦胧的影子，那影子一高一矮，仿佛有一个是夏可，他伸手一抚，却是空的，转眼间调皮的影子又耸立在他面前。他记得第一次和夏可做爱就在这卫生间里，那让彭位泽神魂颠倒的感受永远不能从他记忆中抹去。不论什么时间，只要他在浴室里洗澡，就会看见镜子上有夏可的影子，就会想起那销魂的一幕。彭位泽往身上打香皂，滑溜的双手在身上抚着，仿佛这双不是他的手，身子也不是他的身子。他的思绪不由自主，早飞出窗外，在广袤的田野，在茂密的树林，在爱的天地里徜徉。

笃笃笃，外头在敲门，驱散了彭位泽的梦。他下意识用毛巾捂住身子，门被推开一条缝，伸进一只手来，手上抓着裤头和衬衫。

彭位泽接过衣服，说了声谢谢，擦干了身子。

走出卫生间，才知道自己在浴室里待了快一个钟头。那时沈冰已坐在床上看书，彭位泽掀开被角，才发现床单和枕巾都换过了。他心头一惊，心想着被换掉的床单和枕巾睡过另一个女人，便觉得很不自在。

"我给你带来了那管笛子。"沈冰放下书，魔术般从枕头下抽出笛子。

"怎么还留着这个。"彭位泽觉得奇怪。

"这管笛子演奏的乐曲，驾起了一座桥梁，一个在这头，一个在那头。现在也是，一个在这头，一个在那头。你一人在这边吹吹或许能放松自己，也能解解闷。"沈冰说。

彭位泽听出沈冰话里有话，脑子飞快地闪过和夏可相处的场景，没任何破绽会被沈冰发现。不过，以前只想到沈冰极少来开阳城，即使来了，通常也是在双休日，并且预先告诉彭位泽。但有一次因为接待任务拒绝沈冰来之后，她再也没有来过。而今天，沈冰不但来了，预先也没通知他，这的确有些突兀。这么一想，心里便不安起来。沈冰可能得知他和别的女人之间的关系，真是这样，也是凭借她敏感的嗅觉产生的一种猜疑。而像沈冰这样性格内向的女人，完全有这方面的功能。于是他下意识地摸摸床单，或许沈冰从床单和枕巾中发现了什么？彭位泽这么想旋即否认了自己。夏可和彭位泽同样理短发，再说和她认识第一天起，夏可再也没再用过香水和化妆品。

"大老远带这东西就是想说这些话？"彭位泽镇定道。

"今天是我们的结婚纪念日，你倒是忘了。"沈冰说。

"哦，我太忙，连双休日都忘记了。"彭位泽心中释然，他的确忘记了结婚纪念日，这些年除了儿子，再想不起值得纪念的东西了。细想想，十年的婚姻说不上好，也说不上不好，他们相敬如宾，相互的义务和责任感远远超过了激情。彭位泽不止一次想过什么是婚姻，什么是幸福的婚姻，这个问题往往是开了头就没了下文。

"我有个要求。"沈冰说。

"什么？"

"我想再听听那曲《百鸟朝凤》。"

"早些歇吧，明天镇里要开会，还有不少事要忙；再说都几点了，常务副县长房间里响起笛子，明天就是别人的话题。"彭位泽说着脱去上衣。沈冰注视他片刻，神色暗淡。

彭位泽实在提不起精神，和沈冰的房事对彭位泽是一种疲惫的劳动，一则是沈冰的被动，二则彭位泽觉得那种行为只是某种器官的机械运动。沈冰永远是冷冰冰的模样，在他记忆里也从来没感觉到有夏可那样的高亢，有夏可那种强烈的本能的反应，那种本能会唤起他更大的热情。而沈冰给他的是一种无言的抑制，夏可能调动他身上的每一个细胞、每一寸肌肤，把所有的热情调动起来后又倾注到她的身上，然后是从未有过的放松。这种从疯狂到绝对松弛的感受，只有在夏可身上才能得到。

彭位泽觉得，如果与夏可的交往被认为是邪恶，那么邪恶的力量经久不衰并且代代相传，就有它实实在在的道理了。

沈冰见彭位泽已经躺下，把笛子重新插进床的内侧，关灯躺在彭位泽身边。

一切归于宁静。

八

对于沈冰，我了解甚少，直到完成这部作品我都没见过她。但是出于好奇，我还是希望能见她一面，毕竟她在这部作品中是个举足轻重、有故事的人物。为此，我曾作过多次努力，有两次觉得有把握的时候，却像两条轨上跑的车，偏偏擦身而过。沈冰在劳动部门工作或是被提拔到市妇联当副主任，与警察都是两个系统。但是一年的三八妇女节市妇联与市公安局搞联欢，每个县出两个节目，其中就有我的一个。那天说好沈冰要出席的，结果妇联主任在楼梯上崴了脚，让沈冰代她去省城开会。另一次是沈冰代表市妇联看望我的母亲，因为那一年我母亲被评为省劳模。我又因一起杀人大案外出追逃。我想我与沈冰就像一棵树上的两片叶子，尽管距离不远，彼此却难以握手相见。

我不知道沈冰是否认识肖石安或是父亲，但一定听说过他们的名字。只是认识与不认识并不妨碍各自的向往，每个人都生活在自己划定的圈子里，行走在长辈为他们设定的路径上，能突破这个圈子，并且另辟蹊径，这个人必定不同凡响。父亲邱大生显然不是这样的人，这个观点肖石安也十分赞同。

这是后话。

计划生育工作刚刚开始，就像暴雨前的竹楼，早已是风声四起。这次"突击月"不是全市的统一行动，而是开阳城局部的重点工作，这样的行动最让市公安局领导担心。基层警察在非警务活动中的过度举动，至少在针对性策略上应当避免这样的漏洞。

星期天一大早，政治部胡主任就到了县局，听了汇报，胡主任半天没有吱声。政治部主任是市局党委委员，人事调动的实权人物，若是下头的人想往市公安局调，第一关面对的就是这个角色。那时，公安机关没有局域网，所有工作只看材料和领导口头汇报，这一点高局长做得是滴水不漏。听完汇报，会议室里一片沉静，然后胡主任看看大家道："地方政府的要求我理解，但是作为公安执法机关，执法过程唯一的依据就是事实与法律。"

高局长点点头道："胡主任说的没错，我们理解地方政府的压力，但是，任何时候我们都不会忘记自己的职责，我们坚持依法办案，以事实为依据，这一点与政府之间的重点工作不会有矛盾。近期的治安案件虽然有所增加，但办的却都是铁案。"

胡主任听了接着道："市局领导担心的就是这个问题，'突击月'活动治安案件增加很正常，我理解下头的难处，经济迅猛发展，人的观念发生了巨大的变化，基层干部的思想也有些混乱。有法必依，执法必严首先得有法可依，这是个问题。越是这个时候我们基层公安领导的头脑越要清醒，'突击月'活动是暂时的，下头还会有一个接一个的'突击月'活动，每一项活动对公安机关来说都可能是'政治任务'，但是法律是长久的，要经得起历史的考验。"

高局长并没有与胡主任有过多的纠缠，他知道在这样的场合说什么都没用，解释更是徒劳的。他只是听着、顺应着，毕竟，公安局一百多张嘴，花着县财政的银子。

胡主任说了半天话，时间也差不多了。高局长早让行政科准备酒菜，他知道胡主任好这一口。高局长说："星期天下来检查工作，辛苦之后一定要放松放松。"

胡主任听了脸上泛起了笑容。

在胡主任到达开阳城的前一个钟头，镇派出所邱大生所长就在公安局楼下叫肖石安。

依照安排，今天镇里召开再动员大会，他俩一同骑车到了镇里，因为常务副县长彭位泽到场，下去工作的干部都被叫了回来，参加会议的干部特别多。

镇委书记方严枫环顾四周后道："砍柴不误磨刀功，叫大家回来，就是要磨磨刀子，别落在其他镇后头，拖全县的后腿。"方严枫的开场简单明了。

镇长对近来"突击月"工作进展情况进行了分析和总结，指出存在的问题，谈了不少工作措施和要求。镇长发言后，方书记作了补充，并强调了几点工作。

电视台来了，会场没受到干扰，程序继续进行。电视台的人忙了一阵之后，坐在外头晒太阳，大约是等着彭位泽作指示，抓拍几个镜头。方书记说："我们目前的工作对象完成了四分之三，但工作量只完全了50%左右，剩下的都要'动手术'才能完成。我们的时间只有十几天了，各组要切实按制订的计划，不能按时完成任务，按规定扣发全年奖金；拖全县后腿的自动离职，你们先辞了，我和镇长再跟着辞。"

全镇的正式非正式干部加在一起 140 人，加上各部门下派搞"突击月"的一共 182 人，剩下的对象有二十几名，从力量对比来说，完成任务不成问题。

方书记讲话，当即台下就有人议论："有些领导生病休息同样拿奖金，我们在村里挨骂受气还要扣全年奖，干不好了全担着，干好了谁得利呀？"

"当官的张张嘴，当兵的跑断腿。干好了轮不着你我，这点你还不明白！"

"你没听说，这次计划生育'突击月'的四项指标上去了，镇书记就可能要当副县长呢。"

"难怪，那副县长……"肖石安听着议论，想起了邱大生的"特级机密"，心想这也许是其中的一部分吧。他正往下听，方严枫书记嗓门就大了起来。

"……关键是我们的干部。干部内部思想不统一，下去做工作怎么会有干劲！"方严枫书记的话语让议论的人住了嘴。

"有一个小组向我提出一奇怪的问题：说是一个姑娘在外头打工为老板代生了两个儿子，拿回来 40 万块钱，这样的对象该不该结扎。这个问题还要请示吗？我们要牢记计划生育政策，我们说的是一项国策，感情用事怎么开展工作，人口又怎么控制，四化实现不就是一句空话了吗？这里主要的还是一个认识问题。那姑娘没结婚是事实，但生下了两个孩子也不假吧，先结育了再谈其他问题。至于儿子的归属，还可以通过法律途径来解决，她是两个孩子的母亲，这是任何人都无法改变的事实。"

方书记说得有些冲动了，彭位泽坐在一边目光转来转去，不时点头表示赞同。

镇长说下面由县领导作重要指示。

电视台的记者扛着摄像机从外头进来，镜头对准了彭位泽，彭位泽将眼前的茶杯推到一边说：

"同意方书记的发言。什么是这项工作的动力，这是个认识问题，认识深刻，动力就大；认识肤浅，动力就小。现在，我们是背水一战，只有面对现实没有其它途径。我们不能戴上落后的帽子，就贪恋得舍不得甩掉。这算是我讲的第一点吧。第二点思想一定要统一。要不折不扣地依照县委县政府的指示精神执行，这一点没有任何的松动的余地。我们想问题办事情都要从大局出发，从国家利益、党的利益和人民的利益出发。要摆正个人和集体的关系，局部和整体的关系。对阻碍这次'突击月'活动的钉子户，不管是谁坚决拔掉。这一点县委县政府完全有信心。第三点，干部内部要以身作则。不少计划生育对象是我们的亲戚、朋友，要做好他们的思想工作，主动按要求去做。如果发现干部内部做手脚，造成后果的，一经查实，严肃处理。计划生育工作面前没有铁饭碗，这一点请各位牢记。"彭位泽喝了口水。

电视台的几位记者收拾东西。

"最近干部工作都很辛苦，除了我们乡镇干部，还有联系乡镇的部门，特别是公安局治安科、派出所的民警，对计划生育工作的大力支持，是这项工作进展的有力保障。到目前为止，已经处罚了阻碍执行公务和殴打干部的案子 7 起，其中拘留了 10 人，我希望城关片区各部门都要全力协作，一如既往做好工作。"

有掌声，彭位泽在掌声中点点头。

会议要求各组长留下，把对象逐个排队，分配到人。

散会后，肖石安和邱大生同路骑车回去。肖石安对邱大生说："你那'特级机密'我有点数了。"

邱所长不置可否，只是笑笑。骑过一段路，邱所长拐进一家饭店，说进去坐坐。

"时间早呢。"肖石安说。

"聊聊天呗。"邱所长昂昂头说。

他们停好自行车。"老包呢？"所长问服务员。服务员扯起嗓子叫老包。老包应着从包厢里跑出来。邱所长知道有戏，急步向前推进门，果然有四人在里头搓麻将。桌子上摊着不少的钱。邱所长一看，原来是其它镇里的两个干部和两个小包工头。干部见所长进来，支吾着不好意思收起桌上的钱，邱所长对包老板说："公共场所容留赌博罚款额可是十万以下呀，你钱多非要作贡献不可！"

包老板连忙递烟，包厢里的两个干部藏头缩尾往外走。

"别走啊，这可是当场抓获的。"说着从袋里掏出当场罚款裁定书，用笔指着两个干部说报上名来。干部嗫嚅地报着姓名，一个个满脸通红。包老板几乎是扑上前来，用身子挡住干部连声说："我代交，我代交。"

所长不肯，硬是逼着他们每人掏出 50 块钱。

肖石安见两个干部的窘迫过意不去。这些人虽然叫不出名，也算是抬头不见低头见。他见被罚款的干部不肯离去，肖石安看出他们是担心捅到县纪委。不久前县里明确规定，凡是干部参与赌博被公安机关处罚的，一律开除。肖石安对两人说："走吧，所长不会做得那么绝，这事儿给你们保密吧。"

邱所长不置可否，鼻子哼了一声，看着他们走出饭店。

包老板站在一边不知如何是好，半晌才让服务员泡茶，让邱所长留下吃饭。

邱所长说："吃什么饭呀，我和治安科肖科长来检查呢。"

"检查也得吃饭呀，来，两位坐吧。"包老板热情道。

"行了行了，还有两家。"完了撕了一张当场处罚单交给包老板。包老板连忙说谢谢，谢谢，麻利地掏钱。

肖石安抑不住笑，说随身带本罚款单倒是个好主意。邱所长说："不这么不行，我要求派出所民警人人都带一本罚款单。每人一年至少完成12本。你知道，我这个生产队长不好当呢！"

这种压力肖石安在治安科同样能感受到，而且这也不是一个县里的问题，基层民警十有八九是要靠罚款过日子。

他们又进了一家叫"百竹园"的小饭店。店内布置清洁、雅致，有一种亲和力。老板是个女的，外号叫"黑玫瑰"。黑玫瑰和所长、肖石安都很熟，将他们引进包厢。包厢四壁用杯口粗的毛竹装饰，顶棚挂着花格，垂落着绿色藤萝，尽管是假的，待在里面也有点回归自然的味道。

黑玫瑰为他们沏了茶，问所长要什么特别的菜。邱所长看看肖石安说："老样子，我们只是聊天说话。"

肖石安去了一号，邱所长打开电视机，里头播放着县委汪书记关于"突击月"活动动员报告。见肖石安进来，邱所长不屑一顾道："讲了一百遍了，闲得慌。"

"谁愿意成天挨你这种人的骂，不是出于对政府负责吗。"

"喊，有几个人往这里想，真的负责怎么会拖到现在！计划生育搞了多少年，对政策老百姓和他们一样清楚，平时松松垮垮，到了上头要摘他们帽子，才来搞什么'突击月'，老是运动运动，突击意味着反弹，反弹了再突击。说白了，不为别的，这些当官的都怕丢了自己的乌纱帽，你当有多少觉悟和素质。"

他们又听汪书记讲话，宣传稿读得不紧不慢，没有任何情感色彩，仿佛讲一件和自己毫关联的事。"在这以前，这些深刻的话到哪去了！"邱大生补了一句。

"又来了不是。"肖石安对邱大生说。

"这次计划生育搞好了第一个受益的你猜是谁？"

"自然是中国的老百姓。"

"喊，你当他们这么想，直接受利的是我们对面的这个人。"邱所长用嘴努努汪书记。

肖石安想起邱所长要开启他的"绝密消息"之盒了。他等着他的下文，此时电视画面转向了开会的镜头。

"这么快。"肖石安从横扫的画面里看到了自己。

"没剪接，是直播的吧。"

彭位泽在画面里比台下更有风度，也有气质。他说话很有节奏，像播放一首歌曲，而且面部表情丰富，极具感染力。

"搞好了第二个受益的是他。"邱大生又指指电视画面。

"你的意思汪书记要到市里当市委副书记，而曾县长提升为书记，彭位泽当代县长？"

"彭位泽的确不错，他是个能说能干的人，群众基础也不差。"

"他可是有眼力的人，还留在开阳，顶多是个科级干部，下派到县里，上了副处不是。"

正说着画面转了丰前镇。江副书记打着伞出现在画面里，他走家串户说服那些做绝育手术的妇女，背部被雨水淋湿了一大片。从电视画面看，很有感染力。

"他是彭位泽的对手，看，多来劲。"

肖石安扭头看邱大生，倒吸了进一口冷气。这个该死的邱大生，像个老先生，把故事里的几个人物颠来倒去地折腾，然后用冰冷的口吻说出来，硬是生出一股子寒气来。

"江副书记是曾县长线上的人，是彭位泽的劲敌；好在汪书记欣赏彭位泽，如果提到市里，曾县长当上县委书记，也奈何不得彭位泽。"

"彭位泽也该轮着当县长了。"

"这要看这次'突击月'活动。你没见他和江副书记暗地较着劲，说不定哪天彭位泽还要沾你的光呢。"

肖石安笑笑，按照邱大生的说法，彭位泽已经沾上他们的光了。上午在镇里开会时彭位泽不是说过吗，治安处罚7起，拘留10人，为彭位泽扫除许多障碍。

肖石安想着，眼睛没有离开电视机，下头是一组公安机关处罚拘留妨碍公务案件查处。肖石安说："有几起是你所里办的，怎么不见你的光辉形象？"

"别气我了，我怕后人当作整我的证据呢。"邱大生说这话时，脸上布着阴云。

肖石安见他下眼圈有些发黑，邱大生当这个所长差一点没被累死。

这组镜头结束后，是局长高会理作总结性发言。主要是向全县人民表态，公安机关坚决执行县委县政府的决定，打击处理妨碍执行计划生育工作的案件。

邱大生又拿眼看肖石安，然后向屏幕努了努嘴说："下一个轮着他了。"

"难道他要当副县长？"

"不，政法书记兼公安局长。"

"你批的？"

"也许市里刚讨论过。"邱大生笑笑说。

"铁哥们儿才会相互信赖嘛。你想吧，政法书记55岁也该退了，这次班子调整谁都是机会，有上的机会，谁也不会放过，哪个胳膊往外拐呢。"邱大生说。

"林洋副局长知其一不知其二，背地里从没支持过高局长的工作，这会儿不同了。"

"他以为局长当政法书记，他就有希望当这个局长。他没想到局长这个位子高会理还兼着。再说，往后局长要进常委了，进常委更没有林洋副局长的份儿了。"

"你说了半天，还有一位子没人顶呢。"

"会上镇干部不是在议论吗，镇书记方严枫唯独是也。汪书记把彭位泽、高会理放在方严枫这里，是有意图的。"

"给你留下什么空位？"

"你我有个什么背景，你也别想去当个什么官，实实在在做个平常的人，过平常的日子，这样心里踏实。不过话说回来，我还是希望你能弄个一官半职。"

肖石安不再说，看着电视上的广告。黑玫瑰推门进来，问是否可上菜。邱大生弹一响指道："今天是星期日，就在这儿吹呗，说了半天话，真想喝点酒呢。"

黑玫瑰退了出去。

菜不多，却非常精致。肖石安说只喝啤酒。邱大生说就依你。他们各自斟了酒，邱大生喝了一杯再斟满。

"话说回来了，这辈子只想做个实在人，所以只混到科所队长的位子。你看一些人用人的原则和当头的水平，谁对他们有利，谁能常说好话给他们听，谁就有机会弄个一官一半职。"

"这些人自己没水平，能提拔有见地的人吗？好马还要伯乐呢。没能力发现，就是发现了也不会用你。你成天在他耳边提些所谓的建议，不让他气死，也让他烦死。工作只要过得去，利益是顶重要的。还有扑克、麻将和女人。"邱大生道。

肖石安听了想起彭位泽，他想那一定是无意的。

"就说你吧，理论水平、业务能力谁能与你比。你不坚持原则了吗？

你有经济问题吗？你搞刑讯逼供吗？你连老婆都没有别说情人。为什么就没轮着你！你不会这个。"邱大生做了一个狗爬的动作。"你成天把心思放在工作上，谁说过你一个好字。太强的人总让领导忌讳，天下事就这样。当然，关键你没背景，没背景也省得在官场上混。"

肖石安说："别说了，别说了，还是谈点别的吧。"说着呷了口啤酒。

"你真的独身了？"

"我只是没想过结婚。"

"有个家庭不容易，就像我——那女孩结婚了吗，就是那个夏凯？"邱大生见肖石安不解，说出了夏凯姓名。

"以后没再联系。"

"那女孩不错呢。"

"她不会永远爱上一个男人，三四年吧，就连名字都改了，叫夏可。"

"够潇洒的。"

"别说这个话题。"肖石安显然不开心。

"喝酒。"邱大生拿杯子撞过来，肖石安接住，发出叮当响声。

"喝酒。"肖石安一口干尽，又倒酒。

外头传来脚步声，接着是包厢里搬动椅子，然后是"噼噼啪啪"的麻将声。

"该吃饭了。"邱大生喝了一口酒，双眼开始发红，略微浮肿的下眼袋更黑。

九

我还是说人，说那个时代的人。

父亲邱大生与肖石安之间工作性质最大的不同是，派出所没有规费收入，要说有，也就是打打自行车牌照和户口管理的成本费。不像治安

67

科，办理证照的收入足以维持全部民警的正常工作运转。派出所除了工资，支出的每一分钱就像母鸡生蛋，靠民警一块钱一块钱地罚回来。因此，要养10多个民警的派出所所长，肩上的担子要比治安科长重得多。

这个话题，在这部作品里还会体现。

那日下午，肖石安拿着案卷找林洋签字。几个案件都是丰林镇派出所办的，林洋就联系那个辖区，也省得肖石安汇报了。林洋边签字边问工作的进展。肖石安说只剩下几块骨头了。

林洋说："我们都开始啃骨头了。"

肖石安说："昨天镇里召开了再动员会议，彭副县长到会讲了话，想必效果马上就会显现。"

林洋说："进展是慢了点，其他乡镇可都是看城关的。"

肖石安说："问题的重要性领导都看到了，我们警察的任务还是明确的，总不能直接上去拉扯吧。"

林洋不语，对肖石安的话不置可否。不过肖石安意会到了什么，他想起邱大生曾说过：对领导的批示一定要讨个明确的证据，一些领导常常给你一个意会，出了问题，你怎么讲得清当时的语境和那种微妙的情绪。肖石安想：人家可以做，他科里的人不行，所以也不想学丰林镇那样所谓的经验。

林洋问派到城关镇有几个民警。肖石安说所里3个科里3个。林洋说城里打岔的特别多，不能专心。

肖石安心想，城里民警老受其他工作干扰，而住在乡下24小时内都可以出动。思想上、行动上可以高度一致呢。

这些时间，林副局长情绪特别好，他眼角上溢着笑，脸色滋润华溢，走路虎虎生风，不时还哼着小曲。肖石安知道林副局长想着什么，邱大生那番话他早听明白了："林知其一，不知其二"，倘若林副知道高局长当政法委书记还兼着公安局长，是否还像大厨一样满脸红光且神采奕奕呢？这不好说，就像天气预报老是不准一样。不知怎的，肖石安暗暗地同情起林副局长来，觉得角逐挺费劲。想着心里有几分冲动，想把邱所长那里听来的消息告诉林副局长，却又担心消息不准确。再说，由他来扑灭林副局长的幻想，又有些于心不忍呢。

肖石安终于没有开口。

林副局长签完了字笑着对肖石安说："好好干！"肖石安报以微笑，像一个受到夸奖的丫环。林副局长善意的暗示，肖石安心里明白，让他心里一动差点没把住口。

科里的小黄告诉肖石安，下午开始有强制行动，要肖石安参加。肖石安给方书记打电话，方书记说肖石安你非去不可，所里、科里协同办案效果好。邱所长那边我联系好了，对象就在冯家坞。

肖石安不好推，这种事没有正当理由，一会儿就捅到县里，那时你吃不了兜着走呗。再说肖石安上回和小黄到冯家坞没见着冯进，进村去若是遇上了，也顺便说他两句，这样也不失冯开石的信用。

肖石安说："下午我到镇里就是。"

肖石安让内勤小黄通知派出所来拿治安管理处罚呈批表，出了大门往派出所方向走去。

派出所在县局大门外 100 米的街口，共五层楼，第一层全是店面，楼下北面是个大院，院内种着不少树木。说是县园林绿化部门无偿种植的。原因是那段时间园林所张所长因赌博被处罚两次，本该搞劳动教养，后来县里某领导出面打招呼，改了治安罚款。园林所张所长走出办公楼，在院子里端详了老半天。邱所长问他还有什么想法。张所长却说："院子里种些花木，即可降温也可美化环境。"

邱所长说："那你看着办吧，我可没要求你。"

园林所张所长不吱声，然后是委婉一笑。第二天他叫来民工，惊天动地连干了十天，本来泛白的水泥地面盖上了一片片绿草，种上了观赏树木。一件好事便接着另一件好事，派出所因此被市公安局评为"环境优美"的镇派出所，还在规范化建设中组织人马参观。所长们向邱大生取经讨教，邱大生笑而不答。所长们心有灵犀，一下子悟出了门道。只可惜这小小的开阳城只有一个园林管理所的所长。

肖石安走进所里，就看见邱大生像个钳工一样钻进吉普车底下修车，一双肮脏的球鞋露在外面。他走进车库，用脚使劲踢踢轮胎，邱所长骂了一声，滑轮板"嘎嘎"滑出车底，一见肖石安便站起来拿毛巾拭手。

"又自己干。"肖石安望着一身油污、满头大汗的邱大生。

"排气管坏了，用电焊点一下。"

"你这成了地下修理铺了。肖石安又用脚蹬蹬冲气泵。

"这车买了八年，跑了十万公里，在我手上没花一分修理费，你信不？"邱大生自豪道。

肖石安想，一辆国产吉普跑了十年没进过车队修理，的确令人难以置信。

"当然，零部件我不会造。"他用脚踢轮胎，"胎坏了我自己补，避震器坏了自己换，底盘毛病自己调整，发动机我拆得零零碎碎的。你瞧，我自己做充气泵、充电器、电焊枪，我还有台钳和全套的专用工具，我这里什么都有。"

肖石安"扑哧"一笑。他听说过这些，但从未见过这么齐全。他还听说，许多当驾驶员就怕车子不行，真的不行了也还是一件开心的事，只要往修理厂一停，开具的发票里就往外冒"油水"。邱大生这么一弄，别说油水，连自己身上的油都被公家给刮了去。

"你还不嫌忙吗。"肖石安说。

"我喜欢摆弄这些东西，就像北方人爱吃大葱。弄通了这车也好使唤。再说一年省下万把块钱修理费，可以调剂几个民警的办公经费呢。"

邱大生说得很淡，就像说中餐的主食是米饭一样。不过肖石安听了心里隐隐作痛，每年县财政给的行政办公用费人均 1000 元，实际开支 3000 元以上。这些差额大部分都要当所长的从边边角角里刨出来，所长不好当呢。

他又望邱大生，看着那一瓦铁青的脸，心里涌动着一种情绪。

肖石安叹了口气说："下午到镇里，方严枫说也要你去呢。"

"能推真想推掉。"

"别瞎说了，'大敌'当前呀，阵容里少不得你这个得力干将。"

"我们在基层，担心的就是这个。现在动不动就是冲撞执行公务的警察，很多百姓有理无理总想把事情煽起来再说；有极少数人专找警察的茬子，更多的人袖手旁观。上头看不到这些。往乡下走，小车来小车去，田里干农活的百姓没有不咬牙切齿的。树立亲民形象，不能只对警察强调呀。"

肖石安在治安科，重大的闹事见得多了。邱大生讲的问题他何曾感受不到。有时所处的环境更加尴尬。百姓情绪不一定像邱大生说得那么普遍，但的确存在。形成这种对立情绪的责任究竟在谁？日积月累呀。肖石安记得，前不久，省里一位领导下来视察，肖石安制作的保卫方案里没有安排沿途置岗，让县领导给改了。50公里路岗哨林立，警察冒着寒风伫立在路旁。老百姓问什么大官来，警察答省里领导。百姓说：百姓都是土匪吗？警察无言以对。车队拉着警笛呼啸而过，留给百姓的只有沙石路掀起的滚滚尘烟。肖石安不太明白，这样的领导是否心安理得，如果是，那他就不是公仆，人民就不会欢迎他。这些年来，这样的保卫肖石安经常参加，他在滚滚的尘埃中有种被羞辱的感觉，并为决定保卫工作的领导感到汗颜。

不做仆人做主人。当地百姓常唠叨这句话。人民的公仆成了人民的主人，人民的主人能为人民做事吗？

肖石安平常不想这些，当警察似乎都这样，谈论这些谁也不愿意细嚼，那里头有苦涩的味道。再说警察的天职是服从，在你的职责范围内干好你的工作。领导从来都不喜欢在他面前说三道四的人，就像不喜欢手下的人有多余的思想，那些花花边边的东西有害无利。肖石安对邱大生的议论笑了笑，一般场合他总是笑笑，用那种宽厚的自嘲来消释内心的疑惑与忧郁。他见邱大生收拾工具擦手问："开车去不？"

"不用吧。"邱大生说。

肖石安会意地点点头。

邱大生和肖石安一同分配到公安系统，那时，肖石安从部队退伍，邱大生从煤矿转行。都分配在乡下派出所当民警。后来，肖石安当副所长时，邱大生当副指导员；再后来肖石安当了所长，邱大生调到镇派出所当副所长。有一年，持枪暴徒闯到镇里。接通报后所里组织查旅馆，邱大生带着民警，跟着服务员逐间查房，服务员开到420时，里头枪就响了。服务员负了重伤，邱大生用身子挡住其他民警拔枪，暴徒又连开三枪，其中一颗子弹击中邱大生的腹部。邱大生忍着剧痛开枪将暴徒击毙，立了一等功。伤好后邱大生当上了镇派出所的所长，荣耀得不行。不过都是陈旧老账了，商品社会很容易把部分传统美德给庸俗化了，社会又像是一个健忘的孩子。

邱大生关上车库门，让肖石安先到办公室，说冯家坞的冯开石也在楼上，让他等着呢。

肖石安走进门，看见冯开石从椅子上站起来。冯开石依旧穿着褪色的黄军装，依旧上楼就喘。其实肖石安很少在派出所见到他，见他起来便快步上前摁着他坐下。肖石安说难得在这里看到你，过来了也不到科里坐坐。

冯开石说："我有时间你没时间，今天我是想问个事。"

肖石安看邱大生，目光询问什么事，邱大生好像也不知道。他问："什么事呀？"

"我儿子冯进不知吃错药怎么的，卖了家畜和粮食，一家人都不知去向了。"冯开石开门见山道。

冯开石看看肖石安，又看看邱大生，见他们沉默不语疑惑问道："莫不是犯了什么罪外逃了吧？"

肖石安望着邱大生，邱大生摇头。

"什么时候走的？"肖石安问。

"前天，我卖菜回去家里锁着门，孙女也不见影子。我当是出门做活了，下午没有回来，鸡鸭猪那些牲畜都没了，除了我那头瘦猪在拱着猪栏，屋里静静的。我上了谷仓，一粒谷子都没了，我想准是犯案外逃了。"

"后来孙女也没看见。"肖石安问。

"没错。"

"这么说，和计划生育有关，生二胎的指标还没拿到吧？"

冯开石屈指算算道："就这个月吧。"

"冯进的老婆怀孕了？"肖石安又问。

"没听说呀。"冯开石两手一摊道。

肖石安也想不出个理，总觉得犯案也不至于全家出走呀，再说拖儿带女就像套着犁耙的牛，往哪儿逃都不利索呀。

邱大生问："老冯你先回吧，待我查查再说，说不定外出打工挣钱呢。"

"那样倒好了，我就担心孽子做点什么，给你们添麻烦。"

肖石安想这冯开石只讲了一半，平常为赡养之事闹到法院去，儿子一走，倒也担着心起来了。肖石安顺势安慰冯开石几句，随着他一块儿下楼。肖石安挽留他吃饭，冯开石说得赶回去喂那头猪，肖石安只得随他去。

肖石安刚到科里，副科长姚忠就说："杨树村的人在电站闹事了，派出所和刑侦队的人被打，尸体抬进了电站，站长吓得跳河跑了，差一点被淹死。局里指令我们和巡特警上去呢。"

刚说完，林洋拎着包端着茶杯快步走来说："走走走。"

林洋坐进治安科的车子，巡特警7人坐另一部车。

"就你们三个？"林洋扭过头问。

"都在下头搞计划生育呢。"

林洋不语，身子往后一躺。

"伤得怎么样？"林洋问姚忠。

"具体不详，只说死者家属和村里的人将尸体抬到电站，追着厂长打。说是电站挖水渠挖得太深，又没有设置栏杆，害得村里人跌入摔死。派出所程所长到现场后，怀疑死者事前喝了酒。刑侦队带着法医去了，看了现场，尸表检查初步认定是酗酒后跌入水渠摔死的。村里人不服，和派出所、刑侦队的人争吵，后来发生冲突，派出所两人被打伤，刑侦大队小刘左臂骨折，站长跳水逃跑，厂房桌椅、玻璃大部分被打碎，幸好停止了发电。"

"伤员怎么样？"肖石安问。

"送到县医院去了。"姚忠答。

现场位于城关以外 20 里的杨树村，电站在公路旁边，蓄水池的水早已放干，像是在清理泥巴。沿着蓄水池往上有一条肠子般弯曲的水渠，从入口处看，水渠已清理完毕，像是赶着雨季前放水发电。

现场围了两百来人，大约是刚闹过，人们这一堆那一伙围着民警讨要说法。

林洋下车后走到巡特警车前，告诉他们先别下车。

被围的派出所民警和刑侦队侦查员见了林洋都靠拢过来。

"现在什么情况？"林洋问程所长。

"人被打伤，他们有所收敛。他们提出，要电站发给安葬费。这里开出单子，总计 16780 元。"

"死因确定吗？"

"我们作过调查，死者晚上一直在外村喝酒，已经是烂醉了，离村后再没有回家。尸表检查可能是失足摔下水渠的，他们让电站赔钱的理由是水渠挖得太深。"

林洋脸很黑，他把肖石安、程所长和巡特警察副大队长叫过来说："打人的和砸东西的看清了没有。"

"一个是死者的弟弟，一个死者的小舅子，还有几个村民。其中两个劳改释放人员跳得最高，打断小刘手的就是他们。"程所长说。

"乡村干部都在场吗？"

"村干部在场，乡干部也是刚到。"

"程所长去找村干部。"林洋道，"现在要通过乡村干部做工作，疏散人群，稳住事态，如果死因有疑问，他们可以提出解剖。但要搞笔录，大家尽量别和村民争吵，也没必要跟他们讲什么理，这里头不少人揣着闹事的心态，讲什么道理都没用，而且言多必失，我们不要激化矛盾。"

乡村干部都来了，乡里的是党委邓副书记，村里有书记和村主任。

林洋把自己的意图告诉乡村干部，问："你们有什么看法？"

邓副书记马上说："乡里没问题，先疏散人群再处理闹事者。"然后他话锋一转说："你们村要出面做工作，对死因有疑问可以向公安机关提出来。"

村主任看书记，书记低头不说话。

邓副书记说："书记，死者是你们的本家，这个时候你要有立场，你必须要站出来阻止，事情闹下去倒霉的还是你的那些亲戚。"

肖石安见村书记仍然不说话，接着说："闹事者不少是受过打击的，他们巴不得把事情弄大，那样，你们就上当了。那些人发泄了，处理的却是你们这些当事人。"

邓副书记等着村书记表态。半晌听他道："我很难的。"说着扯了扯自己的袖子接着道："我劝他们，等于胳膊肘往外拐，会被他们恨之入骨，往后我很难做人；再者，在族里我的辈分不高呢。"

"要讲原则，不是讲辈分；你当的是村书记，不是族里的长老。现在三个民警被伤，电站设施被砸，如果继续下去会加重肇事者的罪行。你站出来做工作，制止事态发展，根本上是保护他们。你看看他们。"林洋扭头朝那边指了指道："一个个像醋斗的公牛，头脑还热着呢，加上背后煽动，一时歇不下手。你先把利害关系挑明了，往后他们会感激你，否则他们被抓被判，家属最后痛恨的还是你，你一辈子都脱不了干系！"林洋口气很重。

村书记望着主任，态度坚决说："我全力配合，保证不让事态扩大。"

听他一说，在场的都松了一口气。

天渐渐暗了下来，像是还有一场雨。肖石安看出乡村干部意见基本一致，于是道："好了，思想统一，事情就好办了。林局长还有什么吩咐？"

"就这么办。先请当事人过来，看他们有什么要求。"

乡村干部离去。林洋让刑侦队先看现场，拍照，给那些挑事的一些威慑力，时机成熟后，马上开始做笔录。

死者儿子、死者弟弟缓缓走来。邓副书记，林洋和肖石安要他们到警车旁，他们犹豫了片刻，还是壮着胆子走了过来。

"来了，一定是说了能算的亲属。"肖石安眼睛划过他们的脸，片刻又道，"对死因你们有什么看法？我的意思是你们是否怀疑他是被人杀害的？"

"害不害谁知道。"死者弟弟说。他高个头，穿着旧军装，脚穿一双破解放鞋，脚指头像蒜头一样露在外面。

"如果有疑问，可以提出来，我们负责查清。"肖石安冷静地说。

"我相信你们能查清。"死者儿子说。

邓书记告诉肖石安他是个民办教师。

"还有什么问题？"肖石安问死者儿子。

"要电站的人出来，要他们出钱安葬，还要抚养他老婆孩子。"死者弟弟嗓门老大说。

"为什么？"肖石安问。

"渠道不挖那么深，我哥不会跌死。"

肖石安忍着。片刻他平静道："西边是水渠，东边是大河。如果不是往西面跌，而是往东面跌进大河，后果你们都知道；同样，即便不是开渠除淤，水渠里一样蓄满了水，那么出了事你找龙王去要钱去吗？"

死者弟弟瞪着眼，话头也卡在喉咙里。

"当然，话说回来了，亲人不幸我们也很悲伤，心情我们都可以理解，不过用这种方式表达你们的哀悼，死者在天之灵会怎么想。你是个教书的人，扪心自问，如果你们真的悲痛的话，也不应将亲人的尸体搬来搬去，弃之厂房内，而应当为赶紧处理后事。"肖石安说。

死者儿子不语。

"反正我要16000块钱丧葬费，不然我们不埋尸体，要坐牢我去。"死者弟弟瞪眼道。

"不埋尸体不是结局，如果你的要求合情合理，别说16000，60000块也行。问题不在钱，而在理，是责任。你们也知道，死者经常酒醉，有时候喝得在野外睡到天亮。那时候也没听你这个当弟弟的把哥哥的生死放在心上，背他回家或是送他一程。有一次他头部跌伤，问你借100元钱，你老婆还把他当要饭的骂了出去。他好酒，不理家事这些都不假，但那时见你帮他一把没有，见你站出来制止你老婆的行为没有？"肖石安不紧不慢道，"现在三名警察被打伤，我们不是死因的制造者，是来执行公务的，是帮你们查清死因、做事的，你们打了警察砸了车辆，这是违法犯罪行为。哎，我们的人在拍照。你们别再上当，自己的事自己拿主意，不然倒霉的还是你们自己。"

邓书记把死者儿子叫到一边，说了半天，死者儿子不吭声低头走了。

死者弟弟被肖石安揭了老底，也支持不住，进退两难。

"我们都说了，快去帮助他们料理后事吧。"林洋说。

死者儿子离开就被村民围住。肖石安看见，不少人用指头点点戳戳的，死者儿子低着头不作声。肖石安担心事情有变，叫乡政法书记赶过去。现在最能说话的就是当地的书记和村里的干部了，他问程所长村书记村主任叫什么名字？程所长支支吾吾答不出来，林洋看程所长，程所长忙叫民警请村书记和主任过来。

肖石安看四周，人比原来少了些。尤其是刑侦大队开始拍照片，一些人就悄悄溜走了。肖石安庆幸在白天，若是夜晚，就像暴雨下的山洪，不知会闹出什么事来。派出所、治安科这些年，他得出一个经验，茫茫的黑夜最易掩盖人的善良，丑恶和残暴会像幽灵般在夜里游荡，人性邪恶的一面往往在黑夜里会占取主导地位。每次处理治安案件副科长姚忠就会说：鬼都要爬出来。

村书记和村主任都过来了，虽然天寒料峭，他们还是忙出了一头汗。

"村民有什么新问题？"林洋副局长问。

"只要本家没问题，边上人挑不起来。"村书记说。

"抓紧机会，让大家离去。先把尸体拖走，然后处理后事。村里干部要协助公安机关调查处理打人砸物的涉案人员，都这么无法无天，你们干部怎么工作，又怎么当得下去。"

村书记和主任又离开，民警这边分头做工作，开始传唤打人砸玻璃的人员。

死者的儿子找来了拖拉机手，忙着叫人往上搬尸体。人群像灯笼串一样沿着水渠往村里走。林洋副局长让肖石安和程所长走到一边。"死者家属、亲戚和村民占不着理，为什么还闹？"他问。程所长思索了一会儿说："想敲点钱呗。"

"这只是动机。你当了几年所长了？"林洋副局长话锋一转问。

"两年。"

"全乡有几个行政村。"

"18个。"

"你认识多少村书记、村主任、会计和治安保卫干部？"

程所长红脸不语。

"有多少个村干部见到你们像见到亲戚朋友一样，然后为你们杀鸡炖鸭？"

"哪有这么好的事，有饭吃就不错了。"

"为什么？是你没把他们放在心里，还是他们没把你放在心上？"

程所长吭吭哧哧再没答上话。

"你们派出所有 6 个民警，全乡 18 个行政村，107 个自然村，11012 口人，从基础工作、治安管理到侦查破案，仅依靠你们 6 个人，能够做好吗？"林洋副局长一口气问道。

在场的人几乎知道林洋副局长的意思了。

"依靠党委政府，依靠基层组织，不是说在嘴上的空话，而是一门学问，是一种操作本领。基层干部知道，每一户村民的墙角对着哪，门往东往西开，谁家几口人，谁家富裕谁家贫穷，谁家是谁家的亲戚，谁家和谁家有矛盾，谁的儿子读过书、犯过事，谁家刁蛮谁家老实，甚至谁更聪明谁更笨，他们知道，你我不知道。他们是通过平常的接触耳濡目染，记到心里，入在脑子里的。只要用得着，取出端在手里就像读一本书，明明白白。这些都是公安机关的资源，信息仓库。我们为什么弃之不用？这人哪，都有共同的弱点：怕你知道他的底细，知道了底细，就拿着了他的把柄。村干部知道，你我不知道。你在这里当所长两年了，连村干部的姓名都叫不出，连起码的互信都没有，怎么让别人来协助我们工作？我这么说不是排斥党性。党性本身就体现了人性的东西。我们不可能了解村民更多，但我们了解 18 个村 36 名基层干部的情况，与他们做朋友，他们是党的政策、国家法律的贯彻执行者，是公安工作延伸的条件。对我们而言，他们是一本本、一柜柜的活档案、活字典，也可以说，他们是公安机关不在编的干部，是我们依靠的力量。不和他们搞好关系你们都和谁搞好关系？和大老板，和暴发户？"

林洋说着拧开杯盖喝茶。程所长被说得无地自容，他年龄尚轻，不知是否明白林洋说的这层意思，林洋的话却能让周围的人完全接受了。

"就说今天吧。"林洋继续说道，"事发当初村干部赶到了，只要我们说清是与非，只要我们和村干部乃至村民打成一片，就不会让事态扩大，更不会有民警被打伤、电站的设施被毁的后果。"

一阵风吹来，大家都缩了缩身子。

的确，肖石安心想。他处理的大多数治安案件，事闹大的不少是村干部直接参与或暗中指使的，还有不少是听之任之。如果村干部能抱着公正的态度出面劝阻，就像筑起一道坚固的堤坝，事态不可能扩大。

　　据说，在肖石安担任治安科长的年代，农村里的借尸闹事的事件很多，而且时常会产生一种"蝴蝶"效应。通过借尸闹事，不少当事人得到了好处，往往是这边道士坛祭，隔壁村庄下雨。处理这样的事件，的确需要现场指挥人员头脑清醒，处理得当，稍有不慎，极有可能酿成大祸。

　　直到走进警队，我才知道现场瓦解这种势力的艰难。据我所知，类似事件，林洋和肖石安有着极为丰富的经验，这在于他们事后对每一起案事件进行过认真总结。不仅如此，他们还从理论的高度去提炼，从心理学等诸多边缘学科去剖析。我记得读过他们合写的一篇文章，里头有一段精彩的描述：

　　"潜藏在体内的丑恶，一旦有了土壤就会快速滋生蔓延，而黑夜就像是酵母控制着事态的发展。人心到了无拘无束的时刻，罪恶爆发了。在处理群体性闹事中，并无道理可讲，所有试图通过开启心智的想法，都是幼稚并且以失败而告终的。"

　　于是，我想起了现代医闹。

　　有雷声在天边滚动，大家抬头看天，乌云在缓慢聚集，风声加剧。

　　林洋看看远处围观的人群基本散去，尸体已经运出电站，民工开始在蓄水池里挖泥。他对程所长说："回去后要认真总结总结，你们文化程度高，脑子好，在基层干几年后完全可以在这方面获得一些经验。"林洋说完说让姚忠副科长留下，一同搞现场材料，然后去看望伤员。

　　林洋曾当过3年治安科长。他在从科长到副局长的一份自我报告中写：在任治安科任科长期间，查处过38起借尸闹事治安事件，17起因水利引发的乡村械斗案件。在这方面，他积累了丰富的经验，曾和他的后任肖石安写了数十篇论述文章。省里一家学刊准备出他们的集子。的确，林洋副局长讲的那些话，不是教科书中能够找到的，那是深入体验的总结，拿林洋副局长的话说：也算是公安基层工作的"亚文化"。这些东西主要靠老公安的言传身教，一代代地传给下一代公安民警。

"村干部为你杀鸡炖鸭说明你有群众基础。"林洋说。

这句话在任何教科书里都找不到，却是林洋衡量派出所民警警民关系的一把尺子。

民警受伤不重，刑侦队的小刘也只是手臂脱臼。回到科里已是下午4点了，雨果然还是下了。邱大生汗渍渍地冲进办公室，一见一头雨水的肖石安开口就道："怎么没去，下午抓了两个妇女，冯开石的儿子冯进跑了。"

肖石安心里咯噔一下：真的为计划生育跑了！

十

得到正式消息之前，肖石安和邱大生都没想到冯进会跑。

十多天前，肖石安和内勤小黄专门到冯开石家里，不论是冯开石还是冯进的妻子，都没有流露出冯进逃跑的迹象。如果确定冯进逃跑是为了生二胎，那么在肖石安见到冯进妻子的时候，她肚子里已经怀上了孩子。

冯进的女儿4岁，再等几个月就到了准许生育二胎的时间。但是，在拿到生育指标之前怀孕，只得打掉肚里的孩子。如此说来，不论冯进有意还是无意，想要生下这个孩子，只有逃跑这一条路好走。逃跑了并且生下这个孩子，剩下的只有罚款。当然，若是生个女儿，这个孩子也许会失踪；若是男孩，他们就会心甘情愿回来受罚。这有点像选择乘坐交通工具，相比打掉孩子，出逃最安全，成本也最低。

但不论是肖石安还是邱大生都觉得有两个问题不能解释清楚。一是生儿育女最大的压力不是来自夫妻双方，而是来自长辈传宗接代的理念。也就是说，冯进违反计划生育超前怀孕，极有可能来自冯开石的压力。只是，这一点包括村里并没有得到消息；二是上午冯开石还到城关派出所反映，冯进养的牲畜和粮食都没了，怀疑儿子犯了案举家出走。当时邱大生和肖石安都没把冯开石的疑虑与计划生育联系起来。那么，第一个怀疑冯进逃跑的是冯开石，并且告诉了肖石安他们。若是冯开石知情，好像也不合情理。

肖石安和邱大生感觉到问题严重了。如果冯进真的逃跑，城关辖区的指标就不能百分之百地完成，那么极有可能有人因此倒霉了。

这是个很现实的问题。

写到这里，我一直以为，从过去的英雄妈妈多生快生，到后来只生一胎，再到后来农村生女儿再生一胎，以及现行二胎完全放开，是国情的需要，这就像一部奔驰的列车，永远不可能载着相同的历史重量前行。在社会发展的进程中，国家利益从来就是至高无上的。

这里暂时把冯进逃跑的严重事件放在一边，先说说彭位泽与夏可的故事，那里，像彩云，另有一道风景。

在肖石安处理杨树村发电站案件时，夏可正在彭位泽办公室。

彭位泽知道夏可要来，特地换了一套藏青色西装。这套西装是夏可出差省城时为彭位泽购买的，识货的说彭县长这套西装少说也要两千块钱，对此夏可只字不提。

夏可穿着白色长裙子，上身同样是白色的紧身套装，袖子的喇叭口盖住了手背。夏可不时把手藏在里面，外头套一件紫皮马甲。

"干吗老盯着我看，还没看够吗？"夏可睨着眼道。

"永远不够。"彭位泽说。

夏可双眼便放出光来。

"来时吾副主编提醒我，别掉进绵绵的浓情里拔不出来。"

"官样文章还要花你多少精力呢？"彭位泽笑着说。

"我才不喜欢那东西，我要真实，就像现在你属于我一样。"

彭位泽又笑，夏可红润的脸像蜜桃，流动的秋波仿佛能听到细密的声音，那声音像无形的磁场，极富感染力。这个时候彭位泽总有些不能自制。

夏可感觉到了，在任何时候她都能敏锐地感觉到他的所思所想。很多事情，她是跟着这种感觉而不是思维走下去的，就像一只蜜蜂永远被花香吸引一样。第一次她和彭位泽就这么面对面地站着，有一根无形的且又十分结实的绳子，在他们之间逐渐收紧，最后将他们牢牢拴到了一起。

彭位泽担心夏可会一时冲动，不敢坐到她身边沙发上。那个位子他和夏可只是第一次坐过。那时，彭位泽是一位政府官员，而夏可是一名实习记者，一名向政府官员提出合理化建议的来访者。对这样的人，彭位泽就会做出一种姿态来。一种既有亲和力又有距离感的姿态。彭位泽掌握得很好。现在不成了，他们之间已经有了更丰富更感性的内容，他不可能像对待来访者那样对待夏可了，他要强调一种反差效果，一种内容与形式的反差。与其说以此来掩人耳目，不如说是寻找心理的平衡，而彭位泽最需要这样的平衡。

夏可没再要求彭位泽坐到她身边，虽然她和彭位泽之间隔着一张不大不小的办公桌，隔着堆积的如山的文件，一点也不影响他们之间的情感交流。他们的交谈和目光似乎通过一条固定的管道让对方很容易接受。而那些文件和深色的桌子就像是海市蜃楼，增添了一道道风景。

夏可问彭位泽采访的时间。

彭位泽说不妨从外围开始，城关镇和公安局的同志那里也可以听到好的事例。

夏可说悉听尊便。然后站起突然冲到桌子对面，探过身子吻了一下彭位泽。

彭位泽还给她一个飞吻。自从沈冰怪异的行为之后，彭位泽再也不准许夏可进他房间。他告诉夏可已经和招待所打过招呼，还睡那个单间套房，吃饭记在他账上。

夏可一走，彭位泽马上打电话给城关镇方严枫书记，询问采取措施后的工作进展。方书记说三个小组共抓了四个人，其中冯家坞的冯进一家跑了。

彭位泽问："有没有派人调查去向？"

方严枫说："谁也不知道他去了哪里。"

彭位泽问："什么样的对象？"

方严枫说："计划外怀孕。"

彭位泽问："下步怎么办？"

方严枫说："只有找他老子冯开石要人。"

彭位泽一听，问公安的肖石安去了没有。

方严枫说肖石安下午没去，林洋副局来电话说现场处理一起抬尸闹事案件。彭位泽唔了一声，心中不快，便让方严枫过来谈谈具体情况。

彭位泽为方严枫沏了茶，方严枫说："冯进生了女儿，今年4岁，下个月他们就可以拿到二胎指标，但通过第一阶段的排摸发现，冯进老婆查香两个月前就怀上了孩子。"

"应当做人流再罚款是吗？"彭位泽问。

"是的。问题是下午我到冯家坞时，冯进一家人不知去向。冯开石也说不清楚，家里的粮食和牲畜都卖了，想是外出躲避去了。"

"结果会怎么样？"彭位泽又问。

"冯家坞是全镇的重点，周边村有5个结扎人流对象。冯开石是村里的老干部，在那一带很有影响力，如果工作进程卡在冯进这里，就会影响其他村的工作进展。"方严枫声音高了起来。他知道，如果彭位泽提升，将会有什么样的位子等待着自己。

"冯开石是老党员、老同志，还是肖石安一帮一的对象。"彭位泽知道，按照先直系后旁系的规定，如果找不到冯进，冯开石会有什么后果。

这个不是最重要的，重要的是会影响全镇的工作进展，甚至拖全县"突击月"的后腿。

方严枫望着彭位泽，他明白彭县长这句话的含意，他了解彭位泽。

"你们有什么打算。"彭位泽问。

"按规定办。"方严枫斩钉截铁答。

"该出去寻找也别停手，其他几个对象不能因为冯进的逃跑而影响采取强硬措施，要防止他们效仿冯进，增加工作难度。这里先让肖石安和冯开石谈谈，从正面讲明道理和危害，如果冯开石透露冯进的下落或主动交出罚款，还可以作为典型材料宣传嘛，这叫恶性问题，良性解决。他毕竟是老党员，老同志。"彭位泽说。

方严枫倒没想到这一点。"毕竟是县长。"方严枫说，心想早晚得这么叫。

彭位泽摆摆手转而道："市报来了个记者，要了解城关镇计划生育进展，有好的经验可作些正面报道，这样市领导就能看到你们的工作成效了。"

"我会安排时间。"方严枫似乎明白了彭位泽的意思，流露出一丝感激之情。

方严枫走后。彭位泽马上打电话给公安局高会理，要求他确保当前重点工作所需警力，确保工作进展。局长心领神会，告诉林洋，其他案子让姚副科长去办，别消耗肖石安的时间和精力。

林洋嘴里答应心里却不快。

晚饭后，方严枫书记电话传达了彭位泽副县长的指示，要求肖石安晚上去找冯开石，最迟明天"良性解决"冯开石的问题。在肖石安听来，方书记的口吻俨然像他的上司。

天暗了，肖石安骑着车带着小黄去冯家坞。路不太好走，远方暗黄的灯光时有时无，天上的星星在云端里出没，他们打着手电进了村，然后直奔冯开石家。

走进院子，灯光下坐了不少人，大多是四周村退下的老干部，一些人嗑南瓜子，一些人吸着焊烟，两个上了年纪的拢着火笼，大家扎堆闲聊。有几个人认得肖石安，主动与他打招呼；还有几个人望着肖石安和小黄，欲起身离开。冯开石摆摆手让大家坐，笑着迎他们进去，大家脸上才露出几分笑容。

"开会呀！"肖石安开口道，想让气氛轻松些。

"哪里呀，闲聊着了，说着这次计划生育的话题呢。"冯开石抢先说。

肖石安不想即刻进入主题，尽管他和冯开石熟悉的程度完全可以让他这么做。他现在面对的是老同志，老同志怀着朴实的感情，肖石安没办法将社会某些奇怪的现象解释清楚。但听彭位泽说过：县里的领导最怕探望老干部，尤其是老干部集中的活动室。他们懂政策、懂法律、有水平，只是对当前的社会现象，诸如腐败滋生等问题无法理解，会提出许多尖锐的、直接的问题。每次遇到这种场面，县里领导只有点头听从的分。

肖石安向大家介绍了小黄。小黄一一点头。

肖石安问今年蔬菜的收入，老干部你一句我一句扯开了，都说如今的农药价格太高，而且效果不好，蔬菜上市以后税收、管理费太高，实际到袋里的钱就像遗漏在田里的稻穗所剩无几了。

冯家坞多为菜农，种植蔬菜主要供应开阳城居民，也是村民的主要经济来源，倘若收成不好，菜农的生活水平就会下降。

肖石安见大家没走的意思，把冯开石拉到厨房里。

冯开石比原先更瘦了些，脸部颊骨格外刺眼，破旧的黄军装被棉袄撑得鼓鼓的，而哮喘病越来越重。顺着他的呼吸，肖石安能清晰听见发自他肺部粗糙的声音。他从袋里拿出药说：

"你应当多休息，这是给你买的。"

"哎，都是老毛病了，怎么老是叫你破费。"冯开石不好意思接过药道。

"这种病还是能控制的。"肖石安说。

冯开石没有直接回答,问道:"肖科长这么晚来有什么事吗?"

"冯进真的走了?"

"昨天在邱所长那里和你们反映过的。"

"知道去向不?"

"鬼晓得,卖粮卖牲畜我不知道,再说,我下半年的粮食还没着落。"

"若是为了生二胎,这个月就可以拿到生育指标了呀。"

"早孕两个月不但要流产还要罚款。听干部说,他找人算过命,怀的是男娃。"

"这事你早知道?"肖石安问。

"也是刚刚听外头人说的,要知道我死活不让他这么干!"

"现在难办了,政策您都知道,找不到冯进大家都难过关。"

"计划生育是为群众好,群众没多少文化,没认识到这个问题,本来还烦得着干部!只是达到目的,也要注意手段。我们老干部想不通呢,共产党执政了几十年,法律也健全了不少,一件大好事为何出此下策来完成?达到好的目的,也要使用好方法嘛,这点你们最清楚,不是说人家犯了罪,你们就可以搞刑讯逼供吧?"

"你说的是理。"肖石安接口道。他见小黄在一边笑,有些不高兴。"计划生育是历史遗留问题,我们这一代人不得不担负起解决这个问题的责任,这点拖不到下一代人了。解决这个问题目前有什么好法子?"肖石安停了片刻想继续说,外头有人扯着喉咙叫老冯,老冯走出去,那些老干部说该回去了,老冯送他们出门。

"老冯说得没错。"小黄不知轻重地说。

"老冯没错但会犯糊涂。"

小黄不解,眨眨眼睛,老冯在外头叫他们到堂前坐去。

冯开石清理茶杯,然后说为他们泡茶,小黄上前帮忙。肖石安扯开问题:"这些老同志常来你这里坐吧?"

"老了，聚在一块儿叙叙旧，他们中的许多人看不到未来，只好回忆过去了。"

冯开石一动就气喘，胸腔像口风箱"呼哧呼哧"的。

小黄帮他收拾杯子，拿到外头冲洗。

"方书记很担心冯进的事呢，我们一同商量个办法，别把事情弄大了。计划生育进展，是压倒一切的工作，这一点您老在广播报纸上都听到看到了。"

"我心里亮着呢。"冯开石说。他把竹竿烟筒叼在嘴上却不见点着火。医生绝对禁止他吸烟，他也感受到吸烟带来的不适，只是叼着烟杆不点火。"政府应当让百姓明白，计划生育的重要不仅仅在于控制人口，保证人口质量，这些道理离他们能见到的太远，也超出他们的文化水平和理解能力。这些年计划生育工作有成效，百姓也逐渐明白了这个道理，但百姓不是自愿不生或少生，而是出于政府的压力，压力让百姓不敢生，这点城里和村里的人不同。如果放开生，双职工让你生二胎三胎，没几个愿意，那叫不愿生。不敢生和不愿生是有质的区别的。生育和抚育的劳累让人害怕，经济支出也是个问题。但农民不想这些，他们只说孩子有几粒米饭吃吃就会长大，要老百姓的觉悟达到城里人的水平，除了措施，提高文化水平也很重要。"冯开石喘得厉害，不得不中止话头。

冯开石讲的问题正是政府这些年在努力解决的，不过想扭转千百年形成的观念，有点像徒手拉直一个大铁环，的确没那么简单。肖石安觉得冯开石说的话题有些远了，虽然讲的是计划生育，但一个是战略意图，一个操作技巧。

小黄一直在听。这个毕业不久的警校生，像一只刚刚睁开眼睛的小鸟，对什么都感兴趣。肖石安常带她下乡正是想让她了解她周围的环境，更多地接触最底层的农民，往后坐到内勤的位置上，从感性到理性有一个经历过程。

"老冯，现状摆在这里怎么办？"肖石安想到"良性解决"。县里镇里都这么说，重要是考虑到肖石安和冯开石是一帮一的对象，有一定的感情基础，再者冯开石是老干部、老同志。"良性解决"对大家都有利。

"我理解政府的难处，协助政府的工作。"冯开石说。

肖石安觉得冯开石讲得都不错，但涉及冯进的实质性问题时，便没了态度。其实肖石安也知道，所谓的"良性解决"就是要么冯开石交出冯进，或讲清冯进的下落；要么主动交纳政府规定的 3000 元罚款，这点冯开石很难做到。冯开石的经济收入主要是那几分菜地，3000 元罚款对他而言是个大到不敢想的数字。但最大的问题还是对这项措施的认知，这就像一个堰塞湖，只要思想开通了，冯开石卖房子也会掏钱。只是肖石安很难启齿，直接告诉他要拿出 3000 块钱抵冯进计划外怀孕罚款，这种事肖石安说不出口。

肖石安想了想，还是把镇里的意思委婉地告诉冯开石，希望他主动提出来。

没想，冯开石听了一口否决道："罚我的款？违反计划生育不是我而是我儿子，我儿子几年前就和我分了家，为了赡养，父子把官司闹到法院，儿子犯法由儿子承担，总不能因为我是他老子而处罚我，这是封建社会的株连。"

冯开石连珠炮似的放着，认为句句有理。小黄在一边点头，也许她觉得冯开石的理论更接近教科书。对与理性相悖的现实，小黄肯定为熟知的理论鼓掌。

肖石安不语，他知道困难就在于现实和法律、理论和操作上的矛盾。要解决时下的问题，摘掉县里计划生育落后的帽子，不靠地方性政策和特别措施无济于事。你成天在广播电视里喊要计划生育，人口照旧膨胀。没手段，中国的人口早就超出 15 亿了，计划也只是写在纸上的东西。

肖石安想讲讲丢开"良性解决"的后果，刚开口冯开石就称自己清楚着呢。肖石安感觉到冯开石把什么都想得很明白了，似乎有了一套对付的办法。于是他想起进门时遇到的那些老干部，觉得有一种潜在的力量在冯开石的周围流动，这种力量在某种意义上是对县里制定措施的一种威胁，这点肖石安觉得有必要说明。

"冯开石同志，"肖石安认真说，"你说的也许不错，但是政策已经定下来就不可能改变，不管是执行政策的干部还是被执行的对象，都要无条件地服从。任何对抗和逃避都无济于事。县里下定决心，如果您不想做什么，就什么也别做，只要交出罚款，免得因为另一种行为导致无法挽回的结果。"

冯开石一定听明白肖石安的话了，并且听出了话外之音，关切之情，他顿了顿说："我还是党员呐，还是老干部呐，对不住党的事我不做，对不住法律的事我不做。"

于是肖石安想起冯开石拿着卖菜的钱交党费的事，心里颤抖了一下。如果他真正理解的话，肖石安无忧可担了。但在肖石安听来，冯开石讲的是另一层意思。对不住党，对不住法律的事冯开石不会做，但冯开石也有犯糊涂的时候。肖石安看看他紧绷的脸，心中暗暗想：冯开石呀冯开石，可千万别任性。

冯开石咳嗽得厉害，肖石安让他吃点药，然后说时候不早，该休息了。

他们退出门外，肖石安看见小黄在杯底下压了50块钱。

天上布满了星星，与进村时比竟然没有一丝乌云；月亮像个害羞的姑娘露出半张脸，宁静而又无声地泛着皎洁的光。肖石安从冷光里品出的不是美好而是尊严，他重重地叹了口气。

小黄问他想什么，她飞快地踏着自行车才能赶上肖石安。

肖石安放慢放了速度。

"我不知道自己在做什么，不仅思想模糊，行为模糊，目的也很模糊。"

小黄不太明白又不好问。肖科长平常很少讲话，她摸不着他的底，她爱虚荣，有时候也矜持，总把空白和疑问藏在心底。

"这事偏偏落在冯开石身上。"肖石安无奈道。倘若不是冯开石，事情操作起来会方便得多，现在却要面对更多情感纠葛。肖石安心想。

肖石安对"良性解决"失败并没有太多的意外。他了解冯开石，他倔强的性脾和对党的忠诚正好成了他转变的屏障；而法律的观念和通常的逻辑思辨又坚定了他的信念。这成为他最大的难题。肖石安想起彭位泽在高局长办公室里讲的话："城关是龙头，城关工作做不好会影响全县，就不能摘取落后的帽子。"肖石安又想邱大生，这家伙手中的那把刀简直肆无忌惮，总是把那些虚伪的东西剥削得干干净净，让你看到一具具赤裸裸的身体。而他，就像是河滩里的鹅卵石，让自己身上的缺点在毫无掩饰下暴露无遗，这样的人活得多自在呀！

　　小黄不理解这些，她像只展翅欲飞的小鸟，肖石安无法帮助她，一切要靠她自己去实践、去感悟。肖石安觉得今天的"良性解决"是失败的，现在他认可了这种失败，至少他觉得"良性解决"的失败是对冯开石和自己一种"良性的曲扭"。他不知道为什么会这么想，但他的确这么想。一阵寒风袭来，他抬头望天，天上有几朵淡淡的乌云，月亮在乌云里行走，坚忍却也悄然无声。这让肖石安心里顿时宁静下来。他抛开无端的思绪，加快了车速，让身上热起来，也让小黄在后头吃力地跟着。

十一

　　肖石安从文自如疏于尚武，这一点似乎与父亲相反。

　　尽管如此，一线警察很难达到"文质彬彬"的程度。警察的活就像针尖对麦芒，大多是面对面的较量。两强相遇，行就行，不行就是不行。但是警察的特质不允许不行，不行，就意味着失败；失败，损失的不是警察个人，而是团队的声誉。因此，挫折是暂时的，在警察的背后，还有一个强大的国家和监狱。

　　我说肖石安从文自如疏于尚武，主要指的是思维方式。拿父亲邱大生来比，面对激烈的冲突，他就像滚动的碌碡，用更强大的力量压制对方；而肖石安可能会采用婉转的方式解决问题。两种不同的思维方式都是为了平息事态，避免更大的损失。但是完成这个过程双方所付出的代价完全不同。

这是肖石安和林洋研究的课题之一。期间包括天时地利人和，而关键是审时度势，像占卜者捕捉人们细微的心理变化。

我在一篇关于抬尸闹事的文章里看一个事例。这篇文章的作者是肖石安和林洋。里面讲到一起邻里打架的事。结果是18岁的孩子意外死亡，尸体搁在村口，母亲受伤住院。临近过年，在乡政府出面调解的三天三夜里，死者父亲坚持拿到三万块钱后，才肯将儿子尸体下葬。乡政府基于另一方是低保户，三天里只借到了一万九千块钱，希望对方收下钱先葬掉孩子。双方僵持到农历腊月二十九。那天晚上没电，村里黑黝黝的一片，肖石安踏着一高一低的石板路，听着狗"汪汪"的吠声走进村委会。乡村干部和双方当事人都在，肖石安看到的是一张张霜打一样的脸。几天几夜的谈判早让他们疲惫不堪。当下，除了当事者双方，乡村干部只有一个心思，不管谁对谁错，只要双方愿意，早早了结完事。这一切肖石安看在眼里，知道机遇到了。

问明事由，肖石安感觉到所有人都指责死者父亲不近人情。死者父亲却以一死一伤为由坚持不松口。这个时候，乡村干部都把希望寄托在肖石安身上。肖石安是县里来的，县里来的一定支持乡村干部的意见，拿出威势，死者一方必定服软。谁也没想到。肖石安一开口，在场的人包括死者一方全都惊呆了。

肖石安说："一死一伤，你只要三万块钱，你也太善良了，你也太宽容了。你要个八万十万，谁敢说你过分！"

全场死一般的肃静，没人预测下面会发生什么。有人动了一下身子，所有人的目光都转向他。那是乡里的一个副乡长，这起纠纷处理的责任人。

副乡长看了肖石安一眼，心里一定骂着：我们咬定三万元，熬了三天三夜，你狮子开大口，不仅仅打了我们的嘴巴，后边的事看你怎么收拾。

别说乡村干部，同行和派出所民警都吓了一跳，同时也为肖石安捏了一把汗。

现场除了其他人，最感动的是死者一方。他苦苦撑了三天，为死去的儿子也为受伤了老婆。这三天他快垮了，也快疯了，老婆在医院里，儿子的尸体在村口，尽管这样，却得不到乡村干部的同情，村民也因为儿子的尸体弄得晚上不敢出门。现在，有人给他撑腰了，而且是县里的"钦差"，他的心一下子软了。他相信眼前像书生一样的警察，他需要"钦差"为他撑腰。

大家都等着肖石安下面的话。肖石安说："不论是八万还是十万或是更多更少，协商不妥了，最后得由法院判定。因此，泡在这里就是误事呀。过年一耽搁就是七天，赶紧收下一万九千块钱，把儿子后事给办了，明天一大早进城找个律师，写个附带民事诉讼，乘最后一天上班递给警察，好让他们连同案卷一同向法院申请附带民事诉讼。这样，省去了打民事官司的钱。城里你们不熟，明天上午找我。"肖石安用了半个小时，说了八万十万的理由，又指出了拿到这笔赔偿费的途径，最后向当事人吼道："还不快把钱给人家。"

肖石安措辞诡谲，情感真切，行云流水，有一种无法抗拒的魄力。全场的人都听得呆了。当听到"还不快把钱给人家"时，大家意识到发生了什么。只见当事人哆嗦着掏出一打皱巴巴的票子清点给对方，大量的竟是一元和十元面额的纸币，肖石安的心沉了下去。

签字画押后，每个人都感激肖石安，副乡长握着他的手说："吓出一身冷汗！真没想到是这样，你能写书了。"

旁人笑道："写着呢。"

在处理所有类似案件中，只要肖石安在场，就像群羊里有一只头羊，其他人只能是台下的观众。肖石安的气场穿透所有屏障，化解每一个人的心里疙瘩。没人晓得他怎么做到的，只是爱听他的话，爱按照他指点的办法去做。

现在我们把话题拉回来，因为那个叫夏可的记者此时正躺在彭位泽指定的房间里。

正当肖石安的"良性解决"失败的同时，夏可却洗完澡赤身躺在床上。

她急切想见到彭位泽，因此提出先到他居住的地方，房子就在政府大院的背面，她随时可以见到他。但彭位泽婉言拒绝了。她不知道原因，总之上次离开后她再也没到过他的房间。对此彭位泽没有解释。不过，县委招待所尽管远些，但是条件很好，她每次来都住这个房间，像草原上的狮子一样散漫地躺着。这个房间从来不会有服务员来打扰，只要在门口挂上牌子，就成了一个隔绝的世界，这个世界里只有夏可一个人，她是这个世界里的国王。夏可没有帝王之梦，也不羡慕帝王富丽堂皇的生活。她厌倦虚荣，又嘲笑伪善，她无法忍受虚伪，她需要真实，为真实奉献一切，这是她做人的准则。

半个时辰后，夏可从床上跳下来，在房间里走来走去，房间里的空调暖暖的，她心情舒畅，犹如天鹅，在松软的地毯上跳着裸体舞，她让自己的乳房无拘无束地跳跃，在跳跃中享受质感的快感；她又在镜子面前良久地欣赏自己的裸体，她喜欢里面的乳房和修长的腿，简直无可挑剔的完美。不知为什么，她时常会妒忌镜子里的那个她，想象着那个人不是自己而是别人。她会警告对方别得意，你总有毛病。于是她机械地转身、扭腰、抬腿……不管如何挖空心思都找不到一丁点瑕疵。于是她又指着镜子愉悦她说："哦，服了，美人。"然后送去一个飞吻。

"独自相处天地宽。"她想起一个女作家讲的话。

夏可花了两个钟头在房间里做着她想做的事，没有目的，只是随性而为。接着打开电视机。屏幕上出现了陌生男人的图像，她下意识扯过被角捂住身子。她喜欢在心爱的人面前展露自己的身体，却对电视画面里的男人感到羞涩。电视新闻大多数是领导接见外宾，还有无休止的广告。她抓起遥控器不停地变换频道，几乎清一色的新闻，终于看见了气象预报，接着是本县新闻。于是她在画面上看到了彭位泽。彭位泽正与农民一道搞农田改造。看他挑担的模样的确有过下放干农活的经历。彭位泽热得只穿一件羊绒衫，发达的肌肉把衣裳绷得紧紧的。他的脖颈一侧被扁担压出了一条宽宽的红印，中间部位由红变紫。此时，他一边用手扇着脸，一边对着话筒讲什么，那模样浑身充满活力。夏可看着春心流动，有一股难以克制的潮水注入心头。她把手印在嘴边，一个又一个送去飞吻。期间镜头转换到会议场面，彭位泽正在铿锵有力地高谈计划生育重要性，夏可饶有兴趣地看着，不停地向他做鬼脸。然后猛地抓起电话给彭位泽拨了一传呼。电话铃响了。彭位泽说正参加常委会。夏可说："你只听我讲，不用出声。"耳机里送来"说吧"两个字。夏可说："我要你。"对方无语。"你知道我在干吗？你肯定猜不着，我告诉你，我正光着身子看你的电视讲话……"夏可不等对方回答，挂断电话，跳上床紧紧抱起枕头。

开茶节那顿中餐以后，彭位泽送走了客人，转身看见夏可站在身边。那时，夏可像猫一样安静，然而彭位泽已经感觉到了什么。他向夏可伸出手说："希望你留下吃晚饭。"

"我已经住下了。"夏可说。夏可告诉了彭位泽宾馆和房号。彭位泽说："换一间吧，你是有功之臣，应当享受最高待遇。"

开茶节来宾很多，且有不少艺坛大腕，彭位泽还是为夏可弄到了单间。

晚餐仍是彭位泽请客，他换了一套灰色西装，布料坚挺，工艺考究，十分合体；他高高的个头，身材像运动员一样健硕结实；他举止洒脱，讲话的节奏尽管偏快，口齿却十分清晰，灵动得像一股风；他剪着的短发，像板刷一样坚硬，有一种坚忍不拔的意志。夏可的心像被点燃一样，觥筹交错中，夏可的双眼波光粼粼。她喝了不少酒，今天特别想让自己喝醉，她头有点晕，但觉得十分舒服，有一种澎湃的春潮在内心涌动，她想随着它恣意妄为。

于是夏可看到了彭位泽脖子上挂着的黑领带，那是条"碰碰"领带。看颜色是部队或是公安的那种，夏可看见那条领带的打节处有点油光，死板的结头又抹去了几分飘逸。夏可发现了这一点，有了自己的想法。

酒席间，彭位泽接受同桌人的名片，自己也拿出名片盒。他轮着发过来，到夏可面前，却从底下拿出一张几乎是空白的名片，夏可见给自己的名片与别人的不同，不待看，悄悄将名片塞进包里。

整个晚餐，夏可很少说话。彭位泽的眼光和夏可有无数次交接，闪耀着火花，在空中碰撞，夏可奇怪地听到了内心的呼唤，觉得一切都将无法避免地发生了。

"晚 8 点，楼上舞厅自由活动。"彭位泽对宾客说。

夏可吃罢晚饭，回到房间，掏出名片，名片大多空白，只有右下角有彭位泽的姓名，办公室电话和传呼机号码。名片设计得很低调也很别致，传递着主人性格的另外一面。夏可心里一软，一丝晕厥袭上头来。她收起名片，洗了把脸，跑到街上，花了 200 块钱买了一条领带。离自由活动的时间还有半小时，她想给他打传呼，不管他会怎么想。

"没想到吧？"

"想到的。"

"谢谢你为我做的一切。"

"这话该我说，你是夺人所好吧。"

夏可扑哧一笑。"你知道我给你买了什么？"夏可突然问。

对方沉吟着，像是在认真揣摩。"不知道。"他道。

夏可很开心："既然不知道，我就省得告诉你了。"

"既然不告诉我，为什么又给我买？"

"你挺能饶舌。"夏可道。

"你应该过来了，我在去舞厅的路上。"

"我一会儿到。"

夏可放下电话，把领带塞进包里。

舞曲早已响起，时间尚早，人不多，彭位泽包了两个包厢，服务员把她引进时，彭位泽已脱去了外套，正和吾副主编说着话。见她进来，起身欢迎。旁边在座的还有一些记者，面熟面生的都向夏可点头。

彭位泽问夏可喝点什么。

"咖啡。"夏可说。

"小姐要咖啡。"彭位泽得体重复。

跳舞吧，吾副主编先将夏可请下。夏可起身，随即像蝴蝶一样在舞池里旋转。

彭位泽注视着舞池里的夏可，觉得心情特别好。

夏可挽着吾副主编的手走来，吾副主编对夏可说："陪县长跳一曲。"

夏可微笑地站着，彭位泽松了一下领带结，向夏可伸出手。

"还是在学校时跳过。"彭位泽道。

"我不信。"夏可说。

"瞧，又踩脚了。"

夏可笑。

"给我的名片为什么和别人不同？"夏可问。

"一张工作，一张朋友。"

"多少朋友有这样的殊荣呢？"

"不少，女性你是第一位。"

"是想让我感谢你吗？"

"我想得更多些。"彭位泽答。

夏可又笑，搭在彭位泽肩膀上的手指动了一下。

随着二步舞曲的节奏，彭位泽支着夏可的手心一直冒汗，紧贴夏可腰上的手指透过薄薄的衣服能察觉到夏可的肌肤。旋即，彭位泽的手指也随着舞步的起伏轻轻地用了点力。夏可抬眼望着他，躺在他左手的拇指轻轻滑出，在他手背上增加了分量。他们的手臂几乎是同时收拢，让彼此的身子贴得更近。

彭位泽明白了什么。

夏可也明白了什么。

这晚他们没有了时间的概念，一切感觉就像是山谷里的细流，在石缝中无声地游走。他们跳得很晚，也很忘情，夏可没把领带拿出来，彭位泽也没再问礼物的事。

回到房间，夏可洗了个澡，百无聊赖地看着电视。她有直觉，有一种不可避免的事一定会发生，她在等待。好几次她想给彭位泽打传呼，但每次手都在键盘上停了下来。她对彭位泽不了解，尤其是他家庭和他的过去。在她心里，尽管他们很近，但细细想来其实相当遥远。夏可辗转反侧不能入睡，有些憎恨彭位泽。她不明白彭位泽为什么不给她打电话，她觉得他像一堵墙，把她严严实实地挡在了另一边，而先前一切只不过是她的一种幻觉，一厢情愿。夏可猛地转身关掉电视机，用被子蒙住头，她隐约听到铃声，声音很轻，不知是电话，还是门铃。她猛地掀开被子，电话在身边响起来，夏可拿起电话不作声。

"夏小姐吗？"夏可听到了是彭位泽的声音，"我打扰你休息了吧。"

"我当你离开开阳城了。"她说。

"让你说着了，市委副书记车子在路上出了点故障，刚送他返回。"

夏可不语，片刻道：“谢谢你来电话。”夏可说话气大声小。

"不，我谢你才是……"

"我……"夏可打断他的话。

"说吧。"

"我很想见你"

"现在？在哪？"

"你知道我在哪。"

"上我这儿来吧。"

彭位泽告诉她在几号楼几楼几号房，然后说，你只管往里走，大院门卫不会问你。

夏可放下电话，飞快地穿起衣服，背着包冲出房间。

天上星星很亮，夏可的心境也很亮，她从没想过夜晚会这么美丽。她叫来三轮车，匆匆骑到大院门口，心急火燎地往彭位泽指点的房子走去。

门虚掩着，夏可毫不犹豫地推进去，转身迅速关上门。

彭位泽没想到夏可来得那么快，愣在那里片刻，一时显得不太适应。夏可扔下包，不管不顾地扑了上去，死死地抱着他的脖子，把头钻进他胸口。

彭位泽搂住夏可，夏可抬起头，彭位泽见夏可的嘴唇微微张着，不住地颤抖，便迎了上去。夏可在呻吟，飞快地解开纽扣，雨点般的吻落中彭位泽的身上。

彭位泽从没被这种热情冲撞过，夏可像烈火一样燃烧着，点燃了他被压抑着的欲望，那欲望便蓬蓬勃勃不管不顾地喷发出来……

夏可没在彭位泽那儿过夜，她把领带套在彭位泽赤裸的脖子上："我不允许你再逃脱！"她说。

回忆过去，夏可心潮起伏。

彭位泽很晚才给夏可来电话，他说常委会议刚结束，正通知县里七个局长，明天一早到省里争取经费。他说本来是汪书记自己去的，因为后天要到北京开会，还说这是书记自己决定的。

夏可神情沮丧，老半天没反应过来。

"对不起。"彭位泽说。

"别傻了，我爱你。"

彭位泽告诉她采访的事已和城关镇书记和公安局讲好了，他们会热情接待的。他说过一个星期自己才能回来。

夏可吻了他一下，吻得很响，然后放下电话。她觉得今天过得没意思，于是想起了自己的格言，心里竟然像沙漠一般。

十二

写到这里，对彭位泽与夏可关系性质的定位，有点像海市蜃楼，自己也开始怀疑起来。纯洁的感情是否可以成为冲击道德底线的理由？这一点在读过这部作品的人当中，有着不同的看法。在主流社会的阵营里，尤其纯洁的年代，除了权钱交易或是权色交易，就没有真正的爱情了？人们似乎很难否认这一点。因为，在《增像包龙图判百家公案》之后，像一张图画被钉在脑门上，对类似男女关系早有了定论。因此，思维习惯更愿意掩盖客观事实真相。除此之外还有一个问题，那就是"短板效应"。到底什么是好人，什么是坏人？在彭位泽身上似乎有两种极端的表现，怎么给他的表现下定义？我想起了父亲邱大生。

于是我想到了关于"度"的诠释。

一切都非 1+2 那么简单，几千年的历史文化尽管面临着巨大经济浪潮的冲击，但任何领域中的任何一种表现，如同一棵棵大树，都能在文化脐带上找它成长的历史渊源。

我们继续主人公肖石安的故事。

姚副科长没来上班，肖石安估计昨晚材料搞得很晚，或者在杨树村没回来。

电话打到杨树派出所，值班内勤说他们还在村里。肖石安给林洋副局长打电话，想去乡下看看调查进展情况。林洋副局长说你别去，局长要你把全部心思放在"突击月"活动上。说完挂了电话。

肖石安能听出林洋副局长情绪不好，林洋情绪的变化，让肖安猜疑他听到了风声，正想着消息渠道的来源，林洋却走进他的办公室。

不知是没休息好还是其他原因，林洋眼圈有些发黑。

"市报来了一名记者，你接待就是了。"林洋懒懒对肖石安说。

"那怎么成，这是领导们的事。"

"局长跟汪书记下乡去了。"

"你亲自接待不就是了，何必又推给我。"肖石安道。

"'突击月'的事，城关片儿具体情况多一些。"

肖石安见林洋没情绪不再推托。

"听说了吗，这次高局长要当政法委书记还兼着局长呢。"

"高升了是好事呀。"

"也是的。"林洋说，"当书记兼局长够忙的。"

肖石安不置可否。

"你科里几个民警在镇里？"

"3个。"

"足够了，又没大不了的事情，有事再去也不迟。"

"我想也是的。"肖石安应付道。心想原先他还吩咐要全力支持这项工作呢。

肖石安在治安科每处理一起案件，都会有人七拐八拐地找到他这里，成为办理案件的说客。不知有多少时间，多少精力要耗费在解释上面。因此，肖石安的原则是手起刀落，快查快处，那样不至于被应付搞得筋疲力尽。

见肖石安想着什么，林洋突然对谈话没了兴趣。肖石安不想挑起刚才的话题，他当他的科长，让那些纷争留给领导自己去吧。

林洋刚走，姚忠副科长回来了。肖石安见他双眼通红，让他先回去休息。姚忠说是否先拘留那两个人，不知警方人员伤势怎样。肖石安说没什么大问题，都是轻微伤。他说等伤势鉴定出来，再来定性。

姚忠说着扔下案卷，要去休息。姚忠刚走，林洋副局长打电话来问："毛封镇凌晨的案件知道不？"

"不知道。"肖石安说。

"'三和水泥厂'被冲击了，派出所民警被打伤，一名客户跳窗跌成重伤。"

"童所长也没个电话。"肖石安道。

"本来以为自己能处理，后来又忙着急救伤员，我也是才知道。"

"那么谁去？"

"姚忠回来吗？"

"刚回来，睡觉去了。"

"你去吧。"

"刚吩咐让我专心配合计划生育工作吗？"

"现在又没案件——要么你自己向高局长请示去，派出所民警受伤，伤得很厉害，这样的案件治安科不出面，你让派出所自己怎么办？"林洋显然有了自己的态度。

"既然你定了，就别再请示高局长了。"

"还是问问吧。"林洋说完挂了电话。

肖石安打电话给局长，局长沉吟片刻说："要抓住中心工作。"

肖石安不知该去还是不该去，中心工作是社会治安还是计划生育？局长是让他自己负责呢。肖石安想了想，作出了决定。

本想让小黄一块儿去，小黄说今天科里批炸药的人多，都是大工程，走不开呢。

肖石安走到门口，想起记者采访的事，便对小黄说，记者来了就说我下去处理治安事件了，你应付一下。然后叫了声小刘。小刘从办公室里出来，肖石安挥挥手让他跟着走。

毛封镇派出所两个民警受伤。民警是阻止当地居民冲击水泥厂，寻找安徽客户时被打伤的。一个民警衣服被扒掉撕烂，另一个民警右眼球破裂，安徽的客户从二楼跳到围墙上，右腿骨折，外加脑震荡。

童所长把全部民警从计划生育现场调回来。看到肖石安，他哭丧着脸介绍昨晚闹事的过程。

原来事情是由安徽客户引起的。这客户姓兰，当晚装水泥时和当地驾驶员方军发生争执，凭借自己人高马大，打了方军一巴掌，双方撕斗后被拉开。方军兄弟方刚、方铁得到消息，冲进水泥厂寻找安徽客户，却被供销科长悄悄藏了起来，接着报了案。派出所赶到现场调查，并对侵害人、被侵害人和证人做了笔录。夜里一点，派出所对被侵害人明确答复：治安处罚安徽客户，扣押500元治疗费用，禁止任何人再到厂里找安徽客户。方军答应了，兄弟方刚却把他骂了一顿，提出一万块钱的担保费，保证他弟弟一年内平安无事，同时让安徽客户当面道歉。童所长没答应。当地村民当即冲进水泥厂，踢开所有办公室门寻找姓兰的客户，民警上前阻拦被打伤。当村民踢进供销科，看到了安徽客户，举棍就打，客户迫不得已跳楼，跌得不省人事。村民见民警和安徽客户均被车运走，知道事情弄大了，这才慢慢退去。

童所长说："为首的就是被侵害人方军的两个哥哥方刚和方铁，当下是谁打伤了民警还没彻底查清。"

肖石安让小刘打电话给小黄，赶紧联系医院，看看民警的伤情。回话说民警右眼球破裂，液体流出，正做摘取手术，安徽客户还没苏醒。

肖石安问："传唤方刚、方铁，会不会引发更大的闹事？不采取强制措施两人会不会出逃？"

童所长说："方刚、方铁都有家小，逃跑的可能性不大，再说民警和安徽客户的病情没公开，医院里有我们的人控制。"

"先从外围调查，从方刚的父亲那里开始，另一组搞证人材料，与案件有关的人员都要彻查，做好现场勘查笔录，获取证据，围绕暴力阻碍执行公务和伤害案件，及时物色隐蔽力量，注意方刚、方铁的动向。"

童所长作了安排，肖石安借用厂里的电话，将情况向局长作了汇报后，高局长说他会去医院看望伤员。

原因在调查中冒出来了，谁也没想到，厂方和闹事者全是嫡亲的亲戚，而这次借故寻找安徽客户是假，捣毁厂里的设备是真。没想中途打伤了公安民警又逼着安徽客户跳窗。事情发展到这种地步，超出了预计，双方都晓得有人要坐牢了，都希望别把事情弄大，免得积怨太深。现在的问题不只是捣毁设备，更严重的是两名受伤人员。两家一致对外，便有了私下的共识，调查取证反而变得十分困难。

肖石安找来毛封镇政法书记和村干部在水泥厂会议室开了个会，多方交流了思想，讲清要害，并要求犯罪嫌疑人主动投案自首。

工作一日又加一个通宵，派出所的全部民警按照安排传唤取证，固定证据材料，基本搞清事实。肖石安让镇政法书记叫来村书记和方刚父亲。

那时天已蒙蒙亮，霞光夹着大雾的潮湿灌进肖石安的鼻孔，肖石安站在窗前，望着整个厂区，高耸的烟囱和长长的输送带在朦胧中渐渐清晰，几座大炉并排着，让人联想起北方的露天粮仓，厂区里零星有人走动，抑或没人知道前一天夜里曾经发生的事情，在未知的世界里，一切都很平静。肖石安用自来水冲了脸，这让他清醒了许多。他揉着太阳穴，耳旁响起了脚步声。他知道是他们来了。

肖石安望着方刚父亲方贵，示意让其他人坐下。

一眼看去，方贵是个老实巴交的农民，他个头不高，背有点弯，脸上布满皱纹。他不时用惊悚的目光望一眼双目通红的肖石安。

肖石安让方贵坐下。

"现在的结果你一定没想到。"肖石安对着方贵道，"安徽客户生死不明，我们的民警眼球被摘取，他只有 24 岁。"

方贵还是低着头，把腰也弯了下来。

"你儿子被打一巴掌，我们派出所接报后赶到现场，提出了合理合法的处理意见。你的另外两个儿子方刚、方铁又挑起事端，冲进厂里，踢破办公室 11 扇门，捣毁玻璃 23 块，打伤阻止的两名民警，逼着客户跳了窗，造成了严重的后果。"肖石安两眼逼着方贵，让方贵坐不住了。

方贵的头几乎低到凳子一样平。半天屋里也没人说话，谁也不敢打破肖石安营造的这种气氛，他们同样也没想到，这场冲突会造成这么严重的后果。

"24 岁的民警，被捣瞎了一只眼睛，可恶。"肖石安愤怒道。

方贵终于慢慢抬起头，日光下他双眼有几滴泪水："我们对不住那位民警，这事和你们没一点关系，那时人多，谁也控制不住场面。"方贵辩解的声音很轻。

"我们的民警为了避免更大的损失，防止事态扩大，献出了一只眼睛，他只有24岁。"肖石安重复着这句话，像铁锤捣在每个人心上。

方贵最终"呜呜"地哭了起来。

"现在你唯一能做的，就是和我们一起找来方刚和方铁，不得再发生意外，劝他们交代自己的问题，争取从宽处理。"

方贵频频点头，用手掌抹眼泪。

如果不是在晚上，而是白天，肖石安想就不会有这样的后果。

肖石安处置治安案件的原则，是尽可能避开黑夜。人性的恶的一面很容易在夜幕的掩护下占主导地位，如果期间有人煽动，这把火一点就着。这是肖石安多年的工作经验。如果是在白天，民警不会被捅掉一只眼睛，安徽客户不会跳楼跌成重伤。

警车开进自然村，方贵门口聚集了上百人。乡政法书记担心地对肖石安说："前面的同志应该都来吧，总不会就我们3个人。"

肖石安说："派出所民警12人，加上我们3个，数量再多也比不过村里人多。"肖石安没有停车，他一脸正气，身子像一座雕像。

车停下了，肖石安打开车门往人群走去。百姓冷漠地注视着这名警察，没人说一句话。肖石安在方贵门前站定，正想开口，觉得身边忽地蹿过一条影子，接着是号啕地叫喊：

"乡亲呀，我方贵求你们了，回去吧，快回去呀，别再害我们了。"说着扑通一声跪在地上，给大伙磕头，众人"哗哗"地闪到一边。

"快离去呀，我们做得过头了，民警24岁，眼睛给捣瞎了，换了你我的儿子咋想，这和警察有什么相干呀……"

肖石安快步上前拉起方贵，方贵一转身又跪在肖石安面前，哭着："我对不住你的同志，我用我的眼睛换去。"说完举着弯曲的手指，插向自己的眼睛。

肖石安眼疾手快，一把抓住方贵的手腕。方刚、方铁跑了过来，扶起父亲。

"你们两个孽子，快快跟这位同志请罪去。"方贵说完一边一个抓住儿子的胳膊，推到肖石安面前。

方刚、方铁并排站在肖石安面前，肖石安目光注视着他们，他们双双伸出手，小刘从后面闪出来给他们上手铐，带进到车里。

"你们要好好交代呀。"车外传来方贵的叫喊。

派出所民警被打，在基层司空见惯；受伤致残，也是常有的事。

我进公安的头两年，就在毛封镇派出所干过，那里的经济支柱主要是水泥。好的时候客户拿着现金排着长队买水泥；差的时候，不论大小每个客户都是厂长的上帝。企业好了，厂长牛，口气大，与之对应的乡镇领导腰杆子就硬，许多事情往往坏在这里。这起冲击水泥厂案件，恰恰发生在水泥滞销的时节，外地客户个个是宝贝呀，越是这样，厂家越没中气。厂长们忽略了企业景气时对亲朋好友的待见，这个时候，恰恰是他们找茬子出气的时机。

我到派出所时，正是国企改革的前夕，同时因为环保原因，县里开始冷落水泥厂了，加之轰轰烈烈建厂时的县委书记已经调离，后任书记开始打压水泥厂的发展。银行嗅觉最为灵敏，渐渐收拢对水泥厂的放贷。恰逢市场低谷，大多数企业纷纷倒毙。工人和厂方，厂方和金融机构，企业和政府的矛盾突起，最后收摊的当然是政府与警察。

在派出所两年，处理国企改制，工人身份置换引发的闹事是重中之重的工作。渐渐地我明白了其中的原因。许多工人从20世纪五六十年代就在厂里工作，他们以厂为家，他们的子孙后代也在前辈退休后顶了职，获得工人身份。到了20世纪90年代末，企业进行改制，工作一辈子的工人突然从"家里"被赶了出来，然后是下岗；与之不同的是，一些厂长一夜间变成了富翁，没有谁能够理解并且接受这样的变故，排山倒海般的浪涛彻底捣毁了人们的固有的理念。

我想，既然新型社会没有先例，社会总在摸索着前行，这期间总有人为之付出代价，这当中工人历来首当其冲。

我们继续前面的故事。

肖石安拖着沉重的身子回到科里，见城关镇方书记和姚忠副科长坐在办公室里说话，看到肖石安，方严枫热情地伸出手，嘴里说着"辛苦了，辛苦了"，把肖石安让进座位，反倒是主人似的。

"我刚去医院看过，真可惜。"方严枫说。

肖石安没反应过来，像看一幅抽象派绘画。城关镇和毛封镇互不相关，被伤民警是毛封镇派出所的，这和方书记有什么关系。

"现在动不动就是聚众闹事，这风气不刹不行。一定要严肃处理此案，从重从快，肖科长不要有后顾之忧。"

肖石安给弄糊涂了，莫不是方严枫已经当上副县长了，否则凭什么进入了角色？他望望姚忠，姚忠脸上没有任何表情，肖石安只得等待方严枫下文。

这时坐在一边的司机开口了，他说方书记就是大公无私，你们在毛封镇抓的两个人，都是他的堂弟。

肖石安大彻大悟，这才想起，方书记就是毛封镇的人。不过，他不是因为方严枫的大义凛然或是"严肃处理"，而是应了"是亦因彼"的因果关系。他说："谢谢方书记的支持，我们一定遵照您的指示，从重从快处理此案。这样民警眼睛就不白瞎了。"肖石安说着心里一阵剧痛，24岁的民警因为方家，弄瞎了一只眼睛，往后几十年的生活，将要为此付出多大的代价，这事值得还是不值得？他不知道受伤的民警此时此刻会想什么。

方书记面带微笑地望着肖石安。

电话铃响了，姚忠拿起后交给肖石安。

肖石安听着，脸上的表情有了明显的变化，他似乎在克制着自己情绪，不时将目光瞟向方严枫。司机要给方严枫续水，方严枫说："不用了，你们好好休息休息，我马上要到冯家坞，对付冯开石只能是这样了。"

肖石安不知说什么好。冯开石怎么了，他们要怎么样？肖石安心里掠过一丝不安。那里谈着毛封镇水泥厂的闹事案，这里杀出冯开石。肖石安不好多问，只好什么都不说。

方严枫告辞出来，姚忠问肖石安是谁的电话。

"人刚关进去，县领导就出面讲情了。"肖石安冷笑一声，不再讲话。

十三

我理解肖石安的情绪，就像我理解父亲邱大生一样。

亲情，是传统文化的一个符号。古人有"父为子隐，子为父隐"一说，现代叫"法外有情"。一起治安案件从受理、立案到最后处罚，参与的人何其多也，环节何其复杂也，每一个人，每一个环节都至关重要，都可以摆弄是非。因此，法内与法外在一定程度上，不能排除主观因素。

那时，肖石安一定是发呆了，他想了很多，先是水泥厂袭警案证据，他一直在梳理，检查不够周全的环节；他也在寻找漏洞，以便及时发现堵住。他知道，这起案件可能产生的碰撞谁也说不清楚，既然领导开口了，就应当将案件办成铁案。

另一方面他想得最多的是派出所受伤的民警，一个24岁的青年。这个年轻民警参加公安工作才一年，他是否会因为这次变故改变自己的命运，对此，谁也无法预料。最大的问题是对民警心理造成的影响。如果说民警的前程可以依赖组织的话，那么调整心理状态只能靠他自己了。不论他心理素质如何，毕竟他只有 24 岁。

想到这里，肖石安心里一沉，他急于见到这位民警，否则不会安心。

门轻轻地被叩了一下，肖石安整理卷宗没有抬头。

"高局长把你介绍给我的。"

一个熟悉的声音钻进他的耳朵，他猛地抬头，门外站着夏可。

好些年没见了，肖石安像是惧怕寒冬的老人，一直回避着夏可。

夏可双眼放着光，仍旧活泼得像一团火，只是活泼中带着一种娴熟的优雅，这种娴熟就给了她不少的内涵。夏可穿着一条牛仔裤，上身着一条淡色的长袖全棉衬衫，外头套着羽绒背心，身上背着长带真皮包，半歪着脑袋看肖石安。她和肖石安仿佛是一对普通朋友，而不是原先那种特别的关系。

夏可读完大学分配到报社，肖石安在市公安局遇见过她一次。当时想回避，可夏可却直直地朝他走来，笑吟吟地说："巧了。"于是肖石安想起最早认识的夏可，给人的感觉还是那种纯净与坦然。

夏可告诉肖石安她已分配到市报当实习记者。说她的生活正在改变，她要不停地改变自己，包括生存环境。肖石安望见夏可朝气蓬勃的样子，突然自惭形秽起来。他就像个老古董，总是怀抱旧情不放，且对往事耿耿于怀;而夏可潇潇洒洒地把它抛在脑后，朝着自己的目标前行。她生活在今天，同时生活在对明天的憧憬里。

于是他想起夏可的格言：

"今天和昨天一样，为什么还要有明天！"

第一次听到夏可格言，肖石安吓了一跳。他想起《红楼梦》里那个烈女尤三姐。一个想不停地改变自己今天而努力地去创造与昨天不同的人。不过，怀有远大抱负不是坏事，至少你为了改变自己的命运一直努力着，只是这句话从夏可嘴里说出，在肖石安看来，几乎接近疯狂。夏可到底属于哪一种人？说实话至今肖石安也没有弄明白。

和夏可分手后，他仍旧时常想起这句话。他认为，兑现诺言要比承诺艰难百倍千倍。夏可属于疯狂吧，或是有选择地不停改变自己的生活内容。对一个女人来说，改变生活内容似乎并不困难，但提升心智就是另一回事了。夏可所指的"不同"，抑或两者兼而有之。这一点肖石安不得而知。

自从那次邂逅，肖石安只在报纸上见过她的名字，再也没有见过她本人。现在她却站在办公室门口，肖石安心头一热，脑门前闪动着许许多多的画面。

"请。"肖石安站起，说不出什么心情。

他没忘记夏可，夏可留给他的印象永远不能从他心底抹去。这也是肖石安一直不找女朋友的原因之一，他总在默默地等待，自己也不明白等待什么。他像是面壁的高僧，将爱巢之门逐渐封闭，而那块空白的心再也没人来填补。

肖石安为夏可沏茶，他毕竟是个大男人。

"你好吗？"肖石安问，

"没什么不好的。"夏可对生活总是充满信心。

肖石安不语，夏可说话素来不加遮掩，这是她的个性。

"毕竟是大记者，还要局长亲自介绍。说吧，有什么贵干。"肖石安从窘态中挣脱出来了，语气平静了许多。

"采访你呗，你可不好找呢。"夏可一亮双眼，很美丽。

林洋副局长说有记者采访，没想到会是夏可。"我有什么可采访的？我既不是领导，也不具备非领导的影响力。"

"计划生育呗，报社要搞个专题，配合春夏全市的计划生育突击活动，从党委政府重视到各部门通力协作，搞个综合性报道。高局长可是点了名让我找你的。"

肖石安想到高局长，又从高局长想到彭副县长。近些时间夏可为计划生育作过连续报道，夏可在改变，化蛹为蝶，还是变得更加庸俗？肖

110

石安不知道。今天的夏可和昨天的夏凯果然有些不同吗？

"我能说些什么呢？"肖石安一分心，夏可就用漂亮的眼睛望着他，让他很不自在。

"怎么重视，具体措施，查处案件数量，查处工作对整个'突击月'活动推进产生什么样的积极影响等等。当然少不得三五个典型案例。"

肖石安不想谈论这样的问题，让他报个干巴巴的数字倒也省力。他对这项工作谈不上很多感受，谈得出的报纸怕是不能刊登。夏可即使再实在，文章能否登报，这要主编签字；登报了领导要看，这就有个责任问题。不过记者在采访中总想掏光你，然后选择他所需要的那一部分，编织成一个又一个文字花环。

肖石安只好说自己没参加几次"突击月"活动，主要是科里的其他民警。他向夏可建议不如先到现场看看，这样有个感性认识，写起文章也就更加生动。

夏可说："那是我的事，由我来决定是否下去。"她笑笑说她是记者，不是肖石安的秘书，她认为肖石安既然是被采访对象，只有回答问题的份儿了。

肖石安听了点点头，无可奈何地将身子往后一靠，摆出俯首听命的模样。

夏可打开录音机。

"你对这项工作有什么看法？"

"这是基本国策，坚决支持。中国人口不控制，实现现代化不知要到哪一年。"肖石安认真地说着场面上的话。

"你对县委县政府制定的措施感兴趣吗？我强调的是'措施'，也有人把它称作'手段'。"

"我相信主管部门的法治意识，根据相关政策制定措施。"

"作为基层警察，直接参与'突击月'活动，不觉得是一种超越职权范围内的工作吗？"

"警察重要职责之一，就是维护社会稳定。我认为这和警察的职能并不矛盾。警察还有铁的纪律：就是服从命令，听从指挥。"

"我讲的'措施'更接近'手段'，单指手段而言，或者你们说的工作方法，你又怎么看待当下？你是治安科长，就像戏文里的生死判官，一个掌握全县治安案件审批的司法官员，这可是你专业范围内的问题。"

肖石安想，如果这个问题是夏可的采访核心，那么她算是白来了。这和夏可开始提的问题背道而驰，但他还是顺着她回答。

"这并不重要，完成任何一项任务，都需要选择有效的方法和手段，就像攻坚战，先要占领有利地形，利用炮火扫清障碍，或强攻，或奇袭。这些都是争取胜利的保证——另外我想请问夏记者，这样的问题主编允许你上报吗？"

"肖石安警官，我想说的是警察直接参与计划生育工作，并且采用非法定措施、程序和方法，这么做是否有悖于职业道德与法律精神——这是我的核心问题。"

"我们的职责是，保证计划生育工作按照县委县政府制定的政策顺利进行，保证执行职务的人员不受不法侵害，及时处理打击计划生育中的违法犯罪案件，维护大局稳定。这个过程中，我们严格执行法律法规，做到有法必依，执法必严。"肖石安的回答滴水不漏。

"你对自己的工作很满意吗？你对你所见所闻无动于衷吗？"夏可连续问道。

肖石安不语，心想这哪是采访呀，分明是审讯或是抬杠嘛。他有些迷惑，像醉汉一样一时吃不准夏可到底要做什么。凭他的本能，能感觉到夏可的采访另有隐情。肖石安顿了片刻回答道："极少数人从本位出发，不采取适当的措施，不足以推进'突击月'活动顺利地进行。"

"这是你的真心话？"

"当然。"

"你什么时候学会说假话的？"夏可眯起眼，望着肖石安。

"你还想继续当记者的话，就关掉录音机，别写这些没有头脑的东西。"肖石安严肃道。

夏可果然关掉录音机,然后翻过来打开后盖,里头没电池。夏可"格格"地笑，像铜铃不管不顾地回荡在办公室里。

"没吓着你吧？"她问。

"我替你担心呢。"

"谢谢。"

夏可问了几个数字，记在笔记本上，歪着头望着肖石安说："中午不请我吃饭吗？"

"当然，只要你愿意。"肖石安回答。

接着肖石安给饭店打了个电话，收拾案卷锁进柜里。夏可望着肖石安问:"很忙吧？"肖石安答:"还好，案件多了些，加上'突击月'活动，人都派光了。"夏可问:"你的双眼通红，昨晚没休息吧？"肖石安苦笑:"一家工厂被捣，两个民警被打伤。"夏可听了肖石安的话，心中起伏。她想起那年在派出所，肖石安吊着盐水瓶审问犯罪嫌疑人的情景，正是那样的情景打动了她，让她爱上了肖石安。不过这些年风风雨雨的，让她心茧日厚了，现在，她就像一个从海外回归的成年人，总觉得家乡的河道变窄，河水变浅了一样。

"很累，而且不安全？"

"惯了。"

"对不起，我不该给你添麻烦的。"

肖石安笑笑。学校把她变得文雅了，而且生活阅历又将她怜恤的灵魂从肉体中挖了出来。"你什么时候学得客气了？"

夏可努了努嘴没直接回答。

饭店老板将肖石安和夏可让进一个小包厢，菜一会儿就上来了。肖石安问夏可要喝点什么，夏可说葡萄酒吧。肖石安要了一瓶酒，为夏可斟了半杯。

"治安科应酬很多，所以我讨厌酒，但这杯酒我不得不喝了。"陪夏可喝酒，是感情驱使，还是对过往的怀念？肖石安没去多想。结痂的伤口回头舔舐只有疼痛，对双方来说，过去的都过去了，此时面对，内心早没有了怨恨。

肖石安不等夏可回答，一干而尽。

夏可犹豫了片刻，也喝光了杯中的酒。肖石安又为她斟上。他想象夏可这些年的生活，不知怎么就想起彭位泽，就像看到满天的星星联想起月亮一样。

"孩子几岁了？"夏可问。

"还没见过丈母娘。"肖石安自嘲。

夏可微微抬起头，目光中有一丝惊愕，然后夹起菜放在眼前的小碟子里。

"为什么？"她盯着盘里的菜问。

"总觉得忙，总觉得没时间，总觉得这个环境里没撞见合意的人，关键是主观上没有想过，没想过意味着看不见机会。"肖石安说。他的脑子不停地闪过夏可第一次在他房间里的情景，夏可热烈的情感如同凶猛的潮水，澎湃之后又像是退潮，悄然离去。夏可就是夏可，凭借情绪行事。夏可和肖石安的年龄相差4岁，观念的形成仿佛和肖石安不属于同一个年代。夏可激烈而又丰富的情感不停地冲刷着她的道德观念，天性又允许她做最充分的展现。于是她总是在追求那些新奇的东西，就像她自己所说的，应当每天都活得不同，这不仅在行为上，更重要是在内心感受上。肖石安吃不准夏可和他分手之后，是否像他一样对往事有所留恋，所以蒙蒙地问："你呢？"

能平静交谈，他很高兴。他希望这样，坦然使得心地安宁。

"我总在试图改变自己，总想让今天的自己和昨天不同。我小时候看见别人有的而自己没有，除了羡慕还有内心的隐痛。从农村到城里，我读书成绩很好，到广播站当了几年记者，虽然转正，我并不满足，所以我要考大学，要让自己拥有更多的知识。我的追求没有止境，尽管没有明确的目标，但我总要不停地改变自己。所以我和你一样，没时间，没去想，但人不能没有爱情。"

夏可有几分激动，肖石安理解，他曾为夏可童年的不幸动过恻隐之心。但肖石安一直认为她忘记了过去，因为夏可是个现实的人。其实夏可没忘记过去的经历，只是把磨难当作往后生活的动力，这种动力又像是爱一直滋润着她。

夏可出生在农村，7岁那年母亲病逝，不久父亲又找了一个女人。从此，夏可像包袱一样被扔给了外婆。父亲三两个月来看夏可一次。那时候，夏可叫夏凯，五官端正但身子瘦弱，脸色黄黄的很不讨人欢喜。夏可外婆十分疼爱夏可，夏可却常被同村的小朋友欺负。最让夏可难以忍受的是娘舅的儿子，时常与同村的小朋友合伙捉弄夏可。在小路上使绊子，挖陷阱，叠牛粪堆，往她身上撒沙子。那个时候，夏可的外婆总是用那双苍老的难以伸直的手指，蘸着草药为夏可治愈伤痕。夏可趴在外婆的腿上一动不动，外婆抚着夏可的背喃喃地说："快长大，快长大，长大了嫁个做官的人。"外婆还常常为夏可缝衣裳，纳鞋底。外公讨厌夏可，他发现外婆为夏可缝花鞋面时，经常呵斥外婆，甚至有一次撕掉刚刚糊好的鞋面。夏可时常只穿一双破凉鞋，有时候塑料带断了，外婆就用火钳放在锅灶底烧红，为夏可接上。冬天来临，没有袜子，外婆用破旧的衣服为她缝制。那时，外公自己养了一头公牛，外公种地就让夏可去守牛。夏可总是将牛牵到远离村庄的河滩里，那里的水草茂盛，牛吃饱了，夏可就让牛泡在浅水里，找来碗片刮牛角。牛角尖被刮得亮亮的，在太阳底下闪着光亮。夏可常见村里的公牛打架，在田野里追逐，不时还穿过村庄，牛蹄在青石板上发出"咯嗒嗒咯嗒嗒"的清脆响声。偶尔牛角相撞时，就像外公破柴一样响。夏可亲眼看到牛被挑破肚子，肠子从创口里流出来，又被牛蹄踏烂。牛鼻孔里喷着两股粗气，蜷曲在地上,通红的双眼望着天空。夏可不想让自己的牛被人家的牛挑破肚子，那牛是外公的命根子，她把牛角刮得很尖很尖。

那次夏可的牛正在吃草，村里的放牛娃赶着一大群牛过来，群牛里有一头公牛已经三岁了，长得高大威猛。夏可远远看见那头牛昂起头张望，好斗的天性让那牛特别有灵性，接着朝着天空愤怒地叫起来。夏可的牛也忽然抬起头，竖起两只耳朵，眼睛通红地瞪着远方的公牛。对面的公牛挣脱牛绳，步子不断加快，甩蹄飞跑过来。夏可仿佛听到自己的牛的哀鸣，夏可的牛顶不过那头成年的公牛，夏可的牛才一岁半，非死不可。夏可用身子抱着牛头，双手捂住牛的眼睛。她听到了牛蹄在背后奔跑的声音，感到了牛鼻子里的热气喷到她后脖上。她猛地转身，见牛离她十来步远，低头朝她撞来。夏可此时反倒不惊慌了，她张开双臂拦在面前，尖尖的嗓子猛地喝着"你敢"。那牛仓促间抬头，双蹄木桩一样停在夏可面前，血红的大眼望着瘦弱的女孩。夏可伸出胳膊捂住大牛的眼睛，一手抓住牛鼻绳，让牛调转了头。追上来的小孩都傻了，那头愤怒的大公牛在这个衣衫褴褛的小女孩面前显得服服帖帖。

当晚外公知道了，狠狠扇了夏可两个耳光。外婆将夏可搂在怀里，默默地流泪。

这件事传开后，再没人敢欺负夏可了，她成为孩子们敬畏的人。外公再没让夏可放牛，再也没阻止外婆为夏可做花鞋。当外公准许夏可上学时，夏可已经8岁了。

这些是夏可先前告诉他的，这些故事曾深深地打动过肖石安，肖石安至今没忘。

肖石安抬头望夏可那双活碌碌的眼睛，配置齐耳的短发，有一副生机勃勃的模样。

那时夏可真的爱他，一日不见如隔三秋。她的电话像条无形的绳索，时刻拴住肖石安的神经。有时她打电话也没事，只是说：我想听听你的声音，甚至只是在电话里送过一个吻。肖石安被夏可的爱泡着，滋润着，时刻处于幸福之中。一直到夏可疏远他，他都不敢相信那是真的。肖石安以为她爱上别人，夏可的朋友却千真万确说没有那回事。肖石安曾问夏可为什么，夏可不遮不掩地说："给你的是真实的我，离开你也是真实的我。"肖石安怎么也弄不明白，夏可会这般轻率，轻率地来又轻率地离去。后来夏可的女友告诉肖石安：她很真，不会掩饰自己的感情，爱时不管不顾，一旦感情消失，就像滩涂上的潮水，不作留恋地缓缓退去。她就是这样个人。

　　肖石安强忍着离别的悲伤，支撑着。自从夏可离开后，肖石安觉得生活没有了色彩，幸好那时院子里种着几棵梅花，梅花在寒冬里舒展地开放，栉风傲骨，给了肖石安许多的安慰。他想夏可，不知道夏可这艘漂泊的船会在哪个港湾停泊，在她心中只作短暂停留的火热的感情，什么时候才能永不熄灭，找到最后的归宿呢。

　　"没有归宿，但有爱。这是你想告诉我的。"肖石安喝了口酒。

　　夏可灿烂地笑，露出一排好看的牙齿。

　　"那么今天的你和昨天有什么不同？"肖石安问。他想不起到底是谁说的：如果打算每天都不同，那么一定活得很累，就像一个攀登的人，总担心从高处堕落一样。肖石安不明白，沉重的压力下，夏可能有这般灿烂的笑。

　　"这是一种内心的感受吧，陈旧的东西总在我身上死去。"夏可说得很原则。

　　"现在又有什么新的内容，比如……"肖石安留住话尾。

　　夏可拿眼睛望肖石安，然后说："你还在生我的气吗？"

　　"不，我任何时候都没生你的气，因为我理解你，我只会心里难受。"

　　"为我？"

　　"也为自己。"

　　"我不知道是否伤害过你，也许我总在伤害别人，但都不是故意的。"

　　夏可说得很认真。她的确不是故意在伤害人家，就像面对那条大水牛，她也没想过水牛会伤害她一样。

"我理解，你最近非常关注一个人，一个很有希望的一个人。"

夏可眼睛一挑，然后问："什么意思？"

"我是从文章里看出来的，他很有可能会当县长唷。"

"是的，我知道，他有妻子而且在市劳动部门，我还知道他有个儿子寄养在外婆家，这和我有什么关系呢？"

"换届就要开始，想当县长，这个时候他会作出选择。"肖石安想起邱大生的话。

"我从来就不把爱和婚姻捆绑在一起，你明白这一点。"

"我明白。"

"你不明白，否则不会提出这样的问题。"

"客观上，很多事情不容你选择，比如家庭、社会的压力。"

"他不会成为爱情道路上的牺牲品。"夏可想起昨天她在宾馆等着彭位泽，最后只等来了道歉的电话。

"对不起，我无意争论，我只是想说明某个问题。中国的道德观同时贴在《党章》里，尤其是领导干部。爱情哪怕再真挚，都会被认为是一种利益互动，还会被好事者或是竞争对象当暗器使用。"

"可恶。人类很多美好的东西往往会被莫妙其妙地扼杀，人与人之间的纯真哪怕是异性之间的与别人又有什么关系？这完全是私人之间的感情。这种感情不会给社会造成损害，何况像树叶的颜色，一年四季都在变化，可恶！"

肖石安举起酒杯和夏可碰了一下："你是市报记者。"

"那是我的职业，和我的感情世界没关系；如果职业道德要求我作出牺牲，我会毫不犹豫。"说着把杯子里的酒喝完了。

"职业女性和爱情的殉难者，双重不同的身份熔为一身的女强人。"

"别做女强人吧，做个实实在在的人，做人比做女强人更有意义，可我内心总是懦弱得很，我也不明白为什么。"

肖石安吮着酒，双眼越过杯口注视着夏可。夏可的精神世界就像一条河，宣泄流淌不息。她永远充实，永远不需要同情。肖石安想：她生活在阳光和鲜花里，不论是明白无误的言辞还是神秘莫测的真理，总是被夏可内心的河流毫无保留地卷走。

"你在想什么？"夏可两手捻着高脚杯，望着肖石安。

"没什么。"在夏可面前，肖石安老是回忆往事。他明白，他们之间的感情就像随波逐流的小船，越漂越远。不过对夏可而言，她像丢开一件旧衣服一样将他们之间的情感早早丢开了。她总是轻装上阵，不论工作还是生活，而这一点最让肖石安疑惑。他想，不懂得思索人生过去的人，怎么能成为一个好记者；不懂得对人类精神世界深入的思索，解剖自己的灵魂，怎么开启自己的心智；不会审视考问自己灵魂的人，怎么完成奉献的使命。拯救别人，先要拯救自己呀。夏可真是一个令人难以琢磨的姑娘。

于是肖石安不想谈论过去，谈论过去唯一能获得的就是痛苦，抑或还有夏可的奚落。

肖石安问夏可要采访几天。夏可说现在说不准，还要看全县工作的进展情况。夏可说话时有些心不在焉，肖石安已经察觉到了。他问她是否很累。她说昨晚没睡好，看一个什么电视剧。肖石安说他从不看那东西。夏可问肖石安新近都做些什么，他说除了工作就是思考问题。他说他和林洋副局长合作写了六七十篇论文，不少在全国获了奖。目前由林洋联系，准备结集出版。夏可眼睛一亮说不简单，如果出版有问题她可以帮忙。肖石安说上头已经出面，最好是那种比较有影响的出版社。夏可不语，肖石安也觉得无言。不知怎么的，这种交谈反倒让肖石安明白了她的一些想法，一些多年压在心底的忧郁烟消云散，心境豁然开朗起来。夏可的坦率和真诚扫除了他心中的积冤。正想着，从窗户外远远看到科里的212吉普，便走了出去。

老龚从窗口探出半张黑脸道：冯家坞出事了，方书记被打伤，不少干部被围在村里。

肖石安没答话，拉开车门，钻进车里，回头对夏可说了声对不起。

十四

有句话在警队流传甚广，叫"警察跟着案件走"。私下里人们不这么说，叫"猫儿追着老鼠跑"。不管哪一种说法，意思是警察的时间"没准信"。这有点像雨季山里的洪水，说来就来，说走说走。许多刚加入警队的年轻警察不适应这种生活模式，有的因此跑了女朋友，怠慢了家小亲人。其实，走进警队那一天起，稍有思辨能力的人都能想到这样的结果，警察最大的特点就是"奉献"，这中间包括时间、精力甚至是流血牺牲。但是，警察这一职业还是被影视给神化了，完完全全贴上了"惊险刺激，出生入死"的标签，就像宣传画一样直白鲜明。现实中的警察更多承担着社会服务和管理职能，更多的警察一辈子默默无闻，哪怕是一线警察。

不仅是肖石安忙碌的身影，我的亲身经历也全完感受到了，夏可与肖石安有过一段美好的时光，也一定有过相同的经历。几十年来，哪怕再往后推几十年，警察"没准信"这一点不可能被改变。

我很难确定我的分析，曾多次想请教肖石安。对于夏可，肖石安从来不多说一个字。这的确让我感到惊异。尽管肖石安事后已经结婚，但是他把夏可珍藏在心灵深处，除了他之外不允许任何人触碰。

在冯家坞出事的那天，肖石安与夏可在开阳城一家小饭店见面，对双方而言都是一个交代。至少在很多方面让双方明白了一个道理：此前彼此真诚相爱，此后彼此无怨无悔。他们的邂逅作为人生的一段经历，在结束之后，没有仇恨，没有悲伤，一切仿佛都顺应着机缘。

我一直在想，那天如果不是老龚匆匆赶到饭店，往下他们一会儿讨论些什么？抑或他们会拉开关于彭位泽的话题？不得而知。

肖石安是被老龚叫去开会的，尽管喝了酒，在没有"五条禁令"的当时，不论中午或是晚上，喝点小酒不算个事。

老龚直接把肖石安拉到城关镇，上了二楼会议室，局长高会理，副局长林洋已经在座。

林洋不管城关片儿，但他是治安科的分管领导，从治安案件这个角度，高局长还是叫来了林洋。

老龚简单地做了介绍。

上午9点，镇里和县里联系干部在方严枫书记带领下到了冯家坞。这次主要是针对冯进父亲冯开石的。三天前，镇里最后通牒，届时找不到冯进，就由冯开石代缴3000块钱罚款。冯家坞周边工作对象共5人，冯开石是老干部，有资历，有文化，在村里甚至周围村都有相当的影响力，是方圆几十里的核心人物。因此镇里在"良性解决"失败后，决定先拿冯开石开刀。拿下冯开石，其他对象自然是顺水推舟的事。

应当说，方书记还是作了充分准备的。队伍进村后，冯开石没在。十点钟左右，他拎着菜篮子走进院子。方书记说明来意，冯开石态度强硬，认为镇干部这种做法是违背政策的。方书记也懒得解释，该说的先头都说烂了，于是下令动手。围观人越来越多，村里村外的群众出面阻拦，妇女开始谩骂干部，七八十岁的老干部争先挡在前面。争吵中，执行者和村民发生冲突。书记方严枫被妇女围在当中抓破脸面，还挨了一板凳。

事态迅速扩大，人也越来越多。民警奋力阻拦已无济于事，老龚只得溜出来报告。

"现在怎样？"高会理问。

"干部仍被围在那里，也有群众受伤，老百姓要干部出钱治疗。"

老龚没说完，电话铃就响了。电话是县委汪书记打来的。汪书记听到的情况比老龚汇报的更严重。他对高会理作出三条指示：一、组织力量迅速平息事态；二、尽快查清闹事的煽动者和积极参与者，严肃打击处理；三、计划生育工作不手软，坚决执行县委县政府的指示精神，完成各项指标。

高会理边听边记，放下电话后道："治安科、巡特警和城关镇的各路民警马上出动，先平息事态，然后由治安科组织调查、严肃处理。"

大家"呼啦啦"起身，林洋对高局长悄悄说，他的管片儿也发生了一起冲撞干部的案件，镇里打了好几个电话了，他要去那边看看，这起案件就由肖石安全权负责彻查。

局长皱了一下眉头，不置可否。

肖石安站起，不管不顾地走出会议室。

现场没有老龚描述的那么严重。可能是呼啸的警车和穿着花绿迷彩服的巡特警让不少无关人员悄悄地离开了冯开石的院子。剩下的几十名镇干部和十几个老人和妇女，更多的人在大门外远处观望。

方书记早被送进医院，其他干部除了脸被抓伤外，也没什么伤情。一个老人坐在地上双手捂住胸口喘不过气来；另一个妇女和一个中年人都说胸口有内伤。

门口翻倒几条板凳，有一条少了一只腿，还有散乱的破砖断棍，场面有几分尴尬。

肖石安看了一眼坐在石门槛上的冯开石，然后对老龚说："把所有伤员送到医院里检查治疗，不得耽搁。"

老龚挥手让救护车过来，大家帮着扶伤员上车。

肖石安目光在人群中搜索，看到了前几天"良性解决"时遇上的几个老干部，有的还是邻村的。他心想"良性解决"变成"恶性循环"了。

"怎么弄成这样？"肖石安望着冯开石责问。

冯开石不语，面色铁板一样严肃，气喘得也厉害。肖石安心里掂量着汪书记对高局长讲的三条指示，不免为他担心起来。

"你是老同志，怎么会弄成这样？"他严肃地问。

冯开石把头扭向一边，仍旧不发一语。

"老冯，门槛上冰冷，坐在板凳上说话。"肖石安说着让民警拖过一条板凳。冯开石没有挪动屁股。

肖石安片刻道："事情闹到这个地步会有麻烦呢，你先让无关人员都撤回去吧。"

冯开石沉吟半晌，向人群挥挥手，有些人退出院子。冯开石望了一眼肖石安道："我就是不愿意有人糟蹋政府和百姓的鱼水之情。我儿子坏了计划生育，由我儿子来承担，如果是我纵容儿子，由我承担也说得过去。可别说你们，就连我也怨着我的儿子，和他对簿公堂。这些事镇里知道，你们也知道，知道了镇里有什么理由罚我的钱，拆我的房子，你们让我老不死的睡在山洞里呀？"

冯开石还是那副脸色，只是说话间不停地咳着，咳嗽经常让他喘不过气。

肖石安不想打断他的话，他想让冯开石说个痛快，让他把心里话都倒出来，就像先放干湖里的水，然后修复堤坝一样。

冯开石继续说着，不断地咳嗽，许多干部站在一旁，像一尊尊佛像一动没动。最后，剧烈的干咳终于让冯开石喘不过气来。他脸色铁青，一屁股跌坐在门槛上。

肖石安拉过一条凳子，抓住他的手坐到上边，自己在他身边蹲下。

"老冯，你有十个理由，一百个说法，一千个困难，一万个道理，那都是你个人小事。现在的重点是'突击月'活动，这是大局。"肖石安说着，连自己都觉得没有说服力。可他还是接着说："你村里和周边村有5个工作对象，你说你是老干部，懂政策，没错，你还是有威信的老干部，精通政策。在这个节骨眼上，你不带头协助政府工作，谁来带头——你先别开口。"肖石安止住冯开石的话头说："你别去考虑上头的规定是对还是错，这不是我们考虑的，我们只有执行，执行才是老干部应该做的。政府要排除所有阻力，进度不能改变，这是最重要的问题。今天你闹这一出，镇里方书记被打伤，这么多人冲击执行公务的干部，村里的镇里的计划生育工作没法开展，这后果你想过吗？"

肖石安说这话总没底气，没底气又不能不说，现场摆在这儿，那么多干部盯着，他无从选择，他和冯开石，两头总有一头要服软。

冯开石不语，脸上的褶皱像核桃纹，长久的哮喘让他的背有些弯曲，那件黄军装不知什么时候撕开了一个口子，吐出棉花絮。肖石安无法判断出冯开石是否在听，是否如他希望的那样产生了影响。冯开石的脾性肖石安最清楚。他想，目前的问题是驱散人群，调查案发过程，否则往下的工作同样难以开展。

肖石安见冯开石不语，往前伸了伸身子道："老冯你看呢？"

"我没什么可说的，我没犯法，我只是维护自己的权利。你们向我拿钱，拆我的房子，拿手铐来；要抓我坐牢，拿逮捕证来。"

肖石安知道，这样的场合难以软化冯开石的犟劲。他想继续做工作，却看见夏可也在人群当中。肖石安心里想，市报记者实地采访，怎么往报纸上写呢。心里想着，却转身对冯开石说：

"老冯呀，你锁好门，跟我到局里去吧。"

听了肖石安的话民警上前围着冯开石。

"跟他啰唆半天，早动手就好了！"干部中有人议论。

"抓走，抓走，抓走。"一群干部起哄道。

肖石安盯着起哄的人，皱起眉头。

冯开石欲起身，却被一些老干部拦挂。有人道："老哥，别听他们的，他们最善秋后算账了，去了你就出不来了。"肖石安并不回答，也不看说话的人，只是拿眼盯着冯开石。半响，冯开石道："你们让开，我冯开石没犯法，我怕什么。你们快快走开！"冯开石说完，挥着手臂，不管不顾往外挤，人群让出了一条路。

肖石安咬着牙，目视前方离开小院。

十五

不管这场冲突是否冯开石有组织的行动，有一点是明摆着的，城关镇的方书记在现场被打伤并且住进了医院。这就意味着，有人要为这件事承担责任。

依照通常的思维，冯开石无疑是首犯，这就像和尚头上的虱子明摆着的事。他是当事人，干部是冲着他去的，伤人的事发生在他院子里。也就是说，冯开石与这场冲突有着直接的利害关系，这构成了主观动机。传唤冯开石，不仅顺理成章，符合法律程序，而且天经地义。

照着高局长的意思，这起案件由肖石安负责彻查。

其实，民间发生冲突，就像舌头顶着牙齿，在父亲那个年代，是常有的事。不过是每个时间段有着不同的内容。早期，更多的是因为田地山林纷纷进行的械斗，这种械斗通常是大规模、有组织地进行的，最后甚至动用了刀棍土铳。到了 20 世纪 90 年代末，公安机关全面收缴枪支，不到两个月，开阳城收了 3000 多支土铳，这个数字让当时在开阳城视察的公安厅长吓了一跳："可以武装一个师啦！"的确，从数量上讲可以这么理解，但是从缴获土铳的制造时间来看，大多出自清代和民国，最早的有明代末年。这似乎告诉我们一个道理，山民狩猎是祖上的一个传统，也是开阳城的历史文化。肖石安说：别看那么多土铳猎枪，除了狩猎意外伤人，从来没办理过枪支故意伤人案件。这样的道理当然没人听。到了农药上市之后，另一种闹事开始盛行，也就是家庭内部、邻里之间的口角，发展到妇女轻生。最方便的是从门后拿起农药瓶一气喝了。人死了，没理也是理。家族、亲朋抬着尸体到对方家里，捣烂家什，杀掉肉猪，掏空仓里的粮食。这样的事件是父亲那一代经常遇见的典型的案件。再往后是国企改制，工人们身份置换，一夜间下岗的工人向企业主和政府施压，堵在政府大门口讨要说法。而当下，时常发生的是强拆和医疗事故引发的重大治安事件。这是我们这一代警察印象最深的社会问题。

这一切都由公安机关处置。

细想这一切都很正常。社会经济发展总有人付出代价，作出牺牲。不论是个人还是团体，面对这样的牺牲，欲想维护自身利益，就可能采取不同手段进行抗争。因此，在维护自身权利和利益分配上，需要通过法律在整体上进行调解，这是肖石安与林洋撰写论文中涉及最多的话题。

从带走冯开石那一刻起，一边是悲壮，一边是愤慨，矛盾完全对立了。那么，问题的焦点都将落在这位退位多年的村干部身上。某种意义上讲，冯开石的案件超越了计划生育本身，是一起暴力阻碍国家工作人员依法执行职务案。若是这个罪名成立，冯开石就要为此付出代价，这一切取决于肖石安。这样一来，肖石安成了众目睽睽的关键性人物。只是肖石安明里面对的是冯开石，暗里的对手却是彭位泽。

这里我们先把话题引到彭位泽身上，他毕竟是这个片区的负责人，冯开石案件对他来说至关重要。

彭位泽那晚没去开常务会，第二天也没像他对夏可说的，带着局长们到省城讨钱。

夏可在宾馆急切等待的时候，妻子沈冰出现在彭位泽的房间。

沈冰晚饭前到的，这次，她先到开阳城，而后给彭位泽打了手机。

房间里，沈冰换掉床单，拆开被子。自从第一次在床单上嗅到女人身上的气味后，沈水凭借直觉，知道彭位泽有了心上人。这个想法植入沈冰的头脑，就像吞进肚里的鱼钩，再也没法拔除。此后，只要走进彭位泽的房间，她就像一名秘密搜查的警察，先站在门边环视四周，寻觅与彭位泽身份不符的东西，然后戴上口罩拆洗床单被子，给自己找一个没有破绽的理由。沈冰虽然没有从彭位泽房间里发现可疑物品，但每次都觉得有个影子徘徊在房间的某个角落里，让她有些心神不宁。

长久如此，沈冰的想象力让这个影子变得越来越大，压得她透不过气来。很多夜晚她在床上辗转反侧不能入睡。有时，突然又想给彭位泽打电话，或是夜闯彭位泽的房间。但这样做必须有讲得过去的理由，就像耕田是为了播种，播种为了收获一样。沈冰却找不到借口。何况以往到彭位泽这里，通常是事先打招呼，倘若半夜闯入，又没发现想象中的女人，不仅会将双方都置入尴尬的境地，现场也很难收拾。反过来，发现了女人，又怎么处置？难道连夜叫醒汪书记，然后大闹公堂？那样的结局就是家庭破碎，孩子受到伤害，彭位泽被罢官免职，这不是沈冰想要的。

　　沈冰也曾想好言相劝，让彭位泽回心转意。但有凭证吗？如果彭位泽矢口否认，不但伤害了夫妻感情，往后彭位泽会更加小心。沈冰觉得自己生活中遇到难题了，一个让女人和家庭都会伤心的难题。

　　沈冰是个讲规矩的女人，平常工作按部就班，尊重长者，管束儿子，遇上这类问题让沈冰变得束手无策，她不知道如何对面，也找不到化解的方法，左思右想只得给彭位泽一些暗示。那日在家里搞卫生，沈冰从彭位泽的书架上看到了那管笛子，正是这管笛子的悠扬乐曲，打动了沈冰的心。那时彭位泽住在她对窗，寝室里的女生一听到笛声就将头伸向窗外，只有沈冰坐在床上无动于衷地看书。同室的女生说沈冰表面冷静，心里像团火。沈冰不承认，女生就合力将她推到窗前，大家笑成一团。每次彭位泽吹得来劲时，只要沈冰的影子在窗前一闪，笛声便更加丰富起来。几次重复，女生都知道彭位泽是在召唤沈冰，于是当彭位泽吹得满头大汗，气喘吁吁时，大家就推出沈冰，然后齐刷刷地在窗口叫喊："千呼万唤始出来。"一直到校庆那次演出，沈冰才被同学推着给彭位泽献花，那时彭位泽才算真正认识沈冰。

　　沈冰将笛子轻轻擦干净，包好。她想把笛子交给彭位泽，让他对过往有所回忆，反思今天的行为，然而当时彭位泽只说了一句"带这东西干什么"。沈冰听了心碎了，为彭位泽的不经意，也为他不理解女人细微的心绪。

从那以后，沈冰不再到床上去嗅，而是毫不犹豫地先洗掉床上的一切。她不愿意床单棉被同样裹着过另一个女人的身体。她躺在床上似乎能嗅到另一个女人身上的味道，那女人也许不会像她那样穿着保守的睡衣，而是赤身裸体地躺在上头，她的情绪总是在想象和真实之间徘徊，而将想象变成事实的只有一次。那次，彭位泽望着她的睡衣发呆："你为什么不脱掉睡衣？"沈冰愣了片刻回了一句："习惯了。"彭位泽顿了顿没再说话。

沈冰没有表达的机会，内心的感受就愈加沉重，她不知道怎么面对今后的生活，尤其是对付那个似有似无的女子。很多时候，那影子真切地站在她的面前，发出淫荡的笑声，而被激怒的她却无所适从。尽管这样，沈冰没有想到放弃，她要作一切努力拉回彭位泽，她在等待机会。

那天路上遇着朋友林萍从南京回来，一见面就天南海北地聊。林萍比她小许多，但她们的父辈是老熟人，"文化大革命"时同样受过冲击。沈冰问林萍回来干什么，林萍说准备论文。沈冰又问林伯伯可好。林萍说他成天忙着。最后又问回来后怎么安排。林萍说不知道。第二天，沈冰一上班就打听县里的人事安排问题，沈冰把打电话打到华部长家里，华部长不置可否。沈冰心里明白几分，不否认更能说明问题。后来她终于从单位里听到风声。她想她的机会来了，彭位泽应该有所选择。于是情急之下赶到开阳城，给他打了电话，告诉他她在宿舍里等着他。

彭位泽是赶着回家吃晚饭的，他从她异样的举止感觉了什么，尤其是每次到县里都要拆洗床单和被子。彭位泽曾要求夏可不要使用香水或是化妆品，但女人身上特有的馨香无法从床上消除。彭位泽变得小心翼翼，心想好在沈冰没有把柄，如果闹将起来，自己丢官免职不说，家庭的破裂也是无可挽回的。

沈冰专门包了饺子，彭位泽吃得很仔细。他想等沈冰先说话，以静待动。

"县里有人事变动知道吗？"

"听说了一些，你有什么消息？"彭位泽边吃边问。

沈冰心中暗喜道："听说汪书记要到市里当副书记，市里不准备下派顶替，就地提拔。"

"嗯。"

"市里考虑的接替对象有曾县长、你和江副书记。"

"嗯。"

"你都已经知道了？"

"啊，没有。"彭位泽应道。彭位泽当然不知道，而且没想过。他抬头望着沈冰，心想眼前这位不动声色的女人挺可怕，连风声都没有，她却把什么都摸得清清楚楚了。

"我想，汪书记赏识你不一定十拿九稳。县长是省管干部，如果市委林书记加上省委组织部同学那里有意思，别的领导即使有其他倾向，也无济于事了。再说汪书记是个聪明绝顶的人，不会把自己推到风口浪尖上，江副书记当县长或当书记，对这个县既不是荣耀，也没有损失，咱们用人的门道你知道。"

彭位泽停住手中的筷子，沈冰的一席话让他觉得自己太实了。成天忙于经济工作，忙于计划生育，还真的以为"突击月"工作上去了，汪书记就不会丢下他这个实力雄厚的常务副县长。江副书记是只狐狸，他早听说，这边计划生育抓得有声有色，恰如其分搞宣传；那边来个金蝉脱壳，往省里、市里跑。要说跑关系的条件彭位泽绝对胜过江副书记。彭位泽虽然在市里工作两年，但下派到县里是市委林书记点头的。至少在林书记的心目中，他彭位泽的分量远远超出江副书记。市里的关系彭位泽还是有的，当年的宣传部华部长，是今天的组织部长，和他曾共事两年；省委组织部薛副部长是他大学同学。摆着这么好的条件，只要跑跑，就能累死江副书记。江副书记是从基层提拔上来的，上头的关系绝对不如他彭位泽的硬。他想，如果我彭位泽落在江副书记后头，那就是智商、情商都出问题了。

　　想到这里，彭位泽心潮澎湃起来。江副书记虽然先行动，也跑了不少地方，但他彭位泽还没有落后。倘若把他们比作两部车子，彭副县长是轿车，江副书记是大客。尽管启动时间不同，只要他一踩油门，完全可以甩掉江副书记。这一点彭位泽有信心。

　　"你的消息可靠吗？"彭位泽问。

　　"这点你放心。"

　　彭位泽觉得沈冰这句话有点刺耳，心里不痛快。不过他现在也顾不得这些了。他脑子在膨胀，无数条线在头脑里飞舞，盘绕着缠在一起，他要迅速理出一条线来，并且作出判断。他应当有所行动了。

　　"我这里一会半会脱不了身，真是的。"

　　"你只管一个片儿，全面的工作主要是汪书记主抓，方严枫和公安的高局长都是你老朋友，不能让他们撑着点？你上了，他们还落得下吗？"

　　"汪书记那里怎么说？"彭位泽还在犹豫。

　　"我已经和汪书记打了招呼，说我母亲重病。"

　　彭位泽异样地望着沈冰，沈冰无影无踪做着这一切，让他有一种心寒的感觉，她早就想定了他必须听她的。他想起那天沈冰拿了那管笛子，那种暗示无疑容括了很多内容。他不知道沈冰会做出什么事来，他第一次感觉到心里没底。

　　彭位泽没吱声。

　　"我想林书记那儿一定得去。那里有些基础，他女儿是我的同学、朋友，我们可以一同上他家。但林书记那里不能送钱，礼物只能送给他女儿和夫人，书记意思意思就行；组织部华部长是你的同事，也是关键性人物，尽管你对他有恩，求着别人出手可以大方些，有些问题可以单刀直入；省委组织部薛副部长是你的同学，应当送点像样的东西。现在送礼不兴送钱，但送的东西应当可以换成钱。我想这三个关键人物搞定了，任其他人怎么折腾都是瞎子点灯白费蜡。"

听了沈冰的话，彭位泽想到了三国，那孔明深居茅舍，默默无闻，却也博古通今，满腹的宏才大略，遇有刘备三请，出得山来，打下一片天地。沈冰的这番话，让彭位泽浮想联翩。他望了沈冰半天，突然问："你什么时候学会这些的？"

"是你从来没注意到这些，我是学校的高才生呢。"沈冰脸上掠过一丝微笑。

彭位泽不语，然后摇摇头，像是在说这世道怎么就变得不可思议起来了。

餐毕，沈冰先为彭位泽泡了一杯茶，然后收拾碗筷。彭位泽说我来吧。沈冰拍了一下彭位泽的手背，彭位泽就坐在桌前喝茶吸烟。他想，什么样的人该送什么的礼物，这方面他显得很笨拙。他的左半脑一直是沉睡的，只是忽然被沈冰激醒了。他还没想妥，又觉得自己内心挺脏。一个干部，人民的公仆呀，为了更上一层楼，竟不惜钱财，买官求荣。想着，纯洁的人格变得朦胧起来，就像笼罩着一层雾水。人格低了，矮了，理直气壮挺胸直背没了肋骨和底气，就像一把无架子的伞。是不是往上升非得走这一步，是不是那些收受礼品重金的大小干部都历经过送礼屈膝的过程？就像死鬼非得经过奈何桥一样？现在他们该回收了，就像做买卖，投资有了产出，而产出的人，就是那些曾经投资过的人。通过奈何桥的人变成了小鬼，小鬼要宿命，要讨冥钱了。

彭位泽想到这里，决心动摇了。他想起了夏可的真诚与坦然，就像一面镜子，把他照得很猥琐、体无完肤，他觉得自己连一个市报记者都不如。"为人君者，正心以正朝廷，正朝廷以正百官，正百官以正万民，正万民以正四方。"他不知怎么就想起了古训。自己纵然一条七尺汉子却是个可怜虫，心之不正行歪。

如果江副书记也有这些美好的想法多好，如果官场都有这些美好的想法多好。他想着不觉又自嘲起来。

彭位泽心中沉闷，他望望厨房里洗碗的妻子，觉得有些地方落伍了。他成天忙于工作，忙于事务，没时间读书看报，而妻子却每天可以看很多书。《资治通鉴》《史记》，西方哲学和文学书籍她都涉猎。但他自己呢？他觉得基层干部队伍里，文化正在死去，它死于浮躁，死于虚伪，死于应酬，死于谎言，死于钩心斗角和对官位的角逐。但沈冰，她像个冷静的旁观者，用理性的目光注视着世态的发展，就像一个高明的棋手，冷峻地观看两个新手在对弈。彭位泽不敢小看妻子了，他有一种敬畏的感觉，除了沈冰为他生了个儿子，这种心情还是第一次。

　　正在这时，夏可传呼了他，他看见妻子没出来，拿起手机告诉夏可他在开常委会议，夏可让他别吭声，说了一大堆热火朝天的话，然后挂了电话。

　　妻子洗好厨具又洗衣洗澡，然后穿上保守的睡衣，睡衣是纯棉的，还是城关镇方书记的妻子送给她的。睡衣的领口有两粒纽扣，沈冰裹着那团雾从浴室里走出来，上头两粒扣子竟没扣上。

　　彭位泽想就一些细节问题和妻子再谈谈，却见她坐到床上，从包里拿出一本《百年孤独》，这像是沈冰心绪的表示，也像是暗示着彭位泽什么。这部魔幻现实主义的作品，让这位哥伦比亚作家领略了诺贝尔奖的辉煌。彭位泽只是在学校里读过，现在他不再看书了，沈冰保持着这些纯情的美德，的确难能可贵。

　　彭位泽看完那些文件，已是11点多了，他想给夏可打个电话，又不太方便，只得宽衣钻进被窝。

　　沈冰放下书望着他，眼睛里流露出一种渴望，这种情形彭位泽从未见过，他有些心不在焉，但他觉得今天必须尽丈夫义务了，否则有些对不住沈冰。这么想着，便装出许多感情来。他几乎是机械地做着一切，除了器官的感受外，整个身子和做爱没任何关系。这之间，他试图从沈冰身上寻找到与夏可一丁点相似之处，可事情一开始就迥然不同。彭位泽自己也不知道为什么，和夏可做爱，总是疯狂的；和沈冰，彭位泽的嘴唇都不愿碰她一下。他觉得嘴唇就是爱的体温表，对爱的表现远远胜过任何器官。简单地说，如果你在任何时候都不会由衷地吻一个女人，那么你和她的爱已经死去。

沈冰是满意的，彭位泽能感觉到。

沈冰从幸福的感受中平静后，本想旁敲侧击地说些话，让彭位泽知道更多的信息，但觉得时间选择不恰当。彭位泽明天就要上市里省里，她不能在这个节骨眼上干扰他，给他心中制造某种阴影。她应该让他平静地离开，毫无牵挂地去会那些实权人物。再说让彭位泽往上跑一跑，本身就是转移了他对无形女人的注意力。彭位泽感受到自己面临着重大的选择，为了上台阶而耗费精力、委屈自己的人格而付出代价，就不会因为一个女人，轻易地丢掉拥有的一切。男人，总是处处都面临着选择，男人希望拥有爱情，又拥有地位，两者在一定程度上是统一的，但作为彭位泽这么一个有妻儿的副处级干部，很难两全其美。所以彭位泽也会面临着选择，要么是爱，要么是权力和地位。

沈冰想定后安心地睡着了。

第二天一上班，彭位泽向汪书记请了假，同时给方严枫和局长高会理压了担子，让司机小刘将他们送到市里。

十六

计划生育"突击月"活动进入关键时刻，拿现在的话来说，到了焦灼状态。关键也好，焦灼也罢，总之到了最后冲刺的节点，这个关键的时候彭位泽却在沈冰的鼓动下，扔下手头的工作到上头"跑官"去了。

那个时代，人们思想单纯朴实，心地善良，是非分明，信奉的是温、良、恭、俭、让那一套。肖石安曾告诉我，父亲邱大生当了派出所所长以后，从来没有要过一个嘉奖，总是把机会让给别人；而遇到提拔的机会，都会表现出谦虚姿态。

在我的印象中，彭位泽是个工作认真肯干，做人讲原则的基层干部，给人的感觉像铜像一样坚实可靠。视其所以，观其所由，他不是一个丢下工作不管去跑官的投机分子。但正是在这个关键时刻，"突击月"活动的冲刺阶段，他放下手中的工作走了，这样的形象在我内心产生了一种疑问。我试图从夏可身上寻找原因，觉得彭位泽因为对沈冰的亏欠迫使自己作出让步，目的既包含了对沈冰的安抚，也迎合了世间纷纷扰扰强塞给他的虚荣。

谁都不知道，关于城关镇方书记被打住院的消息彭位泽是否晓得，至少在他去省城的时候并没有对高局长或是肖石安做过明确的指示。我们很难判断，在彭位泽向汪书记请假的时候是否得到过消息。城关镇方书记被打是大事情，汪书记一定最先知道。我分析，汪书记也许知道沈冰来看彭位泽，并且次日请假看望母亲，为了不打扰他直接对高局长作了指示。另外我还怀疑，类似彭位泽的性格，面对负责的片儿区发生对抗"突击月"活动的闹事冲突，不可能甩手不管，一走了之。

总之，这些不重要，重要的是在沈冰为彭位泽选择的道路上，他已经迈开了第一步，也就是说，彭位泽面前是：廉政做官，或与夏可的关系在沈冰的作用下有了缝隙。真是这样，这种变化是沈冰所希望的。

这里暂且把彭位泽"跑官"的事放在一边，也收起那些泛泛的议论。现在问题是冯开石已被肖石安带到公安局。理由是冯开石有阻碍国家工作人员依法执行公务嫌疑，核心是冯开石的儿子冯进违反了计划生育政策，接下去是证明这项罪名。

办公室里，肖石安为冯开石沏了茶，茶都凉了，冯开石碰都没碰一下。

小黄一会儿看肖石安，一会儿看冯开石，不知怎么开口，显得一脸迷茫。

冯开石绷着脸，似乎有很强的对立情绪，那模样像是把昔日一直关心自己的肖石安当作了敌人。在他眼里，他和冲进他院子里的干部是一伙的，是他共同的对头，既不讲原则，也不讲法律的败类。冯开石的胸口像堵了一块儿石头，他有些喘不过气，但他愿意这么扛着，即使扛到死。

肖石安没给冯开石戴手铐，从冯家坞上车就没有。走出铁桶一样的围观的百姓，许多镇干部都有一种期待，一双双眼睛盯着肖石安，希望肖石安能当着众人的面给冯开石戴上手铐，这样不但让镇干部解气，也可以在百姓面前杀杀冯开石的威风，对其他工作对象也有一种震慑作用。但是，肖石安让他们失望了，他没那么做。当治安科长以来，每次面对选择，他总是在心里默默地问自己：我尊重法律吗？而面对重大的治安事件，他还要不断告诫自己：不要把自己放在基本群众的对立面。很多时候尤其夜晚的闹事，大多参与群众或是一时冲动，或被人唆使；一旦白昼回归，再去谈论晚上的后果，不少群众就会为自己的行为感到后悔。肖石安最了解这点。

他没给冯开石上手铐，冯开石还是跟着他到了公安局。他了解冯开石，晓得什么时候灶底添柴，什么时候釜底抽薪。

此时冯开石坐在他对面，他本想先谈另一个话题，以缓解被带上车时形成的紧张气氛。但是不论肖石安说什么，冯开石只是一言不发，这让肖石安没想到。

"我做错了什么？"肖石安从自己身上找起，"我该不该这么做！"

冯开石没吱声，让肖石安有一种虚脱感，一种身子下坠的涣散。接着是一丝丝的忧伤慢慢升起。他挺挺胸脯，揣摩冯开石对立情绪的缘由。他怀疑是针对他，或是不满类似谈话方式，这样的心态，把先前彼此建立起来的友善都给淹没了。

大约一个时辰，肖石安示意小黄记录，他本想让小黄先将冯开石的姓名、年龄和基本情况写到纸上，然后再提实质性问题。可当小黄铺开笔录纸时他又改变了主意。他直言道：

"姓名。"肖石安公事公办起来。

冯开石犹豫了片刻还是回答了提问。

这是冯开石被带上车后说的第一句话,"你总会开口的",肖石安心想。

肖石安继续问。

记录完基本情况,一涉及案情,冯开石便不再开口。

肖石安示意小黄为他加水。

他仔细观察冯开石,他坐在靠墙的木椅上,腰板笔直,双手抓住扶手注视前方。他依旧穿着黄军装,撕开的口子露出青色内衣,还露出一朵棉絮,布满褶皱的脸像墙上的画一样只有一个表情。肖石安想从极细微的反应中捕捉他的心理轨迹,以便下一步采取措施。应当说,他对冯开石是了解的,他的了解程度有利于这起案件的审理。他想他当下的对抗仅仅是一种情绪化的东西,或者说在他自己没将问题想清楚之前闭口不说。一旦这种情绪消失,讯问的进程会快一些,这一点肖石安有信心。

"你为什么不说话?你不可能老不说话。"肖石安笑笑说,他现在只能这样,他不能像讯问其他犯罪嫌疑那样拉下面孔。一帮一的交往在没有严重阻碍"突击月"顺利进行之前,总是难以逾越的障碍。肖石安对待工作是很少感情用事的,除非在尊重法律的前提下。他想法律的特性包含了感情的成分。

现在肖石安要弄明白:这次闹事怎么形成的,是否是有组织、有计划地进行闹事的,组织策划过程和参与组织策划的人是谁。肖石安不是先入为主,他不但懂得无罪推定,还有自己的理解。无罪推定体现在整个司法过程中,像花儿向着太阳,是个不可匮缺的理念。但是在公安侦查阶段强调无罪推定,那么,为什么还要继续侦查?案件事实发生,必然有犯罪嫌疑人存在,这就像拎一篮子水会淋湿地面一样。在侦查员眼里,嫌疑人在被侦查过程中是有罪的,你必须竭尽全力寻找对嫌疑人不利的证据,诠释有罪的证据。一旦证据链形成,再用无罪的假设去推断、敲打这些证据。这是肖石安的办案作风。因此在对冯开石审问之前,在肖石安的观念里，冯开石是这次阻碍"突击月"活动的组织策划者，他必须在调查外围材料的同时迫使冯开石开口，让证据链环环相扣。

其实，一切由不得肖石安，在他前往冯家坞途中，高局长就接到了县委汪书记的指示，给冯开石的案件定了调子。

小黄一会儿看冯开石，一会儿看肖石安，她对肖石安的耐心作出的解释是：他们的关系不错。除此之外，也可能是肖石安的审讯策略。从学校毕业，女民警通常当内勤，内勤上传下达，做些报表统计什么的，至于内勤的很多想法，科所队领导并不重视。这点肖石安与别人不同。只要不是做报表或审批炸药的日子，肖石安总是让出更多的机会叫小黄下乡，直接参与案件办理，免得往后工作中弄不懂一些基本的概念。

看到僵持的场景，小黄再也按捺不住了。她道："肖科长的为人，你老冯应当了解，人家苦口婆心一再问你，你却一声不吭。不说其它吧，作为一个老干部，既有文化，也懂政策，相信自己是对的，为什么害怕回答问题呢？"

小黄的话说得很到位，但冯开石依旧充耳不闻。他像钟一样直挺挺坐着，从一开始到现在一动不动。肖石安有些疑惑，只得用不同的话语进行试探，刺激冯开石。

他突然道："冯开石。"他第一次叫着他的姓名。"你给我听好了，我不了解你此刻的心情，也不知道你今天做了些什么，但有一点我知道：因为你，计划生育工作在冯家坞、城关镇乃至全县都受到不同程度的影响。就是说，在我们镇里发生了一起暴力拒绝国家工作人员依法执行职务案件。我作为治安科长，依照法律程序正在行使职权，调查这起案件。我的任务是查清今天所发生的一切，不管遇到什么样的难题，也不管你对还是你错，都要查清真相。这对你来说，未必不是机会。"肖石安这番话是用极缓慢极庄重的口吻说出来的，因为他觉得对冯开石这样的农村干部，重要的是晓之以理，言辞的内涵加上必要的语气，效果也许会好些。

然而冯开石仍旧无动于衷。

这时电话铃响了，电话是高局长打的，他让肖石安上他那儿一趟。

高局长办公室，县政府办公室吴主任、镇党委方书记和计划生育干部在场。方书记头上缠着绷带，表情凝重，脸色失去了原先的红润。

"怎么样？"局长显然是指审问的进展。

"一直没开口。"

方书记身子往后一仰，那样子仿佛对高局长说：我讲得没错吧，这家伙态度十分恶劣，这次闹事是他鼓动、组织老干部弄起来的，我没说错吧，他把警察都不放在眼里呢。

高局长顿了片刻对肖石安道："案子性质严重，你要全力以赴。行前我传达过县委汪书记的指示；刚才，彭副县长从市里打来电话，要我们迅速查清全案，从重从快打击处理，推动全县'突击月'活动进展。"

方书记接话道："案发后，镇干部反映强烈，都说公安机关不狠狠处理冯开石，'突击月'工作无法进行下去了；干部的人身安全没有保障，干着个个都心凉呀！"

方书记愤愤不平，左额的纱布有丝丝血迹，眼眶红肿，手背留有抓痕。

肖石安没表态，他理解方书记的心情。有时他觉得乡镇干部一搞计划生育，心态就会变得很脆弱，遇上一点事，就想撂担子，以此给公安机关和县领导施加压力。肖石安认定这是乡镇干部在这项敏感工作中的一种"儿童心理"。

"工作不能因此停下，案件的调查要迅速。"高局长说。

"那不行。"镇计划生育员插话道，"人没处理，我们怎么工作；工作中再被打伤，干部的思想工作更难做。如果公安、司法机关不给力，往下的钉子户就更难拔除了。"

"办案要有程序，处理要有证据，我们一直在努力，再说，人不是关在里面吗？"肖石安不禁道。

138

"我们都可以作证。冯开石煽动那么多人闹事，是铁的证据；我和镇干部被打伤，是铁的证据；你们警察在场处置，是铁的证据。"方严枫抢着说。

肖石安不想争辩。在他接触的干部中，乡镇干部由于工作性质和其他原因，看问题都比较实在，但在肖石安的头脑里早已注入了这么一种观念：方严枫是副县长的候选人，作为副县长的候选人不能像普通干部那样要求自己吧。

县政府办公室吴主任摘下眼镜在衣角上拭了拭说：

"高局长，我觉得要组成专案组，结合相关民警一起查证材料，一边查材料一边参与'突击月'工作；城关镇不要因为这起案件中止手中的工作。我们党历经了大风大浪，有过战斗洗礼，革命先烈在战争中前仆后继，勇往直前。没有因为受到挫折心灰意冷，放弃信仰。我认为，案件要查人要处理，镇里的工作更要继续。方书记回去后要召专门开会，统一思想，坚定信心，必要时可以请县领导到场讲话动员鼓劲。"

年过半百的吴主任说得坦率，或许正是"年过半百"，他知道不久的将来，面前的这位镇委书记或许是他的顶头上司。那时，抑或吴主任早是"无主任"了，闲来种花养鱼，天王老子也干预不了他了。因此能放出胆子，讲出一席公道话来。

"案子的事县里和镇里放心，我们会一抓到底；计划生育工作我们仍旧全力配合，这点公安机关上上下下都不会含糊。"

局长表态了，大家没话好说。

方严枫书记起身道："我们得回去，做些动员工作，市报的一个记者还等着我呢。"

高会理让方书记抓紧做个法医鉴定。

望着方严枫的背影，肖石安内心无端生出些许异样来。方严枫是副县长的候选人，只是头皮弄开了一个口，却以撂担子相威胁。那么民警呢，那位才24岁被摘掉一只眼球的民警呢？那位民警仍旧躺在医院里。

当电视台记者采访他时，民警却说："如果我失去一只眼睛能换回更多人的安全，我没有遗憾了。"方严枫却在案件未结之前，通过种种关系，为方刚、方铁讲情。现在呢，肖石安不想再往深处想，他有一种作呕的感觉。

肖石安刚想走，高会理叫住了他。肖石安坐下，看着高局长对着电话频频点头。他想这个电话不是彭位泽的就是汪书记的。

高会理挂了电话说："汪书记的。他要求政法委牵头组成公检法专案组联合办案，专案组由公安负责，政法委实施配合监督。"

"哦……"肖石安心想，县里这么重视，他的担子反而轻得多了。

"专案组由你负责。"局长接着说，"别将这起案件看成普通的妨害公务案，这里面有政治倾向的东西。"高局长口气庄重道。

肖石安一听，放下的心又沉重起来，若是政法委派专人参加专案组，一切都不用操心了。现在他就像一个挑着重担赶路的人，在到达目的地之前，只能是日夜兼程了。但是高局长这么决定，他也只得继续走下去。"我明白。"肖石安道。

"那么继续审吧，有问题直接向我汇报。"

肖石安走出局长办公室，深深地吸了口气。他并没有因为镇里的压力和县里的重视产生多少兴奋，客观地说，这就是一起普普通通的案件，不论冯开石有组织还是没有组织，都是一起普通的治安案件。镇里的压力和县里的重视自有他们的道理，肖石安只会理性地对待他的工作，而不是狂热地，情绪化地办理这起案件。

邱大生说："肖石安不会进步，肖石安不会进步是因为他身上没有媚骨和匪气。"

回到办公室，冯开石仍旧保持着刚才的坐姿。小黄可能说了不少的话，因为她脸上有几分红晕。肖石安想，如果冯开石知道他上楼这阵子的谈话内容，会作如何感想。但到目前为止，肖石安仍旧不想将以往的情感顶在绝壁上，除非不得已而为之。

"前面我都说了，小黄也说干了嘴，审讯笔录仍旧是空白，这不是解决问题的办法。既然事情出了，总会有个结果，不管这个结果对你有没有利。我希望听到真实的想法，你的心里话，或者共同商讨一个办法来，解决问题。你说呢？"

肖石安不动气，还是用温和的口吻诱导，这大约是他的作风。在派出所当所长，肖石安从没动手打过人或采取那种明显的体罚。他不喜欢这样，但是肖石安对体罚的认识是非常清楚的。不是每个民警都能用冷静的头脑而不是将自己感情倾注在办案过程中，对有些人而言，体罚的作用来得更快，也更安全。

冯开石一定是铁了心了，他垂眉低眼，不肯开口。

肖石安又耐心地劝导一阵，然后告诉冯开石说："县里决定，对这起案件组成专案组。就是组成几十年前调查乌狗盗窃案一样的专案组，那时候你是专案组成员。现在的专案组和过去的专案组不同的是，现在是政法委领导，组成公安、检察、法院的联合专案组。"

肖石安提起几十年前乌狗的案件，目的是激发冯开石。那起案件侦破后，冯开石和专案组人员风光了一阵，冯开石得到一支自来水笔，一张奖状。只是阴差阳错，历史和冯开石开了个玩笑，几十年后，杳无音信的乌狗突然西装革履地带着工资回到村里，而当年专案组成员之一的冯开石，硬是连吃饭都成问题，还因为赡养与儿子打着官司。

冯开石听完肖石安的话，脸部肌肉抽搐了一下，还是没说话。或许这种感受在冯开石那里早已磨成老茧，他曾用自己的心成千上万遍舐舐它，那里的血已经流干，漫长的岁月早早将伤口紧紧地包裹起来。

肖石安面对冯开石皱着双眉。他不是无计可施，他一直抱着善意，至少主观上他这么想。如果抛开这种成分，结果会完全不同。不过有一点肖石安没想到，冯开石是他"一帮一"的对象，几年来肖石安给了他不少的帮助，在精神上他成了冯开石的支柱，这样的关系，本想由他出面，所有的问题都会迎刃而解。现在恰恰相反，冯开石根本不把他的关系放在心里，他心中有一种障碍，从冯开石被带上车到现在，一直把肖石安放在对立面。就像一个好心搀扶跌倒的人被扇耳光一样。这一点，肖石安在感情上难以接受。

肖石安看时间，已是下午六点半了，他让小黄烧了碗面条，肖石安又为冯开石换了杯茶水，不再提问题。他离开办公室，姚忠刚好从外头进来。他问那起抬尸闹事和水泥厂的治安案件查得怎么样了。姚忠说差不多了，办好手续就准备报捕。肖石安点头，他到其他办公室转了一转，没见科里的老龚，心想老龚一定在冯家坞没回来。

小黄进来，后头跟着饭店伙计，托盘里放着几碗面条。

肖石安叫住小黄，把面条端进内勤办公室，往另一个碗里多加了一点，让伙计再送给冯开石。

"怎么办？"小黄问道。

"你说呢？"

"我不知道，我没想到冯开石会这样。我不知道说了多少好话，让他配合我们工作，他像聋哑人似的，充耳不闻，我真是不明白。"

"问题是什么样的想法让他把自己封闭起来？"

"今天还审吗？"小黄问。

"不用了，我们说得够多了，再说下去也没用，让他自己去想吧，说不定明天的态度会有所不同。"

"但愿如此。"

肖石安吃完面条，办理了刑事拘留手续，将冯开石送进看守所。

十七

关于冯开石的案件，我试图问过肖石安，他很不情愿谈论这个话题。我猜想，肖石安内心是有愧的。

142

这样的状态，在当时是很普遍的现象。基层干部照各级文件行事，是那个年代基本特征。除此之外还有道德标准，道德普存于世，尽管很强大，也很脆弱。这个时候，现实与规范处于焦灼状态，而轻便快捷的文件，不但可以介入行政管理的方方面面，甚至规定了形形色色的处罚。用当下一句时髦的话来说，"以不恰当的方式治理社会"。其实，这样的说法并不准确。那个时候法律意识就像一棵不到年份的果树，不可能硕果累累，于是，在许多领域里根本无法可依。

在先前的章节里，诸多地提到了"手段"问题。为了实现既定的工作目标，执行过程中采用非常规手段，是基层工作的基本特点与经验。这叫"规定动作做到位，自选动作有创新"。20世纪90年代末提出依法治国，若是把手段当作程序的一种，那么程序与实体变得同等重要了。这就像一个拳击手，想KO对手，不能对着裆下击打一样。程序违法，获得的证据就不能成立，这在当时是难以想象的。我一直以为，仓促对应经济迅猛发展的政府各部门，面对诸多的社会矛盾，一直要等到"依法行政"，那么问题会更加纷繁复杂；而依靠文件快捷施政，有可能会导致社会秩序的紊乱，损伤干部社会公信力，这是进退两难的问题。当然，什么问题棘手，就解决什么问题。这样的思路尽管有点滞后，效果却十分明显。

再说肖石安，眼下办理的是一起由计划生育引起的阻碍执行公务案，这在"突击月"活动中是排山倒海的阵势，也是压倒一切的政治任务。就像现在，开阳城进行的"争创全国文明县城"一样，纪委、效能办天天检查督查，倘若执行不到位，轻者通报批评，重者摘掉"帽子"。不论过去现在还是将来，只要涉及"帽子"问题，从上到下都会十分重视。总之，在强大的社会氛围里，别说一起案件，哪怕是一句与"突击月"活动相悖的话语，都会批得你一生留下忧郁的阴影。

冯开石一案，是"突击月"活动发生的典型案件，就像一个出头的鸟儿，被枪打在所难免。冯开石出头是坏事，打了出头的，教育了没出头的,也就推动了"突击月"活动,就是尚好的事。善于把坏事变成好事,才是有智慧领导。县领导、局领导对这起案件的重视程度远远超出了水泥厂伤害民警案件,既然"突击月"活动是重中之重,冯开石案件就是焦点。于是,在城关镇方书记的眼里,被打伤是事实,"突击月"活动受挫,至于枝梢末节的证据并不重要,重要的是尽快将冯开石投进监狱。

但肖石安不这么想。

肖石安在这样的环境下办案,天知道要承受着多大的压力。

其实,办理冯开石案并不困难,困难的是像肖石安这样的人,如何越过心理的界线,在获得法庭认可相关证据的同时,告慰自己的职业良心。这才是肖石安一直不愿提起冯开石案件真正的原因。

那些时间,肖石安抑或没有快乐可言了,对于压力,完全不像父亲邱大生那样,具备天生释放的性格,到处放炮,出气了事;也不像林洋,讳莫如深,调整心智,悄悄化解问题。肖石安是个认真的人,尽管充满智慧,内心却容不进沙子;他又是个追求完美的人,他会因为一句话,一个小小的失误寝食不安,永远不会违背良心让别人为自己陷入困境。肖石安是怎么渡过这一关的?后来我才知道,在他最困难的时候,他的视野里出了一个女人。这个女人像是严冬里的暖风,不仅拯救了肖石安,还改变了他的一生。

我们接着讲肖石安的故事。

把冯开石送进看守所,肖石安洗了个澡,就接到夏可的电话,问他晚上有没有时间。肖石安说现在还没安排。夏可让他到宾馆去,除了现场看到的,她还想向肖石安了解办理冯开石案件进展情况,这将作为本次采访的新内容。

肖石安想了想,还是答应了。

当晚,灯光和月亮一同亮起的时候,街面上的人流渐渐多了起来,寒气随着暮色悄悄降临,夜间出没的小贩也支起了摊子,开阳城温馨的一天才真正开始。

肖石安沿着解放街，从广场穿插而过，上了凤凰桥，绕道走进宾馆，和正要出门的女子撞了个正着。

"对不起。"肖石安话音刚落，一个惊讶的声音叫道："肖石安。"

肖石安一时没认出来，凝视着面前的女子，成熟漂亮的面孔，齐耳的短发，白净的皮肤，高挑的身材，和原先学生味十足的一个女子十分相似。

那女子抿着嘴只是不作声，一双白皙的手交叉在胸前望着他笑。

"是林萍！"肖石安吃惊道。

"总算没忘记。"林萍吁了口气道，笑意间透出红晕的脸颊。

肖石安哈哈一笑问："什么时间来的开阳？"

"才到。"

"办公事吗？"

"不，看你来的。"

肖石安注视着林萍，然后撇撇嘴，像是在说你在调侃我呢。

"你住这儿？"

"就这儿，3304。"林萍亮丽的双眼看着肖石安道，"既然来了，不管干什么，先去我房间坐坐。"

肖石安点点头，随着林萍上了电梯。

这是个单间，一张大床，配置有衣橱、鞋柜、沙发；墙上有壁灯，大镜子和电视机；地上铺着厚厚的鹅黄色地毯，沙发旁边置有落地灯。整个房间空间很大，看上去很舒适。

坐定，肖石安问："多长时间没见了呀。"

"去年你没去开笔会，我当你要去的。"林萍边给肖石安沏茶边答。

"本来要去的，临时被案子拖住了。"肖石安想了想问，"这样算起来快两年了，那么还没毕业吧？"

"正准备毕业论文，否则哪有空呀。"林萍端过茶杯，坐在旁边的沙发上。

林萍言谈举止落落大方，却又有几分大家闺秀的含蓄。她身穿浅色高领长毛衫，外套藏青色羽绒背心，下着一条紧身牛仔裤，一双红皮鞋十分精致。

与林萍相识是几年前的一次笔会上，在组委会拿到的名单里，肖石安看到一个叫林萍的大学生，竟然和他同一个市。

会议开始前，肖石安走进会议室，一眼望见学生模样的她。凭直觉他断定，那就是林萍。于是肖石安坐了过去。

"我们是老乡是吗？"肖石安说完自我介绍，林萍腼腆一笑，露出了两个酒窝。林萍说："你是肖石安，我常看你的文章，你的文章涉及面广，有理论，有深度，也有很好的生活基础。我一直偷偷地学着呢。"

"过奖过奖，长期工作在一线，很难有理论高度。"

"肖大哥真是客气了。你应当还有一个合作者叫林洋，与我同姓，怎么，没一起来？"

肖石安扑哧一笑："同姓不同性，他是我们公安局的副局长。"

"哇，你们真是警察，还是警察的领导。"林萍睁大眼问。

"不像吗？"

"看不太出来。"

"我可是一眼看出你是个学生，还是个老乡。"

"和你们的职业有关吧？"

"可以说是职业习惯吧。"肖石安笑笑答。

"和这样的人打交道很可怕。"林萍说又抿嘴笑。

林萍告诉他，她正在南京大学读书，攻读社会学硕士学位。她之所以经常写一些与社会问题和犯罪有关的文章，除了对社会犯罪学有兴趣外，也为往后写论文打打基础。她觉得自己缺少社会实践，像一只被父母喂着的小鸟，没有飞翔的经历。她对那些有生活基础的论文就特别关注。她在看肖石安和林洋的论文时也想到他们可能是警察。但从文章的逻辑性和文采来看，又不相信警察有这样的水准。因为，她心目中的警察形象糟糕得很。这样的心态，让她很难和这样的美文联系起来，由此，对他和林洋的职业，一直不能确定。

那次笔会开了两天，从报到到分别，他们在一起聊得很开心。但他们谁也没问对方生活情况。从林萍的外貌来看，她大约在二十六七岁，肖石安也没有过多地思考这个问题。

分别那天，他们互留了通信地址、传呼号码。

此后又通了几封信，信中涉及大多是社会学方面的问题。林萍还给肖石安打过两次传呼，两次电话。林萍问："怎么都是你接的电话？"

肖石安说："除了我还会有谁？"林萍便不再说话。

肖石安和林萍交谈最多的就是在全国性刊物上发的文章，他们的思想精髓就是从文章中被对方接受的，这个过程像大山里的溪流，进行得很缓慢，但从来没有间断过。肖石安没想到林萍会出现在开阳城，而且是来看他的，这的确令他吃惊不小。

"什么时间从南京回来的？"肖石安问。

"有七八天了，我想再呆半个月。"

"论文的题目确定了？"

"是的，刚写出提纲，收集了不少数字，只缺少生动的材料。"

"若是我能帮忙，愿意效劳。"肖石安想轻松些。

"谢谢，我正有这心思呢，不过现在所需要的是创作情绪，这点对我非常重要。"

林萍斯斯文文的，说话爱咬文嚼字。

说着林萍为肖石安添水，林萍给了他一个很好的角度，让他看到了她长长的睫毛和左脸的一个小酒窝。肖石安忙收回目光。

或许常年生活在基层，加之工作关系，善于学习的肖石安更适应简洁的语言。面对修辞过于严谨的林萍，肖石安有些不太适应。但他一点都不反感，林萍是专程来看他的呀，这让他心里暖暖的。

间隙，肖石安想起夏可采访的事，便拿起床头的电话告诉夏可，他临时耽搁来不了了。夏可不太高兴，还是勉强同意了。

林萍问他是否有事。肖石安说一切听你的安排。林萍又抿嘴一笑，露出两个酒窝。肖石安心想，像林萍这样内敛的姑娘，也算是过度地表示了。

林萍转身从包里取出一本厚厚的书说："给你带来的。"肖石安接过一看，是《罗素文集》。他知道罗素，他是英国的哲学家，20世纪50年代的诺贝尔文学奖获得者。肖石安说了声谢谢，翻开扉页，却见空白处写着一段英文，大意是："三股简单而又强烈的激情一直控制着我的一生，对爱情的渴望，对知识的追求和对人类苦难的怜悯。这三股激情如同飓风，把我吹向痛苦的海洋，直到绝望的边缘。"

肖石安看完后，不再言语了。客观地说，他从这段英文里感悟到什么。他和林萍所有的交往都没涉及的话题，似乎通过这段英文表现出来了。

写到这里，我也是心潮起伏。

肖石安是个极其敏感的人。在笔会与林萍认识后，他们有过许多接触，尽管他们之间没发生什么，但那种亲密的交往给彼此留下美好的印象。当然，肖石安哪怕再心细再敏锐，对林萍姑娘的心思来说，还是远远不够的，而这次以写论文名义专程来看他，其实把什么都说明了。至少她对肖石安有好感，而所有的情感都是从这一步启程的。

更让肖石安迷惑的，是扉页上的那段文字。对一个姑娘来说，这一系列的迹象，想表达什么样的意思呢？

肖石安的工作应当是繁琐的，很多时候承受着巨大的精神压力；肖石安的生活是单调的，他必须思考空闲时间所填补的内容。好在肖石安把读书、写作当着自己的全部业余爱好，让自己的心有了一个安放的居所。除此之外，就是与父亲邱大生和林洋喝酒了，在半醒半醉之间找一点人性的温暖。

细想想，不少警察心理处于亚健康状态，与父亲年代相比，这种亚健康还在逐渐漫延扩张，就像一张完整的桑叶被渐渐蚕食一样。一面是紧张单调的工作，一面是枯燥无味的生活。家庭里，很少有别人那种天伦之乐；社会上，禁止有任何娱乐活动。

肖石安心理属于亚健康状态，至少他的性格不是完整的。一个男人缺少爱的包容，就像一片萎靡的绿叶，少了许多鲜艳的色彩。但是肖石安不是不懂得爱，他像一只受到过伤害的麋鹿，变得更加小心谨慎，有时候宁可钻进茂密的森林，远远地窥视别人绚丽的风景。

这是我个人的见解。

肖石安望一眼林萍，见她一派主人景象喝着茶，这才让他想起身处林萍的房间。于是他显出一丝惶窘来，不知道往下如何处置自己。走开显然不行，那样不仅不礼貌而且有失风度，有一种落荒而逃的感觉；继续坐下去自己处于极其被动的境地。而林萍送给他的那本《罗素文集》和那段英文留言就向一个明确的提问，肖石安不知如何回答。他的脑子飞快地转着，他想最好的方法就是转移话题，摆脱窘境。

"除了论文，还有什么命题？"肖石安终于有了突破。

"我想集中精力把论文写好，论文中的某些观点，也可以作为独立的文章来思考扩张。"

"很好的想法，一举两得。"肖石安称赞说。

林萍笑笑不置可否。她也许洞察了肖石安的心态，那种浅浅的微笑，令肖石安更不自在。见他往后仰仰身子，用大幅度的动作掩饰局促不安。

"那么你又在做什么？"林萍又笑，笑里包含着宽厚与谅解。

"计划生育。"

"计划生育？"林萍惊讶重复。

"对，计划生育。"

"什么意思？"林萍望着肖石安，不太明白地问。

"就是把违规对象抓起来。"

"这是警察的职责？"

"不不，只是警察责无旁贷。"肖石安平静地说。

"你危言耸听吧。"林萍道，言下有一种期待。

肖石安向她讲了冯开石的事，林萍听完后张着嘴半天合不拢。"匪夷所思。"她说，显然有几分气愤。

"你不认为这些事上头都知道吗？"肖石安问。

林萍摇摇头："我不认为。"对林萍来说，这是一个完全陌生的领域，她望着肖石安有些不知所措。

"当然，不知道。我也这么想，有些问题知道，有些问题不知道，因为之间的管道塞蔽着淤泥。一些人生活在编造的谎言里，并且继续不断地编造谎言；有些人明知是谎言，也不想揭穿它，因为同样能从谎言中获得利益。没有人对真话感兴趣，真话难说而且难听，明知是良药却不合口味。以往，人口问题没人重视，并不是没有人呼吁。现在好了，一条承载过重的航船，快被压沉了，已经到了生死攸关的口子上，只得突击了。其实，老百姓的事老百姓自己知道，这样下去，总有一天会听不到真话，甚至到了没人说话的地步。"

肖石安说了一大通，不管不顾的。林萍望着肖石安目不转睛，她像是第一次见到这个人，第一次听到这样的议论。

"我的确不知道这些。"林萍老老实实说。

"还是学社会学的。"肖石安终于掌握了话语权，思维也变得活跃起来。见林萍依旧望着他，他继续说道："不过，知道了又怎么样，人口问题成了富民强国的障碍，不狠抓行吗？我不知道你是否常坐长途车，你坐上一次，就知道什么叫'人患'了。这东西非常可怕，不计划，不说人口质量，经济发展再快，也难以填补人口增长产生的庞大窟窿。"

"这点我明白，但搞计划生育该怎么搞，总要顾及法律与人的尊严吧。"

"别说你泡在学校里，泡在书本里，就说我们这些基层工作者吧，多多少少一直在接触这项工作。我们能想到的方法与手段，基层乡镇干部都用过了。几十年下来了，也有明显的效果。当然，讲法律也好，讲尊严也好，只是春天还没到，尊严还在苦苦挣扎呢。这样的经济社会，最大的尊严是吃饱饭，有衣穿。若是一切按部就班，推进这项工作必然更加困难。这些年我们看到了变化，社会渐渐步入法治轨道，但计划生育是另类，乡镇干部可以使用尽可能想到的方法，目的是指标必须下降。

"那么，老百姓会怎么想，比如那些违规被处理的对象？"林萍继续问道。

"每个被处理的对象都知道自己在违法，没逮着算是幸运，回来交纳罚款；逮着了也没什么怨言。自己违法在先，谁也怨不得谁，这是大气候。"

讲到这个份上，林萍明白了许多。一个是传统理念，一个是基本国策。她发出一声感叹，不知为百姓还是为肖石安。"真不容易。"她说，转而又问道，"那么你呢，你想的和你讲的都一样吗。在你文章里，我从来没有嗅到这样的气息。"

"我只是不想谈论自己！"肖石安一挥手道，"这么多年，磕磕碰碰就这么走着，苦的还是基层。——别谈这些了吧，这些问题不是你我这些小人担忧的，况且是是非非说不清楚。不是我叨叨，小人物手中没有真理，因为小人物无足轻重；小人物的话语要通过大人物的嘴才能成为真理，才称得出重量。你说呢？"

"看你的文章恢宏大气，热情奔放，听你说话却让人心灰意冷。"林萍轻轻道。

"哈哈。"肖石安禁不住笑出声来，"当我独处时，撇开喧嚣的尘世，我的灵魂会变得很圣洁；那时我觉得是造物主的恩赐，给了我一颗健康的大脑，让我的思绪如泉涌一般。或许那样的状态十分主观，总希望这个世界非常美好，如同做文章时营造意境。但现实毕竟是现实，很多美好的想法往往经不住磕碰，便支离破碎。文章可以做到纯粹的主观，现实却完全不同了。"

"你的生活充满悲观主义的色彩。"林萍盯着肖石安的眼睛，想刺穿一切。

"不，我对生活是公正的，就像生活对我一样。公正是相互的。"

"这句话里让我听出乐观主义的味道。"林萍笑笑。

肖石安也笑，接着问："对了，你怎么安排在开阳城的时间？"

"如果有趣的话，我就多待几天；如果没有趣的话，我明天就走。"林萍说这话时，眼睛一直没离开肖石安。

"为了你的有趣，我能做点什么？"肖石安问。

林萍掩嘴一笑，露出两个酒窝："这杆秤装在我心里。"

林萍这么说着起身添水，肖石安手掌往下按按，起身拿过水壶。林萍学生味实足的举止让肖石安觉得有趣。他突然想她还没恋爱吧，有点像一朵不曾绽放的鲜花。

肖石安抬腕看表9点多了。他对林萍道："远道而来，你该休息了。现在有热水，也可以洗个澡。"

林萍沉吟片刻说："好吧——如果明天你有时间，我可以请你吃饭。"

"颠倒了不是，我是主，你是客，要请也轮不着你。"

林萍听了"扑哧"一笑："我就等你说这句话呢。"

肖石安也笑。

起身走到门边，肖石安回头对林萍说："这房间一定很贵，要不我与经理协商一下，看能不能收个内部价。"

"怎么搞上不正之风了，犯得着吗？"林萍假装生气道。

肖石安摆摆手带上了房门，走廊里，他有一种轻松的感觉，就像寒冷的冬天痛痛快快地泡了个热水澡，一身舒畅。

十八

在学校里，曾读过不少心理学方面著作，关于"情绪"的诠释，就像对家乡的菜肴，让我特别感兴趣。"情绪"被分为"基本情绪"和"复杂情绪"。前者与动物的特性有关，后者与人的特性有关。关于情绪的含义，争论了上百年，定义也有几十种，但都与认识相互联系，与个体的需求相互联系。总之，情绪是环境与个体联系的一种心理现象。还有一点是公认的：情绪可以发动、干涉或转移。也就是说，像一片枫叶，从鹅黄到翠绿再到红色，有一个变化的过程。费斯汀格法则告诉我们："生活中的 10% 由发生在你身上事情组成，而另外 90%，则是由你对所发生的事情如何反应所决定的。"换言之："生活中有 10% 的事情我们无法掌控的，而另外的 90% 是我们能掌控的。"

说这些，无非是联想到肖石安此刻的情绪对冯开石案件的进程会产生什么样的影响。好的情绪换来好的心情，好的心情能否改变肖石安对冯开石案的主观态度？实践让我深知，办案民警的主观态度对案件证据的影响不容小觑，这一点不知道肖石安是否认同。

总之，肖石安从宾馆出来，完全换了一副心情。

他轻轻地吹起口哨，然后是哼着小曲。这在过去是难以想象的。肖石安给人的感觉是那种安静、沉思、稳重，不轻易表现自己的人，即使内心藏有喜悦或是悲伤，也很少主动告诉别人。一次偶然机会，我与林洋有过邂逅，那时他已调任政法委当专职副书记。我问起对肖石安的印象，他想了想道：内心强大，有主见，不容易被困难击倒，时刻奋发图强。我又问到肖石安的性格。林洋道：内敛、敏感、自律、坚定。那日，林洋告诉我一件事，说在他与肖石安合作撰写论文不久，有一篇刊登在中科院权威刊物上的论文获了奖，这不仅是他们的第一次，也是年度刊物唯一一个一等奖。那时，肖石安在派出所当所长，我拿到奖状欢呼雀跃跑到所里，肖石安听了只是笑笑："成事不说。"我问："你晓得奖金多少吗？"他说："多少都归你！"我说："天哪，是我们两人一整年工资的数目。"他依旧说："那也都归你。"林洋最后说："他就是这么一个人。"说了半天，在林洋眼里，肖石安是个完美的人。但是我仍然不肯罢休。人无完人，即使再优秀的人都会有缺点，那么肖石安的缺点在哪儿。林洋想了半天，只说了"固执"两个字。

我不知道固执算不算得上缺点。它与坚定、坚强、倔强、顽强、执着意思相近，我一直以为，一个不固执的人不可能有坚定的意志，一个没有坚定意志的人不可能功成事立。"你总结得很对，对肖石安而言，固执不是缺点，因为他很理性，顶多是性格，他的性格而已！"林洋解释道。

同样的问题我也问过肖石安自己，谁也没想到，他的回答吓了我一跳，这是后话。

我们看看肖石安此时的心情。

走进公安局大门，肖石安渐渐安静下来。他听到了值班室内的喧哗，知道里面干什么，便走了进去。

肖石安看了一会没吱声，见没人注意，转身退了出来，没想林洋也跟了出来。

肖石安问："怎么不打了？"

"全是臭牌篓，没劲。"转而问道，"冯家坞的案件查得怎么样？"

肖石安看了林洋一眼，见他面带微笑便问："林局不会给我加压吧？"

林洋挥挥手表示否认。肖石安讲了大致情况后。林洋又问："你以为冯开石是有预谋、有组织的抗拒吗？"

"可能，也不可能。"肖石安答。

"客观点，别带偏见。"

"我没调查清楚，至少目前没拿到肯定和否定的证据。不过有一点没有疑问,他对事对人,不会针对政府。也就是说,这起案件不是针对'突击月'活动去的。"

"这个我相信,但冯开石是主谋吗?"

"我没把握。"肖石安依旧谨慎答道。

"我们一定要依法办事,实事求是,先入为主要不得,带有偏见也要不得。我们与乡镇干部不同,要广泛收集证据——目前局里有什么安排?"

"县里要求政法委牵头,组成专案组,公安负责,一查到底。"肖石安嘴角闪过一丝微笑。

"小题大做吗?杀鸡焉用牛刀。"林洋又喷喷道:"一起普普通通的治安案件,与民警的眼睛被捣瞎如何?还要搞什么专案组!"

肖石安不语,他像书签一样被夹在中间,不好在林洋面前选队表态。林洋的观点很明确:"不要有任何主观性的倾向。"这本身就是暗示。也许林洋嗅到县里或局里要拿这起案件说事,所以对承办案件的他说出这番话来,这是在打预防针。林洋心态的变化,高局长抑或早已察觉。因此,在谈论案情的时候,高局长特别强调:"有问题直接向我汇报。"高局长统管全局,是"突击月"活动县里的副组长,向他直接汇报理所当然。问题是林洋分管治安,所有治安案件都得由他审批,过问案情也是责无旁贷。

"林局,现在风头上,宽严程度与平常总会不一样。"

"喊。"林洋发出轻蔑的声音,"谁知道风头背后是什么。有风头,就有风尾,一松一紧,缺乏常态化管理,这样的行政不体现法治精神。——肖石安,我们不管什么风头,作为警察,办理案件要坚持事实与法律,这是原则,否则,就会出现冤假错案。这起案件如果有问题,可直接向我汇报,我们也可讨论。"

肖石安不想说出高局长对他同样的要求。林洋说得没错,这次行动尽管他不管城关片儿,但是审批治安案件得由他来负责。

林洋又问城关计划生育工作进展情况，肖石安说："因为冯家坞的案件工作暂时停止了。政府办老吴说是要在镇里开个会，到时汪书记亲自到场讲话。"

"这项工作抓得那么紧，总是有原因的，你没听说县里人事调动情况？"

"知道不多。"

"哼。"林洋冷嘲。

正说着高局长走进来，林洋和肖石安忙和他打招呼。

"晚上没继续审问。"高会理直接问肖石安。

"我想不会有结果，让他冷静想想也许更好。"

"情况报到市里，市委林书记亲自在《情况反映》上批示，要求我们迅速查清案子，尤其要查清案件背景。对组织策划者要坚决打击，这是林书记的原话。明天检察、法院要过来，你们抓紧碰个头，尽快开展工作。"高局长一气讲完，转身与林洋点了点头走了。林洋见局长一走，就在背后摇头："惊动市委领导了。"说完笑着指指肖石安，那意思像在说，够你喝一壶了，完了走出办公室。

本来挺好的心情，一番折腾变得很糟糕。

肖石安一屁股坐在椅子上，他感觉到有压力了，只是摸不到边，抓不住头绪。他觉得胸口闷得慌，又像是有人在念紧箍咒。其实，肖石安当了这么些年治安科长，不少案件都不能照着自己的意愿痛痛快快办理。小到流氓打架，违反民爆枪支管理规定；大到借尸闹事，群众械斗，都必须考虑方方面面的关系。而对这些案件处理的难度，往往超过全案调查的本身。于是肖石安在办理案件中让全科民警掌握了一个秘诀：在客观条件许可的情况下，迅速调查，果断裁决。那时说情的人找到肖石安，肖石安便会遗憾地说："怎么不早点说，刚刚裁决，变不了了。"事情没办成，对方也会觉得你够朋友。

讲到这里，我又想起父亲邱大生，这一点与肖石安完全不同。邱大生是个不怕得罪人的所长，肖石安也不怕，只是他会在没必要得罪人的时候，灵活处理各种关系。邱大生从来不讲方法，直来直去，硬刀砍硬柴，至死也没能学会肖石安的机敏。

但是，肖石安不这么认为。他说："邱大生那样反倒轻松，不讲方法，就是最成功的方法。别人知道他铁板一块儿，也省得在他面前说情。"

肖石安厘清思路，不管案件怎么处理，首先查清事实，掌握证据，这是最重要的。

肖石安细细梳理审讯过程，一个下午，除了冯开石的姓名和简历，涉及案件的实质没有记录一个字。他一时揣摩不准冯开石的心理，但他明白，想要突破冯开石的防线，首先要找出弱点，就像拔出鱼钩，得先逮住吊线。冯开石的防线设置在什么背后？他想起在冯家坞书记家里遇到冯开石交党费的情景，那是冯开石用卖菜赚得的钱。一个细节，可以看出冯开石对党的一片忠心。冯开石观念的形成在过往的年代，那个年代的村干部最大的特点就是忠诚和对当今的社会腐败现象的不满，冯开石也属此类群体。这次计划生育"突击月"活动无可非议，但对这次活动的具体做法，他怀有抵触情绪。那天在冯开石家，不少老干部聚在那儿议论这个话题，冯开石曾直言不讳地谈到自己的想法，政策落实到自己身上，冯开石转不过弯来也算正常。被抓后冯开石死活不开口，说明这个疙瘩并没有解开，扛着不说也只是暂时的，他是个正直的人，一旦找到突破口，他就会理性地、逻辑地让自己从封闭的大门里走出来。肖石安有把握地想。

正想着，老龚和另外两个民警进来了。老龚扔下包骂骂咧咧地说些粗话。肖石安为他冲了开水。老龚说那些个村民一问三不知，村里和周围村退下的干部态度倒不错，显得很配合，可一说到关键问题，个个脑袋摇得拨浪鼓似的，都说我们长着两条腿，是自己走着来的，没人组织，更没人指挥。

肖石安让老龚先休息，等明天商量办法。"你们自己都在现场，也要写材料。"

老龚骂道："这该死的案子。"说着抽出脖上的毛巾，甩手离开办公室。

老龚心直口快，放不住话，但干起活来还是虎虎生风的，那劲头不亚于科里的年轻民警，这一点肖石安看得最明白。

肖石安也觉得累了，他想早些休息，可是满脑的案件情节，精神一时又松弛不下来。他翻开林萍送给他的书，再读那段英文，脑子里不知怎么就冒出一个想法：一个萍水相逢的人老远来看你，又送书，书上还写着那段话，这是为什么？他正正反反地想，一切都难肯定，就像一条腻滑的泥鳅，当你摸到它时并无动静，只要手指一用力，即会从你指间滑出去。这种比喻让肖石安自己都笑了起来。既然吃不准，还是别推测的好，免得自己折腾自己。

现在的任务是休息。于是他合上书，离开办公室。

不想，刚走到大门口，迎面碰到邱大生。肖石安叫道："好个邱大生，你跑哪去了，你管区的案件自己闪在一边，却把治安科推到了前沿！"

邱大生把肖石安拉到路旁阴着脸说："到市里去了，搞毒物送检，市里弄不出来，又跑到省里。"四周看着没人，又悄悄说："听说彭副县长正往市里跑呢。"

"跑什么？"

"跑官呗。"

"别胡扯，彭副县长不是那种人。"

"嗨，现在那种人才吃香呢！彭副县长再不变，吊个三五年也提不起来。这世道不跑动不行，跑动了不出血本也不行。谁都想在领导那里有个影响，有人拼命做好工作，有人采用别的途径，目的都一样。不管怎么说，上头希望的，最好也是百姓希望的。我巴不得彭位泽能上，哪怕用不正当手段。再说了，不正当手段不是他发明的，是环境造成的，当上对百姓有利，这就是好官。"

肖石安对邱大生这番理论瞠目结舌。这世道说变也变得太快了，那些跑官的人也被他分了类。跑官中也有好人，也能为百姓做事；也有不好的，不为百姓做事的。好的跑官的人是为了不让坏的跑官的人占去位置，祸害百姓。这只有邱大生想得出来。

邱大生见肖石安不语，又说："你也别太书生气了，成天摆弄着文字，泡菜一样腌在缸里，哪天呀你一抬头，别人早走远了。

"说的也是。"肖石安应付道。

"冯开石案件怎么样了？"邱大生继续问道。

"刑事拘留。"

"小题大做！听说市委林书记也作了指示，县委书记让政法委成立公检法专案组，嘿，太上纲上线了，还是'文化大革命'呀，一般的闹事，百姓对政策不理解，多宣传才是，动不动抓人，人抓了，个别干部出了气，代价是我们的公信力没了。"

"这案应当交给你办。"肖石安打趣道。说实话，对事实调查的结果，他心里也没底，关键是办好办砸对肖石安来说都不太好受。

"我办？"邱大生说，"我立即放人，最多搞治安处罚。一个思想僵化，情绪落魄的老干部发几句牢骚，讲几句怪话又怎么了，县领导，乡镇领导私下里不也在讲吗？"

肖石安见邱大生一开话匣子就没完没了，就推着他说："真是站着说话不腰疼，去去去，早些回去休息，别让老婆干等着。"

"别说我了，30多岁，也该找个人管管你了。"说完带笑而去。

到家里，肖石安躺在床上翻来覆去睡不着。房子不算小，两室一厅带厨房卫生间，这是赶上第一次房改局里分的房。可每次回来，让他感到亲切的就是两大书柜的书。那差不多占了一个房间的书，是肖石安的全部财富了。肖石安只有沉静在书本里才能忘却孤独，忘却莫名其妙的忧伤，就像婴儿躺在母亲的怀里。他觉得生活里缺点什么，抑或是温馨，刚性之外内心柔软的那一部分，躲避这种，总是警惕着，甚至把时间挤得满满的，不让自己的思绪掉进缠绵的泥潭。

一时难以入睡，便翻开《罗素文集》，一段文字跃入他的眼帘：唯一有价值的人际关系，是那种植根于尊重对方自由的人际关系。在这种人际关系中，没有控制，没有奴性，没有爱的羁绊。当双方精神生活已经枯竭时，没有出于经济或习俗的需要来保持外表做作的必要。婚姻应是自由的，是彼此天性的自发碰撞。婚姻应充满幸福，其中蕴含着彼此间的互相尊重。

肖石安合上书，他对婚姻的思考不多，更别说感性的认识。不过罗素先生讲到婚姻的自由，倒是马克思早就设想过的，为了爱情而自由结合的婚姻，在一个经济并不发达的社会里得以实现，恐怕很不现实。不过肖石安想，城市里的女性，那些不受经济条件困扰的有知识的女性，已经有了为了追求爱的自由而结婚的雏形了。

不知怎么的，他突然想起了夏可，还有送他这本书的林萍。

夏可，肖石安了解，那个总想让今天和昨天不同的女人，曾令他疯狂地爱上她的女人，如今却倾心于彭位泽了。这点夏可虽然没告诉肖石安，可在与夏可的交谈中，他已经能够感觉到，夏可相信彭位泽，也不加否认。但林萍，肖石安并不了解她，如果给林萍的感觉下结论，用纯洁、高雅、含蓄来描绘算是确切的。这一点和夏可完全不同。肖石安觉得最不可思议的是林萍专程来看他，不管是真是假，至少她这么说了。他有一种与她交往的冲动，一种继续前行的欲望。于是想打电话，正想着，床头的电话铃响了，打电话的正是林萍。

"打扰你了吗？"

"当然没有，你怎么知道我的电话？"肖石安一激动竟然忘记了林萍打过这个电话。

"肖石安——这又不是第一次。"

"对，对。"肖石安窘迫道。

"我不习惯陌生环境，所以睡不着。"林萍轻声道。

"我也有这个毛病。"

"我应当告诉你，我今天很开心。"

"我很高兴，那么明天就留下吧，履行你自己诺言。"

"你希望吗？"

"当然。"肖石安一说出口马上接着说，"当然，如果你愿意的话。"

"我觉得山城很美，这里的人很朴实，我想再留几天。"

"留多长时间都没问题，有空我会来陪你。"

"当治安科长很忙吗？"

"不闲。"

"工作危险吗？"

"有时会有。"

"你非常热爱自己的工作？"

"这是我的职业。"

"你很有敬业精神。"

"这项工作让我有了很多积累。"

"从来没想过要改变吗，比如深造或去国外什么的？"

"那是梦，离我太远了。"

"这么说你心里想的，只是觉得遥远而没勇气去尝试。"

"因为太不现实，所以没有想。"

"你滑头。"

"哪敢呢，在研究生面前。"

"我觉得很多方面都不如你，尤其是成就和实践经验。"

"我的基础不够扎实，哦对了，谢谢你的《罗素文集》，非常好的一本书。"

"你喜欢我很高兴，你看了，看了哪一节？"

"婚姻和爱情。"

"永恒的主题——为什么会看这一节而不是别的什么，比如 —— 悠闲颂，快乐哲学，人类社会伦理与政治什么的？"

"偶尔翻到的吧。"

"潜意识的行为，冥冥中的诱导，这是一种暗示——你在笑我吗？"

"没有。"

"我让你没趣了。"

"有趣才笑。"

"如果我对朋友作出分类并且评价，你愿意听听吗？"

"当然。"

"我认为朋友有三种：一种是有趣而且高贵的，一种是高贵但没趣的，还有一种即没趣也不高贵的——当然这种不可能成为朋友。"

"我是哪一种呢？"

"你认为我会把你分在哪一类型里？"

"猜不出来。"肖石安道。

"第一种，得意了吧？"

"不敢，只是吃惊。是今天才作出这样的评价的吗？"片刻肖石安问。

"不，一年多来的思考与积累。"

"——谢谢。"肖石安声音很轻。

电话那头没了声音。肖石安听到耳机里传来呼吸声，而且渐渐急促。肖石安不知该说什么好，他把耳机紧紧贴在耳朵上，随着里头沉重的呼吸，胸口"扑通"直跳，他从来没这样紧张过。

屋里很静，肖石安忘记了时间，窗外黝黑一片，没有星星，也没有月亮。很远的地方偶尔传来一两声狗吠，反倒让无声的世界变得更真切。赶紧打破这种沉默，得说点什么。没想到肖石安的话一出口，连他自己都惊呆了。

"我听到了你的呼吸，很重。"

对方显然很窘迫，因为呼吸声突然从耳机里消失了。肖石安直骂自己，怎么会说出这句混账的话来，这不是对林萍——肖石安觉得自己真的笨拙，就像笨拙的手拉小提琴，机械地在弦上胡点乱摁一样。

肖石安不敢再说什么了，他只有道歉的分。

"没什么，"林萍轻轻地说，"我耽误你休息了，我该挂电话的。"

"我没什么，你该早些休息。"

"那么明天见吧。"

"明天见。"

肖石安放下电话，腋下冰冷，被冷汗湿透了。

林萍虽然含蓄，但所有的意思他都明白了。林萍给他的感觉，是在宾馆门口遇到的瞬间开始的。毕竟自己是个成熟的男人，短暂的相聚不可能让他有更多的想法。不过林萍给他的印象的确不错，而且夜深人静的时刻，在他放下电话后，这种感觉更加强烈了。

尘封已久的情绪暗流涌动，肖石安胡思乱想了一阵，不知什么时候睡着了。

十九

受到过伤害的肖石安，对于爱情显得处处被动。这一点在他与林萍的交往中我们看到了。

林萍是个有教养的女子，含蓄、内敛，表达情感委婉细腻，把什么都说明白了却还要你用心去感悟。在我成长的年代，男女之间的感情变得长辈们不认识了，这样的爱情少了一丝甜美、幻想与缠绵，多了一缕丑陋、现实与冷漠。

肖石安尽管是警察，但他的怜悯情怀让他处处面临着理性的选择，这不仅体现在工作上，面对爱情同样小心谨慎。就冯开石而言，按照现有的证据，即使冯开石不开口，零口供，也完全可以将他送上法庭；而在"突击月"法外气氛的重压下，法院绝不会在证据的枝节上纠缠。但受理冯开石案件后，肖石安一直坚持着两个信念：一是取得口供；二是即便处理，也要让冯开石口服心服。至于生活理念上，以和夏可的关系为例，受到过伤害的心扉早早闭拢，就像一棵含羞草，即便在林萍身上看到爱情火花，也因为犹豫的内心而放弃主动出击的机会。

在爱情观上，肖石安与彭位泽相比，坚定有余，胆略不足。

再说彭位泽，在最需要他的时候，因为跑官离开了开阳城。

我一直以为，同肖石安办理冯开石案件一样，彭位泽跑官有一种被情势绑架的感觉，这么说不是为彭位泽开脱。我一直想着一个问题，倘若彭位泽与夏可没有那层关系，尽管沈冰的善诱不会或缺，但彭位泽是否答应沈冰的要求，这就很难说了。

在我即将毕业的时候，一次肖石安意外地让我去"学渊阁"坐坐。

学渊阁在校园西面，临着"学渊湖"。那里苍松翠柏，茑依树蔓生，有几分原始的苍颜，尤其在夕阳西下的时候，太阳像一颗巨大的橘子在地平线上跳跃，依恋着不肯落下，整个湖面被涂抹得鲜红，仿佛有一种燃烧的感觉。这里，平常是同学读书恋爱的地方。说是阁，其实是一条长廊和几座挑角凉亭。肖石安先到，我即刻闻到了他身上散发的酒气，这是我在学校四年里第一次遇到的事情。后来我知道，肖石安的论文在国内拿了大奖，同事一定要肖石安在餐厅里摆一桌。肖石安说："不好意思，大家一起喝了几口。"我摇摇头表示并不在意。肖石安道："也没事，就是想起了邱大生，想和你说说话。"我点头。

"邱峰，就要毕业了，有什么打算？"

这个问题我想了很久，但是我从来没告诉别人，包括我的母亲。我望着肖石安的眼睛道："我要报考警察，报考家乡的警察。"肖石安望了我半天然后叹道："你与母亲商量过吗？"我摇摇头。"那是为什么？你父亲是累死的。"我没说话。其实我早就决定，毕业后一定要当警察，不管别人怎么说。"你的成绩很好，可以在学校继续深造，也可以选择一个很好的新闻单位。"我摇摇头道："我一直觉得，父亲还欠着警察，没把自己的事做完。"我讲的是心里话。肖石安听了突然严肃起来。夕阳西下，光芒透过肖石安花白的银发，让他的脸变得通红。侧面，我仿佛看到了肖石安眼眶里闪着泪水。

"我是半路逃兵。"肖石安自嘲笑笑，然后挥挥手，"很好，也替我偿还债务！"说着一昂头哈哈大笑起来："你知道吗，你父亲邱大生是有机会提拔的。"

这是我第一次听说，父亲一直安心当着派出所所长，对职务从来没提过任何要求。"派出所所长官不大，在别人眼里不仅耀眼而且很有油水。肖石安继续说道。

"有一件事，你不知道，你母亲也不知道。一个星期五晚上，你父亲接到干部科科长的电话，说部长约他晚上一起玩牌。你父亲奇怪了，他平常没摸过组织部的门，更没有玩过牌，他和他们不在一个圈子里，怎么会接到这样的电话。于是他跑来问我。我笑笑说：你机会来了，带上一包钱，照他们说的做。你父亲两眼一瞪道：'你让我行贿。'说完转身气呼呼地走了。后来我知道，你父亲不但没去，还打电话把那个干部科的科长狠狠地骂了一顿。"

那天，肖石安讲了许多关于父亲的故事，让父亲这个人物在我脑子里逐渐高大起来。而当下，我对彭位泽跑官有了深切的理解。不管怎么说，彭位泽正在做着许多人热衷于做的事情，从这个意义上讲，把彭位泽跑官归结为"情势所迫"，一点都不过分。

彭位泽和沈冰到市里就打发车子回到了开阳城。沈冰早准备了现金，这点钱本不算什么。逢年过节单位和个体大户送的购物券就有一两万，再加上高档烟酒和其他贵重礼品，一年可以发一回小财。不过彭位泽从不收这些东西，所有的购物券坚持当面退回，烟酒高档礼品一概回绝；不知来历的或无法退回的购物券，全部送到机关事务管理局或是纪委。彭位泽不受，沈冰也不敢收，她拿出的钱都是这几年存下的工资，现在派上用场了。

沈冰像是计划好了似的，为她的同学买了一支PARKER金笔和一块儿美国手表。这两样东西装在同一个礼品盒里，很精致。又为林书记买了一条金利来领带；还为书记夫人买了一只白金胸针。沈冰说这些东西体积小，放在口袋里不担心遇到人，省得大包小包到书记家里招人惹眼。

沈冰说完望着彭位泽。彭位泽觉得心里挺不是滋味，县里搞计划生育"突击月"活动，工作忙得不可开交，自己却被老婆怂恿着到市里跑关系，弄得别别扭扭的很不顺畅。虽然，送礼对象都是些熟人或朋友，但毕竟是领导，目的也是心知肚明。他不知道林书记、华部长和薛副部长会怎么想。如果人家将礼品拒之门外或是退了回来，不是弄巧成拙吗？因此，中途彭位泽曾犹豫过，甚至有打退堂鼓的想法。但看见文静而又坚决的沈冰，又打掉了退却的念头。沈冰是胸有成竹的。就是，江副书记现在干什么，不也是挖空心思地找着门路，而你有现成的道不走，不是浪费资源了吗？何况就当下来说，有道无道大不一样呢。

"华部长那里你看送点什么？"沈冰问。

彭位泽想都没想说："他家房子大，又特别爱运动，就给他买一套组合健身器材吧——不过那东西不便宜呢。"

"没什么，只是体积太大。"

"这不要紧，让搬运工直接送过去，我打电话和他联系，晚上到他家吃饭喝酒去。"

沈冰脸上露出一丝笑。

上午一切安排妥了，彭位泽开始联系华部长。华部长叫华泽，听说彭位泽要上他家吃晚饭挺高兴，打电话告诉保姆买菜去。彭位泽又给华部长家里打了电话，告诉保姆说，华部长买了一样东西两点后送回来，让她守着门。

沈冰说林书记那边先别联系，因为是借着看他女儿去的，万一女儿不在还不好开口。彭位泽想找个汇报工作的理由，但向市委书记汇报工作怎么也轮不着他这位常务副县长呀。到林书记家里，只有以沈冰同学的名义，不管他女儿在不，只要林书记收下东西，即便不用开口，目的也就达到了。

下午两点钟后，一辆拉着组合键身器材的小货车出现在市委宿舍楼下，此时市委其他干部都在上班，家里大多是老人和保姆。彭位泽坐在车上一直没下来，他让几个搬运工把东西搬进三楼，然后把电话打到楼上，让保姆开门。

彭位泽往回赶的路上，心想怎么就像搞地下党似的，不免自嘲起来。

彭位泽从没干过这种事情，这回可是像模像样地干了，就像第一次下河冬泳的人，有点刺激，又有点兴奋。他觉着这世界真奇妙，更奇妙的是世界上的人，谁也不愿意白白地将自己的钱财送给人家，可还是送了，还提心吊胆地怕人家给退回来。那都是血汗钱，每一分钱上都镌刻着姓名，染着汗水。问题是不管你心里怎么想，还得这么去做。若是贤者唯任，大家都不会活得那么累。有多少人是靠拉关系、走后门上去的，这样上去的人绝对没多少水平，他们想得最多的是怎么利用手中的权力把投资再捞回来，这样，收取下属财物就会变得很自然，就像一个存钱人的从银行提取利息一样。这大约叫恶性循环吧。于是彭位泽在这种思索中得出了一个结论：收礼的干部肯定靠拉关系、走后门上去的；靠拉关系、走后门的干部肯定是没水平、没能力的干部；没水平当上干部的人只有拉关系、走后门。想着不禁笑了，他彭位泽也成为这条锁链中的一环了。

下午，彭位泽又和沈冰讨论到书记家里的事，是一同去还是沈冰单独去。彭位泽坚持由沈冰单独去，理由是她是书记女儿的同学，尽管是成人班，一个普通高校，但在校时她们关系最好。现在，她刚从学校回来去看她是自然而然的事，看同学送点礼品顺便又带点给同学的父母，不会扎眼，容易让对方接受。至于送礼的含意，完全可以从送礼的人和礼品的价值上表现出来。他觉得有些事暗示比明说更有学问，就像高调的照片固然明快，低调也不乏凝重的美一样。

沈冰不同意彭位泽的意见，或者只同意其中一部分意见。她认为彭位泽属市里下派干部，和市委林书记有过接触，能够直接和书记见面，从交流中让书记了解自己，捕捉一些人事方面的信息，抓住机会顺水推舟地表现出某种愿望，会来得更直接。至于礼物问题完全可以以沈冰的名义送进去。

彭位泽坚持自己的观点，最后还是沈冰作了妥协。沈冰说，如果林书记在家提起彭位泽，沈冰就直接把县里人事调动的想法告诉林书记。

有人铺平道路，彭位泽同意了。

下午五点半，彭位泽和沈冰出现在华泽部长门口。华泽脸上放着光彩把他们迎进门去。

房间很大，大客厅放着红木沙发和全套音响设备，一个装饰架隔开了内外两个厅，架上放有不少古玩，还有一只巨大的鱼缸里养着色彩斑斓的热带鱼。内厅大约18平方米，放着西餐桌，里面是厨房和卫生间，四个卧室的门靠右边一字排开；整个房子装修得很豪华，让沈冰瞪目结舌。如果单靠彭位泽的薪水，一辈子也难装修那么漂亮的房子，沈冰心想。

"你们搞什么鬼？"华部长对彭位泽说。

"我从朋友那儿低价买进的。"彭位泽说。

"我照价付钱。"

"说什么呢，要是我家位泽爱运动，你也送他一副不就成了。"沈冰抢着话头说。

华泽部长哈哈大笑。他年龄比彭位泽大几岁，身体却很健美，他常说如果从小有机会学举重，肯定能在奥运会上拿金牌升国旗。

大家便不再谈论组合健身器材的事。华泽部长和彭位泽一样很少吸烟，房间里干干净净，永远保持着一种芳香。华泽部长身穿高领毛衣，与彭位泽一同坐在沙发上。沈冰说要帮助保姆做饭，华部长不置可否。

"很长时间没来了。"

"哪有你清闲，下头忙着呢。"

"这次计划生育搞得顺利吧，报上可老见你们县的文章呢。"

"瞎吹的，不过工作进展还是快的。"

"一个月摘掉落后的帽子，没问题吧？市委这次可是要动真格的。"

"还是有难度的，不过再难也得啃下来，班子还是有充分的思想准备的。"

"下午听林书记说，县里出了点事，一些基层老干部带着群众冲击搞'突击月'活动的队伍，还打伤了镇里的书记。"

"镇书记向我汇报了，我已经通知县公安局，组织专门力量尽快查处，这股风不刹，下头工作不好做，干部本来就有情绪，会拖全县的后腿。"

"在下头有两年了吧？"华泽问。

"两年零五个月了，哪能跟你比老是往上升。"

"有你一份功劳呀。"华部长说。

彭位泽没想到华部长自己说了出来。人事变动前，一次与华泽一同到省里开会，组织部薛副部长要请彭位泽吃饭，彭位泽顺便叫了华部长。那以后，华部长与薛副部长算是认识了，彭位泽知道后也一直没在意。

"哪敢呀，华部长才智出众，领导慧眼独具呢。"

"哈哈哈。"华部长笑。

彭位泽接着道："我呀，还不知什么时候有眉目呢，夫妻两个牛郎织女的，孩子都没人管。倘若华部长有怜悯之心，也别忘了老部下。"

"哈哈，你下去才两年，回调的可能性不大，再说总该进步了再回调，不然也算是白白辛苦了。这点市委对下派的几个干部都有打算的。在林书记手里，这个问题要解决。不过很多事情还是要靠自己努力的。"

彭位泽听明白华泽部长的话了。华泽说到下派的几个干部，都在县里当副县长或副书记，到现在只有一个转正。彭位泽听说那个转正的副县长特别活跃，工作做得好坏谁也说不准，报纸上倒是常有他的文章，这事一比较就让彭位泽不舒服。一同下去五个人提上一个，不是因为水平和工作能力，而是因为会吹会跑。领导看人看什么？看能不能常听到关于你的消息，跑领导并不是去要官，让领导更多地了解你，用人的时候想到你，这就是一个基础了。彭位泽觉得自己疏忽的就在这里。

"华部长，你了解我的，歪门邪道我不太会。本来吧，我们同事两年，你是部长，我是副部长，那时我们合作非常好。我到下面当副县长，你转到组织部，要说拉关系的条件，你我还有什么说的。可我这两年来过几次呢，在基层成天干些琐碎的事，就没往这道道上想，这不，人家转正的有了，我还得副下去。"

华泽笑笑。彭位泽便从笑声中品出了一点名堂来。这时华泽的夫人回来了，她在市法院当庭长，说开庭审理一起受贿案件回来晚了。

沈冰闻声从厨房里出来，她和华泽夫人熟悉，两人一见面就热烈地攀谈起来。

一会儿保姆说饭做好了，大家起身往桌上坐。

彭位泽问孩子呢，华泽说吃饭后再去接，夫妻俩常不在家里吃饭，只好把孩子放在奶奶那儿。

华泽拿出五粮液，两位夫人都说不喝，也劝他们少喝。华泽说老同事难得一聚，喝点也没事。说着将彭位泽眼前的高脚杯倒满，那是三两三的杯子。

华泽夫人打开音响，房间里便飘起了悠扬的乐曲。

席间彭位泽问："开阳城县委书记要上？"

"有这可能。"

"外头讲得有板有眼的，你这儿还是有可能吗？"

"嘿嘿嘿。"华泽笑。"那是省管干部，总之你的机会来了。"华泽补充道。

"谁知道你们怎么个打算，开阳城县委、政府班子能人层出不穷呀。"彭位泽是在暗示，说不定其他人也会拐弯抹角地挂到这条线上来。

"你们那里的江副书记很活跃呢。"华泽说。

"我也听说了。"彭位泽想江副书记捷足先登了，只是不知进展到什么程度，心中不免担心。华泽像是看出了他的心思。扑哧一笑，说："在城外转着呢。"

彭位泽放心了，举杯和华泽喝了一大口。这时他才觉得自己胃口特别好，而且酒量大开。喝着喝着，两人都上了脸。

彭位泽心想不能再往下问了，自己好歹也是个常务副县长，还应当讲点组织原则，问到华泽不愿回答的问题，就会引起人家反感了。再说今天在华泽这里的目的基本达到了，见好就收，也算是好棋一着吧。

华泽夫人先吃好，说要去接孩子。彭位泽和华泽喝了一瓶酒，就让沈冰给止住了。晚上还要到林书记那里，沈冰担心太晚了，会打扰人家休息。

吃完饭，保姆端上水果。彭位泽要告辞，说很长时间没见儿子了。华泽说了感谢的话，让彭位泽心里踏实了不少。

回到家里，彭位泽接儿子，沈冰打的直接去林书记家。

彭位泽心中快活，给儿子讲了许多故事，一直到儿子睡去。彭位泽觉得自己有些疲惫。洗了个澡，见沈冰还没回来，打开手机给夏可打了个传呼。

夏可很快回电了，说自己在开阳城的宾馆里非常孤独。本来约好今晚和公安局的一个科长谈话，结果对方临时又有事了。夏可在电话里说了一大通热情的话，最后问彭位泽在哪儿。彭位泽说在省城，也在宾馆里，虽然人很多，也觉得孤独。彭位泽也说了一通热情的话，一直到沈冰开门，彭位泽说局长们来了，把手机关了。

彭位泽从沈冰的眼神里看出事情进展顺利。

沈冰说林书记女儿到外地去了，书记开会也没回来，书记夫人在家，非常乐意地收下了礼物，嘴里还是一个劲地说不该让她破费，买那么贵重的东西。他说等书记回来一定转告他，并且也替女儿谢谢她。沈冰在那里坐了半个钟头，就打的回来了。

一站完成，彭位泽心情特别好。他怪自己早没想到这些，没想到主要是思想观念有问题，心理又有无端的疑虑。现在完成了，觉得比原先想象的简单容易得多。如果早这样好了，说不定不用下派锻炼，就像华泽那样在重要的位子上了。不过彭位泽没什么后悔的，第二站应当是省城，省委组织部薛副部长是他同学，说话办事要比市里方便得多。想到这里他马上给薛副部长打电话，两人在电话里骂了一通，然后说好明天见。

彭位泽心想一切都妥了。就这么两天，完成了他想完成的一切，他得意过后，暗暗同情起江副书记来。江副书记活动，还在"城外徘徊"；而他彭位泽却是直插城市中心，占领了制高点。他见沈冰从卫生间出来，原先洁白的脸此时像花瓣一样红，便轻轻地咳嗽两声，沈冰拿眼看他，依然梳着她的头，彭位泽只得起身搂住她的肩膀，乘着酒性，把她按倒在床上。

二十

暂且不说彭位泽的省市之行，他依旧把冯开石的案件放在心上，这是他的本质。

他明白，外头的路子通了，内部出乱子，一切都将是盲人把烛白费蜡。平心而论，江副书记那点路头彭位泽没放在心上，真要玩起来，可不是星星比月亮。只是这次计划生育"突击月"活动，他的担子显然更重些。完成了，什么都好说；完不成，让汪书记对上头不好交代。与华部长交流让彭位泽感觉到,这次"突击月"活动不是县里无端自我加压,的确是市里的意见。若是真让汪书记难堪，结果还可能由他彭位泽扛着。因此，尽管身在外头，心却一直惦记着开阳城"突击月"工作进展，惦记那个叫冯开石的暴抗案件。

这个问题在他请假时，汪书记曾提醒过他："轻重你自己掌握。"那时，他还真想打退堂鼓，只是沈冰这边已是箭在弦上，同学、同事那边他也打了招呼，若是放弃了，他怕自己再也鼓不起勇气了。他只得给高局长打电话，让他给肖石安施压。尽管如此，彭位泽还是不放心。这天，办完事情之后，他直接给肖石安打电话。他说："冯开石暴力抗拒执行公务一案，城关镇方书记汇报过了，案情很清楚，进展快慢，处理轻重都在你肖石安身上了，关键时候，不能感情用事，掉了链子。"

他要让肖石安明白，这是最后通牒。

彭位泽把一切责任都压在了他的身上。也就是说，城关"突击月"活动能否完美收官，肖石安得承担全部责任；再往深里说，哪些人上，哪些人下都与肖石安这么一个治安科长直接相关。

肖石安接到电话，顿时觉得担子加重了。

好在当时肖石安心情很好，他不怕困难，从基层派出所到治安科，不论业务还是现场处置,他从来没有遇到过难题。有人问他有什么诀窍，他回答两个字："读书。"别人不明白，难道书里都会教你怎么做吗？肖石安笑笑道："你当有新花样，老祖宗都在书里写着呢？"对冯开石案件，肖石安并没有过多的担心。两年来，冯开石是肖石安"一帮一"的对象，对他的情况有着彻底的了解。冯开石之所以一言不发，不过是他心里有气，这气不完全针对肖石安，而是长久的积怨后找到了一个暴发点。在平常交流中，冯开石讲得最多的是环境的变化，他对当下干部拼命捞钱，带头致富感到不解。田地山林茶园竹园分了，计划经济彻底瓦解了，连村里的大会堂都像西瓜一样，一块儿块切给了私人。这一切，都是他手上创建的。现在没了，都没了。还有让更看不惯的，年轻人外出打工，田地抛荒；乡镇里办起了企业，有权的既拿工资，又拿企业奖金；有些干部靠着关系下海了，赚了大把大把的钱。至于儿子管老子直呼其名，女子剪短发，男人蓄长发，还弄出五颜六色，更是让他心里窝着火。总之，在冯开石眼里，一切来得太快太猛，让他看着都不顺眼。

冯开石的心态肖石安了解，在他撰写的文章中，不少是来自基层百姓的想法，许多传统的东西被碾碎了，新的东西没立起来，这中间思想和行为有些混乱。一些人在混乱中消失，一些人在混乱中兴起，就像豆芽，长出了叶子迅速使豆瓣蜕变一样。总之，在冯开石眼里，斑驳的世界变得让人难以理解了，点点滴滴在冯开石内心积忧成疾，他病了。肖石安这么想，他知道冯开石的病根，就有这样的把握。尽管压力很大，他依旧能像一名刀法娴熟的外科医生，不会在手术台上怯懦。

于是，肖石安想知道，这一夜，冯开石都想些什么。

冯开石关在8号。

这是个文明号，但这一夜，冯开石依旧没有睡好。

号子不大，关了7个人。从门边往里一溜木板，铺着套面的垫被，算是床了。最里头是便池，接着自来水，开关由墙外控制。刚进来时，号子里弥漫着一股臭味，让冯开石很不适应。号子里除了横着的床板，余下还有1.5米宽的空间，于是大多数人大多数时间除了干手工活，都蜷在床上。

冯开石被安置在离便池最近的内侧。

他躺在床上睁着眼睛望着墙角，两眼猫头鹰一样光亮。他没罪。这个想法从开始就占据了他的脑子。我冯开石是真正的共产党员，我冯开石没有罪。当天下午他被带上车之后，除了肖石安科长问及他姓名和经历外，他一句话都没说。不说话本身就是向肖石安表白了他的态度，他心里透亮着呢。当然他不是冲着肖石安的，他对肖石安无话可说，他人好，好关心人，平常进村不是先到书记冯贵家里，而是先到他家里，嘘寒问暖，他比儿子冯进好一百倍。他心里有气，是觉得自己没犯罪，用不着几十个人拥进他的家，杀他的猪，拆他的房子。而他，所有行为都没有超出法律规定的范围，因此他没罪，他们不应当将他关在这里。

冯开石转头看看一溜甜睡的犯人，不明白为什么和他们关在一起。当他身后的铁门重重关上时，冯开石的眼睛一时没顺过来，一个沉重的声音从黑暗中传过来，仿佛来自阴暗的地下。

"什么罪？"

冯开石本不屑回答，因为他觉得他和他们不同，可当他回身看看铁门时，这才明白他和黑暗中发出的声音的人成了室友。冯开石定了定神，看见一双双发绿的眼睛盯着他。

"不知道。"他回答。说完不知该往哪里坐，因为那些人大多挤在门边的床上。

"不知道怎么进来的？"还是那个声音，口气里充满着威胁和霸气。

后来冯开石才明白，说话的是个强奸犯，叫大兵。大兵是8号笼里的1号，其他依次排开，轮着冯开石已是8号了。

"他们说我暴力阻碍公务。"冯开石说。他觉得胸口挺闷，呼吸也沉重起来。1号让冯开石自己介绍案情，冯开石没说。他们一一介绍了自己犯的事。冯开石好像听说是三个盗窃，两个流氓什么的，还有两个没记清楚。

最后1号说："就你这身子骨还'暴力'，喊！"

冯开石问1号他睡在哪里。1号用嘴往里努努。1号长得熊腰虎背，光光的头像是刚刮过，后脑勺还带个钩。冯开石吃力地爬上床铺，靠在墙上，他觉得喘气都很费劲了。

尽管上车那刻起，他就想到了被关进来的结果，但果真关进来，感觉就不是那么回事了。他希望只是一场梦，一觉醒来除了一身虚汗就是一场虚惊。他的确难以接受这个现实，他成了犯人，政府和百姓的敌人。

"这是暴力抗拒国家工作人员依法执行公务。"

这句话老在冯开石耳边响着，这是下午肖科长审讯时说的。肖科长没在冯家坞现场，如果在场的话什么事都不会发生。冯开石心里想着，却有一点转不过弯来："抗拒计划生育？"我冯开石为党工作那么些年了，这把年龄了还生什么育。儿子冯进早孕两个月，那是儿子的事，和我又有什么关系。他觉得肖科长下定论过早了，他冯开石没什么好计划的，所以也不存在着暴力抗拒的事。但不管怎么说，他冯开石现如今是个犯人，而且和那些真正的犯人——强奸的、盗窃的关在一个号子里，他和他们同是罪人。这叫冯开石心里很不平衡。

"我冯开石是罪人"，他怎么也想不通。

冯开石记得入党时才20岁，还是在民警队里，他训练站岗特别卖劲。一次班里外出执行任务，途中遇见一辆拉大米的车子翻到河里，他和战士一道跳进冰冷的水中，一袋袋往上扛，整整一个钟头。他们衣服都成了冰块，碰去"呱呱"直响，大家咬着牙跺着脚，但抢救没有完成。班长说："现在是考验共产党员共青团员的时候了。"话音刚落，第一个站出来的就是班副。"我是共产党员。"后头一个接一个站出来"我是共产党员""我是共青团员"。冯开石心里怦怦直跳，全班只有他是新兵，既不是党员也不是团员。他见全班的战士部站到了前面，一个个像耸立的铁塔，高大威严，而他被孤零零地甩在后面。他知道班长在望着他，等着全班最后一名新战士。一股热血涌上心头，他猛地正步向前，鞋帮子碰出"咔咔"的响声。他大声喝道："我不是共产党员，不是共青团员，但我是战士，我愿意和党员团员一道继续执行任务。"班长望了他一眼，向前用手掌啪啪拍他肩，衣服上发出"帮帮帮"的响声。

那天冯开石得了重感冒，和他同时住院的还有两个士兵。没几天他就偷偷跑了出来。那件事情之后，冯开石心里就没再平静，他老是为那种场面感到害羞。班里过组织生活，他就不知该往哪里站，有时甚至像小偷一样躲进厕所里，直等到会议开完。为此冯开石扇过自己的耳光，揪过自己的头发。他不知道党员和团员要什么条件，总觉得自己是新兵，没资格提起党员团员的事。班长看出了他心思。一次，班长把他叫到外头谈心。冯开石"吭吭哧哧"地说出了心事，终于颤抖着将入团申请交给班长。班长握着他的手，望着他的目光说："希望你努力争取。"冯开石激动得想流泪。班长是个好人，冯开石永远不会忘记。一年后，冯开石入了团，再一年入了党，再一年他退伍到了地方，当了民兵连长，兼任治保主任。三年困难时期，冯开石得了哮喘。在他任村支部书记时，他冯家坞是年年的先进党支部。因为有文化，公社很想将他调过去，只因哮喘越来越重，一直没办成。在冯开石心目中，毛主席和共产党就像生命的种子，深深地扎在他心坎里。之前，冯开石在党小组会上常给党员讲课什么的。而现如今，他成了罪犯。"我冯开石怎么就落到这个地步呢？"

冯开石的罪名是破坏计划生育。他清楚地记得，只是和镇里的方书记讲道理，方书记要冯开石拿出 3000 块钱，他觉得拿得没道理。方书记说这是县里规定的。冯开石说国家法律有这种规定吗，你们是干部，应当执行国家的政策与法律。方书记说：他们执行的正是国家的政策。计划生育是基本国策，也是县委县政府的政策，你违反计划生育，让你出钱，是这项政策的具体体现。冯开石说：代儿子受罚，不如让我代儿子割一刀。大家笑，围观的人也越来越多。方书记说：别说代割一刀，割了你鸡鸡都没用！大家哄笑。方书记又说：你不交钱，我们要拆你的房子，杀你的猪。人群中有妇女起哄，都说干部不讲理，只会动蛮劲，干部动蛮劲，我们老百姓也动动蛮劲。妇女们先和干部闹，年纪大的站在了前面，几个干部上来拖冯开石，冯开石挣扎着跌在凳子旁边，顺手抓起板凳。干部上来争夺，冯开石气喘吁吁间听到有人说：打着方书记了，打着方书记了。冯开石手上的凳子早被夺了去。干部将他按在地上，群众和干部乱作一团。民警上来劝拉！往后冯开石就不太清楚了。他所能听到的就是自己"呼噜呼噜"的气喘声，接着村书记冯贵赶到了。

冯开石想，自己只说了一句话，说了一句真话，就像指着河滩说：那全是石头。这就算是破坏计划生育啦？！难道说句真话就算是破坏计划生育吗？难道非要拆我的房子，计划生育才能搞好了吗？镇干部成群集队带着警察涌进村里，先入为主地把基本群众放在对立面；不相信群众，又怎么依靠群众呢。冯开石心里有疙瘩解不开，很不痛快。 肖石安科长说他犯了法了，他却没有罪错感，或者说罪错感离自己十分遥远，像是身边这些罪犯一样与他没关系。把他的行为划定一种罪错，这不是法律上的行为。他想起广播、电视和报纸宣传的要坚决查处破坏计划生育、阻碍执行公务的违法犯罪案件，难道打击处理的正是他这样的人？冯开石没将以往的成就当作资本，因为他明白，法律不在乎你先前干过什么，是否忠诚。那么他冯开石当了这么多年的治保主任和支部书记，要成为这次的打击对象了。

肖科长还说，他的行为影响了计划生育工作的开展，不仅村里，还有周边村、全镇，甚至拖延了全县的后腿。冯开石不相信这是事实，就像不相信种了南瓜得冬瓜一样。这项工作方法和手段老干部和群众有情绪，平常只是说说而已，比如那些日子，邻村退下的干部常到冯开石家里聊天，都说工作一辈子，一点好处没捞着，对现如今的腐败，牢骚几句，安神抚心，有什么过错呢！这也算是一种破坏吗？我冯开石主观上没这么想过，我想那些个老干部也不会这么想，计划生育是国家的基本国策嘛。

冯开石睡不着，他转了个身，听到了门外哨兵徒步声。如今自己也被人看着了，像是当年在民警队里，看着别的犯人一样。人生的变化就像一场戏，不过深入其境和听戏带来的喜怒哀乐完全不同，戏完了，好入睡，现在不行，总揪着心。

冯开石胸口有些痛，气喘得有些急，他用手摁住胸口想咳嗽，又怕惊醒旁人。床铺硬邦邦的，转身时木板发出"咯吱咯吱"的响声，他想幸好有人送了被子。

肖石安一直关照冯开石，他心里明白透亮，肖石安说话办事总是以理服人。他想肖石安说他犯了罪一定有他的道理，那么道理在哪儿呢？肖石安说县里要组成专案组，他冯开石要成为专政对象了，就像当年对盗窃粮食的乌狗一样，案件破了，乌狗被判劳改送到了北大荒，30年以后乌狗回来了，乌狗回来带了工资，乌狗有福享，冯开石有气受。但冯开石不羡慕乌狗，乌狗毕竟是个盗窃犯，我冯开石不是。现在不同了，不是盗窃犯却是个罪犯，不然怎么会关进号子里。我冯开石是罪犯，他不停地强调这点。他要让自己明白，从今往后，他是个罪犯，和身边那些强奸的、盗窃的一样的罪犯；乌狗犯罪了有工资拿，冯开石是个不拿工资的罪犯。历史总是阴差阳错，人不过是阴差阳错的一个牺牲品。历史就是这样，喜欢开玩笑，喜欢捉弄人。

哨兵的脚步很清晰，脚步节奏不快不慢。哨兵可能在数着自己的步子，哨兵值夜班可能都在数，每晚数步子是因为数到那个数字之后就该换岗了。哨兵不用戴手表，步子就是钟表的秒针，哨兵夜里没事可干，他只有数数步子或想些别的什么。冯开石几十年前就这么干过，冯开石心里明白。

通铺上有人打呼噜，呼噜声冲着墙面又反弹回来变得更响亮。冯开石想可能是1号，只有1号有这个资格打呼噜而且将呼噜打得这么响。如果不是1号打呼噜，他绝不会容忍。1号容忍自己的呼噜却不能容忍冯开石的哮喘。冯开石用被角捂住耳朵，却一点用都没有。关键是用被子捂住耳朵，注意力就放在耳朵上，总想听听被子捂住耳朵后能否再听到呼噜声，一专心，呼噜愈发地响。

冯开石睡不着了，远方传来鸡叫，他想明天又该是肖石安提审他。肖石安提审他不能再沉默，沉默有什么意义呢？肖石安会秉公办事，肖石安不会认为他冯开石对政府过不去，我冯开石毕竟不是坏人。

冯开石转了一个身，再也没想什么，就在呼噜中睡去了，残留在脑子里的最后一个意念就是：1号可以打呼噜，我却不能有哮喘声。

二十一

　　不论冯开石想什么，他都将面临肖石安锐利的攻势。

　　我不知道肖石安审讯的方法，在父亲从警的年代，少许现嫌疑人在审讯过程中会承受皮肉之苦。尽管上头三令五申，但对流窜犯、惯犯和有证据又不肯交代的犯罪嫌疑人，时常要过"传统审讯"这一关。只要不出大事并且办案顺利，领导也是睁一只眼闭一只眼。

　　这是20世纪90年代以前的事，也是不容回避的客观事实。

　　应当说，对罪犯体罚，公安机关是最早觉悟的，而在全国，南方执行最为严格。到了我当治安大队副大队长的时候，办理任何案件，都有了一套严格的程序，也就是说，在程序上就将办案中可能出现的违法行为彻底给杜绝了。这看似严厉，却很好地保护了办案民警。一次我在巡逻中抓到一个小偷，在他手机短信里竟然发现这样一条信息："快来，这里的警察不打人。"这名小偷说的是实话。两个月前，他因偷窃被治安拘留了十天，整个办案过程警察没动他一根手指头，这对一名流窜惯犯来说，简直是匪夷所思的事。到了关进去那日他说："这里的警察真好！"这样的情况发生在现在并不奇怪。父亲的年代里，处置的方法会有点不同。肖石安曾给我讲过关于父亲打嫌疑人的事。那次肖石安也在场，被打的人余忠厚，一个30刚过的年轻人。原因是他参与一场豪赌。余忠厚的父亲是邱大生的同事，还是他的班组长，一次生产事故中受了重伤。临死前，父亲拉着邱大生的手道：你现在是警察，我最担心的就是儿子忠厚了，我死后，你把他当儿子，该教训时不要手软。余忠厚赌博被拘留过一次，再次被抓是出来半个月之后。那日，他靠墙站着，邱大生狠狠地打了他一个耳光吼道："这是替你父亲打的！"忠厚回道："打得好，再打。"邱大生又重重一耳光："这是替你母亲打的！""打得好，再打。"邱大生又打："这是打你不孝，这是打你不敬，这是打你昏庸……"那日，邱大生一连打了十个耳光，两人一只手一张脸全肿了。肖石安几次上前阻拦，都被他两人推开。最后忠厚叫道："邱大生，你给我听好了，我要是再赌，不劳你动手，自己拿刀当着你的面，砍掉这只手。"说着一拳往墙上砸去，鲜血直流。邱大生尽管受托于人，但面前终归是被审查的违法犯罪嫌疑人。

与父亲及其他办案民警相比，肖石安是个另类。他时常说："殴打嫌疑人通常是因'气'，这最要不得，气会使人丧失理性，是侦查员的大忌。"我非常赞同肖石安的话，到了动手打人的时候，其实，除了出气已经没有什么自信了。

肖石安坚持满足两个条件，才把冯开石送上法庭，突破口供是关键。

我们看肖石安第二次审讯，这之前，还有另外一段插曲。

早晨，肖石安是被林萍的电话惊醒的。

林萍说她有个早起的习惯，她说已经到外头转了一圈，尽管很冷，这里的山，这里的水很美，也带给她很多温暖。她问肖石安今天有没有时间。肖石安说上午要提审嫌疑人，但午饭还是要吃的，如果林小姐肯赏光，他非常乐意陪同。林萍说："你忙你的工作，我是个有耐心的人，可以等到中午。"

虽然一晚没睡好，醒了再也睡不着。肖石安索性起床洗漱，到大排档吃早点，然后去了办公室。

大楼里静悄悄的，楼道两边是办公室，走廊像一条长长的隧道，又黑又冷。提早上班是肖石安的习惯。治安科除了办理重大案事件和安全保卫工作之外，还有很多基础工作。诸如重点单位，人口，场所，民爆物品管理等，这些都是肖石安的业务。除此之外，大凡涉及所有行政管理方方面面的工作，几乎与治安科都有关。因此，当科长天天有会开，好在老龚帮了他的大忙。与其他科室不同是，治安科每一项工作都有专管员，比如，民爆专管员，不仅管理民用爆炸物品的运输、储存、使用，还要对爆破员进行专门培训、检查、考核。这一摊子事都由一名民警管理，责任也由民警自己承担。因此，治安科民警都有一定的专业，平常各自做着自己的事。只是"突击月"活动一开始，民警全分到了乡镇。

肖石安细细看完水泥厂的案卷，走廊里的脚步声凌乱起来，上班时间到了。

刚沏了茶，城关镇方书记来电话，问肖石安有没有时间参加镇里的动员大会。他说本来是彭位泽来的，因为省里开会来不了，汪书记亲自到场作动员。肖石安说要提审冯开石，案件如果有突破就是最好的行动了。方书记沉默片刻说：这是一起有计划有预谋的案件，你们要严肃查处。肖石安打趣道：人家有预谋有计划进行破坏，我们的基层干部没早发现，说明阶级斗争观念不强呀，还是别挂在嘴边上的好。肖石安说完把电话挂了。电视台又打电话来，按照县里要求，对这起案件处理的宣传力度要加大，要反映公安机关对破坏"突击月"活动案件严厉打击处理情况。肖石安说没接到通知。他个人认为，在案件性质没确定之前，宣传方面应慎重些。电视台的说：这是宣传部的意见。肖石安还想解释，对方挂电话了。接着是宣传部的宣传科长的电话，显然电视台把肖石安的态度捅了上去。科长很专业地说："已办了刑事拘留，就是犯罪嫌疑人，并且有可能被逮捕。"他认为要结合城关镇再动员大会，拍一些提审冯开石悔改的镜头，宣传计划生育干部不怕困难，不怕艰苦，不怕流血牺牲，坚决执行县委县政府的指示。肖石安听得两耳嗡嗡直叫，他说和局长汇报以后再定。

肖石安给夏可打了电话，表示道歉。夏可说如果肖石安觉得电视台做法可取，她也可以搞篇专题报道。肖石安骂了一句粗话。夏可说如果肖石安不愿意，她想先去参加城关镇的动员大会，然后回到市里。肖石安说自己的时间保不准。夏可说明白了，挂了电话，局长又让他过去。

"你怎么看？"局长问。

"得先查清问题性质，在此之前不宜报道。"

局长沉吟片刻说："报道注意角度，客观些。关于处罚可以先不提，目的是宣传，防止类似的案情再次发生。"

肖石安说："我会审查片子的。"

上午9时，检察院的老郑和法院的老陈像是约好似的，一同来到治安科。老郑是法纪科的，老陈是申诉庭的，肖石安和他们挺熟。老郑和老陈都是爱唠叨的人，不过从不动手做笔录搞审查。前几回和肖石安办理涉及妨害公务的案件，肖石安有过领教。和公安合作，"两院"一般都派老郑和老陈过来。政法委在政法部门领导眼里，只是一个毫无实权的娘舅，部门各司其职，具体案件上政法委很难左右公检法。每次政法委协调案件，如果是公安机关主办的，就派检察院的老郑和法院老陈两人来。所以，肖石安不指望他们能办实事。

肖石安向他们介绍了案情。

"我们合作多次了，一切照旧。"老郑说。

"是的是的，肖科办案能力我们知道，我们放心。"

肖石安笑笑说："这次不同呀，这起案件县委县政府十分重视，责令政法委组成专案组，办案的难度你们也知道，最后逮捕判刑还要你们把关呢。"

"喊，都是县里督办的，都合作得很好，至于处理结果，还要看事实和法律，谁说了都没用。"老郑说着，门牙不甘寂寞地展露出来，喝水时，老把杯子碰得"格格"生响。

"老郑说得对，不是谁说判刑就判刑的，这里有个独立办案问题。"老陈补充道。

"我们只管查清事实，至于最后的处罚的确不能凭我们说了算的。计划生育是天下大事，要考虑政府的需要和社会效果。"肖石安说。

肖石安不想把时间耗在争论上。这种问题，不管探讨的结论如何，照旧我行我素。于是说："今天上午提审冯开石，科里的老龚已到冯家坞查旁证材料，我和小黄参加。"

老郑、老陈说："你安排。"

肖石安开着车到看守所。

冯开石被带出铁门时，喊了声"报告"。于是他在台阶上看到了肖石安和小黄，接着又看到了他们身后的老郑、老陈。老郑、老陈他认识，拿农村里的话说："饭都不知道吃多少次了。"而且老陈当初也和他一样是治保主任，公检法恢复后调到法院。那时冯开石得哮喘，否则也是法院的庭长什么的。

预审室分内外两间，中间隔着铁栅，冯开石走进里间后，后面的铁门"砰"地关上了。冯开石坐在固定的木椅上，对面三屉桌后坐着肖石安和小黄，老郑和老陈从另一间预审室搬来两条子，象征性地坐在门边。

冯开石望着肖石安，肖石安用同样的目光望着冯开石。肖石安的目光仿佛在问："还不开口吗？"而冯开石好像也在问："我真的犯罪了？"

昨天他们还是"一帮一"的对象，今天另一个坐在被审的席位上。

小黄拿着笔准备笔录。

肖石安说："昨晚没睡好吧？"他说话的声音不高，但没了昨天的那种亲切和理解，他必须要摆正自己的位子。

他们要公事公办了。冯开石暗想，肖石安是个好警官。

"别让我提问，还是你自己从头说来吧。"肖石安又说，身子往后仰了仰，像是给老郑和老陈腾出空间。老郑端着杯子喝茶，老陈清清嗓子，然后接着肖石安的话说："我说老冯，事情出了后悔也没用，要设法挽回，对自己的行为有个认识，向政法机关有个交代，避免工作上再受损失。我们都是老熟人，不忍心看你晚年走到这一步，我说的都是心里话，我们在挽救你呢。"老陈说得有几分苍凉，感染力十足。

肖石安希望他们住嘴，至少别再打断他的思路。有些问题问到敏感处，旁边一个横炮就给打回去了。被审讯的人心理极其微妙，就像竖起的一页书，轻轻一吹就会翻过去。

冯开石没感动，他想让他感动的年龄已经过去了，就像一片枯萎的叶子，这世道他见得多了，尤其像老郑、老陈这些人，到什么码头说什么话，滑头得很。这样的人太多了，一个个像被抽掉了肋骨，胸脯都挺不起来，他常为熟悉这些人痛心疾首，又因为无力挽回而长吁短叹。

"我不明白让我说什么，你们问吧。"

冯开石终于开口道，这是他昨天想好的。整整一个晚上就想第一句话该怎么回答。那个过程有什么可陈述的。回答提问，顺着肖科长的思路走就简单多了。冯开石在村里当了几十年的干部，几乎都是顺着人家思路走的，而且，在同一思路中走出了惯性，走出了逻辑。这个词，冯开石在学习上级各种文件时就理解了。他从来没想过另辟蹊径，就像他从没想过会坐牢一样。他退下来了，没活干，生活艰难，儿子不赡养他，他就上法院告了儿子。儿子恼了，第三年就不给钱和粮了。冯开石还是顺着思路去跑法院，法院的人脸色不好看，心境又浮躁："总不能年年判吧，还是要靠地方政府。"冯开石没指望了，他怀疑以往的思路是否正确，当他想着应当有自己的思路时，又没权力了，他成了社会多余的人。他在房边自留地上种点蔬菜拎到街上去卖，靠这几个钱糊口，这是市场经济也是当下思路的主流呢。冯开石没偏离思路，就像树影永远离不开树一样。这次不同了，冯开石把少数干部作了划分，第一次没照上头的思路走，但他是依照法律的思路走的。没照上头的思路走，结果被抓进来了。他不知道自己该依照哪一种思路走才是正确的，才是可信的，上级的思路和下级的思路怎么分得开呢？冯开石想不明白了，想不明白就出问题，像老陈说的，晚年还有一个大劫。

冯开石不愿自己说，但毕竟是开口了。肖石安不动声色地对冯开石道："对闹事你有过预先的安排。"肖石安想直奔主题，就像他平时写论文，一下子就把论点摆在读者面前。

"你是说有组织吗？"冯开石问道。

"你明白了？"

"没有。"冯开石说，"那不是我冯开石做的，这些人是偶然在现场的。"

"你的意思是，对参与闹事的人不负责任。"

"没有责任，那么多镇干部开进村里，还带着警察，引来没事的老人、妇女和孩子围观，在农村不是新鲜事，就算是货郎担进村，后头还会跟着一帮人呢。"

"问题在于现场群众不是围观，而是参与。"肖石安又说。他把参与两个字说得很重。他想先抛开逻辑，甚至是把逻辑搞得非常混乱，让对方回答也变得混乱，在混乱中抓住前后的矛盾攻击破绽。

"激愤吧。激愤那种东西谁也说不清，我自己也没想到会有这么些人、这么个结果，群情激愤呢。"冯开石说。

"这个结果有了，发生在你家里，为了你冯开石，城关镇方书记被打伤，现在头上还缠着纱布。"肖石安一连串提问，他希望问题提得尖锐些，并用这些问题刺激冯开石，让他在冲动中说出更多真话来。

"这个结果与我无关。"冯开石没轻易上当，他仍然用那种平缓而带有几分冷漠的口气说。肖石安心想，倘若冯开石是一座难以攻破的堡垒，反倒引起了他的兴趣。他肖石安有一副好牙齿，不怕骨头硬。他喜欢对付有文化、有智力的人，冯开石算不上那个档次，但多年的干部生活很好地弥补了某些缺漏。

老郑和老陈不知什么时候到了外头，冯开石气喘有些重，浑浊地咳嗽着，可能是凳子有些凉。肖石安抽出屁股下的软垫子交给冯开石，冯开石感激地点点头。

"你先拿起凳子。"肖石安追问。

"又被夺了凳子。"

"是在你打人之后。"

"我想都没想这个念头，我还是个党员呢，再说我老了，怕是连凳子都举不起。"冯开石想起大个1号嘲笑他的话，心里找到了依据。

"对你否定主观动机我表示怀疑，客观上，方书记头部被打伤，缝了9针。其他村民围攻干部，公安民警在场阻拦无效，计划生育工作被迫停止，在城关甚至全县干部群众中造成不良的影响。这些后果不该是老干部所作所为的吧。"肖石安用平静的口气说着这番话。他在审问任何人犯时都是用这种平静的口气，拿小黄的话说：肖科长审问声音不超出70分贝。肖石安通常通过矛盾揭示案情，将对方剥笋一样一层层剥开。他反对刑讯逼供，尽管刑讯逼供在很多人身上十分奏效。上头三令五申禁止，但几十年来刑讯逼供没有消失，只不过方法在改变。

关于刑讯逼供问题，肖石安曾参加过学术讨论，还写了不少文章。邱大生对这个问题也有精辟的论述。客观上说，人的防线有两种：一种是精神，一种是肉体。很多罪证就隐藏在这两道防线背后。对那些没文化的人，那些流窜惯犯，那些流氓泼皮，有多次盗窃经历的小偷，他们的防线就是肉体。你通过法律的诱导或政策的感召，摆事实讲道理，他们要么频频点头，要么呆如木鸡。当你转向实质问题时，便会听到一句："我真的没干。"打着瞌睡的总向你睁着茫然的双眼。这些人的耳朵像是塞进了蜡油，扇两个耳光，抬脚猛踢过去，他们的蜡油会因为热量提升而熔化，才能听进你的提问，回答你所有的问题。而另一些有文化、有知识、有社会地位的犯罪嫌疑人，他们的防线是精神堤坝。它无形，摸不到，打不着，你用逻辑思辨，循循善诱的方法对他晓之以理后，他的精神防线就坍塌了，罪恶的真相便昭然若揭。

对于邱大生的理论，肖石安部分赞同。但他从来没有对所谓的"肉体防线"进行尝试。他更善于用理性的头脑，而不是盲目的感情来取代他的审问。

"我说过，我没打书记，群众起哄也不是我的错。他们为什么要起哄呢？"他像是自问，但话中的含意明明白白的。

肖石安不想回答这个问题。说是冯开石组织的吧，没证据；说群众是受蒙蔽的吧，难道我们的群众老是受蒙蔽吗？更严重的问题是我们的群众老把干部放在对立面，群众在关键时刻不是站在干部一面，而是站在干部的对立面，这是个很难回答的问题。肖石安想起几天前发生的抬尸闹事和冲击水泥厂伤害民警的案件，群众为什么表现出仇视的心态，干部为什么不反思？这个问题很严重。

肖石安没往下想。冯开石这种反问从来不会有太多人反思，至少干部队伍里只有极少数人反思，因为一反思就要从自己身上寻找原因，而这是目前少数干部最不愿意做的事。探讨深刻的社会问题，不如操起"对应的技巧"来得方便、简单。

"我想我们是有证据来证明你所犯罪行的，在场的不仅有干部群众还有我们的民警。事态的起端和发展你心中明白，希望你在我们处理决定之前，如实讲清，争取主动。"肖石安说。但觉得自己话有些空洞，空得连他自己也觉得乏味。

老郑和老陈一会儿进一会儿出。老郑不停地喝着茶，牙齿不停在碰在杯沿上，老陈却清理着喉咙，想说话，又不想说话。

小黄没开口，她一直认真地记录。她想肖石安用什么办法让冯开石就范呢，她仿佛是对这个转变特别有兴趣。

冯开石觉得这种回答有些意思。他虽然没多少文化，但上头各个时期的方针政策他是清楚的。他能把毛主席语录倒背如流，他觉得这次没走进肖科长的思路，是因为肖科长没走进上头的思路和政策法律的思路。他像一个在路口等着进城的老人，因为爱，而对漫不经心姗姗来迟的儿子充满着耐心。他望着肖石安和小黄，目光里流露出一种平静，这种平静出现在审讯室又像是一种挑衅。双方处在审和被审的两极，应当是剑拔弩张，平静让这里的气氛不协调、不平衡，也缺乏生动。

肖石安没这么想，他没指望冯开石马上讲出实话，至少他认为审和被审方都有不少主观的东西，他想追求那种纯客观的，那种尽力贴近真实的审讯，这种审讯必须营造非常和谐的气氛，而现在没有。肖石安想。

肖石安让小黄给冯开石倒了一杯水，冯开石停止了咳嗽，用感激的目光望着他们。

期间，肖石安走出预审室，问在聊天的老郑和老陈有什么法子让冯开石讲得符合要求些。老郑说:"和他磨嘴皮,不如磨他的骨头。"老陈说:"病恹恹的人,弄出问题不好办。"老郑说:"这是计划生育,没地方告状。"肖石安插嘴道:"你我毕竟不是乡镇干部,冯开石是在政法干部手里,在看守所。"老郑说:"你们警察蛮喜欢用点绝活的,看你文绉绉的。"肖石安说:"以往合作你见过我动手吗?再说冯开石认准的事让他转弯不容易呢。"老郑说:"的确不同,这样结果会来得慢一些。"肖石安道:"平常治警察刑讯逼供,轮到自己态度就不同了。""我们也有指标嘛,都是在尽职不是。"老郑笑笑举起茶杯喝了一口。

老郑原先在批捕科,对报捕审核十分认真。邱大生与老郑吵过多次。邱大生说:"警察是绑老虎的,批捕科只查看绳结紧不紧,这样的活呆子都会做!"

三人说了一会儿话,肖石安又进入预审室。

老郑和老陈的话不会给他任何启发,现在外围材料没拿下,对冯开石的审问缺少力度。常言说厚积薄发。肖石安除了没摸准有关证据,也没摸准冯开石的思路,他想让冯开石多讲些,然后寻找蛛丝马迹。

冯开石见肖石安进来,放下茶杯,等待着他的继续审问。

"你反对计划生育?"肖石安问,示意小黄别记。

"我坚决拥护国家法律。"冯开石看着小黄说。

"你反对地方政府的这种做法?"

"我不赞同这种做法。计划生育要抓在平常,就像农民不误时节一样,这样后遗症会少些。平常松松垮垮,到了上头有要求了,就搞突击活动,突击过后呢?又松松垮垮了。反反复复就会有后遗症了,就会伤害了干部和老百姓的关系。"

"你说的没错,但是计划生育什么时候松懈过,只是很多人听不进去,听不进去政府只得采取措施,这也是迫不得已。"

"这措施看似管用,却不是个好法子。解决一个问题,把另一个问题留给后人,不是干部的情怀。"冯开石说。

"最好的办法是什么？很多人文化不高，加之观念陈旧，这种矛盾让直观的农民毫不犹豫地只作出一种选择。一些人不会过多地考虑生育质量，后代学习培养问题，在他们心目中，生个儿子，就完成了全部使命。他们中少数人为达到目的不惜代价，就像有的人为达到目的以身试法一样。"

"如此，处理起来总要搞清对象吧，这同你们办案一样，谁犯了法就抓谁，法律有代人受过吗？那叫株连，早就废止了的。"

"那不是法律，是一种手段。你被拘留与此无关。"肖石安说。他一直想避免这个话题，这个话题对审问十分不利。如果冯开石再懂一点，就会进一步反问，那时作为主审的肖石安，会因逻辑上限制而弄得很被动。

冯开石感觉到了，他想肖石安讲得不错，那不是一种法律行为。他之所以避开这个问题，只是想掌握主动。肖石安就是这么想的。这没关系，冯开石不想在被审中掌握主动，在他头脑里，计划生育的地方政策和他没关系，至于和干部冲突又是另一码事了。他觉得今天说的不少了，他想乘自己的思路还清晰的时候就拒绝回答肖石安的提问。

对面墙上的漏水痕迹，形成了一片片斑驳，像是一个个完整的图案。有鸡鸭，有狗猫，又有一片森林，还有一个图案很像一头猪。于是他想起自己养的猪，那头猪早在镇食堂大锅里了？听说计划生育罚来的猪，弄不好会成为干部、民工改善生活的食材。干部们的确辛苦，民工更辛苦，他们成天奔波于乡村，有时连饭都捞不着吃，怎么就会这样呢？

墙上的那头猪开始活动，并发出了"哼哼"的叫声。冯开石想象着那头猪被杀的情景，不知怎的就流下了两滴泪水。他再也没回答肖科长的问话，还有黄警察让他看什么笔录，他模糊地感觉到自己在一份材料上签过字，按上指印。他又顺着出来的路登上台阶，回头望时，肖石安他们已经走出大门。

我是被提审来着。他想。

"嘭"，大铁门在后面关上了，他脑子里有一种金属的撞击声。

二十二

冯开石的机敏犹如他的原则，这是农民常有的狡黠。

肖石安早早识破了他的诡异，只是不想很快揭露他。这就像侦察兵的遭遇战，真正的交锋还没开始。他需要积累，需要掌握更多的外围证据。老龚那里一定会有进展的，老龚是老治安，与群众关系好，搞证据材料是一把好手。只要老龚有突破，审讯的阵势就会完全不同。不过肖石安也作了最坏的打算，就是零口供提请逮捕，只要确认冯开石的行为的确触犯了法律，这才是核心问题。

我认为，在肖石安心里的确有一条明确的界线，这条界线犹如海水与火焰，一旦触碰就会有爆裂性的反应。从合法到非法，紧跟着的是强烈的处置理念，这是他办案的原则。

在肖石安心里，今天的审讯是成功的，或者说达到了预想的目的。从一言不发到回答问题，尽管冯开石在回避，毕竟双方有了争论。争论是审讯中最有趣的环节，一个执意想攻破，一个诡谲地想抵赖，攻防双方时而转换，时而对峙。这个环节只要侦查人员保持冷静，对方就会漏洞百出，案件接近收官，就像泛黄的麦子到了收割的季节。

不过肖石安还是想给冯开石一个自我转向的机会，他不想给他太多的压力，他还有时间，再者，对冯开石他总有那么点恻隐之心。

这个案件的审讯结果我并不知道，至少当下不知道。从已有的过程来看，肖石安的恻隐之心妨碍了讯问的推进。他主观上是想通过冯开石自行感悟，然后全盘托出案情，但不能排除，冯开石本人都不能确定，方书记头上那一板凳是不是他打的客观事实。

另一个问题我不太明白，现有执法理念，公、检、法联合办案目的，更大程度上是通过相互制约实现的，只有各司其职，相互制约，才能避免错案。从老郑和老陈参与案件的形式来看，更偏重于相互间的配合，那么证据一旦在肖石安手里确定下来，冯开石的案件在检察院法院就会是一路绿灯。

我们先放下冯开石案件，看看肖石安和林萍关系的进展，从严峻的审讯室出来，回到蜜糖浸泡的温情里，让肖石安彻底放松了下来。

他觉得，幸福正向他招手。

审问结束，肖石安没安排中午的饭局，老郑和老陈嘴里不说，仍有几分失望。不是肖石安不情愿陪同，因为他答应了林萍。

林萍不在房间，肖石安放下电话，传呼机响了。

"我在公用电话，就在你局门口呢。"林萍说。

"我就出来。"

肖石安跑进洗手间，用凉水冲了一下脸，扯扯衣服走出公安局大门。

林萍穿着鲜红的长外套，远远地站在梧桐树下，阳光很好，照在她身上就像一幅优美的画，肖石安有一种陶醉的感觉。他快步跑了过去。

"工作得这么迟吗？"林萍看看手表。

"审问刚结束。"

"去我住的宾馆吧，我下了单子。"林萍说。

"说好我请的。"肖石安说。

林萍微微一笑道："我订餐你付钱，没说不是你请呀。"

林萍选在颇有古香古色的那间。包厢很大，桌椅是树根凑合的那种，深色、沉重，形状苍老怪异；四面墙是用碗口粗细的杉木装饰，杉木一定是阴山生长的，洁白，不带一点疤痕；地上铺着厚厚的地毯，踏上去软绵绵的挺舒适。肖石安用不小劲才搬动椅子。

"常来这里？"林萍问。

"不常来。"

"你是治安科长呀。"

"我没时间应酬，能躲的一概推掉。"

"治安科长什么都管吗？"

"和人和物有关的，看得见的看不见的都管。"

"生活和娱乐之大集，很不错的职业。"林萍笑笑道。

肖石安笑咧咧，他把不准林萍选择这里的意图，夏可就不会选择这样的包厢。林萍和夏可的个性迥然不同，他怎么就想起了夏可呢？

"你想什么？"林萍问。

"我在想——我在想，你家住在哪里。"

"市里。"

"你父母是做什么的？"

"干部——正式审问吗？"

"行了，总是不依不饶的。"

"我当你一个上午还没审问够哪！"

"反正没结果。"

"难怪又来继续。"林萍说着自己笑了起来。

"哪里的话。"肖石安笑笑。

"案犯很难攻下吗？"片刻林萍关切问。

"是的，如果就事论事，要简单得多。"

"你自己思想有疙瘩，这是主要障碍吧？"

"你看得出吗？"

"感觉到的——女人的感觉。"

"当然，像你说的。"

"理论和现实之差异，现实更生动更复杂是吗？"

"当然。"肖石安想起冯开石恍惚的心境，心里有几分忧郁。

菜上来了，不多，很精致而且有档次。

"你喜欢喝什么？"林萍问。

"这话要我问的，我是主人，你是客人。"

"这要花你两个月的工资呢！"林萍用嘴努努桌子上的菜。

"我还付得起。"

"那好呀，我的住宿每晚 320，外加 20% 服务费。我在这里吃住 3 天，你大约要支付 4000 块钱的食宿费。"

"别吓我，4000 块钱我也支付得起。"

"为我支付值得吗？"

"当然。"肖石安没有选择，只有这样回答。

"喝什么酒呢，总不是白开水吧，这样，你不定我定，来瓶茅台如何？"

肖石安吓了一跳，他怪异地望着林萍说："你今天是怎么啦？"

"你付不起了？"林萍咯咯笑，脸上的酒窝很深。

"我只是觉得没有必要。"

"因为你要见客人，而且是个女的，所以你要穿戴整齐；因为你想获得工薪所以拼命工作；因为你非常困顿所以要休息；因为你会饥饿所以要吃饭。这合情合理。如果反过来呢？你不困顿不肯休息吗？你不寒冷而拒绝穿衣吗？必要和没必要在生活中是个模糊的概念。"

肖石安听着哈哈大笑了。

"要知道，为必要而活着只有两种动物：一种是伟人，一种是低等的刺激性反应生物。比如蚯蚓之类。"

"那就喝吧。"肖石安咽下唾沫，说不出什么滋味。

林萍为肖石安加满，俨然像个主人了。然后她拿起杯子，望着肖石安说："我不喜欢喝酒，不过这杯酒是我想喝的。"

不知为什么，望着林萍肖石安又想起了夏可，还想起了上次和夏可吃饭，夏可是否还在开阳城，夏可或许和方严枫一起，他和夏可的关系早完结了，夏可轻而易举地抹去那些记忆，肖石安却藕断丝连，那些记忆还时常像幽灵从心底爬上来，纠缠着他，令他时常跌进惆怅的巢穴，饮吮着苦水。

"你又在想什么？"林萍偏着头望着肖石安。

"我想着审讯的事。"肖石安忙说。

"或许没捕捉到开门的诀窍。"

"或许从来就没门。"

"或许你们想加上主观臆想。"

"加上点什么也是为了需要。"

"你们的关系一直不错，他应该信任你的。"

"这点没问题。"

"难道他觉得你离经叛道了？"

"或许是。"

"那么你说的加上点什么是什么意思？"

"对冯开石的处罚有利于'突击月'活动顺利进行。"

"这是全部吗？"

"当然不是。摘掉落后的帽子，县里书记要当市委副书记，常务副县长要当县长，公安局长要当政法委书记，城关镇书记要当副县长。"

"你呢，在办理这起案件中起到关键作用的你呢？"

"我没想过，我只是履行职责，没有肖石安，还有王石安、马石安。"

"说对了，所以喝酒吧。"

"谢谢。"肖石安连忙说。他将杯子举到林萍面前："感谢你来看我，感谢你给我这次机会。"说完自己先喝了。然后接着说："有时觉得很荒唐，一直想让自己过得充实些，但即便把时间按照分秒地排列起来，还有许多荒唐的空间。这种体验主要来自内心，有些东西令我无法摆脱，就像一个魔咒。"肖石安神色有几分怆然。

"那么你为什么不改变环境，改变一下生活，比如结婚，调动什么的？你有这样的资本。"

"再增添一种负担吗？"

"或许是一种调剂呢。"

肖石安摇摇头。

"你受到过伤害吗？"林萍轻声地问，她又偏头望着肖石安，两个酒窝十分美丽。

"不谈这些吧，来，我敬你一杯，欢迎你到山城来。"

"谢谢，这是我一直向往的。"林萍说。

外头有人叩门。"请进。"林萍说。

进来的是机关事务局马局长。他目光扫了座位，对肖石安叫道："是你呀，大科长。"

马局长端着酒杯走到桌旁，先把杯举到林萍面前说："欢迎你到开阳城，菜还可以吧？"

林萍望望肖石安，迟疑地答道："谢谢马局长。"

"没什么的，来，我敬你这杯，只要你开心就行。"

马局长和林萍喝了一杯。马局长把杯举到肖石安面前说："林小姐可是稀客，肖科长可要陪好唷。来，我也敬你一杯。"说完意味深长地望着肖石安，一仰脖子把酒喝掉了。

"你们慢慢喝，慢慢聊，我那边有客人，林小姐菜酒尽管点。"

马局长退出后关上门，肖石安望着林萍不说话，那目光像是说：你们认得？

"怎么啦？"林萍装着不知，"干吗死死地盯着我？"

"你们好像很熟。"肖石安嘴里说着，心里却想，一个二十几岁的姑娘，值得马局长敬酒吗？

"我第一次见到他——不过我就是我，其它的没多少意思。还是回归我们的话题吧，你认为冯开石会因此受刑罚吗？"

"说不定，这要看需要。"

"那么法律呢，你排除了法律？"

"政策和法律都是为现实服务的。"

"如果说一个无辜的人受到法律的惩处，作为警察会心安理得吗？"林萍还是偏头望着肖石安。肖石安想这大约是她的习惯，他以前没发现这种习惯呢。

"警察不想这问题,因为警察有自己的职责,有自己的纪律。再说了,警察也要吃饭,警察也要生活;警察的老婆孩子有不少下岗待业的,他们眼巴巴地望着月初那几百块钱养家糊口。警察同样有个生存问题,所以警察不去想这个问题。"肖石安说得有些冲动。

"我明白了,或许我在学校待得久了。"

肖石安想说声对不起。传呼机响了,肖石安看是局长的手机号,和林萍打了个招呼到服务台回电话。局长问肖石安在哪里。肖石安说在外头吃饭。局长说你在哪个外头。肖石安说了宾馆的名称。局长破口大骂,好你个肖石安,不专心搞案子,跑出来和姑娘约会,还说在外头。你知道我在哪里?肖石安正想开口,局长摸到了他身后。肖石安回头,见局长喝得满脸通红,哈哈大笑,才知道局长就在隔壁,陪着方书记和夏可吃饭。

局长随着肖石安进入包厢,见了林萍迎上去说:"林小姐真是难得,我不知道你们认识,来来来我敬你一杯。"林萍为难地端起酒杯,她说已经喝了不少,如果再喝就走不出门了。高局长一指肖石安说:"有肖科长在,你想怎么喝都可以。"林萍没办法,待局长喝完后,象征性地呡了一口。局长挤眉弄眼地让肖石安照顾好林萍,然后走了出去。肖石安望着林萍,林萍不知所措。"你是电影明星还是运动健将?"林萍没答话,门又被推开,进来的是城关镇方书记。

"好你个肖石安,在这喝清闲酒,我被白打了。"说完没等肖石安开口,把脸转向林萍,"林小姐是第一次到开阳城吧,真是幸会,我还不能喝酒。"说着指头上的绷带。"不过今天林小姐来,无论如何我都得敬你一杯。"说完端起酒杯,一饮而尽,"林小姐满面春风,随便饮一口就行。"话说完,两眼望着林萍张嘴笑着。林萍只得又呡了一口。方严枫手伸进口袋里摸索,掏出一张名片双手递给林萍。林萍说着谢谢,接过名片。"肖石安你可要陪好林小姐,她不是常客。"

方严枫前脚走,林萍望着桌子上的菜肴恍恍惚惚的。"这是怎么了！"她面有愠色道，把名片撕得粉碎，"我欠了谁的，我惹了谁的。这些先生我一个不认识，干吗不停地来打扰我，真是。"林萍把酒杯往桌子上一磕生气道。

"你说怎么了？"肖石安压不住笑意望着林萍。

"你还笑得出来！"林萍瞪了肖石安一眼，自己跟着笑了。

肖石安笑得更凶，最后问："他们怎么了？"

"莫名其妙！"

"莫名其妙？"

林萍终于吁了口气。

肖石安拿起杯子道："这样吧，既然在开阳城官员心目中你是个人物，我陪你回敬他们一杯，免得一个个破门而入。"

林萍说不愿意，肖石安再劝，林萍无可奈何地端起酒杯。

来到隔壁包厢，县政府办公室吴主任就站起说："刚要过去倒先来了。"

肖石安想吴主任是顺水推舟，就像那次在局长办公室说那番话一样，现在林萍过来，他也是说说而已。

马局长连忙凑到林萍面前说："这是县政府办公室吴主任，这是市报记者夏可，其他都见过了。"

林萍一一碰过，然后喝掉杯子里的酒。

马局长说："肖科长也应该敬大家一杯的。"

肖石安望望高局长说："我算什么呀，我只敬夏可小姐吧。"他拿来酒，为夏可斟满，然后碰碰杯自己先喝了。

夏可望望林萍，又望肖石安两眼放着光，脸上堆着笑："我说呢。"

肖石安撇撇嘴，像是否认什么，心里不知怎的涌出一股酸味儿。

回到包厢，林萍望着肖石安，肖石安又望着林萍，林萍显得有些醉意了。肖石安说早点休息吧，林萍用纸巾摁摁嘴唇站起道："我生平第一次这样喝酒。"

肖石安起身欲扶林萍。"你没事吧？"他问。

"脚下轻飘飘的，像是不胜酒力呢。"林萍把手伸给肖石安。

"我陪你上去吧。"

肖石安走向服务台掏钱结账，林萍抓住他的手说："不用。"

服务小姐也笑笑说："马局长结了。"

肖石安望林萍，林萍像是什么都不知道似的，望着肖石安。

房间里，肖石安成了主人。他先为林萍沏了茶，然后问林萍是吃苹果还是吃梨子。

林萍问哪来的水果。肖石安说不在桌上摆着吗。林萍指指墙上的警告牌说："不吃生人食品。"肖石安忙放下刀子。

"你休息吧。"

"我想聊天。"

"你一定是醉了。"

"我……"林萍没说出口。"好吧。"她转而道。

肖石安退了出来，心里乱乱的。确切地说，他不知道林萍是谁，只知道是个学生，一个和肖石安有着共同爱好的女青年，一个公务员的女儿，他所知道的大约就是这些。但林萍如同"大人物"一样，引来当地官员的敬慕，不管这种敬慕是否出自内心，总之林萍不是林萍。那么，她又是谁？他禁不住回头往3楼望，窗户上印着林萍的脸，一见面，那张脸便消失了，肖石安加快了脚步。

高局长又传呼他，他赶到局长办公室，离上班还有半小时。

"就利用这半个钟头吧。"高局长说。

"什么？"

"审讯有进展吗？"

"断断续续谈到了一些过程。"

"客观地罗列吗？"

"说不上什么倾向性的东西。"肖石安说，在局长话里品出什么了。

"接下去你要为冯开石安排在疗养院里审问吗？不，不叫审问，应当叫'促膝谈心'。你应当让他感到舒舒服服，然后向你说出一切，说出他如何组织、如何策划这次抗拒行动。然后你把他的笔录恭恭敬敬地递给人民检察院，是吗？"高局长说话不轻不重，十分有力。

肖石安不语，他不是针对高局长的口气，而是内容准确的含义。"我认真听取高局长的指示。"肖石安说。

"还要我教你吗？肖科长，这是一场运动，说具体点是一场斗争，是一场围绕中心工作，维护社会稳定的具体斗争。你要尽快拿下这起案件，不要因为城关片区而耽误了全县的工作，摘不下掉落后帽子，后果不堪设想。"高局长的口气很重。

高局长讲完了，讲完话的局长猛地喝着茶。

肖石安真正领略了其中的分量，就像胸口突然压上一块儿石头。高局长的话告诉肖石安一个道理：社会的发展与进步，总会有人被无情地淘汰，成为社会经济发展的牺牲品。那大约是叫"相对成熟论"的东西。肖石安想起从哪本书里看到的这么一种观点。讲的是群众觉悟和水平永远赶不上客观状态，社会的发展常常是将一部分人抛在后头，这些人往往用几十年的时间来认识客观社会。所以我们的社会必须用法律、警察和监狱来规范他们的行为。冯开石是那些被规范的人，至少在运动的当口，应当属于规范对象，这是发展的需要吧。肖石安想。

肖石安本来明白该怎么去做，他应当让冯开石继续作贡献。

肖石安说："我明白您的意思，我会尽量做好。"

"肖石安，这次'突击月'对每个人都是个机会，好好干——对了，和林小姐谈得怎么样啦？"

"什么怎么样？"肖石安奇怪反问道。

"嘿嘿嘿。"局长笑了。电话铃响了，看得出这是上头打来的。局长回答了几句话，听上去和肖石安办理的案件有关。"是彭位泽打来的，问案件进展情况，他明天回来。"局长放下电话对肖石安说。

"如果没别的事，下午我继续提审。"

"走吧。"局长说，又翻开他的文件夹。

二十三

很多年以后，肖石安告诉我，从那天下午起，他内心才真正重视这起既平常又不平常的案件来。说平常，这是一起小得不能再小的治安案件，是开阳城一年数千起治安案件中的一起，这在平时，顶多给个治安处罚；说不平常，是因为摊上了"突击月"活动。而在领导心目中，哪怕是民警被打伤甚至致残，重视程度也不过如此。这样一起有着特别意义的案件，肖石安在治安科几年里遇到过多次，但至少要有基本的事实。至于处罚轻重，那是法院的事。法院和公安酷似同一个窝里的两只小鸟，同样吃着财政的饭，在办理具体案件中，也有顶不住、看眼色行事的时候。好在肖石安这两天心情与先前有些不同，他像寒冬里胸口揣了个暖袋，时不时想起林萍温柔的眼光。在与林萍交谈时他感到，她信奉依法办案，不希望肖石安偏离事实本身，放弃法律良心，丧失了做人的本质。肖石安觉得，林萍的理念符合他的心境，但他终归不能违背领导的意图，必须聚精会神审讯，直到将冯开石送上法庭。

这样看来，肖石安也是一名普普通通的警察。

其实不然，肖石安的内心有一条杠杠，只有把事实查清楚了，才有理性的回旋余地。

于是，审讯成了关键。

刚到科里，老龚出现在他办公室，他刚从冯家坞回来，将一沓材料交给肖石安。那些材料包括本村老村长、邻村的老书记，还有冯家坞妇女等旁观者的证词。材料大致内容都是看到乡镇干部开进冯家坞时才来

围观的。几个老干部的材料讲到，他们像往常一样到冯开石家里坐坐闲聊，正遇上乡镇干部搞计划生育，他们只是旁观。

所有材料最糟糕的是村书记冯贵的，冯书记把冯开石说成是一个忠于党，模范执行政策的好同志，敢讲公道话，敢与邪恶斗争，又如何自律等。在老龚调查的全部证据材料里，讲到了闹事过程，只是与要求的相反，都指责镇干部态度粗暴、蛮横，缺乏耐心的群众思想工作，在关键证据上没有意义。

肖石安摇摇头，把材料装进卷宗里。

检察院的老郑和法院的老陈先后打来电话，都说下午有活动就不过来了，这里由肖科长主审他们十分放心。

肖石安拿起杯子刚好想走，小黄说："有你的电话。"

肖石安一听是夏可。夏可说采访任务基本完成，再待下去没有多少意思，准备下午回市里。肖石安说不多玩几天吗，也好回家看看。夏可说回去过了，然后又说："肖科长，我该恭喜你的。"

肖石安问："何喜有之？"

夏可说："你还装什么呀，她是个不错的女孩，文静漂亮，高雅，很适合你的。"

肖石安说："胡说什么呀，我们才见面，只谈论文章，没往别处想呀。"

夏可说："是吗？"口气有几分嘲弄。肖石安想起与夏可的交往，她是在第二次见到他时爱上他的，而肖石安接受了这样的爱。他想，夏可也许正想着这档子事。想到这里肖石安否认道："别胡猜乱想，我连她家住哪里都不知道。"

"嘿，你骗谁呀，她的家不是住在市委宿舍最好的那幢吗？"

"我真的不知道。"肖石安辩解说。

"林书记的女儿，你装什么呀。"

肖石安吃了一惊，尽管隐约感觉到，但他无法证实。夏可说明了，还是让他十分意外。夏可说："如果不是林书记的女儿，公安局高局长、县政府办公室吴主任、镇党委方书记和机关事务局马局长，怎么挨个向一个普通的姑娘敬酒呢？"夏可说完"嘿嘿"一笑接着道："肖石安，你不是一直爱写文章吗，到了该讲逻辑的时候你倒是忘记了！"

肖石安心想也是，可是会写几篇文章又算得了什么。

夏可见肖石安沉默着，便说："好了，我该走了，马局长的车还等着呢。"说完挂了电话。肖石安一抬头，见科里人都拿眼望他。

不知怎么的，知道林萍的身份，反倒让肖石安不安起来。

一个市委书记的女儿，这个事实让肖石安一时不能接受。就像一个蜷缩在茅屋里的庄稼汉，一觉醒来发现睡在天堂里一样。他太平常了，一个平庸的警察，何能何德让她如此用心呢：远道而来，送书请客，一段耐人寻味的英文，一句话都没有明说却又一次次不可能让人误断的暗示。这期间，还有一张张恭维的笑脸，这一切，都是在他与林萍见面之时，她的身份暴露之后。现在夏可最先挑明了，就像捅破这张纸，反倒不安起来。他不知道再次见面，怎么处置之间的关系，怎么让自己放松下来，那种可能出现的尴尬场面，一想就让他担心。此时倒是希望林萍像夏可一样离开，好让他安心地对付当下的案件。

坐在办公桌后，肖石安的思绪无法摆脱林萍的笑貌，他细细梳理着和林萍谈话的内容，不免担心曾有过激之处。林萍毕竟是市委书记的女儿，身上或多或少带着官员的气息，只是林萍没有炫耀自己，哪怕在肖石安面前。但机关事务局的马局长是怎么知道的？

他想起马局长在一次酒醉时说的话。他了解市委领导所有家属子女的姓名年龄和工作单位，对主要领导本身及其家属子女的业余爱好也了如指掌。他把这些名单交给宾馆总台，要求服务员熟记，一旦来客里出现这样的名字，及时向他报告。林萍既然没有向肖石安说明，更不会向马局长亮明身份。想到这点，肖石安"扑哧"地笑了。

"还提审吗？"老龚站在旁边问。

"是的。"肖石安回答，拿上案卷和茶杯，老龚说先到办公室取烟。

冯开石从台阶上走下来，先看见了肖石安，他的目光四处搜寻，没见小黄和检察院、法院的老郑和老陈。在肖石安身后站着一个中年人，这人脸庞漆黑，有一股杀气。他想起那天在院子里见过他，好像还为他挨了别人的拳头。这人脸黑，却也有张飞穿针一样的细心。不过，冯开石觉得小黄那姑娘挺有意思，圆圆的脸蛋给他一种平和的感觉。想着，后头有人轻轻推了他一下。他走下台阶，脚有些沉重，刚出号子时吃了一口风，气也喘得厉害。

　　他接住了肖石安冷冷的目光。从认识肖石安第一天开始，就是这张沉着老练白白的面孔，不时闪出一丝微笑，给人以敦实憨厚又不乏机敏的感觉；而他的声音，听到第一句话你就会觉得可信与亲和。这张面孔和声音，在冯开石的脑子里有着深刻的印象，并且时常与儿子冯进相比，人比人气死人，他只有安慰自己。然而现在不同了，肖石安双眼透出寒光，像一把锋利的尖刀，裹挟着无法阻挡的穿透力。他想，是我的态度没转变，还是肖石安的态度变化得太快了？

　　"这边。"肖石安把着冯开石的肩膀，左右着他走进另一间预审室。

　　这间预审室大小和上次那间一模一样，只是坐的不是木椅子，而是一个大石墩，就是祠堂里压在大柱下的那种。冯开石认识这样的石墩，他在民警队里时，就住在这一带。那时，这一带是尼姑庵，庵内的厢房是民警队的营房，往里是监所。监所是拆了庙宇重新修建的，不少大石墩就搬到外头。每当出操休息时，战士们就坐在石墩上吸烟、聊天。石墩青石凿成，面上磨得精光，能照见人影。冯开石挽起裤脚，小腿上由于训练和干活留下了些许疮口，疮口一露出来，就有不少苍蝇围了上去，冯开石就玩起绞杀苍蝇的游戏。他用一根棕毛，手抓两端贴着腿面往下滚动，棕毛先绞住苍蝇的脚，然后是身子、翅膀，把苍蝇碾成肉酱。这种方法成功率在百分之百。不少北方人就围着他学，都亮着疮口，让苍蝇爬，然后绞成肉酱。那时不同，连苍蝇都是生态的。

一坐上石墩，一股凉飕飕感觉沿着坐骨猛地窜了上来，一下子钻到肺部，他激烈地咳嗽着，气喘吁吁，发出"咕噜咕噜"的声音。他撅了一下屁股，希望肖石安能像上次那样扔过一个软垫，但肖石安没有看见。

这回是肖科长自己记录了。那个中年汉子（冯开石说不准他的年龄）黑着脸，在旁边猛地吸烟，像一尊武士欲扔掉烟头杀将过来。肖石安双眼一刻没离开过他，弄得他很不自在，有一种被人窥破心思的感觉。

"我们都不希望拖下去，总要有个发展。"肖石安的口气有些不同，他想让冯开石明白，这回不是一般的提审呢。

"我都说了，该往哪里发展？"冯开石交替着两爿屁股，寻回些热气。

"除了已经交代的，对这个问题该有个明确的认识，有明确的认识，就会有发展。"

肖石安说着想起关于疗养院的理论，觉得那种理论比扇几个耳光更加赤裸裸。现在的问题不是要案件本身的情节，情节应是一种表象，现在是要发展，专业用语叫作"主观动机"。他必须让冯开石明白发展的方向，这一点很重要。

"我清楚问题的性质，我没糊涂到这个程度，我还是党员，主观上不会做危害政府的事。如果你想从这方面获取什么证据，别白费劲了。老百姓与干部发生冲突，只是一个意外，引发这次意外的不是我冯开石，而是镇里的方书记。如果说问题有发展，这就是了。"冯开石说着，觉得胸口又疼，他再次希望肖石安扔过一个坐垫，肖石安没在意，同样没发展。

"你什么时间到民警队的？"

"1952年，当过民警队一班班长，退伍后到村里担任民兵连长、村治保主任、村长、村书记，因为哮喘自己要求退了下来。"

"这些年你一直在基层，做了不少工作，但是你没能保持晚节，在关键时刻出了问题。"肖石安说。

冯开石望着肖石安平静地回答："我们这一代人呀，就是太忠诚，这是你们理解不了的。共产党为老百姓做事，国家为老百姓做事，这一切都没变。只是少数干部在变，走得偏了，偏向百姓的反面了。"冯开石说。

肖石安从认识冯开石的第一天起，就听到了他背诵毛主席语录，讲当年的传统和政策，讲在"大跃进"时全身心投入工作。冯开石对腐败现象可谓是深恶痛绝。肖石安理解，他只有通过这种排遣，才能寻找到心理的平衡。

肖石安不动声色道："社会在发展，在变化，这是规律。不变就不会有发展，不发展等于死亡。那些被历史淘汰的，就是因为没有了发展的愿望。就像一个人每天三餐，才不至于饿死，才能生存一样。认识这个问题，才能跟上历史的潮流。就你的案件而言，在承认犯罪事实的基础上，动机上也该有发展。我想说的是你阻止县里的中心工作，一定程度上拖了'突击月'活动的后腿。因为你，干部的积极性受到挫伤，对你的处罚，就是维护干部工作积极性，为推进这项工作起到了作用。你说过你拥护计划生育，希望拿出实际行动，不光停留在嘴上，像一个敲打竹梆子的更夫。你被拘留了，失去了人身自由，但某种意义上讲，如实交代自己的罪行，依然是在为政府工作，你要想的就是这个问题。"

肖石安一口气说完，说得理直气壮。他觉得这番话不是出自他的口，而是县委汪书记、彭副县长和高局长的意思。

冯开石开始并不明白肖石安的话，或者说是没想明白他的话。正如肖石安说的，他不怀疑上头是正确的，就像他不怀疑历史总有经验有教训一样。肖石安告诉他被拘留后，仍旧有机会为政府工作，这种工作和"突击月"活动有联系。冯开石想："突击月"是当下政府工作的重中之重，是发展具体化的表现，这项工作一直是有序地进行，由于他的阻挠，一定程度上受到损害。因此，县里组成专案组，要清理这种阻碍，这种清理必须在法律上站住脚。于是自己的态度又成了肖石安成功的绊脚石。我冯开石必须服从既定的模式，只要服从既定的模式，就是为政府工作。

肖石安是这么说的吧，冯开石朦胧中觉得该是这样的。

冯开石交替着两爿屁股，觉得胸口痛得厉害，他需要一个坐垫，还需要一杯热开水，可肖石安仍然无动于衷。

问题是客观上的确没有"发展"，如果他冯开石有心做什么，为什么先跑到派出所找邱所长和肖科长呢，这点肖科长没有忘记呀！

肖石安见冯开石一直沉思，也不想打断他。冯开石从肺里发出的声音，让他很不舒服。他担心他枯朽的身子经不住暴烈般的咳嗽，咳嗽所带来的震动，即将摧毁了那副松散的骨架，如同敲碎的冰凌四散而去。他静静地望着冯开石，听着拉风箱似的喘息，缺氧的急促不停地消耗着他的体力与意志。他想冯开石的体力消失殆尽，才会走到既定的思维轨道上来。冯开石没有学过哲学，但纯朴和长久工作养成的思辨能力，毫不逊色地把握了哲学的基本要领。冯开石一旦进入某种哲学的思考，逻辑的轨道就会将他引到肖石安的身边。肖石安觉得自己像一个勤奋开掘的工人，当一切就绪，便等待着渠道里哗哗流过来的清水。

"事实我都讲了，你们认为我犯了法，处理就是。"

冯开石说完又咳嗽，他非常需要一杯水，肖石安却一直不肯开口，他想起那个叫小黄的民警，那个大眼睛面容善良的姑娘。而他对面坐着的除了主审肖石安，取代小黄的是一个张飞一样的人物。冯开石想从冰冷的石墩上站起，又担心肖石安和那个黑张飞不允许。

他想了想只得说：他觉得自己的确有对干部不满的情绪，而且当着镇里方书记的面说了不少话，那些话有一定的煽动性，尤其是在场的一些老干部和群众，或许正是这些话导致了后面的冲突。这样说来，他冯开石有不可推卸的责任了。冯开石恍惚过后，心里反倒踏实了。他开始觉得自己是个有罪的人，至少在客观上造成了对社会的危害，阻碍了计划生育"突击月"工作。

"你能想到这点很好，说明你开始反思自己的行为了，也就是说有了些发展。"肖石安说，"我们可以凭借搜集到的事实完成对你的处罚。

但这不是我们的目的，最重要的是通过处罚教育你本人，教育违反计划生育的极少数群众，提升基层干部的工作热情。因此，你讲的还不够，还要认清你的态度对冲突事件产生的诱导。你没必要考虑后果，更不要以为你良好的态度会带给你什么回报，你必须死了这条心，这是你完全应当付出的，就像你在民警队那几年一样，无私地奉献自己的青春！"

肖石安说完自己喝了口水，他看得出冯开石体力在下降，自己也觉得有几分疲倦。

预审室外头嚷着什么，有人提起肖石安的姓名。肖石安对老龚点点头开门出去，只见电视台的几个记者跟看守民警说着什么，一见肖石安，就嚷嚷着要拍些审讯冯开石的镜头。肖石安说，冯开石还在审讯当中，现在拍摄效果不好。电视台记者说：我们用话外音，不要他的自白。肖石安还想阻止，记者说是你们高局长亲自和看守所联系的，还说样片出来还要你把关。肖石安只得让进他们，叫老龚接着问，自己退了出来。

"晚上 6 点审片，7：30 分上一套新闻，然后送到市台、省台。"记者拍完，撂下几句话呼啦啦走了。肖石安听了吁了一口气重新走进预审室。

冯开石被操作一阵后显得更加疲倦，肖石安又开始记笔录。

"除了组织，你还具体实施了犯罪，你用凳子打了方严枫书记？"

"我记不清了，我只知道我拿了凳子，这条凳子是我坐着的，我拿凳子干什么，记不清了，反正我拿了凳子。"冯开石说话有气无力。他垂着两只手，一声声咳嗽，浑身颤动。

冯开石没说假话。他模糊记得，村里人闹起来后，冲撞推搡起来。他便从凳子上站起，拿起凳子。他拿凳子目的是担心凳子被踩坏或绊倒混乱的人群。他当时就是这么想的，现在却模糊不清了。他拿凳子是什么目的？他用询问的目光问肖石安，想通过他的目光证明自己的想法。他记得他拿起凳子，方书记和其他的乡镇干部就涌上来夺，他当时并不明白他们为什么夺凳子，他认为他们夺凳子是想用凳子打人，于是他不让他们夺凳子。后来好像又被夺去了，就听到叫喊："打着方书记了，打着方书记了。"混乱的现场一切含糊不清了。

"现场发生了冲突，你拿凳子的目的记不清吗？"

"如果发生冲突，拿凳子好像是打人，这合情合理。"冯开石想，我拿凳子说不定真的打了人，不然我拿凳子做什么？他觉得自己极其疲惫了，回答任何问题都不需要再思考了，只要顺着肖石安提问的意思。他想他是忘记了，他忘记了拿凳子的目的是怕凳子被踩烂，或是担心凳子绊倒别人。不如拿凳子打人更加合情合理。

"那你拿凳子打谁呢？"肖石安继续问。

冯开石记不起来了，一个影子在眼前晃动。这是谁？他不知道。他一直没睡好，到8号后他一直睁着双眼。1号打呼噜，其他人惯了，他不行。他现在坐在冰冷的大石墩上，觉得很疲惫，浑身在疼痛，腰也一直往下坠。他的确拿过凳子，他头脑里只有这些合理的推断，这些推断和事实之间开始让他感到模糊了。他自己弄不明白，哪些是推断得出的结论，哪些是事实的本身。他觉得最明显的，最有记忆的，最合乎逻辑的就是事实本身。问题是他拿凳子打谁呢？当时现场方书记离他最近，方书记的个头最高，方书记挡在他面前，他无法看见其他的人。方书记既然离我最近，方书记也就是1号；方书记要拆我的房子，我打的自然是方书记。这是最合情合理的推断，这个推断肯定是事实本身。冯开石终于平静了。

"我拿凳子可能打着了方书记。"他说，声音断断续续被咳嗽打断。他觉得胸口疼得更厉害，他极需要一杯水，然而肖石安没有察觉。他觉得肖石安不配当警察，当警察怎么能没有洞察力呢，我现在需要一杯水，一杯白开水也行。

"你打着方书记了？"肖石安继续问。肖石安觉得这个问题结束算是一个段落，一个小小的段落。他察觉到冯开石需要一杯水，一杯热水，这杯热水对冯开石也许十分重要，但他更需要这些事实和有关这些事实的证明。他应当先让他明白自己的罪行，然后再给他一杯水，这样做他心里也不好受呀。

"我是听人说的。"他的确是听人说的。"打着方书记了。"是不是他打的，冯开石的确记不清了。他想对肖石安说明，又觉得没必要了。他拿起凳子，拿凳子的目的是打方书记，结果是方书记被打着了。而且当时就听到有人叫喊。最合乎情理的推断是他打着了方书记，目的和结果一致了。自然是我打的方书记，而且打了个正着。"我的确打着方书记了，而且打个正着。"冯开石补充道。

肖石安使劲地咽下口水，心里感到很郁闷，有一般厌恶之情涌上心头。他突然讨厌起自己，讨厌起身边的一切。"给他一杯水。"他先是轻声说。老龚没动。"给他一杯热水。"肖石安猛拍桌子吼道，连自己都吓了一跳。老龚嘴里嘟囔着什么，出去倒水。

"对不起。"肖石安不知是对老龚，还是对冯开石说。

肖石安的确无法继续了，他心里极度疲劳，与其说在审讯冯开石，不如说在折磨自己，他的内心有一种"鱼死网破"的感觉。他问的每一句话，都像鞭子一样鞭挞自己，这种鞭挞是来自良心的、法律的，包括丑陋的技巧。他想冯开石是否如同他承认的那样，虽然在场的干部，包括方书记在内都能证实冯开石的口供，但肖石安内心一点也没把握。他在审问开始的时候，必须认定任何一个嫌疑对象都是犯罪分子；当被审对象坦白之后，却要一点点核实口供的真实性。这个时候他想得最多的是"无罪推定"，这里也包括冯开石交代的一切。

肖石安感到心中压抑，压抑来自无数双手同时掌控着他，在他头脑里有一块儿阴影，有一股无形而又强大的精神力量，还有一种说不清道不明的蔽障左右着他的灵魂。

老龚在招呼冯开石看材料按指印，肖石安退了出来。他不能在里面再待上一分钟，一分钟的拖延都会让他无法摆脱那种恶劣的心境。

冯开石的审问并不完整，按照要求，关于有计划有预谋以及主观动机等问题不曾涉及。审问将会继续，预审室里还会营造这样的气氛，尽管他对这种气氛十分厌烦。

现在，肖石安想要调节自己的情绪，他给宾馆打了个电话，林萍没走。她问能否一块儿吃饭。肖石安说6点钟还有工作，不过只一会儿。林萍说：那好，晚上我传呼你。

二十四

肖石安的审讯，同时把我的心绪也带入黑暗的谷底。我费了很大劲才让自己平静下来。我一直想，肖石安这么做是否出于私利，但又觉得这样的判断缺少客观依据。

我刚刚读过一本书，叫《遵生八笺》，作者是明代的高濂。书中讲的是关于防治心病的哲学关系。书中列出心病要目一百行，以为病者之鉴。其中"亡义取利"为一病。

义与利，古人有非常明确的选择，但是，现实面前，就像饿极了的汉子面对一块儿面包，选择会变得十分困难。肖石安之所以厌倦自己的审讯方式，怕是以为审讯已经超越了义的范畴，触及了法律道德底线。尽管拿下了口供，在道义层面，肖石安觉得比冯开石输得更惨。

对于这样的问题，有人会思考，有人不会思考。冯开石的口供逐渐进入了肖石安既定的轨道，帮助肖石安完成了重大的办案任务。但他并未因此减轻肩上的压力，这就像"情势所迫"而跑官的彭位泽，内心时常会莫名地升起一种罪错感。

古人说：天下将治，则人必尚义；天下将乱，则人必尚利。不论肖石安的"委曲求全"，还是彭位泽的"情势所迫"，细想想这里面都有一个"利"字。在这部作品写到一半的时候，我曾有机会见到肖石安，就义与利的关系请教过他。肖石安想了半天没吱声，他似乎在怀疑我的理解能力或是对我的提问感到诧异。我没放弃，目光一直没离开他的眼睛。

他轻轻咳嗽一下说："社稷也称国家，社为土神，稷为谷神，天下熙熙，义利两字。没有绝对的义，也没有绝对的利。圣人不反对'君子爱才'，只提倡'取之有道'。若你真想要弄明白这个问题，可以读一读《吕氏春秋·察微篇》。这是我办理冯开石案之后急于想解决的心理问题。"

一个月后，我读到了《子贡赎人》这篇文章。

说：鲁国有法律，在国外见到为奴的同胞，有能力赎回的，国家将补给赎金。子贡赎了人，却拒绝领取赎金。孔子说：你错了，圣人行事，为了改变民风，教导百姓，不是独自行为。现在鲁国富少贫多，领取赎金没有损失；不取赎金，再没人敢回赎同胞了。

子路救起落水者，人家送牛以谢，子路收了。孔子高兴地说：从此鲁人会勇救落水者了。

读了这篇文章，联想起肖石安说的"心理问题"，我似乎明白其中的道理了。

一时一事有圣行，却没有永久的圣人。

这样说来，不论是肖石安还是彭位泽，都不可避免地会犯错误，不管诱发的因素是什么。总之，"人无完人"。肖石安的话不仅是为彭位泽、邱大生解脱，还包括他自己。

可以肯定，冯开石一案，肖石安认为自己是有过错的，这个过错包括他采用怪异的审讯方法，还有让冯开石绝望的一个坐垫和一杯热开水。冯开石的妥协，正是他一系列过错结成的丑陋果子。

对于冯开石一案，像肖石安一样，彭位泽一直放在心上，他在省城见薛部长之后，带着轻松和怪异的双重心情，匆匆往开阳城赶。

路在拓宽，常有堵车。每天待在家里的人不知道车道畅通的重要，就像每天下馆子的人从未体味下岗女工在摊位前徘徊的艰难。

彭位泽坐在车内，他的心情很好，先前的那种罪错感此时已渐渐消失。

省委组织部薛副部长对人事问题虽然没有决定权，但在那个职位上往下打个招呼却很有影响力，这种影响力常常关乎一个人的命运，上下一致的想法应当说是极尽人意的。

彭位泽先给高局长打电话，询问冯开石案件。高局长告诉他一切进展顺利。彭位泽便有一种水到渠成的感觉，里里外外都办妥了，他没有不高兴的理由。他拍拍司机小刘肩膀，让他打开播放机，那是一串革命歌曲，是彭位泽平常最爱听的，他觉得这种曲子主旋律鲜明，有激情，有催人奋进的力量，这大约是他认知的另一种抒情吧。

闭上眼睛，彭位泽想起了沈冰。可以说几天前的沈冰和今天的沈冰在他心目中判若两人。沈冰一直是内向的，平常少言寡语，不论家事政事，她从来是言听计从。她把彭位泽当成可依赖的一座大山，她自己是山上的一块儿石头，一棵树，一株小草，他是她的生存的依托，生活的希望。而这次，一切完全变了。沈冰的举动出乎彭位泽的意料，不仅往市里、省里跑关系，包括期间所有的步骤，都出自她的脑瓜子。女人的心境难以揣摩，有时像阳光那样温暖、多情，有时又像大海般诡谲、凶险。彭位泽联想起美国总统竞选，身边总有和总统人选一样活跃的夫人，此时的沈冰，在彭位泽的心目中就是那种印象。

车子约莫等了半个钟头，终于疏通了。彭位泽不明白，这么多车堵在这儿，也不见警察的影子，而警察却在那些更宽敞的道路上拦车罚款，幸好这里不是开阳城境内。

司机小刘车开得很好，大约十来分钟就超过了所有的车辆。车子在乐曲的伴随下飞驰，连绵的山体一一闪过，构成了一道道别致的风景。到达开阳城境内，彭位泽就有一种宾至如归的感觉，他对这片土地拥有特定的权力，这让他感到满足，荣耀每天包围着他，就像星星围着月亮。在这里他每走一步，都会有人粉饰他的脚印。这期间他会与荣耀保持一定的距离，避免自己被逐渐吞噬。

彭位泽目光望着车外，左边是整齐的果园，那是他来下派的头年搞的万亩水果基地，山上有柑橘、板栗和黄桃，这些果树转眼已是郁郁葱葱。柑橘已经开花，透进沁人肺腑的芳香。这是彭位泽的杰作，每每进入绿色的果园他总有一种缔造者的感觉。右边是一条宽阔的河流，由于下游做了拦水坝，蓄水量足，水面蓝蓝的，与天边相连，没有任何工业污染。彭位泽特别欣赏这种湖光山色味道。这场景常会将他的心情从纷争繁杂的角逐中带向一个宁静平和的境地，让心绪得到放松和彻底的休息。

前头，有一辆水泥车，车子装得很满，但车速却快得惊人。那辆车绝对超载了，彭位泽下放时在煤矿学的车，他懂一点这方面的知识。

小刘摁了几次喇叭，欲超车但都没成功。往下彭位泽几乎一切都没看清，在一个小弯处发出一声惊天动地的撞击声，那声音夹带着断裂挤压的恐惧，完全在彭位泽的经验与常识之外，他知道有重大事情发生。同时，只听得小刘叫声不好，连忙刹住车子。彭位泽看到水泥挂车脱离了主车，带着巨大的惯性横扫交会中的小货车，货车斜刺刺地冲来又翻至江边，车上不少年轻女子像大豆一样被倒进河流。

水泥车终于在坡上停住，彭位泽什么都没想，那些被抛在基路上的女人扭着身体挣扎着，落水者像鸭子一样在水里扑腾，有两人奋力向岸边游来，被挤扁的小货车在河面上渐渐沉没。

"救人！"彭位泽叫道，使劲地拍小刘的肩膀，迅速脱去西装皮鞋，猛地推开车门，跃身跳入水中。

小刘惊慌地拉住手刹，开始脱衣服。

水很凉，应该说是冷，但彭位泽全然不觉。他抓住最近一个姑娘的衣服，猛地将她往岸边推去。此时他什么都没想，耳边不时掠过短促的呼救声，水面上扑腾着浪花，乌黑的头发和挥舞着的手臂在他眼前闪现。他头脑里只有一个念头："救命，多救一条是一条"！

彭位泽见拉水泥的货车司机也在脱衣服，他抓住另一个姑娘的衣领往回拖，大叫司机下水，结果被狠狠地呛了一口水。他一次又一次地离开岸边，又一次一次带着姑娘往回游。他开始觉得手脚发软，伸开的五指完全失去了力量。而每喘一口气都在呛水，他一直想有一个深呼吸，让自己保持体力，但看着远去的落水者，他已经顾不了许多。他拼命地甩着头，大口大口地呼吸。他望见又一个姑娘挥舞着一只手，扑腾起一注水花，乌黑的头发时隐时现。他奋力地游，但总到不了姑娘的身边。姑娘在下沉，他听到岸上有人叫喊，他一个猛子钻进水底，看见姑娘嘴里往外吹着泡泡，他一把抓住了她，奋力将她提出水面。他的脸面变得很冷，他必须在水面吸口气，才能保住自己和姑娘两条性命。

姑娘死命挣扎，彭位泽急促道："别紧张，别动，我会救你上去。"

姑娘紧闭着眼睛，仿佛听清了他的话。他仰着，一手托住姑娘的脖子，双脚用力往外蹬，他同样听到了叫喊，那叫喊仿佛不是冲着他来的，他终于游到岸边了。岸上的人将姑娘拉上去。这时叫喊更凶，他顺着目光往河那边望去，最后看见的是一团黑发，他大惊，本想再次扑向河里，身子一软，便不由自己地倒在河边……

天完全黑了。

夏可是上午 10 点接到吾副主编传呼的。他告诉她开阳城境内发生特大交通事故，要求她一同采访。她即刻给开阳县委报道组打了电话，然后赶下楼，报社的普桑已停在门口，吾副坐在前头的位子。

"最新消息？"夏可急促问。

"不知道。"吾副主编不动声色推推眼镜。

"听说死了十几个人？"夏可说。

"不是很清楚。说是货车严重超载，挂钩折断，车斗扫过另一辆货车，车上有 30 多个外出摘茶叶的农村妇女，车子落进河里，20 余人落水，13 人被救。"

40 分钟后，车子到达出事地点。现场还没处理完毕，吊车在河边打捞沉车，不少船只和警察沿河岸寻找失踪者。死者已被运走，路边上还有一摊摊血迹，上千人在路边围观，交通警察在疏通道路，拉出了警戒线。

夏可找到交警大队长，队长看了记者证后说："出事的是另一辆货车，载着采摘茶叶的妇女，车上连驾驶员 32 人。水泥车载重 10 吨，实际装载 47 吨，转小弯时车挂折断，尾车失控扫上交会车辆，当场抛下 11 人，4 人死亡，翻进河里 21 人，13 人被救出，失踪 8 人，其中 1 人是县委小车班的司机。"

"司机怎么会在里头？"夏可问。

"司机接副县长从外地返回，应当是下水救人时失踪的。"

"那副县长呢？"夏可毛骨悚然，追问。

"正在医院抢救。"

"他是谁？我是记者，有权利知道。"夏可满脸通红，像是审问大队长。

大队长往后仰仰身子说："彭副县长。"

"哦，哦。"夏可脑子嗡的一声，神经似乎断裂了，然后眼前一片漆黑。她伸开两手，站着不敢动弹，生怕自己会倒下。当她再度睁开眼睛时，觉得天地在旋转。彭位泽，怎么可能是你，你不在省城吗……你没事，你一定不会有事。夏可心里念叨着，泪水溢满眼眶。

我要到开阳城，去看彭位泽，夏可心想。

她抬眼四望，终于看到了吾副主编，他正和一些人在高处，夏可看见在场的有开阳城汪书记、江副书记和政府办公室吴主任；她还看到了高局长和林洋副局长。夏可想起了自己的责任，中心现场在这儿，必须先期采访。

落水的车子被吊起来了。驾驶室里有司机和另一个中年妇女，死者被交警抬下车，两人的姿势相同——咬着牙，弯曲着胳膊，紧握拳头。

接着传来一片哭声。

几个光着身子的人在水里又捞出一具女性尸体，民警拍照包好，一同抬上车。

直到下午一点，现场基本处理完毕，领导逐渐离开现场。吾副主编说赶紧去采访英雄。

吾副主编说的英雄就是彭位泽。听了彭位泽救人的事迹他很感动，许多群众围着他叽叽喳喳述说着一个个感人的场景，不少人泪流满面。

车子赶到县医院，医院门口车水马龙，早被围得水泄不通。交通警察只得将车子全部拦在路口的拐弯处。夏可几乎是冲进医院的，从大门进去到三楼她不知撞过多少人。三楼走廊同样爆满，几个警察满头大汗，在维持秩序，夏可试图挤进病房，却被警察拦在了外面。

"我是市报记者。"她对一个年轻警察道。

警察像是在犹豫，越过夏可头顶往走廊里张望。

一个年长警察走过来，夏可递过证件，不容他开口急促道："你们县长是英雄，我是唯一受委托采访英雄的记者。"

警察递还了证件，夏可不等他说话，推门走进病房。

病房里只有汪书记和曾县长以及县电视台的记者，夏可直接冲到床前。

彭位泽躺在床上，手臂上插着针头正在输液。夏可泪水涌上眼眶，彭位泽苍白的脸开始模糊。

"你……"她一开口就被噎住了。

"夏记者，小刘……"彭位泽话没说完，已是泪流满面。

汪书记轻轻地拍彭位泽的手："好好休息，好好休息。"完了转身对夏可道："小刘也是英雄，找到他尸体时，手里还紧紧抓着一个姑娘的手……"汪书记也说不下去了。

房间里有人在流泪，夏可任凭泪水滴在洁白的床单上。

"小刘不会水，我是知道的呀，我本来可以救他的，可眼看着他……他只有 27 岁……"彭位泽泣不成声了。

汪书记抚着他的手像父一样慈祥："不要自责。小彭，你竭尽全力了，你一人救起 11 条性命，了不起呀！现在医院内外有数千人，他们等着你苏醒的消息。你是英雄，了不起的英雄呀！"汪书记语气铿锵有力，眼睛蓄着眼泪。

彭位泽非常感动地望着汪书记，泪水湿了枕头。

夏可心想，彭位泽呀彭位泽，我要让你成为真正的英雄。

二十五

很多年之后，开阳城百姓依旧记得这场交通事故，记得交通事故不是因为死了多少人，而是彭位泽副县长救起了多少人。人们谈论彭位泽时都会竖起大拇指夸他的英勇壮举，都会夸他有一个健壮的体魄。

那以后，各种"突击月"活动每年都有，名目繁多。就像当下"奋战60天，争创全国文明县城"一样，全县每一个居民都无一例外地扑在上面。

只是那一年，除了计划生育"突击月"活动之外，彭位泽英勇救人同样是开阳城内的重大事件，不同的是，第一件大事早早被人忘记，唯有彭位泽的美名依旧在开阳城流传。人们总是这样，无奈地学会了保留什么，忘却什么，这是无法撼动的民众心理。

彭位泽到底是好人还是坏人？

于是，我想起了肖石安对彭泽下的定义：人无完人。

如果允许好人与坏人是由其善恶行径来界定的，那么有好人做了公认的坏事，我们就能断定他是坏人；相同的坏人做了公认的好事，我们由此断定他是好人。好人和坏人，不像是一张人物画像，往墙上一贴即刻是非明了，能作出合乎情理的判断。但活生生的人不行，彭位泽在开阳城百姓心目中，永远是大英雄、大好人。那么，在跑官的路上，在与夏可缱绻的床上，又如何作出善与恶的判断！

关于彭位泽这个人物，在作品面世之后，开阳城有过许多的争议。

热爱他的人能够原谅他与夏可的爱情，但不能容忍他猥琐地跑官，或者为了维护彭位泽在他们心中的形象，把跑官的责任全部推给了妻子沈冰。这种说法也不能说全错。不爱他的人，不肯原谅他的过错，甚至把他的英雄壮举了当成一种作秀。于是有人反驳说，天下哪有这样作秀的，拿自己的性命换取 11 条性命？那么，站在岸边袖手旁观，那才叫诚实的壮举吗？

不管哪一种说法，站在沈冰的角度，她为彭位泽所做的一切，都会被认为是错误的甚至不道德的。我们很难判定她是否真的爱彭位泽，至少，客观上她让彭位泽蒙受耻辱。总之，彭位泽救人的事在开阳城迅速发酵，形成了一个重大事件，造成了巨大的社会影响力。

而这一切，肖石安和邱大生后来才知道。

肖石安赶到电视台审片，才得知发生了特大交通事故。电视台的记者为赶新闻，忙乱得一塌糊涂。肖石安从凌乱的现场镜头了解到大致情况，看到医院里人山人海，看到了彭位泽和夏可。

肖石安审完片出来已是傍晚，他想转到医院，肚子又饿得不行，在路边小摊上抓了几个肉包子，当街却遇见了邱大生。

邱大生一见他就大叫起来，肖石安见他满头大汗，制服几乎湿透了，一问才知道他在医院维持秩序。"中国的百姓纯朴善良呀，父母官为人民做了一件好事，就有那么多人守着他，等待他康复的消息，我从来没见到过那样的场面。"邱大生感慨地说。

"我在电视台见过。"

邱大生讲了彭位泽救人的经过，这一切仿佛他亲眼所见。

"他一定会没事的。"肖石安想起夏可，他知道夏可的感受，他十分了解夏可。

"高度紧张加上疲劳，输液休息就行。"接着邱大生问冯开石攻下没有。肖石安望着邱大生不置可否，他一点都不想谈这个话题。

"发生了什么问题？"邱大生关切问。

肖石安看着邱大生道："你的脸色很不好。"

邱大生抹了一把脸道："这段时间案件特别多，几天没睡好觉了。还有这不争气的胸部，感觉很不舒服。"

肖石安问："看医生没？疼痛总是病兆呢。"

邱大生听了脸色灰暗灰暗，转而道："你是医生呀？嘁！"

肖石安无奈，分手前还是强硬说道："我不是医生，但你最好去检查一次，工作忙不是理由，如果你还想继续干活的话。"

邱大生摆摆手，算是回答。

关于这场交通事故，肖石安一点风声都没听到。以往，当地派出所和治安科必须到场。高局长没传呼他，是想让他专心搞冯开石的案件吧。天哪，他几乎不明白，高局长把冯开石的案件放到什么样的高度了。前往宾馆的路上，肖石安心想。

林萍半个钟前传呼过他，他想应当给她送行，如果林萍自己不愿说出身份，他肖石安权当不知，让各自保留着原有的心态。

刚走到门口，林洋副局长从宾馆餐厅出来，他的脸红得像一片秋叶。肖石安说他客情好，吃一盏酒就展示给主人看。见到肖石安，林洋一张口，肖石安就晓得他没多喝。这么大的交通事故，刚处理回来就美酒佳肴，气氛显然不相称。林洋拉住他的手问他上哪儿。肖石安说到宾馆看个朋友。林洋转身将他往宾馆大厅里拉，然后往沙发上一坐。

"说吧。"他没头没脑地问。

"说什么？"

"案件呗。"

肖石安不知怎么开口，高局长曾指示过有问题直接向他汇报，这话听去有一种对林洋排斥的意思，肖石安对此心知肚明。有关调查这起案子的目的，高局长和林副局长是有不同意见的，也就是说在林洋知道高局长担任县委政法委书记同时兼着公安局长以后，情绪变化很大，在许多问题上开始消极了。林洋只讲法律与事实,高局长强调现实的必要性。林洋是分管治安的副局长,某种程度上对案件的管辖权更直接更具体。如果林洋要肖石安汇报案情,肖石安没有拒绝的理由。

"还没有突破。"肖石安支吾道。他晓得林洋对这起案件感兴趣的程度和目的。

"要对分管局长回避吗?"林洋几分生气地望着肖石安,"我没权力知道吗?"林洋放大喉咙,肖石安感觉到,林洋针对的不是肖石安,而是另有所指。

"说什么呀,目前案子的确没有关键性进展。冯开石是老同志,老得有些僵化了,我费了很多劲,才让他慢慢有了转变。"

"肖石安,对待案件一定要实事求是。执法者手中的权力是国家给的,人民给的,千万不要用这种权力去伤害人民,侵害法律,这点很重要。"林洋望着肖石安说。肖石安觉得林洋突然长了几岁似的,这种感觉不是从林洋的谈话内容里,而是语气里。

"尊重法律,尊重事实,是执法者的职业道德和执法良心。如果因为任何一种外在因素,办了一起错案,或是提升了案件的性质,对这个人来说就是犯罪,因为这个人有和其他人一样的权力,应当得到社会的尊重和法律的保护。"林洋又说。

肖石安点头,他明白,处理类似关系非常辛苦,有时真想丢开一切,像邱大生一样就案办案,那样,一切会简单得多。

林洋又吩咐了一阵,起身要走,说晚上还要商量交通事故赔偿问题。

林洋一走,肖石安上了三楼。走廊里,肖石安觉得自己有些蠢,如此匆忙进去,林萍看到后会怎么想呢。何况现在的林萍已不是原先意义上的林萍,至少在肖石安的头脑里"林萍"这个名字有了完全不同的含义。

他站在门前犹豫了片刻,还是叩响了门。

门轻轻地开了,林萍穿着长长的睡衣靠在门后,等肖石安进来,又把门关上。

肖石安很不自然地坐在沙发上。

"晚上好。"林萍说。

"晚上好。"肖石安被动地答道。

房间里有一股淡淡的香味，既不像香水，也不像洗发液，是肖石安感到既陌生又熟悉的人体散发的香味。肖石安深深地吸了一口，感觉到一丝丝的昏厥。他环顾四周，窗帘已紧紧拉上，墙上开了一盏壁灯，灯光有些暗，但不会影响视线，这一切给肖石安一种异样的感觉。

林萍为肖石安倒了茶，倚在床上望着肖石安。林萍很美，这不是肖石安第一次感觉到的。她宽大而又洁白的睡衣任意地缠在身上，不时将身体的线条展露出来，不明不暗的灯光，把她修长的身材衬托得朦朦胧胧，而蓬松的短发在她脸上滑来滑去，把脸部的轮廓衬托得无比姣美。现在品尝林萍的美丽，与原先有了不同的意义了。肖石安一想心里"怦怦"直跳。

"对不起，我刚洗完澡，就这样了，不会见怪吧。"

"哪里。"肖石安忙说，"我仿佛进入了一个童话世界。"肖石安想让气氛活跃些。

"有趣，那么你在童话时看到了什么？"林萍追问。

"鲁冰花仙子。"肖石安道。

林萍听了望着肖石安半晌道："雅致的奇幻世界，花园里的寂寞者？"

"还有快乐刺激的历险……"

林萍"扑哧"一笑说："你也会说恭维话，治安科长，难以想象呢。"

"警察的形象在公众眼里是'柱头修士'圣·西门吗？"

"我不是 Mrs. Grundy 那把坚硬的尺度，但在公众的眼里警察的形象至少不是哥尔多尼的《一仆二主》。"

"如果我不是警察，或者不是警察里的文化研究爱好者，而是警察

222

里的小说家或诗人，任何一种幽默、浪漫的举止，都不会让你吃惊并加以评论了。"

"我不敢品头论足，我被一种精神所困，身不由己地在这里待了三天。"

肖石安不语，他真的不知该怎样回答林萍的问题，林萍像是在暗示自己，这种暗示是肖石安不敢轻易接受的，至少现在。他端起杯子喝水，然后放下，他感觉到林萍目光里有一种内容，而且林萍极希望把这项内容传递给肖石安。

肖石安问："开阳城美得醉人，你是流连忘返呢。"

林萍听罢抿着嘴笑，露出两个深深的酒窝。"你非常有趣。"林萍说。

"哪里呀，一个刻板的警察，成天和流氓小偷打交道的平庸的人。"

"别往自己身上泼脏水了，我没这么看警察。"林萍认真地说。

"谢谢。"肖石安由衷道。他想林萍不需要说什么，那种认真到带有天真的模样早就让他感动了。这不是因为林萍的身份，他到现在也没把她和市委书记女儿联系起来。她就是她，一个好学，性格内向，纯洁白净而又漂亮的女人，肖石安心想。

"那起案件可有突破？"林萍关切地问。

肖石安不答，他特别不愿在这时候谈起案件，因为审讯给他带来的沉重感让他心情十分抑郁，就像一个成天看手稿的编辑，回到家里再拿起手稿，内心就会产生一种莫名其妙的抵触，这种抵触往往会导致草率地处理一切事务。

肖石安只是摇摇头，林萍即刻感觉到了。

"对不起。"她说，"我不该问的。"

林萍这么一说，反倒让肖石安不好意思起来："没什么，我只是面临着一种法律和良心的选择。你知道，有很多事情，永远无法查清的，就像有很多口供，永远无法证实一样。在某种程度上，这要凭侦查人员的执法良心。如果这种良心被强大的利益扭曲，就很难保证客观反映事实本身了。"

"我明白了，如你上次所说，这起案件不是单纯法律行为。"

"但愿不是这样，这方面我又是悲观主义者。——哦，对了……"肖石安突然想起什么，打开电视机，电视里播出了车祸新闻。

应当说这是一则非常成功的电视新闻，内容丰富，场面跳跃，中心突出，突出干群的鱼水情关系。尤其是彭副县长住院后，在外头等候消息的市民对记者简单朴实的话语，让肖石安心灵震动很大。

"我们的人民多纯扑，为他做点有益的事，他们就会全身心地拥护你，他们的良心才是 Mrs. Grundy 的尺子。"林萍感慨道。

"彭位泽副县长不顾性命安危，连续救了 11 条性命，他会赢得人民爱戴的。"

"这种特殊的场合，才能考验人的真善美吧。"林萍说。

紧接着的是计划生育专题，谈到了公安机关在维护计划生育工作正常进行中，坚决打击处理阻碍依法执行公务的违法分子，里头特别点到了冯某某。除了他被审的镜头外，还有评论员长长的点评。肖石安觉得乏味，啪地关掉了电视。

"怎么不看了？"林萍问。

肖石安耸耸双肩："都一样。"

"嗯，当警察不易。"林萍说。

"我不断地告诫自己少思想，少读书，却很难做到这一点。"

"的确，多少人的思想被淹没在平常琐碎的事务和无聊的应酬里，而你却在这同一地平线上立起来，我非常敬佩你孤傲的精神。"

"别瞎说，平常人里的平凡人而已。说到精神，只是让自己今天过得与昨天有所不同。"

"很有意思。"

"这不是我说的。"

"谁？"

"原话应当是：如果你今天和昨天相同，为什么还要有明天？"

"有些极端，而且抱有这种思想观念的人结局会很悲惨。不过精神实质可取。——那么是谁说的？也许我孤陋寡闻。"林萍说。

"一个普普通通的人，前头电视新闻里出现过。"

林萍不再追问。不知怎么的，刨去电视画面里的感染力，肖石安很难将汪书记、彭位泽、高局长、夏可与刚才的场景联系起来。他总在怀疑或是担心，这些真心真意为民办实事的公仆在大众背后的形象。他想起邱大生对着电视精彩的点评，心里直想笑，善与恶的两极依附在同一具身体内，尽管不是当今的杰作，也算是做到极致了。肖石安胡思乱想着，一张张面孔在他面前闪现，像翻过一页页连环画。他没注意到林萍走进洗手间，仍旧沉溺于视频，那些个面孔变得模糊并且分裂、缠绕，化作一团团柔和的雾，在雾气中渐渐消失，剩下一片片空白。他像是在做梦，梦见自己在团雾里挣扎，那团雾在深度搅和下，变得十分黏稠，让他的四肢无法张开。他快被束缚了，甚至连气都喘不过来，周身渗渍着一阵阵寒冷。一只白色的蝴蝶朝上飞去，它在雾里飞行是那么轻盈，那些黏稠的雾对它来说如同缥缈的白云，她飞向肖石安并用自己巨大的翅膀覆盖在肖石安身上。蝴蝶化作一个美丽的女子，在他前额轻轻地吻了一下。肖石安猛然惊醒，茫然地睁着双眼，看见林萍倚在对面床上，痴痴地望着他，他身上盖着林萍的风衣。

"对不起，我一定是睡着了。"肖石安极力回想刚做的梦，梦的内容像石缝里的流水，在意识中渐渐消失，他越想，消失得越发干净。

"是的，只一会儿。你非常累是吗？我真不该约你。"

林萍咬着嘴唇。

"唷，不是一会儿，睡了半个多钟头，真是让你见笑了。"

"不不，我一直看着你睡，我喜欢这样。"林萍轻声说。

"谢谢……"林萍话像是点燃了导火索。肖石安正想着其他，潜意识里突然又冒出了那个梦，他想起了额头上的那个吻，情不自禁地伸手抚摸了一下，林萍忙垂下头，手捻着被角。

房间里一时沉默了，无声又仿佛能听见所有的声音，所有的声音一同潜入耳膜，让你无法再沉默下去了。于是他起身道："我该走了，你早些休息。"

林萍没有挽留，只是飞快起身望着肖石安，欲言又止。

"我明天一早走。"她低着头说。

"那我来送你。"

"不用，马局长派车，都说好了。"

"这……"

"我会联系你，如果你不反对的话。"

肖石安点了一下头，转身离开房间，他觉得必须尽快离开，他对自己没有信心，因为林萍的目光早已点燃了他内心的导火索，他仿佛听到了嗞嗞燃烧的声音。

走到外头，一丝风吹来，风夹带着几分寒意，因为睡了一会儿，他清醒了许多，他想沿着江边走走，把头脑里混乱的思绪清理掉。

尽管有些冷，江边还有不少人在散步，老人、情侣占据了所有的椅子。柳枝垂条轻拂着微风，流露出闲散的洒脱与柔和，栏杆外是一排延续而下的台阶，河水平缓地流着，偶尔溅起低声的浪花，像是一群喧闹的野鸭在戏水。肖石安时而伫立栏杆边，时而漫步，被陶冶了的思绪早与美曼景致融为一体。他自由自在地呼吸，呼出胸中所有的郁闷，吸进清新的空气。不知怎的，他很少有这样的闲适心情，他一直认为自己是个悲观主义者，悲观情绪的流露，往往在执行了神圣使命之后。他必须忍受着来自人性方面的鞭笞。"因此你不是政治家。"林洋副局长常笑着对肖石安说。肖石安从来不认为自己是政治家，充其量只是一个小职员，如同流通行业里的商贾同等的档次。

肖石安沿江走着，心情开朗许多。"你要结婚。"他想起了林萍的话，他不敢说自己让林萍喜欢，林萍是市委书记的女儿，林萍喜欢自己，那么市委书记的态度呢？肖石安只有在寂寥时才想到恋爱结婚的事，他常常被带进夏可留给他的那个苦穴里，对恋爱结婚表现出迟疑与彷徨。他把时间排得满满的，不让自己去思考那些问题，免得老是神情恍惚。

痛苦是病，和恶人是病一样。石安想。

肖石安细嚼和林萍的几次见面，作为朋友应当说是良好的开端，但朋友又是怎样的概念？肖石安不知所云了。

"挺开心。"后头的话声让肖石安吓了一跳，一回身见是夏可。

"你在散步？"肖石安问。

"不，在思考。"

"思考着什么？"他终于可以用冷静的头脑和她交谈了。

"无可奉告。"

"彭位泽状况如何？"

"已经出院，沈冰专程从市里赶来，不让采访，我有被轰出来的感觉。"

"于是你就开始思考？"

"不知道，想让今天和昨天不一样，你知道要付出什么代价吗？"夏可突然反问。

肖石安想起林萍说的"悲惨的结局"，心里凉飕飕一惊。

"你很累吗？"肖石安问。

"是的，很累。"夏可答。

"应当有一个安定的环境，好的家庭不一定会抑制事业的发展，也可以让自己为了明天而活着。至少我这么认为。"

"我还没想过，车到码头，船到岸，至少我还没这种感觉。或许我的目标定得过高了，这个目标不是要在某个行业里达到什么样的水准，而是这个过程中的一种心理体验。珍惜这种体验，珍惜每一天不同的心理感受。"夏可说得很冲动又带几分伤感，这是肖石安从未见到过的。

"你的现在不像你，你应该永远快乐，因为你从来不回忆已逝的东西，对生活充满着热情。你不停地往前看，追求那些未知的，不曾感觉过的东西，这才是你的本真。"

夏可没回答肖石安的问题，她站在栏杆前头，望着河水，暗黑的水面在灯光的作用下波光粼粼，肖石安觉得她有点像大海里漂泊的一叶扁舟，没有目标，没有方向。

"你看那河流。"他看到夏可指着江面，"本来是自然畅快地流淌着的，前面有一条拦水坝，江水受阻，不但流速减缓，反倒往回涌了。"

"即便没有拦水坝，江水也不可能一直畅快地流。"肖石安接话道。

夏可扭头望了肖石安一眼说了声谢谢，然后做了个阔胸的动作说："明天还有采访任务，还要写一篇稿件，我想在这起交通事故上做点文章，吾副主编也有这个意思。"

"值得。"

"你还继续散步吗？"夏可问。

"如果你不反对，我可以陪你走回去。"

"谢谢。"

"不客气。"

二十六

不管怎么说，肖石安与夏可的爱好比残雪，在阳光下渐渐消失了。

这是肖石安与夏可江边邂逅最清醒的认知。正因为清醒，才从几年前的痛苦中挣脱出来，才能与夏可平静地交谈。不过走到这一步，还得感谢另一个人，这就是林萍。如果说，一直以来夏可还像影子一样盘踞在肖石安的内心，那林萍就像一道曙光照亮了他的全部。

倘若，肖石安不知道林萍是市委书记的女儿，他有可能向林萍表白自己的感情，由于有了和夏可的那段经历，在爱情问题上，肖石安远没有对待工作的那种自信。

　　暂且不说肖石安和林萍的关系，也不说夏可的那一丝丝忧郁，彭位泽由于意外地营救了11条采茶女的性命，真正的英雄。媒体大面积报道，领导真诚赞许的目光，市民街头巷尾的话题，这一切彭位泽完全不曾预料。当下，他还不能正确估量类似氛围可能形成的社会效果，并对他的提拔能够增加多少分数，但有一点可以肯定：在气势上，完全压倒了江副书记，甚至把他逼到了弄堂的尽头。

　　这段时间，他似乎渐渐忘记了跑官之后的得意，原先潜藏在内心的厌憎在每一次的赞许中被逐渐放大。他不相信那是自己做的，偷鸡摸狗似的干着微贱浅陋的事情。于是他又想起了沈冰，一个有心机的女人。那些天，他扔下工作，与她一道嘘寒问暖，像是有了收获。她出人意料的缜密曾博得他一时的赞赏，但他似乎丢失了什么，丢失了一个男人的磊落光明。他的内心不再充溢着自信，而当他挺起胸脯时，腰杆子两侧没有了原先的坚挺。他一直在寻找，寻找本该属于他的尊严，但这东西绝非体力一样可以失而复得。好在一切都是机缘，在他返回途中遇上特大交通事故，而他恰恰是游泳爱好者，尽管整个过程暗藏凶险，毕竟在救出了11条性命之后自己完好如初。发酵的荣耀让他慢慢找回心静意定的感觉，流失的能量正逐渐回填他的内心，他像是从矿井里爬出的工人，在滚热的澡堂里足足泡了一个时辰，感觉到浑身的畅快。

　　我们不再猜测，总之，彭位泽经受了生与死的考验，得与失的洗礼。当他再次出现在公众面前时，像是脱胎换骨，真正成了开阳城的人物。

　　我们继续讲述彭位泽的故事。

　　彭位泽出院的当天，就让沈冰回到市里，说自己体力已经恢复，不需要照顾了。然后就给高会理局长打电话要听案情汇报。高会理说一会儿让肖石安过来。彭位泽说，还是他过去吧，让肖石安在局长那儿等着。彭位泽想上街多走动，尽管他不明确这么做的目的。

彭位泽一贯注意公众形象。他认为一个领导给公众什么样的影响，取决于许多并不引人注目的小事，这是领导形象的基础。比如站立、就座、行走的姿态；比如服装、发型、穿戴的饰品；比如言谈、举止、生活的习惯；比如交结、爱好，圈子的品位。至于那些轰轰烈烈的事情自然举足轻重，但对一个副县长而言，轰轰烈烈的事情轮也轮不着他去沾光，何况经济社会里，有多少轰轰烈烈的事等待着他们呢。

彭位泽不太瞧得起江副书记，大多数时间里他总把自己装扮成人民的主人，只有在选举的时候，才体现出仆人的形象。在彭位泽进修前，江副书不在开阳城，是另一个县的常务副县长候选人，他是从乡镇一级级提拔上来的。"两会"期间，因所在选区影响不好，组织上把他的名额放在偏远的山区。投票前，江副县长几乎走遍了每个讨论会场和代表居住的房间，为代表递烟泡茶，促膝谈心。据说是头不抬，背不挺，也不再担心自己的尊严问题。等额选举江副县长的选票过了半数，到了差额选举，江副县长还是被人大代表刷下来了。上头没办法，既然常务副县长代表不了人民，被人民剥夺了服务的权力，那就当副书记吧。这样，人代会结束后，江副县长调到了开阳城担任了副书记。这样的转换十分蹊跷，甚至有点因祸得福的味道。不管怎么说，副书记毕竟是常委，和常务副县长同是副处级，但在人们眼里，副书记相对副县长而言，就是一个重要岗位。

彭位泽除了工作上，很少和江副书记私下里交往，问题是江副书记从来不反思落选的原因，而把这种变迁作为坚定自己信念的依据："干部当上了，除非犯大错误，就下不来。"他常和一些朋友说："人大代表不信任我，领导信任我，一个人官大官小，不是别人给的，是领导给的，领导才是你的亲爹亲娘。因此，你想在官场上混并且继续往上爬，只管一心一意紧跟领导，听领导的话，执行领导的指示，这才是硬道理。"

政府大院离公安局两站路，彭位泽沿街步行，一路上引来不少关注的目光。他不时和人握手，聊几句，每停下脚步都有民众围上来，问候他的健康。彭位泽的事迹通过电视得到了尽可能的传播，几乎是一夜间，他成了全县人民心目中的英雄。这段路，他走了半个多钟头，这一点与他想象的结果没什么不同。

高会理将彭位泽请进小会客厅，会客厅装有空调，还有成套的电视和 VCD，沿墙四周放置着真皮沙发，地上铺着松软的地毯，显得豪华气派。

肖石安起身握过彭位泽的手。

"最近辛苦啦。"彭位泽说。

"县长辛苦。"肖石安说。他想一口气连续救出 11 条性命的人，应当是真正的英雄。肖石安内心非常敬佩彭位泽。

"先谈谈吧。"彭位泽说。

肖石安简略地谈起外围的调查和审讯情况，谈得非常客观。

彭位泽认真地听着，不时点头，显然还算满意。

"方严枫书记的伤势鉴定已出来了，属轻微伤，这是公安和法院的两个法医诊断的结果。按照通常的做法，冯开石的行为是一种违反治安管理行为，可依照规定处 15 天以下拘留。"

"检察院法院如何看待这个问题？"彭位泽问。

"我和他们交换过意见，他们赞同依法办案。"

"那么你们的意见？"彭位泽把目光转向高局长。

局长沉吟片刻道："非常时期处理一个人，更要注重社会效果。对冯开石的处理能够起到教育多数、助推'突击月'顺利进行，公安机关没有别的选择。"

彭位泽又看肖石安，他是个把工作做得很细的人，这一点和江副书记大相径庭。

"你是案件的主办，你怎么想？"彭位泽问道。

肖石安顿了顿，心想局长的话听去明确坚定，却包含多种意思，乍一听像是有对冯开石案件处理的定论，又没有明确的性质问题。这样给肖石安留出的路既宽又窄。附和局长的话，他的意见就没多少意思了；说出自己不同的看法，那么局长的话又怎么在他的审讯中得到体现？

肖石安看看彭位泽，心里怎么就想起了夏可。我掌握你一个秘密呢。面对神情严肃的彭位泽，总觉得他的英雄壮举和私下里做的事有些格格不入。

然而彭位泽让他回答的不是这个问题，他在等待。

"我听局长的。"肖石安不知怎么就说出了这句话。这是句被逼到无处躲藏时才冒出来的话。不过，肖石安认为这句话与高局长的话保持了一致性，最能让领导接受且又十分含蓄，就像高局长先头回答彭位泽的一样。没想到彭位泽却说："我想听你个人的意见，你是案件的主办。"肖石安觉得彭位泽的这种口气特别像他的父亲。彭位泽下放冯家坞，也在县煤矿干过活，曾在他父亲领导下，和肖石安一样受着他父亲的感染。他父亲从不压制青年人新奇的想法，常常用"我想听你的意见"来鼓动他们。肖石安一听彭位泽的话，就再也在抑不住沸腾的思绪。

"你尽管说。"彭位泽又说。

"目前没有证据否认冯开石用凳子打人的事实，加上旁证，处理冯开石不存在问题。关键是案件的性质，案件定性关系到适用法律。如果冯开石是有预谋地组织这次抵抗活动，是另一种性质了。但到目前为止并没有证据证明。如果就已查清的事实本身，对冯开追究刑事责任，检察院法院不知会有什么看法。因此我的想法是进一步搞清冯开石的动机，然后再作出报捕还是治安处罚的决定。"肖石安一说完，看着彭位泽。

"我谈我的看法，"彭位泽沉吟片刻说，"我同意你们两位的意见。法律，不论何时何地，都是为统治阶级，为政治服务的，就像脉搏总是随着心脏跳动一样。这一点什么时候都不能忘记。按照县委县政府的要求，目前重中之重的工作是'突击月'活动，这是这个时间最大的政治，也是工作的中心。对任何一起危及中心案件的处罚，都要考虑这个大局。掌握这一点，就不难解决问题了。我想，冯开石案件，属一般行为还是有组织的闹事，都要考虑到处理后的社会效果和现实需要。因此，在彻底查清主观动机的基础上，从重、从快处罚，就是直接为现实斗争服务。我们不需要温情，这本身就是斗争，服务'四化'不是喊在口头上，是落实在具体行动上。什么是行动？'突击月'活动中办理的每一起案件，不论大小，就是一次次具体的行动！"

肖石安听得很明白了，彭位泽一边深得民心，一边以铁的手腕执行中心工作，他的创作技巧在日臻完善，作品也趋向于成熟。他看了一眼高局长，高局长转向彭位泽，彭位泽就问："高局长的意见呢？"

"我们指导思想十分明确，依法办案，绝不留情。"高局长坚定说。

肖石安心中有说不出的滋味，他突然想，彭位泽是了解冯开石的，只是现实不需要那样的感情。果然，彭位泽对肖石安道："冯开石是你'一帮一'的对象，对他的讯问和处理会遇到情感上的障碍。我们都是共产党员，关键时刻要避免儿女情长，要考虑到大局。冯开石的案子得不到应有的处理，就会严重挫伤干部的工作积极性，影响工作的进展，这是个潜在的危机。"

肖石安见高局长没接话，点点头道："我明白。"他希望早点结束这次谈话，他宁可把彭位泽想象成心目中的英雄，也不愿继续听他说教。

彭位泽起身和高局长握手，又转向肖石安拍了拍他的肩膀说："听说你谈恋爱了，对象是林书记的女儿。好，三十有几了，工作和生活不能对立，男婚女嫁，生儿育女也是大事。要抓住机会唷。"彭位泽说话时一只手一直按在他的肩膀上。

肖石安想，抓住什么样的机会，市委书记女儿，还是计划生育案子，或两者兼而有之？彭位泽的成功或许是高会理局长的成功；高会理的成功难道也轮得着我肖石安吗？这点肖石安没想过，也不想去思考。再说他生活的坐标一直是明确的。

彭位泽说 10 点钟还有个会，便匆匆告辞了，行前意味深长地望了肖石安一眼。

彭位泽一走，高会理便笑吟吟地问肖石安进展如何。肖石安说连提都没提。高局长说："一次机遇可能改变一个人的一生，而人的一生不一定都有更多的机会。"肖石安只推说没想过。从他和林萍在宾馆吃饭开始，他眼前就出现了马局长、高局长、方书记、吴主任，那些脸孔上嵌着的眼睛像玻璃一样泛着光。林萍走了，肖石安却摆脱不了这一束束目光的困扰。他十分疲倦，就像一个受刑的人犯在强烈光线照射下无处躲藏一样。"石安，你是属于知识型的一类人，在公安机关，这样的人太少，只要你抓住机遇，前途无量啊。"高局长深邃的目光，语重心长的话语成双配对，意味无穷。

肖石安说了声谢谢离开局长办公室。

彭位泽和夏可约好在办公室见面。

夏可告诉他有关舍己救人的事迹报告已经完稿，想让彭位泽过目，彭位泽说 10 点钟办公室里面谈。

夏可比彭位泽晚到一会儿，进门时彭位泽正在修改司机小刘的悼词。

彭位泽为夏可泡茶，夏可的目光一直追随着他的身子。

"干吗老看我，跑了不成？"彭位泽说。

"都好吗？"夏可眼里噙着泪水，望着彭位泽，这是出事后他们真正意义的交谈。

"很好，没少胳膊腿呀。"

夏可被逗乐了。彭位泽身上的英雄气概震撼了夏可，让她在爱中又增添了一分敬重。在她撰写的通讯稿里，每一个字都像落进水塘里的石头。应当说，救人的动机不可能有过多的思考，彭位泽的行为只是出于本能，一种人性的侠义心肠。但夏可运用夹叙夹议、情见乎言的妙笔，不仅在彭位泽营救每一条生命中彰显了辉煌，而且让整个营救过程充满了对生命的敬畏和人性的美。

这篇文章夏可是一气呵成的。回头看，自己也感到震惊了。对彭位泽的爱和对事迹本身的感动让夏可最充分地发挥了她的才华。只是在完成这篇稿子以后，夏可内心袭来一股莫名其妙的忧戚之情，就像望着一个深爱的人远走高飞一样。她不知道这种情绪出自何由，或许是一种爱与痛的反差。总之，这种不良的感觉默默地暗示着什么。她掷下笔，沿着河堤散步。

　　夏可不想马上递上手稿，她想多看一会儿彭位泽，多交谈一会儿。

　　"如果你出事，我怎么办？"夏可说。

　　"别傻了，我体质好，水性也不错，怎么会出事呢。只是小刘,他……"彭位泽真诚地说。他想小刘一定是受了他的影响下的水。小刘不会游泳他知道，他甚至来不及和小刘交代，让他注意安全。不对，他记得脱衣服时喊了一声"快上"，还拍了小刘的肩膀。这句话和这个动作出自本能，没有任何指向。小刘一定误以为彭位泽给他下命令。当彭位泽救上最后一个姑娘时，他似乎看见了小刘在下沉，满头的黑发在水面上划了一个弧圈，而他自己却像渗透了水的海绵沉了下去。彭位泽始终觉得小刘的死和自己有关，他没向任何人讲起这个细节，他心里有一种罪错感，好在从入院那一刻开始，热烈的场面将他的愧疚渐渐压进了心底。

　　"你尽力了，别为小刘再伤心，烈士材料已经上报，他也是英雄。"夏可安慰道。

　　彭位泽点了点头，他想坐到夏可那边的沙发上，但他没动。他觉得这种凝重的氛围抵消了不少儿女私情，而那种被公众称之为英雄的浩然之气，悄悄地挽留住了他宣泄的欲望，另一种感觉无声无息地爬起，开始占据彭位泽的内心。

　　"我把稿子带来了，你看完提出意见，改后马上传过去。"夏可在包里找稿件，掏了半天。夏可有意识这么做，她想让彭位泽坐过来看稿子，她不愿他高高坐在办公桌后面。

　　彭位泽望着夏可在包里翻着，一时半会儿没拿出来，便绕过桌面坐到沙发上。夏可给了他一个非常好的理由，如果再坐着不动，就有些冷漠了。夏可毕竟是为了写英雄而来的，虽然他没意识到这篇报道会给他带来什么。

夏可见他走过来，掏出了手稿。

彭位泽读得很快，他几乎是保持着同一个姿态读完了6000字。不知怎么的，连他自己也被文章感动了。此前，他只是被荣誉感和自豪感陶醉过，从没考虑荣誉会给他带来什么样的结果。现在，彭位泽脑中萌发了一个念头，他想如果省、市之行是利用不光彩的方式来达到某种目的的话，那么现在，他朝着目标迈进了一大步了。

彭位泽想到这里，禁不住一阵兴奋。他猛地掉过头，在夏可脸上吻了一下。

"我没想到。"他说。

夏可恨不得一把抱住彭位泽，只是碍于办公室，她克制了自己。她从彭位泽闪亮的眼里感觉到他的心绪，她用她的心血酿成的这杯甘美的酒终于让彭位泽陶醉了。夏可非常开心。她说："如果你没什么意见我即刻传真过去。"彭位泽朝他点了点头。夏可马上拿起彭位泽桌旁的传真电话，拨向市日报。

有人说过，立功和立言是通往成功的两条大道。

彭位泽心想，自己是通过立功向成功迈出第一步的，这种名声将带着他通向一条捷径，迅速地抵达目标。这一点原先他没想过，想过，就不可能忘我地营救别人了。但对彭位泽而言，并不需要著书立言那种永垂不朽，就眼前的影响力，完全可以击败所有的劲敌，博得广泛的民心，这就够了。他庆幸自己的机遇并感谢夏可努力，不知道夏可是否懂得这个道理。夏可单纯朴实的品质，限制了她的理性思维，正好由彭位泽来弥补，因此他非常开心。

夏可传真完了，她向彭位泽投来一眼，彭位泽示意她再坐坐。

"会有什么样的结果？"彭位泽试探地问。

"会有轰动效应，会有很多好的名声，还会有民众的信任，还有……"夏可一连串说。

"说来奇怪，名声躲避追求她的人，却追求躲避他的人。"

"刻意追求，或因为野心的驱使，多半是适得其反；你无意偶得，这是天意，也是机缘。"

"我相信这是句公道的话，"彭位泽说。"也相信这种名声的价值，谁也没料想过，这种价值来自于名声前后，我想名声和价值的关系好似身体与影子，有时在前，有时在后。"

"不管人们怎么裁判它，即便出于嫉妒，历史总会公正地评判它的价值。"夏可说。

"人是善良的，绝大多数人都有善良的一面，除非出自某种利益的因素。"

"要知道你的辉煌会将别人掷入黑暗呀。"夏可说。

彭位泽一听这话，就想起江副书记。江副书记为了能有机会登上县长的位子，可谓是煞费苦心，如今不知他会如何感想。

"不论这篇文章给我带来什么机会，我都会感谢你。"彭位泽深情地说。

"拿什么谢我？"夏可歪着头望着彭位泽，两眼汪汪蓄着柔情。

彭位泽笑笑。他看看时间说："该吃饭了，下午我要主持小刘的追悼会，我希望你能参加。晚上，我联系你。"

夏可点头，依依不舍离去。

二十七

彭位泽回归的正气，没有成为排斥夏可的理由。

抑或，在彭位泽心里，与夏可的关系并非是不道德的，或者说，他没有用道德的尺度，去衡量他和夏可的关系。他们的爱是纯洁无私的，纯洁无私的爱即便不道德，也不会在他内心产生罪错感。至于夏可，在彭位泽的英雄壮举之后，从另一个角度审视彭位泽，更加了解他也更加爱他了。此前，她曾细想过怎么会爱上彭位泽的，除去他的幽默、果断和亲和力，还有他健壮的体魄。现在，她觉得先前的想法肤浅而又幼稚，在她心目中，除了已知的优点，彭位泽几乎成了正义、勇敢和处置能力的化身，还有他临危不惧的英雄主义情结，更是令她臣服与陶醉。

肖石安告诉过我，其实，依照夏可的个性，爱上一人从来没把婚姻联系起来，在平常交流中，她时常表达这么一种观点：爱是爱，婚姻是婚姻。像是香樟、金桂都开花，香味却完全不同。在肖石安身上如此，在彭位泽身上也是如此。这种理念让夏可爱得更加浪漫，更加超脱。但这一切可能吗？犹如她信奉的今天和昨天不一样，轻狂的追求会不会招来更加惨烈的后果？

肖石安曾告诉过我，在彭位泽扬名之后，夏可的感情有了微妙的变化，这种变化开始冲击她对爱情观的思考，她甚至想到了婚姻……

就彭位泽而言，当下面临两个人物，一个是夏可，一个是冯开石。夏可的问题更多来自沈冰和人事变动的压力，它没有爆发，却像岩浆一样在地壳深处流动；而冯开石，直接关系到城关片儿"突击月"任务的完成。表面上看，两个人物之间风马牛不相及，但"蝴蝶效应"，让你无法预知时空之间的必然联系。

彭位泽面对着面，向高会理和肖石安表明了对冯开石案坚决的态度，肖石安心里有了压力，但他毕竟是案件主办，对案件的进展了然于心，一切正向着有利于获取有效证据的方向发展。也就是说，只要再一次提审冯开石，一切都将结束。如果说有压力，还是来自肖石安自身，来自他的内心。他知道审讯后的结果，而又必须向着这个结果推进；他深知冯开石承受了委屈，却又无力帮忙彻底解脱。肖石安不再抱有幻想，让理想甚至幻觉在空中飘荡，他得按照既定的目标继续走下去。

238

而当下，这个想法正与冯开石的渴望相向而行。

天蒙蒙亮了，高高的窗口投进一缕光线。

说是窗口，不如说是一个洞，一个连脑袋都伸不进去的小圆洞。这个洞在冯开石着来，是白天与黑夜的镜子。白天从这个洞里消失，黑夜再从这个洞里升起。

这些天，他胸口一直疼痛，1号的呼噜打得震天响，让他根本无法入睡。他曾向看守提出更换号子。看守说，其他号子你吃不住。冯开石曾听1号说过：进其他号子第一堂课就是"洗澡"，春夏秋冬都要实行这规矩。第二堂课"抢点"。就是限制你在两分钟之内咽下一盒硬邦邦的米饭。咽不下，下顿饭菜就得贡献出来。接着轮着给其他人按摩、揩背、洗脚，稍有不慎挨打受罚是家常便饭。冯开石听得毛骨悚然。在8号，除了忍受1号的呼噜之外，至少不会受皮肉之苦。

肖科长有两天没来提审了，冯开石希望他来，就像历经严寒的人盼望春天一样。在里头，他成天听着老号子谈论偷窃和玩女人的经验，他没想到和这些人为伍，更没想到和他们同食共寝，时常有一种被作践的感觉。他想肖石安的审问是合情合理的，句句有板有眼，又有逻辑。肖石安没有强迫他，也没有抑制他。肖石安让他坐大石墩，没给垫子，忘了倒茶都是因为疏忽。人都会有疏忽的时候，犹如家里的瘦猪偶尔从松动的栅栏里钻出来一样，他冯开石因为疏忽而被关进号子，冯开石几乎忘记了为什么进了看守所，为什么和镇干部发生冲突，镇干部为什么会到他家里，他觉得这些并不重要了。在与人冲突时，他拿凳子打了人，被打的是镇党委书记方严枫，这才是问题的关键。冯开石记得自己在肖石安审问过程中承认过，他回忆不起自己的交代是客观的还是虚幻的，总觉得这一连串的举动在他头脑里印象深刻，深刻的总是真实的，不然怎么会深刻呢？

冯开石怎么也没想到自己会走上这条路。计划生育是党的政策，国家法律呀，不知怎的，冯开石开始责备起自己，他觉得对不住组织，组织上还会接受我交纳党费吗？还会把我这个犯了罪的人留在党内吗？可我冯开石究竟犯了什么罪！

"你在想什么？"1号冲着他喊，到门口看着点。1号尽管还使唤他，口气却平和多了。其实1号人不坏，只是品相不好。

冯开石溜下床，走到门口，身后听到水泥地发出"沙沙"的摩擦声。冯开石回头，见2号正脱下胶鞋，在地上磨着，另外一个往上面浇水。胶鞋底发出一股刺鼻的橡胶味，冯开石不明白他们要干什么。

1号一回头向冯开石吼着："看什么，盯着外头。"

冯开石连忙拿双眼往外探。一会儿声音没了。冯开石侧过身子想看个明白。只见1号掀开自己的床垫，手里拿着从床板上掰下的木屑，蘸着胶鞋磨出的黑迹，在床板上画着象棋盘。难怪冯开石见他们常节省下大便纸，或藏起报纸，用饭粒粘成小方块，是做棋子用的呢。

棋盘很快画好了，1号让冯开石下岗，由另一个小青年放哨。后来冯开石知道，这种活动是违反监规的，一旦被发现，他们的棋盘和棋子就会被抄走，但他们又像蚂蚁搬食一样一点点从头开始，真是不屈不挠！冯开石钦佩地想。

冯开石又坐回床上，除了疲倦外胸口还疼，还喘不过气。1号说他气喘太重，害得他睡不着觉，让他用被子蒙上头。冯开石闷得喘不过气来，气喘就更重。幸好1号的呼噜早起，冯开石才敢探出头来，呼吸新鲜空气。

冯开石不知道肖石安什么时候再来提审，他很想知道冯家坞的情况，家还有那头瘦瘦的猪，两只母鸡一只公鸡。鸡不用担心，自己会觅食；只是那头瘦猪，若是饿急了必定会拱出栅栏，钻进别人的菜地，那么死活就不好说了。这么一想，倒不如让工作组给杀了，杀前至少过秤，折算成钞票抵交罚款。他还有一幢房子，木质结构，石头垒的墙，分家时大多给了儿子冯进。那房子一定是被拆了，拆了木料兴许能卖三千块钱。房子拆了，待我出去又住哪里？冯进回来又住哪？一想，冯开石就担起心来。他不可能有乌狗那种运气，坐了几十年的牢却带回了退休工资。不过眼下最重要的是回答肖石安提的问题，明确对自己处罚的结果。这个时候，他也不喜欢把事情悬着，知道结果了，即便不幸，心里至少踏实。

冯开石这么想，老拿眼睛往门洞那么边望。

"有人来了。"门边放哨的青年人叫道。接着有人从外往里探。

"8 号出来。"冯开石听到叫自己 8 号，连忙溜下床，犯人都拿眼望着他。

门开了，一道光射进来，冯开石几乎睁不开双眼，他用手掌在额上头搭了一个棚，嘴里喊着报告，走了出去，身后的门砰地关上了。

肖石安站在预审室门外望着冯开石，冯开石已被剃了头，头皮白白的，像个成熟的葫芦。他如往常一样，从台阶上往下望，他看见了肖石安，还有那个叫小黄的姑娘。冯开石心里舒坦了许多。他不喜欢那个年纪偏大的民警，那张黑脸没一丝笑容，坐在他面前除去吸烟不说一句话。冯开石也想吸烟，只是老民警像个木偶一样不知不觉。他希望这次肖科长不要疏忽，在大石墩上加一个垫子。大石墩他在民警队里坐过，坐着凉爽，现在却冰针一样刺骨。他还希望肖科长给他一杯水，他希望是杯茶叶水，茶叶越多越好。他觉得他的要求并不过分，和交代的问题并没有多少矛盾。他想他的错误在于认识不足，自己一时脱离了政府的轨道。而这里，他只要一杯热茶和一个坐垫。

1、2、3 号预审室，冯开石心里数着，他希望肖石安能停住，他依旧被带进了 4 号，还是那个大石墩。他站在那儿，像是等待着肖石安发话，其实他宁可站着。

"坐吧。"肖石安翻开笔录纸没有抬头，他不想看冯开石犹豫，也不想再看那件黄得发白的旧军装，所以他不肯抬头。

屁股一粘上石墩，一股寒气像长长的针插进他的心头，他猛烈地咳嗽着，他需要一杯热开水，他想。他看见肖石安皱皱眉头，然后用低沉的声音问。

"我也想结束，主要看你。"肖石安的声音很沉，和上几次不同，这声音里有一种伤感的成分。"我也想结束"，你却不让我早些结束，"主要看你。"肖石安是这么说的。那么是我不想结束？冯开石想。其实他也想早些结束，他讨厌号子里谈论男盗女娼，讨厌1号指手画脚，讨厌他酣睡时如雷的呼噜。他希望肖石安注意他真实的想法，在最后的审问中，给他一个软坐垫和一杯热茶水。

"我也想结束。"冯开石瓮声瓮气地回答。他脑子非常清晰，他想他的结束如果对工作有帮助，他愿意早些结束。

"那天很多人，是你预先请过来的吗？"肖石安提出了一个新的问题，这点冯开石没想过。那天人的确不少，那些人有村里的妇女和老人，有邻村退下的老干部。那些人来到他的院子里，几乎是和镇里的干部一同来到他家的。老人和妇女为什么会不约而同？冯开石没想过这个问题。因此肖石安的提问让他沉吟了片刻，他们为什么不约而同？

"我不知道。"冯开石如实回答。

"那天是镇里给你的最后期限？"肖石安进一步问。

"是的。"这个问题非常好回答。三天前镇干部就来过，当时肖石安也到过他的家。镇里给他定了个最后期限，令他交钱交人。镇干部来的那天，就是最后的期限。但这和"不约而同"有什么关系？难道不约而同是最后期限的结果吗？冯开石心想，双眼望着肖石安。

小黄记录着，笔端发出沙沙的响声。这响声像一条长长的针，通过铁栅栏，直刺冯开石的太阳穴。他猛烈地咳嗽，咽下一大口痰。他希望肖石安问得明白些，然后给他一杯水，白开水也行。

"最后期限，那么多人到你家里，是不约而同吗？"肖石安问，声音仍旧不轻不重，像一个敲打着木梆的打更人。

肖石安把前后两个问题连接起来了。那意思是最后期限那么多人到你家里不可能是不约而同。这个问题冯开石前后想过，他果然就这么问了。的确，按照肖科长的说法，非不约而同就是有意识聚集，那么他冯开石就是召集的主谋。他想肖科长就是这个意思。他觉得肖石安在向他指出一条宽敞的路，他完全可以不用思考去走完这段路。但他现在很清醒，他想另辟蹊径，只是他特别需要一杯水。于是他说："是镇干部引他们来的吧。"他就是这么想的，除此之外，他什么也没想过。镇里几十个干部，大车小车地开到村里招来了男女老少，村里人爱看热闹，村里人看热闹历来如此。别说几十人的队伍，就是挑货郎担的拨浪鼓一响，也会引来几十个妇女和孩子。冯开石这么回答肖石安的问题，没有其它目的，因为他正是这么想的。这么想的，就这么回答。

"和村里其他人谈到过'最后期限'的事吗？"肖石安又问。

他没在乎他怎么回答，好像对他的回答早已了如指掌，早就记在他的审问笔录上似的。他抬头又望小黄，小黄眼睛很大，痴愣愣地望着他。他想这个姑娘双眼透出的光十分纯洁稚气，如果说半句假话，就对不住那双眼睛。他忘记和村里人说过"最后期限"的事，不过肖石安这句话像个铁锤，敲打着他的脑门。怎么能没谈过呢？村里的老安，官村的老余，冯家坞的老洪和上圩村的老叶，这些都是常到他家里聊天的老书记老主任。老伙伴凑在一块儿，谈经说传，回忆毛泽东的丰功伟绩，那是常有的事。他还记得肖石安此前在他家里见过那些人。"最后期限"对冯开石来说不是一件小事，这和儿子儿媳出走没什么两样。作为他们的谈论的话题亦属人之常情，他冯开石怎么能不提呢？他不仅是提了，而且很激愤。他们都说："过去那个时代不会这么做。"他们都还说："过去的时代，乌狗不可能坐牢回来又拿工资。"冯开石的确和他们说过"最后期限"的事。他如实地向肖石安说了，还说了当时的老干部们的反应。

"你说了，并且让他们在'最后期限'那天到你家里来了？"肖石安又问。

冯开石觉得肖石安提了一连串的新问题，这些问题他一直没想过。

有谁说过"最后期限"到他家里来了吗？他极力去回忆。当时乱糟糟的，应当说那些天都是乱糟糟的。"最后期限"成了他们议论的中心话题。每个老干部都发表了自己的意见，发表意见的老干部都是脸红脖子粗的。他们的话题从"最后期限"展开，他们站在另一个时代里指责这个时代的人和事。他们的目光可以逾越时代的鸿沟，但他们的思想和行为无法逾越。思想和行为隔着沟壑谩骂着，冯开石满脑子都是委屈。

"到时来看看。"不知是官村的老余，还是洪家的老洪说这样的话，肯定有人说过这种话，而且不止说过一次，说了就有不少人附和，一附和就热闹起来。冯开石记得他没表态，只是对自己难处有人帮忙感到欣慰。当时的确有人说过"要来看看"，只是说说而已。到了那日，大家是否为"最后期限"而来，冯开石不得而知，因为冯开石没把那日的话和后来发生的事联系起来，他想洪家的老洪和官村的老余，也不可能为"最后期限"而来。但那日他们的确来了，他们是跟着镇干部后头来的，他们一定是有意识为"最后期限"来的。这样想也许非常合理。他想起有人说过这么一件事，一个热水壶无缘无故在客人身边爆了，主人闻声赶来，客人便说是他不小心碰倒的。客人的小女儿悄悄问，为什么没碰着说碰着了呢？客人笑而不答。他想，如果客人否认碰倒了热水瓶，显然是不可信的。很多事凭想象可得出结论，否认了就复杂了。于是他答："有人说过'最后期限'到我家里来。"冯开石是这么回答的。他觉得胸口一阵疼痛，头脑因为缺少睡眠开始糊涂。"老了。"他心想。不停地气喘，又不停地咳嗽。"真的老了。"他又想。他希望有一杯开水，白开水也行。他希望肖石安发现他这个要求，让小黄端一杯开水来。他觉得自己进入了一种状态，一种和上次相同的状态，这种状态让他说了非常多的话。他想顺着肖石安的思路说下去，那样他会获得一杯水。

"你是说有人提出来你没阻止，是这样吗？"

"是的。"这个问题提得和前头很接近，而且有惯性。冯开石没思考就回答了提问。他想回答他所有的提问，只要肖石安问得合乎道理，因为他想获得一杯开水。

"因此到了'最后期限'那天他们如约而来，是这样吗？"肖石安又说。

"可能是的。"冯开石咽下一大口痰又说。他必须获得一杯水，他就这么说。他说"可能"是因为他没有确定的把握，他们是否"如约而来"，他一点没把握。他要对肖石安负责，对全案负责，对计划生育负责，说到底对自己这个党员负责。他说"可能是的"就是这样的思想动机。

"他们来干什么？"肖石安又问，并且轻轻地咳了几声。他像是在说：这个问题回答完了就可以告一段落了，就可以获得一杯开水，可能是茶水。但现在冯开石没马上回答，对这个问题，他必须作出思考，他需要思考得成熟些。"他们来干什么？"他有些不明白。肖石安问的问题环环紧扣，就像村里木板桥上的铁链，那条铁链是防止涨水时木板被水冲走的，铁链起到了至关重要的作用。肖石安逼得那么紧为了什么？肖石安是警察，和木板桥有什么关系？冯开石自问。他把目光投向肖石安，肖石安像尊菩萨那样望着他。小黄的笔在桌上沙沙地响，那声音像把剑刺进他的太阳穴，他又猛烈地咳嗽。

冯开石有些不明白的是，这么一个问题非得问得那么明白，为什么不直接写上去？

"他们来干什么？"这是个非常可笑的问题，他们来能干什么？老人和妇女，他们来打架的吗？他们来结果是打架的。他们来不是打架的又是来干什么的？他仔细地回想肖石安问的第一个问题一直到"他们来干什么"，他觉得所有的问题真的如同一条铁链，一环扣一环。"那天来很多人，不约而同的吗？"这是一句试探性的问题，开了个很好的头。从"不约而同"到"如约而至"，这是个细微的变化，这样的变化自然引出了"他们来干什么的"。这的确是末句了，因为他回答完这句话，就可以获得一杯开水。他非常需要这杯开水。他觉得胸口绞着痛，咳嗽越来越厉害。他怎么回答，思绪像是不属自己掌握了；嘴巴一张开便答出了那么一句话。"他们是来打架的。"他回答了这个问题，心里轻松了许多。他们来打架的，不管当时他们是怎么想的，结果的确是打架的。他眼巴巴地望着肖石安，希望能像他所想的，得到一杯开水。

"这么说，你预先知道要打架闹事？"肖石安又问。

冯开石没想到肖石安又问，他想前面是肖石安最后一个问题，他一点思想准备都没有。肖石安的问题让他目瞪口呆了好几分钟。他不知道回答完这个问题以后还会有什么问题，他变得没把握了。他觉得肖石安如同跳出水塘进入大海的一条大鱼，宽阔的海面不知他会游向何方。冯开石无可奈何了，像一个蹩脚的司机一时没转过弯来，甚至想不起刚才肖石安的提问，这个提问离他十分遥远，让他的思绪无法追上。他把肖石安比作一只"咕噜噜，咕噜噜"觅食的母鸡，而自己像只小鸡，叽叽叫着在后头追赶。他尽力想着肖石安的提问，那提问在记忆中完全消失了。

他茫然地望着肖石安。肖石安目光盯着他，脸色很难看，脸部的肌肉紧紧的，还起着杠杠。他想肖石安因为他没能回答提问生气了。他希望他再说一遍，他的目光是带有某种祈求的，他希望他明白他目光的含意。他又把目光转向小黄，小黄端着笔，等待着他的回话。他又将同样的表情留给小黄。小黄看得明白真切了。她说："你预先知道要闹事。"

这回冯开石听明白了。他低下头皱起双眉，他在记忆中搜寻，就像一个拿着网兜在水里捞鱼的农民。他捞呀、捞呀，一次次拎起空网，那捞鱼的农民失望地离开了。"这里没鱼。"他嘴里唠叨着。他没从记忆的海洋里捞到一丝存留的希望。他回答得很干脆。

"不知道。"他是这么说的，整个问话中像是第一次说不字。他的确不知道。他想，知道了为什么没有记忆。他希望肖石安给他一点提示，帮助他回忆。

"这里有了矛盾。"肖石安开口了，他想自己不能咳嗽，要完全听明白肖石安的话。但他的咳嗽一再打断他的提问，肖石安又重复了一遍。

他听清楚了，但他不知道矛盾在什么地方。他又听到了肖石安说："你承认他们来是打架闹事的，你讲得很明确；你知道他们是来打架的，现在为什么又否认？"

肖石安的话愕然中止了，他的身子往前倾，目光射向他。冯开石从他眼里再望不到一丝的同情。他想拒绝回答，但他又不得不回答，他感到屁股下的石墩已贴着瘦骨了，神经十分疼痛，他想离开这个地方，痛痛快快地喝上一杯热水。他对肖石安几乎是失望了，但他现在没有别的选择，他只能把希望寄托在肖石安身上。

他想他讲过他们来是打架闹事的，为什么又否认来是打架闹事的？这不是自相矛盾吗？怎么能前后自相矛盾呢？冯开石感到一丝羞辱，他所有谈话都不该前后矛盾，因此他必须回答他的问题。

"我可能知道是打架闹事的。"他说。

"给他一杯热茶水。"肖石安突然对小黄说。冯开石心想一定是听错了，他没一点思想准备就突然会有一杯热茶水。他没听错，肖石安是说"给他一杯热茶水"。而且他看到小黄推开椅子走了出去。他想他自己可能在梦中，他用放在膝盖上的手捏捏大腿，那条腿像是麻木了，但也觉着一些痛。他没在做梦，因为小黄已经端着杯子伸过栅栏。他想站起又跌坐回去，但他不管不顾了，他心目中只有那杯水，于是他颤抖着伸出手接过水。他飞快地将水端到嘴边，一股热气顺着他的呼吸钻入他的气管，他猛烈地咳嗽起来。他担心水被泼掉，把杯子放在地上，双眼带钩地望着杯子，几片茶叶在水面上漂着，然后逐渐下沉，他终于有一杯热茶水了，这是这次被审时唯一的希望。

小黄让冯开石看笔录，肖石安离开预审室。外头是一片水泥地，沿墙根是一溜花草，复苏的月季吐着细长的绿枝，青果般的花蕾压着枝头在风中上下跳动，谢花不久的桃树长着指甲般大小的果子，那果子仿佛含羞地躲在浓密的树叶里。中间有一圈圈叫不出名的花草，浅绿色的叶子舒展着身子,等待着艳丽装点自己。肖石安最欢喜的还是那圈铺地柏，柏树永远长不高，所有的枝条往四周延伸，不论春夏秋冬，用自身永久的绿色覆盖着大地。

肖石安收回目光，心情比刚才审问时舒畅了许多。他想审问并没有结束，他要让冯开石明白点什么，让他知道口供的作用，他必须那么做，否则他觉得对不住冯开石。

他只有这样想，很多事实本身并不重要，主观的东西更是模棱两可，他抓住的正是这个"模棱两可"，这是非常恰当的形容。肖石安想。

二十八

从审讯结果看，肖石安基本获取了冯开石的口供，对他的处理只剩下程序问题了。但是肖石安似乎并不满意，他要继续审讯冯开石，期间的目的，只有肖石安自己晓得。

其实我理解肖石安，他是个追求完美的人，他会尽可能地收集证据，直到打造一条完整的证据链。据我所知，那时候的执法严格程度，完全不同于现在。在"严打"期间，公安机关保留了"收容审查"强制性措施。这项措施始创于20世纪80年代，收容审查尽管有明确的对象，也有规定的期限，但是办理此项程序在公安机关，就变成了没有时间期限的"判决"了。到了冯开石被刑事拘留的时间，收容审查制度已被废除，即将取而代之的是刚修订通过的《中华人民共和国刑事诉讼法》。只是，在公安机关还有一项制度。这就是20世纪50年代颁布的劳动改造条例。那时候劳动教养是针对暗藏的反革命的，也是强大肃反运动的有力武器。此后根据斗争需要收容对象逐渐转移，针对"游手好闲"又不够刑事处罚的对象，将这些人集中起来进行劳动改造，让他变成自食其力的公民。劳动教养的时间和审批权限根据不同时期有着不同的变化。到了我进公安机关的时候，教养时间通常不超过两年，审批权限应当在"劳动教养委员会"。这是个虚设机构，其实就在市以上公安机关。因此，权限就在市公安局分管局长手里。劳动教养从诞生那一天起，因为是"无判决"劳改，批评从未间断过。在执行中，对公安机关来说，这是个十分"方便"的惩治措施。对他废除的呼声不断，却一直遭到公安机关的抵制。我清楚记得，许多基层民警在处罚的选择上，特别钟情于劳动教养，就像诸多水果中挑出他最爱吃的水果一样。基层办案民警觉得：没有劳动教养就像手枪缺少了子弹。到了后来，由于执行劳动教养过程中，出现了人权等一系列问题，到了2013年12月，国家正式废除了劳动教养。

肖石安明白，在冯开石犯案时，基本适用劳动教养，但是后期的审批越来越严格，以至于对违反地方性文件规定的"违法人员"，一般不再审批。因此，方严枫和彭位泽私下里向林洋和肖石安提起对冯开石实行劳动教养时，遭到了他们直接回绝。

只是，事在人为。

在肖石安审讯冯开石的同一时间，夏可在宾馆最后修改完彭位泽救人的清样。

洗完澡已是晚上7点钟了，夏可躺在床上看新闻，地方新闻栏目里播出了彭位泽救人的那条新闻，虽然没有本地的长，也算完整。夏可从电视画面中看到了彭位泽，就抑不住激荡的心情，她连忙给彭位泽打传呼，彭位泽即刻回了电话。夏可问他在干什么，彭位泽说刚陪小刘家里人吃完饭，现在回去的路上。夏可说电视播放了你救人的新闻。彭位泽隔了一会儿说："谢谢你的关注。"夏可吻了他一下，问什么时候来宾馆。彭位泽说一会儿呼她，夏可心中便充溢着一种幸福感觉。

文章明天见报，因为新闻已经播出，各级报纸也会陆续刊出。想到这里夏可就无比兴奋。夏可并非刻意地对彭位泽进行了描写，更没有让这种报道带有某种企图，至少在写作的过程中没有，她头脑里没有这种世俗的概念。彭位泽事迹本身和爱情的双重动力，让她走笔如飞，直到彭位泽看完初稿后，从他兴奋的脸庞上，才让夏可意识到稿件对彭位泽的政绩积累，将起到什么样的作用。

仕途需要铺垫，正如一级级的台阶，靠的是一点一滴的积累。到了这一步，对一个活着的英雄来说，其荣誉已经到了无以复加的地步，这就为彭位泽奠定了基础，具备了攀登高峰的希望。夏可早听说了县里人事变动的事，她并不希望彭位泽刻意追求，刻意追求必定会改变很多本质的东西。她不希望这样，宁可彭位泽是一个平平常常的百姓，不丧失做人的那份真情实感，让他们的关系保持在一个稳定的基础上。

她不知道彭位泽对此怎么想，她想既然他喜欢那样，她愿为她所爱的人尽力。这一切都是在文章定稿后才想到的。

但是，他们之间会有多长久？这是她第一次想到的，她已经离不开彭位泽了，她爱他，她的内心有了别样的要求……

婚姻！

这是个从未有过的想法，婚姻。她必须先毁灭一个家庭，才有可让另一个家庭诞生。有这样的可能吗，她怀疑自己的力量，也不敢往深里想。

不知怎么的，夏可叹了口气。彭位泽是有希望的，他的前程无限，他会带着她抛弃一切一意孤行吗？如果不会，所有的感觉都是虚幻的，那么她的方向到底在哪里？她似乎没想过，或者说这个未成形的想法曾经从心底冒出来过，但很快又缩了回去，就像一株去了根又在阳光下暴晒的小草。对未来，夏可几乎没有明确的目标，她试图改变生活，改变内心的感知，她不停地奋斗，曾经感到疲倦，她开始反思自己。"今天和昨天有什么不同？如果相同的话，为什么还要有明天？"她渐渐怀疑信奉的格言，甚至觉得生活被某种定式框囿着，这十分可笑也十分幼稚。想着今天和昨天不同并为之奋斗为的是改变明天，是否过于理想化并充满了极端倾向？她突然想起法拉第的一句话：拼命去争取成功，但不要期望一定会成功。想到这里，她打了个寒战，她怀疑自己是否属于有着坚定信念并且为之奋斗到底的那种人，她过于追求结果吗？她没认真想，她只是热衷于被爱包围，而爱的假想又在悄悄地扼杀她对未来的预测。

夏可胡思乱想着，电话铃声一下清理了她的思路，她从床上蹦起，扑向电话。

"我在楼下等。"她听到了彭位泽的声音，夏可飞快提上包，冲进卫生间理理自己的头发，左看右顾，然后冲出房间。

门口没有彭位泽，夏可四处张望，耳边"叭叭"响起了喇叭声。彭位泽从车窗里探出头，夏可开门钻了进去。

"去哪儿？"夏可问。

彭位泽关上窗门，然后对夏可说："先坐后面。"

夏可爬了过去。彭位泽三转两转把车驶出城外。这是一条新修的复线，路不宽但平坦，通车不久，外地车辆不太知道这条线路，往来车辆就特别少。

"你想把我拐到哪儿？"夏可探着身子问。

"漫无目的。"

夏可扑过去，吻彭位泽的脖子和脸。她喜欢彭位泽给他惊奇，这是她热烈的浪漫，是她情感燃烧最丰富的基础。

彭位泽减速然后拐弯，车子进了一片橘园的机耕路。开出大约两里地，便刹住车子。夏可像是锅里的豆子被翻来滚去。当车子停稳后，彭位泽拉摇下车窗，一股橘花的香味扑进车里，夏可纵身钻进彭位泽怀中。

"真好。"她仰望着彭位泽，伸手摸摸他的下巴，胡茬很硬。

彭位泽吻她，让她喘不过气来。夏可挣扎着避开彭位泽，飞快地脱光自己的衣服，将彭位泽拉到后座，急切的喘息刺激着彭位泽的大脑，他将夏可压在身下，便听到夏可的呻吟。

"喊出声来，尽管喊出来。"彭位泽咬着夏可耳朵急促地说。

夏可呻吟着，含糊不清地说："我给你，永远给你。"

……

一切趋于平静，就像暴风骤雨过后，大地被滋润了一样。彭位泽和夏可仍旧保持那样的姿势，他觉得身子有些松软，但十分舒畅，他轻轻地吻了夏可，夏可却把头扭到一边。彭位泽感到了夏可腹部的颤动，一下、两下、三下，接着听到她喊喊的抽泣声。彭位泽抬起身子，扳过夏可的头，见她已是泪流满面。

"怎么啦？"彭位泽惊诧问。他吻她的眼睛，泪水咸咸的。"怎么啦？"他又问。

"没什么，我是高兴的。"夏可哭出了声。

"别傻了，我爱你。"彭位泽又吻夏可。

"我明白，但是它还有多久呢？"夏可像是自语。

"爱将永远，永远存在。"彭位泽说。

"永远为你和我吗？"夏可又问。

彭位泽不语，这是夏可第一次提这样的问题，他似乎没想过，永远的爱，永远的为了他和夏可，他的确没有好好考虑过。

"好了。"夏可摸索着用纸巾擦干泪水，嫣然一笑，又恢复了先前的快乐。

他们坐在前排位子上，望着橘园上空的星辰。

"多美多香的橘花，但终究会凋零。"夏可说。

夏可说这话没一点伤感，让彭位泽摸不着头脑。他本来可以说：每一朵凋零的花朵都有一个果实。那样夏可会说：不是每一个果实都可以成熟。这样的交流很浪漫，但夏可是个思维敏捷，情绪变换极快的女人，彭位泽常常觉得他不能捕捉夏可的思绪，甚至难以进入她思维的轨道，更不敢用这样的话去挑逗夏可了。

彭位泽拉过夏可的手，掰开手掌细细抚着。"女性是天生柔弱的，不像男人那样有雄浑的力量，于是上帝就送给她一件法宝：'狡诈'。她们谲诈、虚伪，这大约是女人的天性。不过你有些例外。"彭位泽在她手上吻了一下。

"为什么呢？"

"你是为了男人的弱点和愚蠢而生的女性。"

"你变着法子骂我呢。"

"不，是赞美。男人如果不具备这些弱点和愚蠢，那么世界上行走的都是毫无感情的机器了，那样，一切就太可怕了。"

"我不知道一个县长还有这么些关于女人的理论。"

"不，是副县长。"

"这很重要吗？"

彭位泽不答话。他不喜欢这个时候交流场面上的话题，一是破坏了温情的语境，二是像用手术刀解剖自己。他像许多人一样，害怕审视自己的灵魂。

"如果你不回答，就说明你虚伪。"夏可不依不饶地说。

"这些年，人的价值观在迅速改变，有两方面可以说是异峰突起：一是地位，二是金钱。这在当下的社会里已经形成趋势。通常地说，更重要的是你当什么官，正职还是副职，对他有多少用处；你有多少钱，一百万还是一千万或是更多，他能从中窃取多少。这个小小的山城，地位和金钱显得从未有过的重要。至于你有多少思想，多少才干，是虚伪还是诚信，并没有人在乎。这是个事实，是个丑陋的事实，而你我每天又不得不面对这些事实。"彭位泽说这话有些无奈。

"没错，这的确是客观事实。但位置高低有一种约定俗成的价值，在一般人眼里或许非常重要。我与别人不同，在我眼里那些东西一钱不值。"

"任何一个有责任的人，都希望把自己工作做得尽善尽美。也有些人趋之若鹜，把做官作为一种猎取的手段，一种满足自己精神物质条件的平台，一个提高个人身价的资本。做官为民做主，这样的说法开始被

253

人嘲弄，优良作风被利益渐渐剔除，偶尔提起也是运动里的一种程式，一种桌面摆着看的图画。我一直在想，任何一个竭尽全力，挖空心思想获得官位的人，从没想过做官是为老百姓办事。这是一种瘟疫，当今的气候又非常适宜这种瘟疫的滋生。看看我们周围的变化，部门里那些密密麻麻的官员，他们本来不怕工作，不怕比别人做更多的事，他们希望自己获得更多知识，有不少人曾有犀利的思想。但他们在变，他们的思想在衰退，并逐渐死亡；他们的心智在沉沦，失掉了生存的土壤。他们中的每一个人都作了合情合理的比较，干活的不如不干活的，有水平的不如没水平的，诚实的不如狡诈的，有思想的不如平庸的。这种天天遭遇的事实，就像张开大嘴露出锋利牙齿的魑魅，吞噬着那份初始的善良与热忱。道德规范逐渐隐退，溜须拍马堂皇而之地走到了前台，像娼妓一样毫无羞耻地在人们面前袒露自己的身体。

"那么你呢？你把自己放在什么位子，你为了求官改变了自己的初衷吗？你为了升爵而丧失了自己人格吗？"夏可不明白为什么问这个问题，这是这些天来在她心中的那片阴云，那片阴云在聚拢，仿佛隐匿着一场暴风骤雨。

彭位泽望着窗外没回答，不知道该怎么回答。任何一种生活环境、生活态度在进程中都会面临挑战与选择，而人类本身就是在无数个选择中发展起来的。彭位泽也在选择，他迟早要作出选择，只是这种选择还没到达必须的程度，但他总要面临选择。

"如果说这辆车是一条船，面前的橘园是无边无际的大海，在船上的你我选择就地打转，还是奋力向前划去？"彭位泽问。

"划过去。"夏可毫不犹豫地回答。

"你回答了自己的提问。"彭位泽吁了口气。

夏可恍然大悟，她不但回答了自己的问题，也捎带把自己耍了一通。她不得不佩服彭位泽的机敏，心想拥有这种智慧的男人为什么还是个副县长呢。

"不满足是一种可怜的天性，可是，这种天性驱使着人类在孜孜不倦的追求中变得辉煌。人心的征途没有最终的目标，不懈的追求也没有最后的满足。任何一种追求在未得到以前总是一个耀眼的光环，到手之后不免大失所望。就个人而言，我们每天都为这种需求而挣扎，最终成为希望的俘虏。"彭位泽又说，两眼有些黯然。

　　夏可有一种危机感，这种危机感在彭位泽的眼光中流露得非常彻底，这是无意识的，不由自主的，是一种超越意志以外的难以把握的力量，这种力量会让你觉得人类的某种情绪十分可怜。

　　"在这个飞速发展的社会，在这个经济主宰一切的社会里，人们如同蝼蚁般勤奋。他们不断作出选择，通过选择改变自己的生存环境；他们祈求今天和昨天有所不同，并把这种不同延续到明天。在全身心的投入中，人的感情和善良成为前行中的绊脚石，一种该被理性遗弃的东西。金钱、美女、高级轿车、豪华居室，成天饮食着恭维，呵斥唯唯诺诺的部下，这些东西或多或少变成他们的目的，这大约就叫庸俗。一些不学无术的人利用浅薄的'对应技巧'获得这些，如此轻而易举，又令有识之士无限汗颜。"

　　彭位泽滔滔不绝，令夏可目瞪口呆。可以说夏可对人生，对当下的社会从没有进行过那么深刻的思考，她所谓的今天与昨天不同的说法，只是出于一种单纯的感觉和内心的情愫的渴望。她不知道彭位泽把这种说法看成一个轻巧的过程。她望着彭位泽，两眼睁得大大的，她不知道那颗硕大的头脑里还有多少令她吃惊的想法，她觉得自己的爱在彭位泽心目中不过是一场小小的游戏，就像一个智者出于某种目的，陪着顽童过家家一样。夏可心中蓦然升起了一股子寒气。半天的沉默，让彭位泽仿佛从思绪中醒来，他望着夏可异样的表情问："怎么了？"

　　"没什么。"夏可答。

　　"我的话让你不舒服吗？"

　　"是的。"

"对不起，那些话离感情太远。"彭位泽说。

夏可宁愿彭位泽更近、更完整、更真实些，而不是一个若即若离的幻影。她想要回那个有重量的人，那种和她做爱时全身心投入的感觉。她要撕掉他身上的伪装，展露他彻底的本真。

"这么说，在一定的程度上，你达到了既定的目标？"夏可说。

"我没有永远的目标！"

"你却有和职务相等的地位。你可以为你情人在宾馆开出单间，可以在任何一家饭店里签单吃饭，可以让无辜者成为一个罪人，可以让你的孩子选择最好的学校，你不用花60元钱去买一罐液化气，你所有的烟都可以由公家报销，你签一个字可以让贫困的人变得富有，你凭个人好恶可以让小吏跃作大官，你的权力在这个小县城里可以随心所欲地办到任何一件想办的事，甚至开着车带着情人在田间幽会！"

彭位泽被说得目瞪口呆。夏可一连串的反问具体而又实在，令他无法回避。他一时吃不准夏可为什么说这些，是刚才那番话让夏可觉得自己虚伪？他有些琢磨不透。彭位泽拿眼望夏可，夏可目光像两把刀子撕开他的衣服，他从夏可的目光中明白了什么，他还没解答，夏可又发问了。

"你为什么学开车？"

"我是在矿上学的。"彭位泽摸不着头脑。

"当官后开车什么目的？"夏可又问。

"为了方便。"彭位泽含糊其词。

"方便什么？"夏可逼问。

彭位泽望着夏可，自己像笋一样被一层层剥开。"我现在是犯人吗？"他抵抗着。

"回答。"夏可俨如法官，双眼一眨不眨。彭位泽有点恼火，但没发火的理由。

"方便自己的私事。"彭位泽本想说方便司机。他知道夏可不许他偷换概念，她马上会说：如果公事，司机理所当然；如果私事，另当别论。

"什么样的私事？"

"比如回家看亲朋什么的。"

"仅此而已？"

"还有吗？"

"难道没了？"

"……"

"那我替你回答，"夏可说，"比如溜顺拍马方便，请客送礼方便，行贿受贿方便，还有……你自己说。"

"什么？"

"别装模作样。"

彭位泽真的模糊起来，夏可却不放过他。

"我们怎么来的？"

"我开车来的。"

"来干什么？"

彭位泽脸上发热："幽会。"

"怎么幽会？"夏可逼得彭位泽喘不过气。

"感情交流。"

"不彻底。"

"你想让我说什么，你想听什么！"彭位泽突然大叫起来，"怎么说你才满意，难道你要我说开车是为了和女人幽会，这回你满意了吧。这回还够不够？那好吧。开车为了做爱方便，开心了，彻底了，赤裸裸了。这就是大记者想要的答案吧！"彭位泽抓住夏可的双肩，使劲地摇着。夏可的胳膊像被拆散了。她望着彭位泽的目光，猛地甩开他的手，撕开他的衣服叫道："我就要你赤裸裸，就要，既然为了爱，还迟疑什么。"她三把两把脱去衣服，投进彭位泽的怀抱。

彭位泽回房间是晚上 12 点，他掏出钥匙开门时，门下透出一丝光，他认为自己忘了关灯，推进门，沈冰却坐在木沙发上看书。

"你什么时间到的？"彭位泽吃惊问。

"你满脸倦意。"沈冰反问彭位泽。

彭位泽担心沈冰看出蛛丝马迹，进了卫生间。他在镜子前看看自己，又用手理理头发说："刚从乡下回来。"他并没发现自己的倦容。

沈冰放下书，从沙发上站起，拿出内衣内裤。"身体没恢复，就那么劳累。"她站在卫生间门口说。

"我没事。"彭位泽接过衣裤，关上卫生间门。

从彭位泽进门开始，她在他脸上发现的并不是"倦意"，而是神采奕奕折射出的弧光。这种景象只有在他兴奋过后才能见到。沈冰能感觉到那种兴奋的来源，那里隐藏着另一女人，一个在她和彭位泽之间的第三者。这个女人，如同幽灵一般绕着他的前后不肯散去。沈冰感觉极为不舒服，不仅出于嫉妒，而且出于担忧。她知道彭位泽明天会是怎样一个形象，舍己救人在这个时候出现，是上天的一个巧妙安排，是擢升途中出现的一颗幸运星。彭位泽已接近了目标，可以说唾手可得。这个时候，她不能允许因为另一个女人而使他失去一切。

省市之行应当说是个转折，一个新的起点。彭位泽已经把对手远远地甩在身面；而舍己救人是省市之行的一个组成部分，是这次奔波中最辉煌的乐章。现在彭位泽负责城关片儿的"突击月"活动，这项工作在统计上弹性很大，操作性也很强。汪书记的喜迁指日可待，那么彭位泽的台阶近在咫尺，只要他抬起腿，就能更上一层楼。沈冰考虑最多的是意外的变故，她鼓动彭位泽往上跑，也是为了这些。虽然出于本能，对占据丈夫心灵的女人怀有怨恨，她还是想丈夫通过的自我觉醒，做出确选择。

彭位泽卷着雾气走出卫生间，他显得很有精神。沈冰递上一杯茶，看着彭位泽喝着。

"你知道明天你会怎样？"沈冰望着彭位泽问。

"会怎样？"

"你会成为名副其实的英雄。"她说，"报纸、电台、电视台，都作了大规模的报道，这样的事例在全市前所未有。听林书记说要专门为你开庆功大会，号召全市干部学习你和小刘舍己救人的大无畏的革命精神。"

"哦。"彭位泽压抑着兴奋。

"这是你人生的转折点，这时候你最要警惕的是什么？"

"什么？"彭位泽不解地望着沈冰。

"公众形象和你的竞争对手。"

彭位泽不置可否，他没忽略这些。

"你成功的光辉，会将你的对手掷入黑暗！你的对手会蛰伏在黑暗中用偏见的目光注视着你的言行。"

彭位泽不得不承认沈冰说得有理。沈冰一直在暗示他，让他自己觉悟。她也许知道他和夏可的事，那么又是从哪知道的呢？或许凭借女人的直觉，她引而不发，目的是让自己认知关键时刻，不要因为一个女人断送前程。

彭位泽不吱声，他既要掩盖内心的冲突，又要表现得若无其事，他觉得很累。

他说早些休息吧，自己先上了床。沈冰放下书，换上睡衣坐到他身边，彭位泽有些疲惫，闭上了双眼。

沈冰在彭位泽心目中是个少言寡语，成天看些莫名其妙的书，且又保持着学校里那份天真的人。彭位泽曾问她为什么不像其他人那样玩牌打麻将，参与一些社交活动。沈冰总是嫣然一笑。他记得有一次沈冰问他："当了副县长后你还有时间看书吗？"彭位泽说成天应酬弄得心浮气躁，静不下心来。还说当领导谁会看书，文学历史哲学，这些东西不能指导种粮食，搞工业，抓经济。彭位泽见沈冰一脸不快，忙说这不是他的意思，是当下的气象。还说这里不需要学问，唯一需要的是听领导的话，干好领导交办的事，这样领导满意了，领导满意一切都有了。沈冰叹气没说一句话，照旧抱着她的书不肯歇下。现在彭位泽有些明白了，沈冰当时说:学校学的知识，不到两年就会过时，别说大专生、本科生、研究生出了校门，不注意更新知识，就会像风干的牛肉失掉生机。

自从沈冰提出往上跑后，她的形象在他心目中鲜明起来，分量也越来越重。他觉得沈冰像一条冬眠的蛇悄然苏醒了，她在寻找猎物而且有了目标。沈冰话虽不多，但句句有分量，像一只只秤砣砸在他心里，他不敢再轻视了。

沈冰说得不错，他的成功和辉煌，会将对手掷进黑暗。他的对手会在黑暗中用怀疑一切的眼光注视着他。彭位泽似乎面临着选择，而且就在眼前。的确，任何一个人每时每刻都会面临着选择，接下去他会作出怎样的选择，答案早在彭位泽脑海深处。只是当下被爱所掩盖着，或者说是彭位泽不愿探下身子将这个沉重的答案提起来，现在是时候了，因为到了最紧要的关头。

彭位泽辗转反侧，一时难以入睡。沈冰背对着他一动不动，他知道沈冰没睡，至少在他入睡前她不会睡去。彭位泽想起了夏可，一个纯洁而又热烈的姑娘。她会怎么想，那个刚刚将他的身体和灵魂剥得赤条条的疯狂的姑娘会怎么看他？割舍夏可如同割掉他身上的一块儿肉，他会心痛。但除此之外还有什么办法？他觉得自己身处断崖，不知转身还是前行。与沈冰离婚，让孩子失去父亲或是母亲，让这个家先散了然后重组家庭？可是，说不定没等你离婚，别说是县长，恐怕连副县长这顶帽子也会被人摘去。再说，即使当上县长，在割舍了那么多的拥有之后，还有幸福可言吗？

彭位泽从没仔细想过，与夏可的爱是建立在什么基础上的。他记得从哪本书里看到过有关爱情的剖析:爱情的主要目的，不是爱的交流，而是相互占有肉体的享乐;纯洁的爱若脱离了肉体，是无法维持和保存的。那么他爱夏可什么？她活泼热情的个性，她洒脱不羁的风格，她闪烁着智慧的头脑，她漂亮的外表以及与她做爱时的奔放与疯狂。所有扑朔迷离的表象都归结为性爱最后的满足。

彭位泽的确没有认真想过这个问题，尤其是自己堕入情海之后，表现出一种滑稽可笑的神态,完全丧失了原来面目。当爱情往纵深发展时，思想便充满诗情画意绚丽灿烂，体现出崇高与善良和超凡脱俗的气质。现在彭位泽能反思和夏可的爱了，说明自己已经意识到这个问题，并试图摆脱雾霭的困扰。他应该做出选择了，在爱情和所谓的理性之间。

这一夜彭位泽睡得很熟，甚至没有一个梦。

二十九

犹如爱情，生活中充斥着各式各样的选择。

我也一样，从报考大学到跨系选修专业，再到毕业后报考警察，似乎每一步都在大幅度地选择，都在试图改变我的人生。当警察是蛰伏在我心中一个不成形的梦，到了付诸实践的那一天，我在选课上有着鲜明的倾向性。我承认，我的决定过程曾受到过肖石安的影响，到我把消息告诉母亲时，正如肖石安预见的那样，遭到了她的极力反对。母亲的反对没有实质性的理由，只是对警察辛劳与危险有一种本能的恐惧。然而，这并没有改变我的决定，我也没有用大道理说服母亲，只是告诉她：一家人能有今天，正因为父亲是名警察。也就是说，警察和与警察有关联的人，让我的家庭得以很好地生存。这一点，母亲有深刻体会，她无法反驳，也无力反驳。

从派出所到治安大队，我踩着两个人的足迹，一个是父亲，一个是肖石安。我把肖石安当作父亲看待，不是因为他在我内心占据的位置，而是他让父亲的形象在我脑海里逐渐丰满起来。肖石安是在婚后离开公安机关的，他先调任市公安局政治部，后转到了市委党校任教，一年后调入省财经大学。在他进入省城数年后，我报考了财经大学新闻专业，这与肖石安在学校任教有关。

我没想到，在正式上班的那天，我收到了一个包裹。包裹是肖石安寄给我的，那是一套上白下蓝的老式警服。警服穿过，依旧很新，领子上缀着两片鲜红的领章，领章是全新的，红得几乎耀眼。我在照片上见过父亲穿这样的警服。我捧着警服有些发呆，泪水模糊了双眼。肖石安说他是警察队伍里的逃兵，一定有他的难言之隐。但是，这么多年过去了，他依旧珍藏着这套59式警服，现在又把它送给我，就像接力赛跑的交接棒。可见在肖石安内心深处，隐藏着对警察的眷恋与寄托。现在，他把这种期待传递给我，希望我继续走完他没能走完的道路。

肖石安没有在包裹之外附言，倒是把什么话都说明白了。

这里不去说肖石安与我之间的事，还是把话题转向彭位泽。应当说，彭位泽是直接被夏可的感情"俘虏"的，这就像当初肖石安被夏可俘虏一样。但是，如果把爱情比作一座高山，哪怕这座山再高，都会有峰回路转的时候。彭位泽救人事迹让他成了英雄，同时面临着擢升的可能，这时候他的人生面临着重大选择。我不知道彭位泽内心想着什么，抑或，除了夏可之外，冯开石案件是他最关心的了。这一切，和他的选择有关，不过他一定没想到，肖石安已为冯开石办理了刑事拘留延长手续，这样的事最终还是发生了。

这一天，肖石安办完刑拘延长手续，顺路转到城关派出所。

邱大生一见就在门口高声叫道："早来一步就能听到骂声了。"

"骂声，谁的骂声？"肖石安问道。

"方严枫呗。"邱大生说完，咳嗽起来。

肖石安撇撇嘴没搭理。

他们一同到邱大生办公室，坐定，邱大生让内勤上了茶，肖石安转而问道："你还没看医生呀，咳了多长时间了？"

"哪里有时间——你不在乎别人的骂声？"

见邱大生还提便问："骂我什么？"

"冯开石还没逮捕，他能不骂吗？乡镇书记是亲生儿子，什么事一捅就是书记县长那儿，计划生育工作更是天大的事儿，你我只有挨骂的分。"

"怕是醉翁之意不在酒吧。"肖石安说。

肖石安想到的是方刚、方铁的案子，那起案子高局长曾和肖石安商量过，希望能办取保候审。肖石安坚持说："这起案件造成一人重伤一人轻伤，其中一个还是民警，依照法律规定，不宜搞取保候审。"

局长说："检察院不是退回来了吗，刚好我们就势给各方一个下台机会。"肖石安知道，一定是方书记在检察院打了招呼。他说："检察院退案是补充侦查，不敢不批捕。我们按照要求补足材料就是。"高局长说："肖石安，这不仅是方书记的愿望，也是县领导的意思。现在方书记担子很重，'突击月'也进入了关键时刻，领导这么考虑也是出于工作大局嘛。再说，改变了强制措施，不等于不处罚。"两人各有角度，就像两条铁轨粘不到一块儿。肖石安最后问："林洋副局长什么意思？"高局长听了，半晌不作声，存留的笑容也渐渐淡去。肖石安一直望着高局长，只听他道："你才是案件主办！"

肖石安明白高局长的意思了。林洋与自己一样，不赞同对方钢、方铁改变强制措施。但是高局长出于县领导的压力，不能置之不理吧。肖石安想了想最后道："高局长，补充调查结束，主办民警已经写出调查报告，事实清楚，证据充分，提出明确的处理意见，作为业务科的我也完全同意。延长刑拘时间还剩48小时,办案部门正准备再向检察院报捕，改变强制措施，办案民警不敢，我也不敢。若是哪位领导敢在呈批表上明确批示，我会用文字方式，亮明自己的观点，同时提请领导慎重考虑，将报告收入卷宗。"局长望了肖石安半日,狠狠地拍了拍他的肩膀道："哈哈，肖石安，有你的！就照着你的意见办！"

肖石安看了一眼局长，吁了口气。

肖石安把案件顶了回去，即便高局长不说，方严枫书记也清楚得很。再说，方严枫一开始就晓得肖石安的态度，材料再次报到检察院，检察院审查后没敢再退。那日，姚副科长与派出所民警一道，向方钢、方铁宣布了逮捕，这事躲不了，藏不得，像清水里的石头，明摆着是肖石安得罪方书记了。话说回来，肖石安理解方书记，从他的角度，两个堂弟被抓，他这个书记没出力，自己不好交代，叔伯那边也会失去面子。

这些邱大生不知道，肖石安也不想说。

"最近又忙些什么？"肖石安喝着茶问。

邱大生摆摆手，意思不想谈这个话题。

肖石安也觉得，现状摆在这儿，说得多了除了伤神也没啥用。

邱大生顿了顿问："你看了吗？"邱大生将一张市报扔过来。头版整个版面加上编者按只有一篇文章。标题叫《英雄本色》。

肖石安说："没看。"

邱大生说："省报也刊了，彭位泽这回真的有希望了。"

肖石安想起那些传说："这种事假不得。"

"命该他做官。"邱大生说，"你注意到文章的作者了吗？"

"夏可。"肖石安说。

"夏可是彭位泽的什么人，老是鼓吹彭位泽？"

肖石安不答。邱大生不知道夏可就是原先的夏凯，否则多少有些尴尬。

邱大生一阵咳嗽，连忙抓起杯子喝水。

肖石安皱皱眉头："彭位泽的确是一名不错的领导，工作作风扎实，肯为老百姓办事。"

邱大生道："也是江副书记的命浅，费尽移山心力，却遇上了彭位泽的《英雄本色》。这样一来得辉煌几个月吧，江副书记官运背时呢。"

"姓邱的，成天钻研这种'业务'，也没见你弄出个一官半职来。"

"我哪有时间钻研，不瞒你说，年后我没歇过一个星期天，每天晚上工作到三更半夜，有时刚睡下又被叫醒——别说了，说了也白说，谁让我当这个派出所所长呢，上管天，下管地，中间管鸡毛蒜皮。这还不算，还要顾及全所民警的办公费用！"邱大生满脸讥讽地嘲弄着自己。

"我觉得你身体一直不好，脸色苍白，你真该检查的。"肖石安关切地说。

"有什么用，发现什么你就没得活了，没发现才是芝麻小病。"

"不管怎么说，先得查清病情，这就像办案，没有证据怎么适用法律？"

邱大生苦笑，片刻道："你知道，我老婆一直没找到工作，让她摆夜摊，我于心不忍；上头还三令五申不准家属从事商业活动。他们有地位，他们的老婆孩子不会下岗，也不管你老婆孩子是不是有工作。父母亲病了很长时间，每月兄弟姐妹出100块钱，对有些人说这都是小事，但我，觉得担子特别重。"邱大生摇头，弯下背，像是不堪重负。

"这不是理由，有病总不能不看吧，拖垮了怎么办？"

"药费包干120块一年，一个感冒也要花几百块钱，医院上不起唷，就这么熬着呗。"邱大生一甩手说，端起杯喝水，肖石安见他颧骨突出，瘦骨嶙峋的模样。

"你知道吗，"邱大生又说，"县里汪书记这下开心了。"邱大生忘记了不快的事。

"为什么？"

"县长有人竞争，副市长、副书记就没人竞争了？那才叫激烈呢。彭位泽救人后，汪书记四处跑着，想通过市委和新闻媒介搞出轰动效应。搞成了，彭位泽是英雄，汪书记同样也风光。县里出了大英雄，不就是一把手培养的吗？"邱大生说。

"一切合情合理。颂扬英雄人和事，是精神文明建设的重要内容嘛。"

"这事巧就巧在这儿，顺水推舟，既隐蔽也省力。"

"你别老这么看领导，他们在台上拼着命地抓经济抓发展，这些年开阳城变化有目共睹么，谁又抹得掉呢。"

"我又没否认这些。现在的人和我们父辈想的不一样了，那时，有提拔机遇谦虚着，有好处互让着。现在倒好，变着法子往上爬，往身上捞好处。这才几年，这世道完全变样了。不过我没把那些人想得那么坏，他们之所以争官夺利，是担心让坏人占据要职，毁了这个民族，这个国家，也算得上侠义心肠呢。"邱大生说完紧接着又是咳嗽。

肖石安没接邱大生的话题，他盯着他的脸道："邱大生，你一定得去看医生，我能感觉到你的身体状况很不好。"

"我心里有数。"邱大生轻飘飘回答。

肖石安心想一定得告诉冬妹，好让她照顾他的身体。想着起身要走，邱大生又叫住了他，见他诡谲一笑说："如实招来，是否看上了市委书记女儿了？"

肖石安说："你敢问，我不敢想呢！"

"别给我耍滑头，人家很主动不是？"

"瞎说什么。"

"你蒙别人还想蒙我？县里领导知道，局里的头头也在议论这件事。还有，方书记的脾气你我都知道，你没有这层关系，或是人事变动在即，他今天会从所里骂到局里，再从局里骂到县里。嘿嘿，不过我邱大生想借光呢，就借你这一回。"

肖石安只得说了他们认识的过程。邱大生听完一拍桌子说："只要你愿意，她就会靠近你，你心里的话她也愿意听。"肖石安觉得这几句话耳熟，一想是一段歌词，不觉笑起来。

"是个机会，抓住啊。不说别的，你都几岁了！"邱大生认真说。

"谁都这么说，我怎么就没有感觉。"

"你就笨在这里。"邱大生虎起脸道。

肖石安无话可说。"不聊了，林副局长不知找我什么事。"肖石安看传呼机。

邱大生起身送肖石安出门。

林洋办公桌上堆着五六个案卷，正在签字，乡下派出所几个民警坐在他办公室里。林洋见肖石安进来说一会儿就完。肖石安沏了茶水，又给派出所民警杯里倒满。林洋签字特别认真，那些卷宗治安科、法制科早已是横挑鼻子竖挑眼地审核过了，有问题绝对到不了他手里，可林洋还是细细看了每个案卷的调查报告，然后慢条斯理地签上自己的姓名。

　　肖石安说一会儿回来，他要去法制科商讨冯开石的案件，最后一次对冯开石提审，再将案卷移送预审部门。

　　还没坐稳，林洋又传呼他，他只得先到林洋办公室。

　　林洋满面春风地望着肖石安。"有喜事了？"他问。

　　"喜什么？"肖石安被问得懵懵茫然。

　　"要成为市委书记乘龙快婿了，还瞒着我这个分管局长。"

　　"怎么老是这个话题。"肖石安皱起眉头说。

　　"这是大事，俗话说得好，赶早不如赶巧，你是赶着了。"林洋高兴道。

　　"你当是做买卖呀，见风是雨的。"

　　"你们都是有知识的人，用得着那么俗气吗？告诉我怎么挂上的？"

　　"那些论文呗，两年前开会见过一次面。"

　　"那次我怎么就没去呢。"林洋自嘲道。

　　"她提过你的，她问林洋是谁，我说是我们的副局长。"

　　"她怎么说？"

　　"没说。"

　　"没说——对，她是市委书记的千金嘛，这次你就没和她谈别的事？"

　　"谈什么？"

　　"比如县市的人事安排什么的？"

　　"我连她是市委书记的女儿都不知道，她也没在我面前表明，你说我怎么谈呀？"

　　林洋睁眼望着他，一副不可思议的模样。

"我说真的，至今没提过她爸，提了我也不好问。"

"哦，那是。"转而林洋道，"我说肖石安，外头传得沸沸扬扬的，说你们怎么好，说你如何如何有前途，怎么连她是市委书记女儿你都不知道？你蠢得可以呀。"

肖石安耸耸肩膀不置可否，腰里的传呼响起来，肖石安一看，是市里的号码。肖石安借了林洋办公室的电话回了过去，接电话的是个女的。

"听出来了吗？"

"是你？"肖石安说。林洋圆睁大眼，全神贯注地望着他。

"你好吗？"林萍问。

"还好。"

"我没事，就想给你打个传呼问声好，你在哪？"

肖石安望望林洋说："在林洋办公室呢。"

"是林洋副局长，替我问候他。"林萍说完挂了电话。

"他问你好呢。"肖石安拿着电话对林洋说。

"怎么就搁电话了？"林洋有些奇怪地问。肖石安耸耸肩膀。林洋道："如果原先你没在意，那么现在开始在意些。很多人恨不得制造机会，有机会摆在你面前，你抓不住，就是低能儿，没情商。"

肖石安瞪了他一眼没回答。

肖石安一直想开个科务会，这段时间各自忙着，都有些散了。可尽管只有几号人，还是集中不起来。各专管员手头没案子，就换档案换证搞检查。从今年开始，市里要求档案规范化，让各县自己先搞试点。肖石安将场所、民爆枪支和特种行业从申请到办证的审批，装订成册，这样既漂亮又完整。没想市里推广了他们的经验，还开了现场会，肖石安作典型发言。年初开始，几个专管员忙得不可开交，加上最近的案件和"突击月"工作，每天上班，肖石安老找不着手下的民警。

办公室里老龚在整理材料，他眯着双眼斜刁着烟嘴，不时被呛得咳嗷起来。老龚文化不高，是多年的枪支专管员。他脾气倔，讲原则，不买别人的账；他脸庞黝黑，人家说是烟草熏的，还有人说他是包青天。一次射击训练后，老龚让姚副科长帮他给枪支上油，姚副问他讨一盒"五四"式子弹，没想他两眼一瞪道：多打几粒子弹可以，给你，一发都不行！正是他这种倔劲，领导对他专管枪支特别放心。老龚对肖石安很尊重，肖石安身上有他永久缺乏的东西——文化。肖石安理解这点，又格外低调，处处尊重老龚意见。

肖石安问起冯家坞证人材料，老龚摘下烟嘴，手指在材料上弹着说："没人谈到闹事有预谋。冯开石的家就像城里的市场，经常聚集一些老人妇女和儿童，海阔天空地聊。县里进行计划生育宣传动员以后，天天传着各地罚款抓人新闻。儿子冯进出走，大家把焦点注意到冯开石身上。镇里对冯开石作出'最后期限'，有人讲过到时来看热闹，不少人就跟着附和，这些材料已经查实。"肖石安问有没有新的情况。老龚顿了顿说他分别调查了七八个在场的老干部，都说是自己来的，有的是看到队伍进村跟着来的，有的是想起那天是"最后期限"。妇女们大多是凑热闹的，村民对干部没好感，一旦有事，村民不问好孬，就针对干部闹腾，成了这些年的习惯了。

肖石安让老龚把材料整理出来，写出调查报告。老龚说正弄着呢。

小黄跑过来说彭副县长的电话。肖石安到内勤办公室，听出了彭位泽的声音。"哪天能结案？"彭位泽开门见山。

"后天。"

"对案件的定性有什么问题？"

肖石安沉吟片刻："证据基本固定。"

"一定要查实了才下结论，要经得起时间的考验。"

肖石安想想道："主观动机是个复杂的东西，要靠旁证来证实。"

"抓紧时间，还有，你自己的事也不要放松。"彭位泽说着笑了。

肖石安说了声谢谢，放下电话回到办公室。

彭位泽刚到公安局加压不久，没必要再打电话给他呀，而且又没有新鲜的内容。肖石安觉得彭位泽有些做作，不过最后那句倒是重要话题了，尽管是轻描淡写地提一句。这件事怎么弄得像真的似的，肖石安的确没有潜心想过事情的进展，林萍给了他淡淡幽香，就像空山幽谷释放的兰香一样，你刻意去闻，那香味便无影无踪；你不经意时却缭绕在你的鼻息之间。林萍给他的就是这种感觉。这种感觉和她是市委书记的女儿没一丝一毫的关系。林萍十分低调，没有一丁点儿平庸的气息。但林萍的表现和领导的暗示又不能不让他思考这个问题。他不知不觉从抽屉里拿出《罗素文集》，那段书写优美的英文又展现在他的眼前。于是他认真地翻译了出来，并写在书的下端："……对爱的渴望，对知识的追求和对人类苦难不堪忍受的怜悯……"这三股激情不但是林萍内心的写照。肖石安觉得，她像个远离喧嚣世界的顽童，保存着永不泯灭的纯真。尽管道德标准也在"见异思迁"，但在林萍心灵世界里，永远只有纯净的山泉。

肖石安在书里翻着，发现这本书林萍已经看过，不少地方还有画线。肖石安内心涌出莫名其妙的感觉：他突然想通过林萍的画线，来捕捉她内心的灵魂。

> 我希望我能变成鸟兽，能和它们相处。
> 它们是那么的宁静，那样的知足，
> 我伫立着，久久地凝望它们。
> 它们不会劳碌无度，也不会杞人忧天，
> 它们不会在黑夜中惊醒，为自己的罪过哭泣，
> 它们不会喋喋不休地谈论对上帝的义务，
> 没有一个贪得无厌，没有一个有疯狂的占有欲。
> 没有一个向另一个屈膝，也不向几千年。
> 前的祖宗跪拜，

在整个地球上没有一个特殊的身份，

也没有一个忧郁寡欢。

——沃尔特·惠特曼

肖石安仿佛通过阅读感觉到了，林萍曾走过了人生的泥淖，历经了难以揣摩的痛苦，她像是饱尝了某种黑色的绝望之后才走向阳光的女人。

肖石安的脑海展开了一个迷乱的世界，这个世界演绎着有关林萍的一切，他仿佛看到林萍在那个世界里挣扎，痛苦的脸，扭曲的身子，低声的呻吟，那种呻吟超出世界上任何一种恐怖的声音。一个纤弱的身子在黑暗中逐步消失，一切复归于混沌。

肖石安猛地抬头，心脏剧烈地跳动，他拿起电话，照林萍留下的号码打过去，接电话的正是林萍。

"你没事吧？"肖石安问，音调充满着担忧。

"没事，出人意料，我当然没事。"林萍惊诧又柔声地说。

"没事就好。"肖石安说。他突然意识到自己举止荒诞不经，便解释说做了一个梦，一个令他不安的梦，所以打电话。

林萍那边是长长的沉默，最后她说"谢谢你，石安"。

肖石安支支吾吾挂了电话，心想自己心理上一定出了问题，难道说他真的需要一个家庭，一个稳定的家庭来安抚他躁动的心绪？

三十

爱情来袭，会成为智慧的障碍。

这句话从来不可能唤醒热恋着的人们，就像一个醉汉，对自己的言

271

行丧失度的把握，爱情的缠绵就像是酒精。

那一刻起，肖石安真正关心起林萍来了。但是，他并不清楚自己在做什么，也没有思考这种关切的含意。具有讽刺意味的是，肖石安一直自学心理学，在财经大学也兼授心理学课程，在我决定报考警察时，选修课之一就是他的消费心理学。但是，每一个心理学家都不会用那套繁琐深奥的理论，来剖析自己的灵魂，否则，都会演变成疯子。

正在肖石安二度跨进爱情门槛的同时，天堂里有两个人正在慢慢觉醒。一个是彭位泽，一个是夏可。只是我当时并不知道这种觉醒的结果，尤其是在爱情处于巅峰状态，这样的转折来得太突然，反差也太大。

彭位泽心想，倘若与夏可的爱，不会成为家庭与仕途的障碍，生活的光景一定更加绚丽多彩。现实生活中这种可能性不是没有。只是，作为一名干部，再往前走一步极有可能踏入颠覆的深渊。当然，不论过去还是现在，在男人眼里，婚外情并不意味着原本的婚姻已经死亡，男人从来不会把爱情或性爱与婚姻对立起来，这不仅是天性的驱使，也是三妻四妾的道德观的沉积。拥有夏可的浪漫与温馨，同时享受妻儿天伦之乐，这样的生活堪称完美。但是，彭位泽感觉到他真正面临着选择了，这不仅是因为沈冰警犬一样的嗅觉，还有县委汪书记的旁敲侧击。

现在，要选择一种方式，或是说采用一种手段，既不伤害夏可，也不伤害沈冰，同时又能迅速了断。而在此之前，夏可眼里的彭位泽，依旧像她身上的背包一样如影随形。

这一切，夏可并不知道。

办公室里，夏可桌前堆满了稿件和报纸。采编的桌子永远是凌乱邋遢的，尽管是女人，这样的规律也不能幸免。

夏可是连夜被送回来的，当晚彭位泽又返回开阳城。她美美地睡到了上午 10 点，才光着身子到卫生间洗漱。夏可喜欢光着身子在房间里走来走去，她在镜子里看了百遍千遍，老是对着里头的影子说：怎么没一点缺点呢，你是一幅完美的画，你叫我嫉妒。因此她常这样光着身子走，走出美感，走出自信。

阳光透过玻璃抚着她娇美的身子，稍有凉意，却十分舒服。窗外是一片宽阔的田野，再远处是朦胧的山脉，她浑身的毛孔都奋力地张着，像一颗即将绽放的蓓蕾，汲取大自然赐予的日光浴。

早上心情特别好，昨晚她让彭位泽彻底裸露了本性，她要的就是这种感觉。她和他就像深山里的两头狼，精力旺盛，毫无顾忌地恣意妄为。这个过程，有一种淋漓尽致的感觉。此时，她在房间里走来走去，想延续那种感觉。与现实生活相比，有些人就像挂在墙上的一张张脸谱，掩盖着一个个真实丑陋的灵魂，夏可讨厌这种人。她想每一次都应当摘下彭位泽的脸谱，露出他赤裸的本真。夏可时常有一种奇特的想法，如果做爱时你并不知晓对方是怎么样一个人，想着什么，那么，你的行为和卖钱的女子并没有不同。

夏可回味昨天的情景，尽管彭位泽闪烁其词，还是被她剥得体无完肤。她十分开心，她喜欢彭位泽在她面前手足无措的样子，这就像攻破了一道道防线之后，收拾着那些毫无还手之力的对手一样。

夏可穿好衣服，煮了杯牛奶，煎了个蛋，三下五除二吃光了。然后背着采访包走上街，她想到书店买书。

途经商店门口，营业员几乎都在看报纸，谈论一个话题，那就是《英雄本色》的事迹。夏可心里暖洋洋的，虽然不是她创造了英雄，至少通过她的笔向世人传递了英雄事迹，并且让民众了解了彭位泽的辉煌。

她不觉走到一个小摊前，要了一份报纸。摊主说是最后一份了，他今天额外拿了三次，报社加印了八万份，现在又脱销了。夏可付给摊主五元钱，说最后一份就别找了。摊主一拍手，送给夏可一连串的祝福词。

夏可没买到要买的书，营业员说再过两天。尽管书没买着，却满耳灌进了彭位泽的赞许声。还是回家细细看吧，继续抚慰独自的宁静。

回到家里，取出报纸，心里一直想笑，谁知道呢，众人心目中的英雄昨晚还和她在汽车上做爱呢。她觉得他们的爱没有邪恶的心念，他们的结合是满足纯粹的爱，因此，也没有道义上的责任，她的笑是从心底发出来的。

夏可的忧郁是看完报纸全文以后产生的。因为自己也被推进了大众激奋的氛围里，这种氛围让她与彭位泽的私情拉开了一段距离，她仿佛感觉到了威胁，一种成功之后带来的负面效应，于是内心又幽灵般升起了莫名的忧伤。

彭位泽毕竟是宦海里的人，尽管和夏可认识之后，被她还原了人性。但彭位泽仍然是宦海里的人，这一点没有丝毫改变。换届前的人事变动夏可早有所闻，现在看来，彭位泽是万事俱备，不能回头，宦海风云，他会抛弃一切，责无旁贷走下去。这样，嬗变就在眼前，夏可将会面临着什么？

夏可心情乱七八糟的，她不想吃饭，脱去衣裳倒在床上又睡。

园子的橘花雪白雪白，发出浓烈的芳香，转而响起的喜庆乐曲，她和彭位泽被簇拥着，双双走进礼堂。礼堂里无数朵鲜花里有着无数个宾客，他们密密麻麻地挤在一起，注视着她和彭位泽走过铺满红地毯的甬道。长长的婚纱如同一溜白云在身后飘动，彭位泽身着西装，挽着她的胳膊，脸上充满着甜蜜与幸福迎接着圣辰。

"我说过不结婚，为什么就跟你来了呢？"夏可道。

"那是因为你没遇上我。"

夏可甜蜜地笑，心中却有几分恐惧。

牧师拿着《圣经》含糊其词说着什么，然后是彼此交换戒指。牧师面朝宾客问：有什么不准他们结合的理由吗？所有的花朵都在摇摆。牧师再问时，花海中发出一个叛逆的声音："有。"那声音由近而远，由远而近。一朵橘花张开了，露出一张鲜美的脸。这张脸没有任何表情却在向他们靠近。"你是谁？"牧师问。"我是他的妻子。"那朵橘花说。"你是他的妻子，你的身子呢？"牧师紧接着问。"我和他都身不由己。"牧师望着彭位泽。彭位泽脸色苍白，支吾着难言其词。"你为什么说他也身不由己？"牧师镇定地问。那张脸沉寂地飘到彭位泽面前，撩起他的西装，发现他下肢不翼而飞。夏可大惊，是她亲手将西装穿到他身上的，怎么就没了身子？"你还不明白吗？你是个记者呀。"那朵橘花嚷道。夏可的确弄不明白，彭位泽为什么会没有身子。夏可极力地回忆，每次和彭位泽做爱，他那结实的身躯都成为她发疯的理由，而昨天，她两次剥掉了他的衣服，不仅让他完整地展露了身子，还深深地刺激着她的灵魂。而今天这一切怎么都消失了呢？难怪，她挽着的手显得格外轻，完全失去了依赖的力量。

夏可觉得被愚弄了，她撕掉婚纱，逼着彭位泽问："你为什么不带身子？"彭位泽哭丧着脸，那朵像橘花一样的脸在一旁微笑。"我也是身不由己。"夏可觉得荒唐。"我不是这里的人。"彭位泽接着说。"我也不是这里的人。"那朵橘花在边上附和。"我们都不是这里的人。"所有橘花齐声叫道。宾客的鲜花全部张开了，每一朵后面都有一张漂亮的脸，每一张漂亮的脸下都没有身子。"我们全是身不由己。"礼堂里发出"嗡嗡"的声音，响彻云霄。

夏可知道可能在做梦，她想一定是在做梦，梦中才有这份荒唐。她逼迫自己醒来，借用无形的力量将意识灌进脑子，费了好大气力果然醒了，只是浑身汗渍渍的。睁眼四顾，这是她的房间，四周是墙壁和窗户，墙壁上挂着她的摄影作品，而那片长满白色花朵的橘林，竟然消失得无影无踪。

她躺在床上，极力回忆刚才的梦，所有的梦都围着欺骗和身不由己这个主题。那个首先说话的女人是谁，彭位泽的妻子吗？她显然是虚幻的化身。不管代表什么人，夏可从来没有在婚姻上思考自己的今天和未来，她没想到要结婚，从肖石安开始。肖石安非常爱她，她也真正爱过肖石安，两人的情感都是真实的。但肖石安过于理性，他总是把热情藏得很深很深，使得夏可每次像是从井里吊水，半日才能把桶拽上来。她要自由，要任性，从爱到疯狂又从疯狂到爱，容不得半点虚假。她记得在学校里爱上过一位老师，一年后她发现那位老师同时爱着她的另一个同学，而这个同学是她最好的朋友。他扇了老师一个耳光，将他从心里轻巧地抹去了。然而彭位泽不同，他们结识时间不长，但她没办法离开他，她知道他有家室，但她从没考虑这样的问题，时常因为联手与沈冰捉迷藏而窃窃地笑。这段时间来，她赢得了彭位泽的心，她想过结婚的事，她没有把握婚后会有什么样的结果，因此没有和彭位泽提及此事。他们过于在乎当下，毫无压力地去享受对方的爱，彼此都觉得很轻松。如今彭位泽面临着选择，走向看得见的辉煌。对夏可而言，这就像一条宽阔的河流，结结实实地挡在她的面前，而彭位泽的选择会让爱变得非常沉重和艰涩。

把今天放下，要一个崭新的明天！

夏可起床洗脸，肚子有些饿了，她草草吃了点心，便赶往报社，她还得看大样，她编着《社会与家庭》栏目。

办公室里，夏可清理着稿子，吾副主编出现在她的桌前。

"这篇文章弄得不错，要为你报功的。"吾副主编说。

"是因为吾副的点睛之笔呀。"夏可说。

"客气，客气。对了小夏，上次和你提的那事想好没有？"吾副主编推推鼻上眼镜说。

"什么事呀？"夏可一时没反应过来。

"就是宣传部长的公子。"吾副主编笑道。

"我还没想过呢。"

"都几岁了！"吾副主编沉下脸，流露出长辈的关切。

"不许问女孩子年龄。"

吾副主编笑笑说："人家条件不错，高大英俊，研究生，工作条件不差，好诗歌散文，百里挑一的男人。"

夏可不吱声，夏可是个明白人。报社主编刚退，年长的张副主编主持工作，听宣传部放出风来，准备在吾和张之间选一个。论学历，资历，吾副主编不能和张副主编相比。但传说张副主编有一个习惯，常与年轻作者单独谈心，而且这种谈心只限于女作者。这种扶持精神难能可贵，只是让好事者无端添上了似荤似素的花絮，给报社上下造成了不良影响。问题又在于张副主编非但没有觉悟，反倒乐此不疲，正好让吾副主编抓住了机会。于是那些传闻变得有声有色。吾副主编想得最多的是：否定此必须肯定彼，最重要的是在宣传部长对张副主编产生灰色印象时，吾副主编能填写上另外一种色彩，报以良好的印象。于是他自然想起宣传部长的儿子和手下记者夏可。

吾副主编想说什么，张副主编过来找夏可，问他另一篇关于开阳城对抗计划生育的稿子什么时候交。吾副见张副，客气地点头退了出去，临了还让夏可别忘了。

夏可把那篇稿子交给张副主编，张副主编一走，夏可不管不顾地看起闲书来。

其实她一个字都无法读进。

夏可从未像近来那么爱思考，也从没像现在那么忧郁。思考和忧郁，忧郁和思考，大约是一双孪生兄弟，总是相伴相随。她想，自己大约快成为拜伦的牺牲品了。那个让英国引以为自豪的名字，那个深刻的烂漫忧郁的象征的人物，是一个令夏可难以摆脱的影子。夏可一时摸不清自己忧郁的原因，她以前很少读拜伦的诗，拜伦的诗虽然很美，但布满凝重而伤感的气氛。新近她却看了，并且用里头的诗句来权衡自己人生的价值，探讨欢乐与痛苦的根源，这就老让她想着原本看来是古怪的问题。

世间无所谓快乐。

让人一时得到，也会永远失去。

早年的思想。

随着感觉的衰微而凋敝。

这段诗句毫无疑问是对人世间最美好的爱的否定。那绚丽的爱犹如其他一切欢娱一样，会在瞬间永远失去，不再复返。

彭位泽没有暗示，他们仍旧彼此拥有，忧郁的危机可能来自夏可本身。这么说来，她是无病呻吟了。

她给彭位泽打传呼，她不想直接打手机惊动他。末了她端坐在桌前望着电话机，她要在电话铃响起的瞬间抓起电话。她要把这种急切的心情通过微妙的举动传递给彭位泽，她想得到彭位泽的安慰。

夏可从没感到这么虚弱，忧郁伴着虚弱，把她弄得很疲惫。她的目光一刻没离开电话机，仿佛那是一部充电器，可通过它汲取即将耗竭的能量。

铃声没响。

一直没响。

夏可忍不住把电话打到彭位泽办公室，没人接；再打手机，关机。她又把电话打到他的住宿，接电话的是个女的，夏可没说话，把电话挂了。

无疑是彭位泽的妻子沈冰正在开阳城，夏可想。

夏可想象不出彭位泽有什么的理由不回电话，这在他们关系史上还是第一次。以前彭位泽不回电话，大多是因为开常委会并且发言。只过一会儿，他就会跑进卫生间："还开着会呢。"那时夏可和彭位泽就会咔咔笑个不停。今天彭位泽怎么了，她细细回忆昨晚的聚会，彭位泽没有流露出丝毫疏远她的心迹，夏可百思不得其解了。

夏可仍旧不停地打传呼，像是和自己赌气，十次、二十次地传，她想一直传到彭位泽回电话为止，传到这个世界覆灭为止。

直到下班前，夏可完全失望了。她抱着极其恶劣的心境正想离开，电话铃响了。讲话的正是彭位泽，她差一点将电话狠狠地摔在桌面上。

她先是不作声，然后愤然发作道："我传呼两个钟头，100次。"

"传呼机没电啦。"彭位泽平静地说。

"去你的。"夏可愤怒地挂上电话。她没想到她赌气打了一个下午传呼，等回来的却是一句"没电啦"。

她匆匆离开办公室，关上门，听到里头铃声骤起。

夏可心情好了点，彭位泽毕竟回了电话，这个电话消释了她不少的恶劣情绪。

三十一

肖石安的性格不像父亲邱大生那么粗糙，他考虑问题很周全，尤其在大是大非面前，不仅讲原则，还能顾及周遭的感觉。在我印象中，他信奉的第一原则是法律，它就像一条悬挂在眼前的高压线，不可触及；其次是道德原则，那是内心流动的清泉，永远不能被玷污。有很长一段时间，他连续做着同一个噩梦，他曾向我描述过梦中的恐怖感受，那是现实生活中从未出现过的情景。

那个时候，我并不晓得他做噩梦的缘由，在我撰写这部作品时，"争创全国文明县城"工作如火如荼，这是这个时间段里最大政治，就像几十年前肖石安面临的计划生育"突击月"活动一样。我就作品中涉及的地方政府与公安机关的关系问题，专门请教过肖石安。肖石安的回答非常简洁："公安机关是地方行政力量的一部分。"这似乎明了地阐述了公安机关的地位与职责。如果把地方行政机构比作一张网，纲举目张才能步调一致，公安机关只是诸多"目"中的一个。第二个问题，也就是警察过多参与非警务活动的问题。我之所以要问这个问题，是因为在我对父辈工作的了解中，非警务活动尽管不少，但在此后的20多年里，不是少了，而是多了，不是在一个领域，而是在所有领域。我不反对"公安是地方的一部分"的诠释，但在所有执法活动中，公安机关有着严格的法律程序，这一点不能违背。公安机关同时要为地方经济建设和社会发展分忧，这也是事实。

肖石安道："我同意你的看法，也同意你坚持的法律原则。警务工作是我们的职责，必须严格依照法律程序进行。你干公安有8年了，从派出所到治安科。回头想想，更多的时间和精力都放在预防犯罪与维护社会安全上。这些工作尽管没有法定程序，你可以拒绝不做吗？"肖石安的诠释打开了我的思路。所谓的预防性和维护安全，没有精确的界线，什么情况下采取预防，什么情况下维持安全。但是所有的危害结果，都可以倒查你的责任。夫妻吵架打110，出警了，可就在你离开不久，妻子被害，是民警应当预见而没有预见；孩子在校门外被殴，出警了，没见打架，警察走了，人被打伤了，是警察责任心不强。

我从来没有牢骚。因为我知道，预防性十分必要，不论工作性质，发展下去都会落在"治安问题"这个词上，那时候的麻烦会更大。再说，治安问题，地方政府并没有一脚踢给公安机关，重大案事件，收拾摊子的最后还是政府。这就是肖石安所说的"公安机关是地方行政力量的一部分"。由此看来，进入办案程序的案件，是公安机关工作的一小部分。

我们继续看肖石安办理的案件。

城关镇方书记带着伤在村里搞计划生育，政府简报上反映"突击月"活动开始后他一直没休息。夏可采访方书记的报道也刊登了一大节。这项工作，方书记是铁了心的。到肖石安再见到他时，他是又瘦又黑。

"我都认不出了。"肖石安说。

"基层工作就要一马当先。不过今天不谈工作，我是来请你们吃饭的。高局长说了，你有时间再通知他。"

"我有时间，也没你那个酒量，晚上还有事呢。"肖石安想起方严枫书记前些天在邱大生面前骂他的事，这才多一会儿，已换成了另一张笑脸。

"天大的事饭能不吃吗。"

肖石安不愿听这话。方严枫却抓起桌上的电话打到高局长办公室里，然后把话筒递给肖石安。

"没别的事吧？"高局长问，"方书记是专门来请的。"

"我真的不行，除了案子上的事，那本论文集没审完。"肖石安还是想借故推托。

高局长没再劝，让他把电话交给方书记，方书记听了极不情愿地说："那么改日，等你有空再说。"

"'突击月'结束吧。"肖石安见状道。

"那不是吃饭，是庆功宴。"

肖石安听了心里不是滋味。他想起了冯开石，冯开石咳嗽声音回荡在他耳际里，他想在案件交给检察院之前，和他认认真真谈一次。

方书记又问冯开石的案情，肖石安应付着，方书记听完后说，要到高局长那里办点事。肖石安送他出门，转身接电话。

电话是邱大生打来的，邱大生打电话总爱大呼小叫，今天像是被人捏住了嗓子。

"我想请你吃个饭。"邱大生说。

"好呀，你定时间地点吧。"肖石安道。

"我知道你官不大，请的人都要预约。"

"什么呀，比你所长还差一节呢。再说，有的酒席我胃口不开，你知道的。"

"冯开石的案件什么时间办结？"邱大生问。

"就这两天。"

"好吧，在结案以后。"

"别把两件事扯在一起呀，那样的酒我宁可不喝。"

"不不，没这个意思，就我们俩，不说工作，说别的。"

"就这么定了。"肖石安说。他放下电话，才觉得邱大生的口气反常，他没多想，整理案卷，写下了提审报告。

把报告交给高局长，高局长看毕问：

"提出嫌疑人吗？"

"是。"肖石安答。

"多长时间？"

"一个下午。"

"你怎么想的？法律可不是儿戏。"

"冯进不知去向，我想先做好准备，判决前力争取保候审。"

"要知道，这不是你的职责。"

"我了解他，他会送命的。我们既维护了法律的尊严，又体现了革命的人道主义。"

"他家没钱。"

"钱的事我想办法。"

高局长没再说什么，在报告上签了字。

下午上班后，肖石安给县医院副院长打了个电话，这是在押嫌疑人就诊的"直通车"。

他让老龚一同到看守所提出冯开石，肖石安把报告交给所长，在单子上填上带出时间，所长问："戴镣铐吗？"

"不用。"肖石安说。

冯开石被带出看守所，高高的台阶上他看到了肖石安和那个黑胖的警察。

走下台阶，肖石安将他往大门外带，然后上了汽车。

冯开石不解地问："去哪儿？"

肖石安不答，车子进了城，离医院还有一里路的时候他们下了车。肖石安抓住冯开石的手往前走，冯开石只得快步跟上。一路上肖石安不说一句话，只是牵着冯开石的手，一会儿冯开石就接不上气，胸膛里发出一种空洞的哮喘声。

"肖科长，你往死里整呀。"冯开石脸色铁青，说话完全接不上气。

肖石安只是不回答，一直到医院门口，才放慢脚步。肖石安招来三轮车让冯开石和老龚坐上去，自己在后面一路小跑。

副院长早等在门口，他直接将冯开石让进内科，说病情不轻，得赶快抢救呢。

冯开石呼呼地喘着气答不出话，内科医生听诊、量温、把脉，问了一些问题，开了一张拍片的单子。肖石安让老龚带着冯开石拍片，问起病情，那医生说："可能是哮喘发作。"

"那是什么一种病？"肖石安问。

"哮喘包括支气管哮喘、哮喘性支气管炎等症，可分为虚实两类。实又分为寒热两种。属寒者，痰略清稀，胸闷气窒；属热者，痰黄稠厚，口渴喜饮，或兼发热等症。"

"那么冯开石属哪一种呢？"肖石安似懂非懂。

"可能属哮喘性支气管炎，亦称'喘息性支气管炎'。症状有发热、咳嗽、气急和哮喘。易反复发作。这次可能是发作的症状。"

正聊着，副院长和老龚带着冯开石进来了。他脸色基本恢复常色，只是哮喘未息。

老龚说片子要稍等一会儿，内科医生说看片子再开方抓药。

内科医生讲得不错，从片子看属哮喘性支气管炎复发，内科医生说，如果病症严重会引起休克或死亡。

肖石安点头。

内科医生开出了药方和治疗证明，又让肖石安抓药配针。完了坐上科里的吉普，把冯开石送回看守所。

肖石安心里踏实了一些。

彭位泽从来没有在这么不起眼的案件中投下那么多的心思。

天气晴朗，没有一丝云，一条康庄大道在他眼前拓展伸延，他过关斩将，力敌万夫朝着目标前行。尽管满树桃花还没结出殷实的果子，但他信心百倍，没有丝毫懈怠。人说，满招损，谦受益，在最后结局到来之前，他就像一名乒乓球运动员，一丝不苟打到最后一分。

冯开石案件公安坐实了，这就打下了基础，下一步是检察院。那里，即便县长也不便直接给他们下指示，只有通过政法委，通过协商传达领导意图。

彭位泽不再去想舍己救人的事了，至少在表面上他不去想。被救家属几乎天天有人来，拿些土特产到办公室。彭位泽实在推不开就交给马局长。彭位泽每一个表现都通过马局长和县政府办公室的人传出去，不经意中不断提升了自己的公众形象。不过彭位泽在接待被救家属时的热心不亚于当时救人，那种亲和力又通过百姓的嘴一传十，十传百地向农村延伸。面对报纸电台和百姓的赞颂，彭位泽有些过意不去了。他想，切忌傲世轻物，那是最危险的敌人，于是，他犹如白天出洞觅食的松鼠，总是处处小心。

彭位泽将所有报刊上救人报道全部收集起来，收一份，浏览一眼标题。他这样做的目的不太明确，抑或是出于对夏可的感激，并且在浏览的过程中品味光荣与甜蜜。此后，他再没有接受任何一家媒体采访。他总是说："想说的报纸上都有了。"这么一个小小的举动，彭位泽做得十分细心。

做完一切，刚松了口气，汪书记就打电话让彭位泽上去，汪书记的办公室在四楼，三楼是县政府，四楼是县委，彭位泽放下手中的报纸关上门。

汪书记脸色红润。

彭位泽已从华部长那里得到确切消息，汪书记就要上任，大约在人代会以前。"突击月"活动也设定在"两会"之前结束。汪书记一动，接下来的就是县长顶汪书记。这一切步步紧凑，却也迫在眉睫。

汪书记的消息渠道彭位泽不太清楚，但肯定比谁都灵通，也比谁都准。

"市里准备搞几场英模报告会，你的意见怎么样？"汪书记显然是征求彭位泽的意见。

"别搞了吧。"彭位泽信口说，转念一想，这回答是正确的。英模报告会，会花很多时间准备，他不如把这些时间用在人民代表大会准备工作上。他想，他的选民毕竟在开阳城不在市里。他说："'突击月'工作还很忙，我走不开，再说那些事电台报纸作了充分报道，搞报告会会让人们觉得过了火了。"

"我也是这个意见。'突击月'工作一结束，接着是人民代表大会，这次会议对你十分重要唷。我想让江副书记配合人大做筹备工作。

彭位泽心想，汪书记倒来得直白，江副书记搞筹备会，彭位泽就有时间跑选区了。他回来以后给华部长打过两次电话，华部长虽然没说什么，但话基本点明了："你等着就是。"彭位泽心里十分踏实了。

"个人服从领导的安排，这样我也好全身心地投入到工作中去。"

彭位泽说的不假，他特别热爱自己的工作，每当完成一项工作，就有一种说不出的愉悦。他把每次工作都当作一种征服，不管难度如何，这点和其他干部完全不同。

汪书记听了彭位泽的话点了点头，转而问道："听说公安局治安科的科长和市委林书记女儿谈恋爱了？"

"有这事，他叫肖石安，林书记女儿专门到开阳城来看过他，他还有些犹豫呢。"

"年轻人把感情看得很重，也属难能可贵哟。"

"肖石安是个很有才华的青年，只是有些清高，像个做学问的知识分子。"

"是呀，很多优秀青年得不到重用，这个问题我们这里也存在，当领导的有责任呀。"

彭位泽明白了汪书记的话，但他没表态，在领导面前表态不明智，除非这种表态让领导特别欣赏。

"冯开石案件结了没有？"

"就这两天。"

"一个老党员了，不能保持晚节，令人痛心呀。听说你与他很熟悉，既然事情见报了，有机会你也做做工作，表示领导对退下来的农村党员干部的关心。"汪书记动情地说。

"我听书记的。这件事见报后社会反响很大呢。"彭位泽接着道。

"是呀，我看过了。一时讲党性，讲原则并不难；一生讲党性讲原则就不容易了。很多同志都是非常优秀的党员干部，在市场经济冲击下，把握不住自己，贪污受贿，生活腐败，最后断送自己。小彭呀，不论到什么时候，都要把握自己，不要让人在背后议论，甚至抓住把柄。"说着顿了顿继续道，"你现在是名人，你周围的人都拿眼睛盯着你，也就是说，是好是坏一人做千人看，想保持发展态势，必须高调工作，低调做人，还要洁身自好啊。"

汪书记可谓是语重心长了。以往大会小会个别谈话，他常说起这些，还拿案例来比喻，不管汪书记是否有所指，今天谈起，彭位泽就觉得很不自在。

彭位泽回到办公室，心里有几分抵触，也有几分沉重。这段时间，堆积的颂扬声已经让他看不见另一个自己，而汪书记的话像一把锋利的钢刀，直插他的内心深处，在他感觉到疼痛的同时，与荣耀形成了强烈的反差。他整个胸腔仿佛已被光亮照得透明了，无法藏下一点隐私，这样的感觉在整理《英雄本色》这篇文章之后更为强烈。应当说，彭位泽一直被正气支撑着，他的灵魂从来没有这般的纯洁、崇高，他很适宜这种感觉。汪书记的话抑或泛泛而谈，抑或言有所指。跑官的事许多人在做，和夏可的私情真有人议论？"一人做千人看"，汪书记这么说，他仿佛看到四周有无数阴暗的眼睛。

那天他没回夏可的传呼，并不是传呼机没电，只是他不想。他爱夏可，这点他从来不怀疑。他并非得到爱又不去珍惜爱的那种人，他觉得和夏可的爱如同一罐蜂蜜，从品尝第一口到最后都同样香甜无比，这一点他相信夏可不会怀疑。但彭位泽不是过于情绪化的人，他理性的头脑仍旧坚定，当某一行为危及事业的时候，他会毫不犹豫地作出选择。否则，他的妻子和孩子，他的地位和前途，有可能因为执迷的爱而丧失殆尽。妻子沈冰不久前专门从市里带来的那管笛子，本身就是一种暗示。他觉得与夏可的事一旦暴露，以往的辉煌将从他身上彻底消失。那时他彭位泽不再是救人的英雄、政坛的蛟龙，而是遭人冷落、令人唾弃的失败者、可怜虫。而此时，最让彭位泽内心不舒服的是，夏可的报道所引起的震动，与夏可的私情显得格格不入，这一点却成为汪书记的话题了。

彭位泽没想到与夏可的爱会有什么结果，谁也没提防一切来得这般突然，也没细想过最后的结局。因为这个，他们之间并没有情爱以外的利益，也没有被世俗偏见所侵蚀。现在不同了，有一种强大的不可抗拒的力量朝着彭位泽袭来，将他和夏可撕开，他们的爱变得非常脆弱，不堪一击。彭位泽无可奈何地想：他必须做出选择，这种隐约的想法现在变得明确了，男人每天都在选择，这大约是上帝对男人最大的恩惠。

的确，昨天他有意不回夏可的传呼，直到下班时，他推说没电了。夏可愤怒地挂了电话。他觉得很内疚，他不应该这样对待夏可，她是个纯洁而又坦诚的姑娘，不应该承担本由他承受的烦恼和痛苦。于是他像夏可传呼他一样不停地传呼夏可，并且一直开着手机。直到晚上九点，夏可才回了电话，她告诉了彭位泽同样一句话。

"电用光了。"

彭位泽释然。

沈冰是吃了晚饭才走的，当他送走沈冰回到房间后，发现那杆塞在床边的笛子挂在了书橱最醒目的地方，它就像沈冰本人，面带微笑静静地望着他。

彭位泽无法接受和夏可分手这个现实，在他情感深处，希望同时有一个稳定的家境、显赫的位子和像夏可那样的爱。这是男人都希望拥有的。但他的社会地位以及道德修养又不允许他这样想，更不允许他这么做，他必须做出合乎逻辑，更加实际的选择。一个千奇百态的世界，任何人都不可能同时拥有。

彭位泽径直走向书架，摘下笛子，用手抚着，心中有说不上的一种苦楚。他用舌尖舔了一下干干的笛膜，试了一下音，一切依然如故，他不知不觉地吹起那曲《梁祝》来。

笛声悠悠扬扬地飞出窗外，在空中缭绕，经久不散。

三十二

在这部作品杀青之前，我参与了一个安保活动，内容是县博物馆举行开馆仪式。

活动邀请了国内一些知名专家和学者，还有在开阳城任职过的老首长。我没想到，肖石安也参加了这次活动，并且有一个发言。他的身份是一个学会的秘书长，这是一个国内很有影响的学会，许多文化方面造诣很高的专家、学者都在这个学会办的杂志上发表文章。我利用会场保卫的身份，完整地听了肖石安的发言，我不明白的是，肖石安的专业是心理学，什么时候做起传统文化来了，而且对开阳城的古纸有着深入的研究。肖石安的整个发言，很多地方我听不懂，我很想听听他的解释。根据安排，中午有两个钟头的休息时间，肖石安没有休息的习惯，在他发言之后，我找到了接近他的机会。我谈了我的想法，他欣然同意了。

"中午就在宾馆大厅。"他说。

中午用完自助餐，我便在大厅等他。肖石安是个讲信用的人，不论工作和生活都十分严谨，与这样的人交往，让人踏实放心。

在说好的时间里，他准时出现在大厅里。我起身招呼，习惯叫了肖叔叔。他先问我母亲的身体状况，我回答说很好。肖石安点头。我道："没想到肖叔叔对开阳城的古纸这般精通。"

肖石安微笑答："这是我的故乡，我权衡着，开阳城千年历史，唯有古纸在明清历史上有过无比的辉煌，而今恢复古纸，对开阳城历史文化的蓄积和文化旅游开展，有着重大的现实意义。这促使我用三年多时间，对开阳城古纸文化进行深入的挖掘和研究。"

我不太听得懂，只是觉得肖石安在我心目中，就像个算命先生，看准的事不会有错。肖石安显然知道我约他不是为了这个话题，转而问道："你的创作进展如何？"我如实回答："还行，不过总有被卡的时候。"肖石安内行地说："既然是作品，就不能囿于现实，应当超脱出来，否则作品会缺少时代气息——对了，你准备取什么书名？"我说："暂时用《风生水起》。"肖石安沉吟了片刻道："《风生水起》好，这个书名好。回头再看我们成长的年代，就是'风生水起'的年代！"

我没想到，肖石安一下子点出了作品的主题和重大背景，就像当下的气象预报，准确到了时与分。而在此前，我一直是模糊不清的，我几乎是完整地将他的思想运用到我的作品里。

肖石安告诉我说：20世纪90年代中期，市场经济迅猛发展，多元理念不断呈现。这个时期，社会结构发生了微妙的变化，经济增长和社会发展，像陕北的黄土地，出现一道道裂痕，演变方向也逐渐发生改变。资源聚集与重组给社会公平公证、开放与守旧，人权与法治思想理论、政策制定提出了严峻的挑战，依法治国迫在眉睫。这个背景下，有人觉醒发奋，有人彷徨悲观。人生观、价值观、爱情观都在发生巨大的变化。"你作品应当体现的是一个永恒真理：在循序渐进的历史中，人类从来没有对赖以生存的自然和社会停止过艰难的探索！"

我眼前忽然开朗起来。

那天我还问了彭位泽、夏可和父亲邱大生的许多问题，肖石安的回答有许多是我从来没有听说过的，他就像张开一张五线谱，让我对人物有了最基本定位，这对我作品中的人物塑造与调整有了很大帮助，同时对完成这部作品增强了信心。最后我还问起了冯开石案件，我想知道案件结局，由此判断肖石安内疚的真正原因。这对肖石安来说是个敏感的话题，我知道他不愿意揭开这个疮疤，但我固执，还是让他作了全面的让步。

肖石安对冯开石有过最后一次审问。严格说，这不是审问而是让冯开石明白一些道理，只有这样对冯开石的处罚才算是仁至义尽。

那日，阳光明媚，肖石安和小黄骑着自行车往拘留所走。之前，肖石安接到高局长的电话，说彭位泽要亲自到看守所，要他预先做好冯开石的工作。

肖石安当警察以来，这条路不知走过多少回，不知有多少案犯因为他不停地走在这条路上而被送上法庭，投入监狱。但是，这么多年来，他的心情从没有像现在这样，在行走中感觉到厌倦和烦躁。小黄像往常一样骑在后面，小黄应该是漂亮的，但小黄觉得自己和肖石安的差距太大，小黄总是不言不语。肖石安有几分过意不去，他放慢了速度，希望和小黄并行，和她聊天，分散自己的注意力。

"你参与了这起案件的全部调查，想听听你的看法。"肖石安问。

小黄脸红，然后谦虚道："说不好。"

"又不是作报告。"

小黄咬着牙还是不说，肖石安侧脸看她："怎么了？"

"肖科，您被推在浪尖上，弄得心情很沉重。"小黄终于说。

肖石安没想到小黄会这么说，这个一贯不爱开口的姑娘让他吃惊不小。

"您一边要符合既定的尺度，一边又要接受良心的裁决。"

肖石安不回答，小黄的话像针一样刺痛了他。

"对不起，我想我是说错了。"小黄忽然又变得怯懦起来。

肖石安没回答，他干脆下了车，推着车与小黄并行。

"没有。"他叹了口气说，"不论工作还是生活，都不可能凭着个人意愿去实现。社会有不同的阶层，你的立场和观点决定了你的行为，你的阶层一定程度上决定了你的命运。个人的意志在这个天平上并不重要。"肖石安说着停下脚步。"有人说，一个真理被最终证实前都是谬误；最终被证明是正确的人，在最终之前往往被认为是错误或是有害的。冯开石或许是好人，他代表了纯朴信念的那个群体，这种信念在经济社会里已被渐渐梳理。历史的发展就是这样，直白而又不加掩饰，并且以排斥固有作为代价，这是否定之否定。原有残存的必须和历史发展保持一致，那就需要一种妥协。"肖石安说着，不知小黄是否理解。

"那么冯开石是作为一种形式而不是作为内容被处以刑罚的啰？"小黄又问。

"冯开石有罪，否则我们的工作是失败的。冯开石的罪，自己并不完全认识。这是我们要说明的理由。"肖石安显然不想展开来说，打住话头，推着车子继续走。

"我想您更明白，冯开石不能坐大石墩，您让他坐了，您的内心又和我一样难以接受。"小黄的问题越来越多，而这个问题恰恰是肖石安最忌讳的。

肖石安又站下说："我反对逼供。冯开石被拘留那天起，从没受过不合理的待遇，更没受到过体罚，你亲眼看见的。至于坐什么样的凳子并不重要。你明白，我从来没有为攻下冯开石的口供喜形于色，反而只有伤感。因为我心里明白，能够在肉体上抵抗压力的人是极少数的。大自然赋予人的精神有多大的忍耐力；尤其像冯开石那样疾病缠身的人？冯开石被依法惩处，对当前中心工作有着推动作用，从这个意义上讲，案件和案犯本身的重要性被忽略了。"肖石安用平稳的口气说道。

"我非常同情冯开石。"小黄说。

"我也一样。他是我'一帮一'的对象，和父亲是世交。但任何事情都不能以感情作为衡量标准，只有需要才是推动社会发展的主旋律。这点历史从来没有什么顾忌和犹豫。它永恒、义无反顾地走向自己的目标，它明确知道自己的进程。"

小黄想问什么，他们已到了看守所。

肖石安站在预审室的门口，仰望着台阶上的铁门。铁门上方是岗楼，武警端着枪警惕注视着监所内的动静，刺刀碰着了阳光炸起了一道道金光。

冯开石走出大门，待了片刻，像往常一样看看审问他的是谁，然后一步步走下台阶。看着冯开石那件破旧的黄军装，肖石安心里就疼，冯开石瘦弱的身体歪歪斜斜往下走时，每一步仿佛都踩在肖石安的心里，但是他不能流露任何感情色彩。

预审室里，冯开石清楚看到铁栅栏里面放着的是一把木椅，椅子上面有一个海绵坐垫。

小黄递上一杯刚冲好的茶水，却没像往常一样拿起笔准备记录。

"不论你主观怎么想，客观上已经对社会造成了危害，这是不可抵懒的事实。"肖石安开门见山地说。

"我都说了。"冯开石显然对肖石安关照和目前的待遇十分感激，他声音极微地说。

"你都说了，的确说得不少。你的行为所造成的不良后果，希望能通过你的口供来挽回。"肖石安又说。

冯开石不大明白，重复说了他做过的事，就能在实质上挽回所造成的损失吗？

"你的口供应当发挥作用。"肖石安道。

冯开石听明白些了。他想让他的口供发挥作用，这个作用一开始就是他们要的。也就是说他冯开石的口供是按照某种模式说的，这种模式一开始就被制定出来了，在这个结果出来以前，肖石安就知道了这个结果。就像他家养的母鸡，在割稻后一定会生蛋一样。他想起被带到治安科第一次审问，那次他什么也没说，没说肖石安就知道了这个结果。接着是第二、第三次审问。他冯开石正按着肖石安所设计的结果走着，每一次审问只图形式，等待着这个结果的到来。既然如此，为什么还要有那么多的审问，疏忽地让他坐在大石墩上，并且忘却了手中的这杯热茶水？为什么不早就放弃这一切，直接地将结果明明白白地写在纸上？冯开石想起肖石安拖着他到医院看病，怪异的举止又给他设计一个什么结果呢。他想那个结果一定非常的生动，不管是好是坏，他期望那个结果的到来。

"我不知道什么叫作用，我犯了罪对社会有害。方书记是不是我打的不重要了，重要的是方书记是在我家里被打的，更重要的是干部到我家里执行政策的。"冯开石坦白地说，语气没有后悔也没有悲伤。

肖石安不想再听那些，就像读书翻过了一页，一切都已经作为证据固定。他克制住自己的情绪问："你什么时候最后一次交党费的？"

"我每月交一次党费。"冯开石几分自豪地说。

"说句心里话，这个月你仍在交党费，而且交了一分丰厚的党费。"肖石安说完这话，眼睛看着一边，他觉得心情很沉重。

冯开石不理解，他对具体触犯法律的行为感到十分模糊，但更模糊的是他通过什么样的方式在继续交纳党费。因为他的话起到某些作用，弥补了他所造成的损失，那么和交纳党费有什么关系呢？他不理解，他望着肖石安，希望能有个明确的回答。

肖石安一时没解释，在他折磨冯开石的同时，更沉重地折磨着自己。他说的每一句话，都仿佛是一根根尖锐的钢针，刺进他的心里。他暗暗诅咒着自己的丑陋，他希望自己把话说得再明了一些，让冯开石有个安慰，冯开石应当得到安慰，并且有这样的权利。但那样做仿佛更加残酷，这种残酷的程度不亚于悲剧中将美好东西彻底毁灭。

的确，从案件以外的特定环境来说，案件和案犯的本身并不重要了。但从法律良心而言，冯开石就像一块儿沉重的石头压在肖石安心上。冯开石犯案的主观动机与客观事实是否达到一致？如果不是，对他的任何一种处罚，都是冯开石作出的奉献。从这个定义上讲，冯开石仍旧忠实地履行着自己义务。

肖石安无法从头脑里排遣那句话，话的出处他忘记了，话的含义是他内心一个难以磨灭的记忆。

"如果你们要我承认是我做的，如果承认对你们有作用，我承认。"

冯开石像是慢慢理解肖石安了，在一定程度上他得到了安慰。他是罪人，人民所不齿的敌人，他几乎像垃圾一样被人抛弃了，他第一次感到了孤独，像个失去父母的孩子。肖石安让他明白了自己的罪行以后，这个问题一直盘缠在他的头脑里；如果说后悔的话，是自己的行为所造成的损失。然而现在，就在几分钟以前，肖石安亲口告诉他，他在一定意义上仍旧在为政府工作，并且交了一份丰厚的党费。他听明白了肖石安的话，这句话通过他的思绪化成一股春风，吹进他干涸的胸膛，他感到了莫大的安慰，那种内心的愧疚被逐渐抵消，他终于寻到了平衡点，他感到政府没将他抛弃。于是气顺了，哮喘减轻了许多，自己如鱼得水般开心。

我冯开石仍旧在奉献，他感到无上光荣。

"老冯，你要丢开希望和幻想，在你百分之百的付出后，所有的结果都不会因此改变。这一点你必须明白。"肖石安说完了，他不能再说什么，甚至他再没有力量面对冯开石，面对他沧桑的脸面。他没把最后的想法和正在做的告诉冯开石，他想让他先丢掉一切幻想，然后重新拾起希望。

"我不需要，我不需要。"冯开石说。他一开始就没想到要回报，从当兵的那一天开始，从跳入寒冷的河里开始，他就没要求过回报。他曾为自己不是党团里的人而跳入河里感到骄傲，曾因为穿着敲去"唧唧"直响的衣服继续执行任务感到骄傲。他记得在党旗下举起拳头时，浑身充满着神圣感，这种神圣感永远潜伏在他的心里，照亮着他的胸膛。他不需要回报，无私奉献，是他这一代人的根本。

冯开石想得非常激动，他腰板笔直，用一双噙着泪水的眼望着肖石安，他从内心里感激肖石安，感激他给了他机会。他嘴唇颤抖着，花白的胡须上挂着欲滴的泪珠。

肖石安再也看不下去了，他离开了预审室，抬头望天，天空有一片云彩红红的，他想那就是先烈们的鲜血染成的，肖石安的心也在流血。

我是谁，谁是我？他猛然想起一位哲人的话，顾影自怜，就在那一瞬间，心中竟一片茫然。

彭位泽正是这个时候出现的，他与冯开石谈了十分钟。据说冯开石哭了，哭得很伤心。

三十三

关于彭位泽与冯开石的交谈，肖石安没说一个字，冯开石事后也没有流露。抑或是一个常务副县长去看望一个即将被送上法庭的犯罪嫌疑人，这件事情本身已经有了新闻价值。因此，对谈话的内容尽管有所期待，在得到准确信息之前更多的还是猜测。另外，这次看望属于保密范畴。

总之，这样的猜测更多地与冯开石走出看守所有关。这是后话。

自从开阳博物馆开馆仪式见到肖石安之后，直到《风生水起》完稿，与肖石安再也没有过交流。

这段时间，"奋战60天，争创全国文明县城"干得热火朝天，干部屁股下都像烧着一把火，一环紧扣一环，环环责任到人，如同肖石安当年搞计划生育"突击月"一样，不仅全警上去了，三个月里还取消了全部双休日。

接着前面讲的，关于非警务活动，犹如枝枝节节的葛藤，是难以界定的，这就先要回归到"非警务"本身。公安机关从上到下都没有明确规定，什么是警务，什么是非警务。这不像两杯看似清洁的水，喝了就能区分哪杯加了食盐。从肖石安的年代到现在几十年，关于非警务活动警察内部一直在争论，比如"有困难找警察"。许多困难并非警务范围，好似前文所说，困难与危难就像一起一伏的跷跷板，有一个转化过程。基层民警有时会因为这个转化付出惨重的代价。不过，人有时就像湖里的鱼，钓得多就变得精明了。现在"非警务活动"改用"警务超前"。这个词汇的高明之处就在于模糊了量化的标准，或者说根本没办法制定标准。"超前"的上线在哪里？自然不用回答，上线在上面的心目中。那么真正的非警活动就能成为警察拒绝的理由吗？比如上街打扫卫生。当然不可能。正如肖石安所言，"公安机关是地方行政机构的一部分"。爱国爱家，参与环境卫生与美化，是每一个公民的义务，也是社会倡导的美德，何况警察呢，这未尝不是一种责任。

总之，几十年的实践告诉我们，公安机关除了打击罪犯，保护人民生命财产安全之外，必须直接或间接参与到地方经济建设和社会发展当中去，同时履行公民的基本义务和道德规范。这个问题，我身边有许多干了一辈子警察的人并不理解。

说这些无非想让更多的人明白，肖石安当年办理的冯开石案件不是孤立的，也不可能成为孤立的办案，不管他内心有多少感慨与震撼，那是一个必然的结果。可惜的是，包括肖石安在内，人们总觉得地方公安机关，不应当更多地承担其他行政机关承担的社会职能。

我们再看彭位泽对冯开石案件结果的看法。

冯开石一直没放，方书记和镇干部都出了一口气。整个"突击月"工作进展相当迅速，这是能够预见到的效果。彭位泽与冯开石交流后，让这位老人踏实多了。他知道，这一切都是肖石安预先打下的基础。这些不用明说，更何况，肖石安在他心中的变化与林萍也有一定的关系。

县"两会"筹备进展顺利，江副书记任当作筹备会副主任。江副书记知道汪书记安排的用意，又不得不工作起来。彭位泽利用这空隙，每天往乡镇跑，一是了解全县"突击月"工作进展；二是熟悉各村的基层干部，彭位泽下派时间并不长，基础不扎实是最弱的环节，他想抓住江副书记忙于筹备会这个空隙，一村一村地打基础；三是了解村级经济发展，看望特困户。彭位泽每天都在忙，每天都早出晚归，他这么做，并不仅仅是争取选票，自从成为英雄之后，一直要求自己要做个堂堂正正的人，做个百姓爱戴、群众拥护的好干部，他是沿着这种感觉往前走的。他并不为自己曾往省市跑官而余有羞愧，他觉得那种行为正好帮助他实现美好的愿望。彭位泽每到一处，不会像以前那样通过秘书介绍自己。如今一切都简便了，秘书会说："这就是救了11条命的彭县长。"村里的男女老少就会拥进村干部的家里，观看英雄的风采。彭位泽行走在村里，踏着青石板走进特困户家，嘘寒问暖。秘书说："彭县长来看你了，他救过11条人命。"特困户就会含泪抓住彭位泽的手，嘴里叫着好人好人呀。彭位泽到了曾被救起的姑娘村里，不啻刮起一场风暴，全村人跟着被救家属，跑到村干部家里，畅说彭位泽救命的恩德，然后拎着鸡蛋老母鸡，甚至是一袋米，每当此时，彭位泽就会热泪盈眶地握住百姓的手，激动得说不出话来。

"这样的好县长哪里有，这样的好县长哪里有呀。"被救的姑娘父母亲就会齐刷刷地下跪，给彭位泽磕头，场面十分感人。

彭位泽把善良、纯真的美德送到各个乡镇，送到百姓家中，送进他们的心坎。他觉得人民从没像现在那样可亲可爱。在他畅饮真善美的甜蜜时也陶冶了自己心胸，他愿意为这些人奉献一切。每次回来的路上，他都这么暗暗下定决心。

期间夏可不知给他打了几次传呼，也打了手机。他很少回，也很少接。回了也说：我在乡下，我现在没空，我在搞计划生育……夏可便从愤怒的责问到无声的叹息。

夏可说：我要到开阳城，到开阳城找你。彭位泽说：我成天在乡下，日程都由秘书安排，自己都找不到自己。夏可说：你为什么躲避我，为什么不明说。彭位泽说：不是躲避你，的确太忙，"突击月"活动没结束，紧接着是人民代表大会，你知道的。夏可说：我知道，你不就是为了那个县长，我并没有阻止你当县长，县长和我们有什么关系。彭位泽说：你想想吧。夏可说：因为你是英雄，又是县长的候选人。彭位泽说：别那么俗气，你不是这样的人。夏可大笑，一笑她就挂电话，英雄彭位泽一时摸不着头脑了。

这个折腾的过程终于让彭位泽明白了一个道理：为了实现目标应当不懈努力，应当有牺牲，陷于感情之中是很不明智的。

彭位泽爱着夏可，夏可让他尝到了从来没有过的幸福和无法复制的疯狂。只要想起她，心中就有一种震撼，一种溢满全身的温情。夏可最终不属于她，这样的事实让他有一种失落的惆怅，他几乎无法接受夏可在另一个男人的作用下发出的呻吟，想到这一点，他心头就像扎进了一根长长的针。但他毕竟不是碌碌之辈，本能的欲望往往经不住理性的敲打，他追求的正是所有的人都想追求的权力，不论他渴望控制周遭什么，都没有超出正常的范围。反之，如果对感情过于淡寂，对同类也会冷漠无情。只是，感情可能会让他付出沉重的代价，甚至给他带来不幸，如果说为达到一个目标而不得不避开那些不幸，他愿意忍受感情上所有的痛苦。

"周围的人正拿眼光盯着你。"他想起了汪书记的告诫。

夏可还是来了，他神不知鬼不觉地住进开阳宾馆，一直到深夜11点才给彭位泽打电话。彭位泽说："我睡了。"

夏可说："那你出来。"

彭位泽说："我明天还有工作。"

夏可说："我去你那里。"

彭位泽说："门卫会注意你。"

夏可说："你不同意我就敲你的房门，直到你打开。"

彭位泽沉默，然后说："你在下头等，我开车。"

十分钟后，彭位泽开着车到了宾馆，夏可钻进了车子。车子同样开进了县乡道，钻进了那片柑橘园。橘花已经凋谢，树梢上结着蚕豆般大小的果实。

"说吧。"他们坐着不动。虽然地点和上次相同，情绪却完全不一样。

"你变得很快。"夏可说。

"我没变。"他不想让夏可以为他厌弃她，而是事出有因。"你明白的。"他补充道。

"那么你就忍痛割舍吗？"

"我很忙，选举迫近，我脱不开身。"彭位泽说。

"这有矛盾吗？"

"我的家庭……"

"我要你离婚了吗？我很看重这份情，至少现在还看重。"夏可激动地说。

"你知道，男人经常面临选择。"

"那么爱呢？人们把爱说得多美好呀，'真正的爱情，是永不熄的火焰，永远在心中燃烧，从不羸弱，从不死亡，从不冷却，永不转变它的方向'。你的选择一定要牺牲爱来作为代价吗？"夏可质问。

"我别无选择。"彭位泽又说。

夏可望着彭位泽，黑暗里眼光一闪一闪的。她知道与彭位泽交往，最终会有这个结局，这样的结局不是彭位泽提出，就是她夏可开口，只是她没想到这个结局来得这快，这么突然。她想她不可能和彭位泽结婚，如同她不想和肖石安或是其他任何人结婚一样。她爱彭位泽，她不知道能否永久地爱他，但现在她依旧爱着他，这是千真万确的事实。彭位泽要离开她对她而言是一个沉重的打击，但她和彭位泽一样别无选择。的确，彭位泽有家庭，有社会地位，还有无限的发展前景，如果说彭位泽为了夏可而抛弃一切，那么她永远不爱这种没有大局观念男人，但是现在，夏可感情上不能接受这个现实。

"你让我怎么选择？"夏可咬着牙说，不让自己哭出声来。

"继续向着目标走，极力创造今天和昨天的不同。"彭位泽不肯流露出一丝的感情，他想那样做是极端有害的。他不能在关键的时候心软，他必须咬紧牙关。

"今天和昨天不同。"夏可重复着这句话，这句话跟随着她走出农村，走出县城，走进学校，又走到这家报社。她不断用这句话勉励自己，改变生存环境，追求新的东西。但现在这句话从彭位泽嘴说出来，在她听来每一个字都是一张张讽刺的脸。今天从彭位泽那里失去的，正是昨天所拥有的；如果说有什么不同，那就是痛苦的体验。夏可所追求的不是缺损而是殷实与丰满，在这个意义上，彭位泽的话像把锋利的刀在剜着她的心。

夏可苦笑，笑得几分凄楚。她开始怀疑起自己的座右铭了，甚至产生了动摇，她想她的座右铭是否理想性的东西，如同清晨的一阵雾，一颗树梢上的露珠，一个虚无而又迷人的光环，一个永远也无法到达的缥缈境界。她甚至开始怀疑它的内涵，这种理想的境界本身就没有明确的标准，正如原先说的是一种过程，一种内心体验。回过头想想，几年来无数次内心体验导致了什么样的结果？夏可，仍旧是夏可，夏可仍旧是一无所有，夏可仍旧是漂泊的女人。夏可不敢往下想了。

"今天和昨天不同。"夏可重复这句话，她觉得这句本属于她的格言，完全可以成为彭位泽的座右铭。彭位泽正是沿着这样的格言奋力前行，体验今天和昨天不同的快乐。但夏可——她苦笑。她突然感到虚弱，眼前的彭位泽和所有空间的物体都在旋转。她想起了最近看的那本书，那本书向她传授着极度的悲观思潮，此时却符合她的心境。人类永远劳作不息，人类总以为劳作会有所收获，人类劳作中物体永远不变动。没有一样东西会永恒常在，虽然新的东西层出不穷，与过去的东西相比并无什么区别。一个人死了，他的后人来收获他的劳作果实。江河流入大海，水却不能永驻大海。一切在无穷无尽漫无目标的循环中。人与一切物体生死轮回，日复一日，年复一年，并无进展，并无永久长存的成就。这种悲观而虚无的思想充斥夏可的头脑，让她看不到光明。夏可从没像现在这样失落与苦痛，就像从不生病的人生了场大病一样，难以承受从未有过的煎熬。

"今天和昨天有什么不同？如果相同，为什么还要有明天？"她讲的无疑是生命的终止。这是那句原话。但现在她不知该怎么诠释。她应当把这句话的意思反过来理解。那是什么呀？"昨天和今天有什么不同？如果相同，为什么还要有明天。"她没想到这句话翻过来给她的震动如此之大，一下子把她从缥缈的幻影里推到现实中来。她昨天和今天有什么两样？她想象不出有什么两样，但她的生命的确在延续，今天是昨天的延续，而且还要延续到明天。她感觉到极端的无聊。

夏可哭了，直到发现这些年的奋斗只留下了一片荒芜时，便感到了一种被生活捉弄的屈辱，一种尊严的坠落。她通过想象在白云中跳跃，从一朵跃向另一朵，直至她的目标。但她错了，白云在暴风中顷刻化为乌有，留下的只有空蒙，她重重地跌落，有一种无处支撑的空旷，她陷入了巨大的恐惧中。

彭位泽没动，他听到了哭声，但他没动。他一直把夏可送到她的宾馆，然后替她打开车门。这地方以前他常来，就像今天一样，但今天他不再会踏进大门，走上楼梯，尽管楼梯上曾有他的足迹和过往的记忆，这在他心里有一种临穴永诀的悲壮。彭位泽狠心地想。

夏可下车，她理了理头发，走进大门，走向楼梯口。她看见彭位泽绕过车头打开车门，用坚硬的面容对着她，然后坐进车里。她听到了引擎发动声，车子无声地滑出她的视野，钻进茫茫的黑夜。

一切皆空，令人沮丧。

夏可想。

三十四

像夏可一样，我并没有想到彭位泽这般绝情，但先前的征兆，早已孕育了这样的结果。彭位泽像一个行者，在前往目标途中拐了一个弯，最终绕了回来。那段路程尽管让他体验了人生最刺激的部分，毕竟离目标越来越远。我想，类似彭位泽这样有理性大脑的人，通常不会迷途太远，在享乐与既定目标之间，总会作出合理的选择。

如果说彭位泽被情所困，那么肖石安又是受困于何种关系？在冯开石的案件中，肖石安对案件的结果无疑起着决定性的作用。也就是说，从收集证据，到案件定性，再到依法罚处，基本上取决于肖石安的主观意志。这样，肖石安的办案过程似乎背离了法治精神，或者受制于外在力量，而那些繁琐的审讯，无非是寻求内心的平衡与自我安慰罢了。

把这样的定义套在肖石安脖头上，他会作何种感想我不得知，这正是我想知道的，我一直在寻找机会。但是到底出于什么原因，让我先于肖石安放弃这个观念，抑或基于肖石安对案件的最终态度？我应当把冯开石的故事讲完。

肖石安写完逮捕报告，又细细地看了一遍，拿着报告和卷宗到了四楼。局长高会理不在，林洋在办公室看报纸。见着肖石安，林洋兴致勃勃地招呼他进去。

"案件搞完了？"林洋看着他手中的案卷。

"是的。"

"报捕？"

"是的。"

"我看看材料。"林洋伸手，肖石安只得将材料递过去。

林洋扫了一眼调查报告，然后问："是送局长批吗？"

肖石安犹豫一下说："领导批就行。"

林洋看都不看，沙沙地在报告上签字，然后将案卷交给肖石安。

肖石安一愣，就听林洋说："总算拿下了！"

"算是任务吧。"他不明白林洋此时的变化，又不想深究，而他自己一直觉得内疚。

"集子修订如何？"林洋转移了话题。

"差不多了，最后还要你审定的。"肖石安说。

"出版社打电话催过，得抓紧呀；不光是集子的事，林萍那边也别放松，到时候我们一同去拜访。"林洋一说到林萍，话就多起来。肖石安最不想听到从他嘴里说出媚俗的话。

"我没心思考虑这样的问题。"肖石安说。

"不思考不行，我和你说说心里话吧，这些年，基层的科所队长中论能力水平，谁能和你比呢，从所长到科长你为什么当了 8 年，这其中的原委你知道吗？"

"不知道。"肖石安如实摇头。

"两条：自己没要求，又不去走动。你本来是竞技场上有实力的对手，你放弃了，庸辈求之不得。因此你要走动，对关键人物要表示出热衷此道的倾向。你不但要知道县领导的门朝东朝西，还要知道局领导的好恶。你要向机关事务局马局长学习，马局长不但知道市里常委以上领导家属姓名、工作状况，对他们的子女也了如指掌。在他办公室抽屉里，记录着领导们各种各样的卡片。工作做到这个份上，那才叫艺术，才叫尽心。你不走动，不说吹吹拍拍，又怎么叫领导了解你的思想和愿望，又怎么增强影响力？这点很重要，是你一直来的缺陷。第二条你没背景，哪怕你是领导的小秘书、领导的司机、领导儿子的校长或班主任，甚至领导家的保姆，都可以拐弯抹角从领导那里摸上去，拿到些许好处。林洋说得铿锵有力。

"我明白，但我不会。我一直更欣赏堂堂正正的人，一个是短暂的，一个是永久的——我知道，"肖石安见林洋要开口，打断他说，"我知道我是理想主义者，我知道另辟蹊径有无限好处，妻子可以调进最好的单位，儿子可以上最好的学校，可以让自己家人、亲朋坐上最好的轿车，可以不受工龄级别其他的限制分到最好的房子，可以利用职权不花分文装饰自己的新屋，可以为亲友开辟生意门道，从中捞取实惠。有用不完、收不尽的烟酒，可以每天接受他人的奉承——正因为有这么些好处，不少人愿意放弃自己的原则，不惜血本，进行投资，期待来日的收获。他们却忘记了最根本的道理，与党的要求背道而驰，离群众越来越远，最后失去了群众的支持和信任——孟子就说过'民为贵，社稷次之，君为轻'的道理，离开了人民，那种所谓的高贵便一钱不值了。"

肖石安也有几分冲动："因此，我做不了一个好官。"

林洋望着肖石安，然后是摇头叹气："本性难改，圣人之言喏。"

肖石安笑笑，他不想再讨论这个问题。他只需要一种平静的心态，做点他想做的事，但他又马上想起了冯开石的案件，他拿着那个档案感到烫手，真不喜欢这样的办案结果。尽管对冯开石的处罚不会造成错案，但他总感到别扭。一直以来，一种令他不安的情绪在心里蔓延。他在努力，最后的处理结果在他赎罪的心理支配下进行着，但冯开石已经被关押了那么多天，他感到悲哀与无奈。

回到办公室，肖石安看到一沓材料和一封信。他先拿起材料，是冲击水泥厂案件的副卷，那起案件已经到了法院，不久将要开庭审判。肖石安收起卷宗，然后拆开了信封。

信是林萍写的。他没想到林萍会给他写信，而且写得那么厚。他不想读，又不得不读，他对信的内容有一种朦朦胧胧的渴望，又有一种极度的恐慌。他犹豫着展开了信，林萍的字迹娟秀。

　　石安：

　　　给你写信不是一件容易的事，我还是写了。

　　　在学校里，同学说我文静，性格内向，背地说我像修女，说我只能是一个理论研究者，永远成不了诗人和小说家，更可不能在生活中熠熠生辉。我知道，我没有艺术天赋，至于修女，那是离我遥远的一个梦。我虽然没有成天沉溺在自己构造的幻想里，但对少数过于现实、及时取乐的同学历来嗤之以鼻。我对所有的同学都抱有同样的友谊，遗憾的是友谊在当今的社会里被金钱和权力侵蚀了，尽管在高等学府，也不如想象的那样清洁。这是大气污染，没有可以幸免的芳草。我这么说不是凭空想象，只是我现在不想说得太多。

要说校园生活，比起社会又圣洁多了，这方面我有更多的感想。我不明白社会发展到这个阶段所涌现的一切是否是一个必然的过程。如果是，那么发展趋势呢；如果不是，那意味着什么？我们的政府，苦口婆心，下头总有奇妙的对策，不动声色轻巧地应付过去。不少干部，一边是人民的老爷，一边又像寄生虫一样吮吸着肌体的精髓，这种变异和背叛最终的结局绝不是危言耸听。

讲的远了，那时，在我最苦闷的时候认识了你，也许你并没有注意到我，因为你在这本权威刊物上，已经是声名显赫了。但我没想到你那么年轻，更令我吃惊的是我们还是老乡。仅此而已，也许不算什么，因为在我登记住宿时，偶尔发现我们的出生的年份不同，但是同月同日生。我不能权当是巧合，我相信这是冥冥之中的暗示。暗示什么？我并不知道。一个学社会学的唯物主义者，会有这种想法，真是匪夷所思，难以理喻。那时我话语甚少，更多的是观察和思考，观察你，思考你的观点，由表及里地进行。我不知道你是否记得我们交谈的内容，因为我们是老乡，所以我们有单独交谈的机会。你给我的感觉是真诚、坦然和果断。尽管谈话不多，但我的直觉能够感受到。真的，我不知道我是谁，知道了也和我没关系，任何一种借光都是额外的羞辱。因此，我从不知道我是谁，我特别害怕并且厌恶苍蝇。

分别时裹挟着惆怅，惆怅无法挽留分别。我只是默然地祈求，祈求别让我拥有的失去。

我不知道为什么拖了那么长的时间才去看你，也许你的论文一直是我关注的重点，让我觉得心灵相通。所以两年的时间仿佛就在昨天，我们的心天天相约，最终我还是来了。我想我没有一丝后悔，就如同写这封信一样。

开阳城之行的不当之处还请见谅，我似乎破局不再像个"修女"了。我不知道你怎么看待这些，但愿这次见面没让你感到吃惊，或是令你厌烦。不过有一点你放心，我自己付清了全部的饭钱和住宿费。至于那百分之二十的优惠，并不是单独针对市委书记女儿的。我希望得到我所希望的，就像每天期待看到你的文章一样希望看到你的来信。我希望在心灵深处开辟一个天地，这个天地里有一间哪怕是破败的茅舍，那里住着我和你。

  祝

  文祺

        林萍

       三月十日子时草

肖石安看明白了，这封信透出淡淡的清香，是任何一个男人都不会误解的。

林萍的美是无可挑剔的，但让他更感动的是她的低调。她没有炫耀家庭背景，这是一种健康的心态，同时超出了她对爱的感悟。肖石安的感叹抱有某种情绪，也是对美的赞叹，对志同道合的默契，这就是感情的基础，是道德认同感的招募。肖石安的心弦被这封信拨动了，胸腔内竟然发出强劲的共鸣。朦胧的雾渐渐散去，眼前展开了一条小径，他驻足片刻，沿着小径往前走，越过绿茵的草地，而后是茂密的森林，他们见到了不曾开垦的处女地，还有一间简陋的茅舍。

肖石安把信放进抽屉，看见姚副科长进来拿卷宗，肖石安问了情况后让他赶快办理，接着是邱大生的电话。

"今天晚饭有安排吗？"

"没有。"

"那就我们吧。"邱大生说。

"真干呀。"

"我什么时候说着玩了？！"

肖石安觉得邱大生怪怪的，说话不像以前那样大呼小叫的气派了。

"有喜事，听到提拔你的消息了？"

"别拿我开心了。"邱大生说。

"好吧，你说在哪里？"

"找个僻静的小店吧，我们尽情地聊天怎么样？"

"就这样，定好了叫我。"肖石安说。

挂了电话，肖石安想给林萍写信，却一时不能静下心来，他应当把这封回信定在什么基调上更为妥当？是希望还是否认，他没想好，他对自己太没把握了，他想作些思考，尽管连思考什么都说不清。

下午 5 点，肖石安到派出所，邱大生还在那里摆弄他的破吉普车。肖石安绕过草坪，草坪的草刚泛青，有一种极强的生命力。

"说请我吃饭，还在擦洗车子呀。"肖石安说。他看看车子连轱辘都冲洗过了，车帮和玻璃擦得一尘不染："弄得这么干净，还开吗？"

"至少我是不再开了，"邱大生说完抬起头。

肖石安吓了一跳。几日不见，邱大生脸色苍白，眼垂发青，颧骨撑起，一脸憔悴。"你怎么了？"肖石安问。

"可能没睡好吧。"

"你一直没去看医生？"肖石安问。

"过两天你陪我去吧。"邱大生答。

"再过两天？明天就去，"肖石安提高喉咙。他没想到邱大生会这么不顾自己，"罢罢罢，这顿饭我们别吃了！除非答应我明天看医生。"肖石安说着往外走。

邱大生快步上前抓住他手臂。肖石安觉得骨头扎进了他的肉里。"别走，我答应明天去还不行吗，我希望你陪我吃这顿饭，我有要事相求呢。"邱大生深陷的眼睛一直没离开肖石安。肖石安叹了一口气，心里说不出的难受。一个普普通通的所长，成天忙于工作，丢开了妻子和孩子，丢开了自己的身体，他图个什么？他不明白有些人在邱大生面前会作何种感想，肖石安感到寒气逼心。

邱大生走出办公室，也许是洗了脸，肤色有几分回暖。

"我还是不想去。"肖石安说。

"说好的怎么又拒绝？"

"就我们俩，有事可以现在谈，也可以晚上谈，为什么一定要吃饭喝酒？"

"你像个娘们儿。"邱大生不快道。

肖石安不语，然后说："非得今天？"

"是的。"

"好吧，我们坐三轮。"

邱大生在黑玫瑰那儿点了菜，要了一瓶二锅头。黑玫瑰说茶一会儿上，扭着身子走了。

"太凶了。"肖石安说。

"多长时间没喝了。"

"你身体不好喝点低度的吧。"

邱大生没答话，把酒瓶放在桌上，走出包厢。

肖石安觉得邱大生今天挺独断，往常他不是这样的，还有他那种神秘感，有一种让人匪夷所思的前兆。

黑玫瑰进来泡茶递烟，肖石安问她生意如何，她说还过得去，托你

308

们的福。

"还过得去。"邱大生在背后说,"改革开放后你们最得实惠。看我们,老婆下岗,连个日子都过不安静,还说'过得去',你过得去,那我们是叫花子了。"

"光是你那点工资是没法比的,不过现在生意难做了,还要你们多关照的。"黑玫瑰说着招呼其他客人。

邱大生说:"她老公因赌博被判五年刑,家产全没有了,她是为母子的生计才下决心开的这爿店的,现在发财了,把老公给踹了,人这东西最难琢磨。"

肖石安望着邱大生问:"你约我出来不是聊这些吧?"

"什么都聊。"邱大生目光散乱道。

"你有麻烦了?"肖石安问。

"倒不是我。"

"你亲戚朋友?"

"边喝边说吧。"

"我们有禁止酗酒规定的哟。"

"一人半斤算酗酒吗,再说那是上头做给更上头看的。我们这些当小兵的不喝可以,派出所每年招待费十来万,一年吃掉两部吉普车,都是上头的人啃掉的。中国很多问题搞不好,地方领导有大责,百姓看领导好与坏,只看领导的作风,作风是领导给百姓印象的窗口。这里宣布说不能喝酒,转身泡在饭馆里。别说多,只要违反一次,第二天你站在台上就没人听你的。台上一套台下一套,已是为官的恶习。"邱大生说。

菜上来了,邱大生打开酒瓶,将两个杯子倒满,自己先干了。肖石安正想干,邱大生咳嗽起来。

"难咽下,要不别喝这烈酒。"肖石安说。

"我没事的,这酒喝下去,我会好过些。"邱大生说。

"慢慢来,今晚反正不看稿件了,就陪你喝酒。"

"谢谢你。"邱大生几分动情说。

"什么时候学会斯文了。"

邱大生不答，顿顿后说："你知道你为什么当不了官？"

"这个问题有人分析过了，一不会走动，二没有背景。"

"那么现在呢？"

"一切如故嘛。"

"不同了，这个肖石安，不是以前那个肖石安啦，你和林萍谈恋爱，身价倍增，你的机遇——大机遇来了。"

"我没想过这个。"

"还要你想吗，自然会有人替你想，替你做。说实话，我非常希望你能当局长、县长什么的，那样我也有个寄托了。"

"别谈这些吧，你了解我的。"

"这不聊，那不聊，聊什么呢，反正是胡扯呗。"

"我想你让我来，不是用这些废话来耗我时间吧？"

"我正切入主题呢。"

"那说吧。"

"如果你当个局长什么的，我老婆孩子就有改善机遇了。你知道，儿子邱峰聪明，我平常没时间辅导他，只要我在家，他的课外作业和在校的成绩就特别好。我老婆至今没工作，我不知道往后的日子怎么过。"

"这倒好，成天骂着干部腐败，我还没当官呢，就想让我腐败起来。"肖石安开玩笑说。

"这是解决下岗职工生存问题，那些锦上添花的，才是腐败分子。"邱大生说着不停地喝酒，不时伴随着咳嗽，眼圈由黑变红。

"你慢慢喝，你不是说没事嘛，我陪着你聊就是。"

"那就说说林萍吧。"邱大生说。

"刚收到她的信。"

"我说有希望嘛，发出什么样的信息？"

"没说明，她希望我回信，也许有那种意思吧。"

"你怎么想？"

"我没想好。"

"别想，什么也别想，顺着她的意思走去。"邱大生激切地说，"你不会想到这件事的成功对你有多重要，她可以改变你的一切。"

肖石安笑笑不语，他没想过这个问题，他不否认有这样的可能，如果他一开始就这么功利，林萍晓得了会怎么想。

"我这么说也许是自私，但是肖石安你别只顾低头看书，写东西，你把自己写的东西看得那么重，社会看得重吗？三五千字的稿子，你能拿到多少稿费，充其量给你百十块钱吧。如果你会吸烟，都不够烧的。我不是否定你的成就，我虽然这么说你，心里还是佩服得不行，我们是同类人。我长你几岁，你也是三十出头了。你看看周围，你为了做正直的人可以不丢弃人格，不低三下四，但你至少要抓住机会吧。如果说一个绝好的机会放在你面前，你视而不见，那不是清高，而是弱智了。没人说你图利，何况有利不图就是好人吗，这要看图利是否忘义，得到合乎义的利有罪吗？你当领导照样可以保持你廉洁与人格，作为生活尝试，更能丰富自己，写出更多更好的文章来。这么简单的道理，你不至于愚昧得察觉不到，腐朽得听不进去吧？"

"如果林萍知道我这么想，会如何感慨呢？"肖石安问。

"林萍既然喜欢你或者说爱你，是因为你身上没有媚骨。这不简单吗？"

"你像是在讨论我个人的前途命运，你当我真的是市委书记女婿了？"肖石安为邱大生的执拗笑了出来。

"我说过，我有私心的。"

"你是怎么了，从来没人讲过你邱大生有私心，你开了七八年车没花一分钱修理费；你替人开启坏死的保险箱，没拿过人一分钱；你成天加班加点没要过所里一分加班费；你妻子下岗，你没动用过一点关系。谁能说你有私心？如果你有私心，那些唯利是图的人不都是罪人了吗？"

"谢谢，"邱大生动情地说，"但我有，我现在有了，我希望老婆有个工作，别管好坏，只要能挣到一碗饭吃。她不怕吃苦，她能吃苦；我还希望我的儿子邱峰能有个可靠的人照顾，不被人欺负，让他顺利读完小学、初中、高中、大学。我有私心，这就是我邱大生的私心。我想你能当官，我恳求你能当官，帮我做好这些事，如果说这也算腐败的话，那我邱大生请求你肖石安，为我腐败一次！"

邱大生说完猛地喝下一杯酒，咳嗽着，泪水在眼眶里打滚。

"邱大生，你这是怎么了，尽说些屁话,，像是在告别似的，你……"肖石安的话头打住了，他有一种不祥的预感，这种预感来自邱大生深陷的眼睛和发黑的脸庞。那双眼睛中有痛苦、担忧和祈求，浑浊的目光几乎失去了光泽，像一张褪色的画纸；脸面憔悴不堪，突出的颧骨，裹着一层单薄皮肤，如同脱水的菜叶。肖石安仿佛看到了一具阴森森的影子，他几乎战栗了。

"石安……我不行了，真的，我感到了死亡在逼近，完完全全感觉到了……"邱大生说着解开上衣口袋，拿出一张折叠的纸张，那纸张有些黄，快被折断了，肖石安想那纸张不知被折叠被抚摸过多少遍了。

肖石安双手接过，"晚期肺癌"，出检日期竟然是两个月以前。肖石安完全惊呆了，他不相信这是事实，就像是邱大生一样。他想邱大生一定千百次地展开过那张纸，这张不足巴掌大的纸张像一道死神判决令。邱大生不信呀，他有一个没有工作的妻子和一个不到 10 岁的男孩，他不情愿就这么离他们而去。他希望那不是事实。他一遍又一遍展开那张纸。

"邱所长，你为什么这样，你为什么这样，你在袋子里藏了两个月……你真蠢呀！"肖石安握着诊断书，望着邱大生，泪水夺眶而出。

"晚了，我知道晚了。没人能治好肺癌，无非是拖延几天性命，还要花去公家大笔大笔的钱。我家里没钱，我只想在临死前多做些工作，这比泡在医院里花公家的钱等死更让我安慰。"邱大生说。

"你呀……邱大生，你说我迂腐，你比我迂腐千百倍……"肖石安再也说不下去，声音哽咽起来。他眼前无数张画面重叠着，那些无端挥霍公家的钱吃喝玩乐的人，那些利欲熏心的人，那些心安理得坐着几十万元车子的人，那些拿着百姓的俸禄为自己办事的人……而一个邱大生，一个小小的警察，心中装的是我们国家和人民……他忍着病痛的折磨，不停地工作，不肯去花公家一分钱，等待着死神的来临——他不能再想也无法再想。他只想大叫，推翻桌子，大声骂人！

"我别无憾事，只有妻子和儿子，我的父母经受不住打击……这是我最放心不下的。我请你来就是想告诉你这些。我家里没有存款，也不欠别人的钱，等我走后，妻子再没生活来源，父母每月就会少去100元，儿子读书不能中断，我一百来斤交给警队了，交给组织了，我只是放心不下他们……"邱大生泪水顺着鼻翼流落到下巴，滴在桌面上，他用手捂住双眼，泪水又从指缝里涌出。

"大生……不会的，你要有信心。"肖石安着急说。他还能说什么呢，他无法相信这个现实，眼前的邱所长才37岁，虽然脸色苍白憔悴，但他还是活脱脱的人。他是他的战友，他是个优秀的警察，一个好丈夫和好父亲。这样的好人怎么说走就走呢。肖石安无法接受这个现实，他怎能丢下那么多要他关心的人只管自己离去呢。他希望邱大生说的是一段笑话，编的一个故事，就算是作恶剧也成呀！

"我明白，一切都明白。"邱大生说。

"你不能这么想，邱大生，你没权利，还有很多工作要你做，妻子冬妹、儿子邱峰和母亲要你照顾，你更没权利丢下孩子。这是自私，自私，你明白吗？"肖石安抑不住冲着他叫。

邱大生默默地摇头，摇得非常吃力。他对肖石安说："肖石安，不管你能否当官，不管你以后做什么，我恳求你一件事。"

肖石安点头，他开始慢慢接受这个事实，因为这里的氛围不断蚕食着他的幻觉，让他逐步回到现实中来。

"我希望你尽量帮助我妻子、儿子，让她找个好男人，让孩子有个好父亲……我死也瞑目了……"

肖石安只是流泪，他能说什么呢，如果那样的事实真的发生，他肖石安还有什么可说的呢。但他不希望那种事情发生，至少不能来得那么快。现代科学可以让任何不可能的事都有转机，任何一种转机都可能在不可能之中。肖石安从模糊的目光中望见邱大生，他点头，重重地点头。

"谢谢你石安……这是我的最后嘱托，谢谢你了……"

邱大生还想喝酒，肖石安抓住了他的手，将酒瓶推开，酒瓶滚落到地上，"砰"的一声碎了。

他们一同望着破碎的瓶子，没说一句话。

黑玫瑰跑进来，肖石安挥挥手让她走开，他想和邱大生待一会儿，只和他一个人。

他把邱大生扶到沙发上。邱大生由于胸口的疼痛脸色煞白，他用拳头压住胸口，蜷曲着身子。肖石安不知如何是好，他抚着他的背。"我去叫救护车。"肖石安站起。

邱大生一把拉住他的手，用恳求的目光望着他："别，别，我知道，常这样，只是这些天来得频繁些、猛些。我知道的，一会儿会过去。"邱大生说。

肖石安望着他，真希望能分担他的痛苦。

"别告诉我妻子和孩子，让他们少伤心几天。"

肖石安点头。

"好了，好多了。"邱大生直起身子，叫来黑玫瑰算钱。肖石安不从，邱大生说："说好我请客的。"肖石安坚持要付。邱大生说："这是我最后一次为你付钱，你每年都有机会为我付钱，那时我会知道的。"

肖石安又涌出泪水。

"如果是，对我们都一样。"

黑玫瑰不知其故说："不如你们各付一半。"

邱大生笑，把钱给了她。

肖石安不忍看邱大生笑，把头扭向一边。

肖石安一直扶着邱大生，他像个突然衰弱的人，倚在他身上。他把邱大生送回家，交给他妻子冬妹，冬妹以为他喝醉了酒，扶他上床。

局长听了汇报后，立马赶到了邱大生家，当即送他到县医院，当天晚上转送市人民医院。途中，邱大生停止了呼吸。

肖石安想应当给林萍写封信，那是在邱大生的追悼会之后。

肖石安很想把发生的一切告诉林萍，尽管是一个简单平凡的故事。这个故事告诉她，人类社会，除了庸碌之辈，还有许许多多的好人，那些把职业看得比性命还重的好人，不仅有冯开石那样的老一代人，还有邱大生那样的年轻一代。只要有这么更替着的一代又一代，这个国家，不会因为少数腐败分子而遭受不幸。

肖石安写了信，他是在不知不觉中拿起笔的。

林萍小姐：

你好！

我不知道这封信是否你所希望的，但是我要写，因为我觉得不把这些话说出来，我无法安宁，我非常抱歉……

肖石安写到了冯开石，写到冯开石如何将卖菜的钱用于交党费，如何又为了赡养与儿子打官司，如何因为计划生育的问题被捕，即将被定罪。然后又写了邱大生……肖石安说：

我不知道人世间有多少这样赤胆忠心的农民和党员干部，但我知道，无论社会发展到哪一步，这样的党员干部共产党都需要。

肖石安说一生中办了多少案件，抓捕了多少犯罪分子，不少人在他的手下关进监狱，又送上"断头台"，但冯开石的案件，是他最伤痛的案件，他将抱着这种难以磨灭的愧疚度过此生。他告诉林萍，他这么说并不是因为冯开石无罪，或者说冯开石不应受到惩处，而是法律的良心如同明镜高悬，老让他不敢正视。肖石安说：

我总觉得内心有那么点污垢，企图用炫耀的光环将它遮掩起来，这点污垢躲避了千百双眼睛，却让心灵的眼睛一直在发笑。我像是被逼迫走到了绝路上，总想连同那双眼睛从心头抹去，但那是自欺欺人。很多时候，我内心很软弱，正因为如此，总在想方设法地掩盖它。

肖石安又讲到了邱大生，他拿自己和邱大生比较，邱大生让他净化了灵魂，让他变得更高尚，他想他这些年来自己几乎是跌入了庸俗的泥淖，进入了浑浑噩噩的状态。为了表示自己与众不同，假模假样地写些论文，但无法排遣内心的孤独和压抑。自身渴望挣脱平庸的困扰，反被周围的环境逐步同化。他说有一种滑坡的感觉。然而和邱大生最后的谈话，终于让他从滑波中站起。他说不能想象邱大生在得知自己患不治之症以后，为了少花公家的钱，将诊断书放在口袋里两个多月。这其间，他忍受折磨，完完全全地泡在工作上。他讲邱大生的车，擦得一尘不染的车帮和玻璃。他讲无法想象邱大生观念里称之的"腐败"，就是妻子冬妹有口饭吃，和他相比，他觉得自己是多么的猥琐，多么的渺小。

肖石安这封信写得很长，当他写完信后，才想起自己在给谁写信。

他发现自己的信和林萍希望他回答的问题风马牛不相及。他不知道是否该寄出这封信。他想既然已有开头，为什么不寄出去呢，于是他在信末加道：

　　我不知道为什么会跑题，也许这些问题考虑得太多，满脑子都是那张憔悴变形的脸。因此我无意写了上头这些，我又不想让这些东西扔进废纸篓里，我觉得这是我这个时期心灵情感最真实的流露，我把它寄给你，并且非常抱歉。

肖石安像完成了一个重大的课题，深深地吸了口气。

外头阳光很好，光线从窗户透进落在办公桌上，画成一块儿小方形，这块方形会消失，但是不可能曲折，只要存在，总在每年的这一天，以这种形状态展示在他的面前，千秋万代，他想。

三十五

写到父亲去世，我大病了一场。

肖石安告诉我，父亲因为不够级别，死讯只是在公安局大门口贴了个讣告，主持追悼会的不是高局长而是刚调来的政委。但不知为什么，去世的消息像长了翅膀，传遍了开阳城每一个角落。谁都没想到，那日殡仪馆里人山人海，汽车、自行车叠了一层又一层。一开始，政委以为与出殡的大人物相撞，参加吊唁的人互不相识，都在彼此猜疑。馆内花圈全部卖完，许多人手持挽联，压在案头的遗像下；买不到挽联的人，干脆将纸币叠在遗像另一边。直到追悼会开始，所有的人才知道，周遭的每一个人都是为了城关派出所所长邱大生而来。

后来殡仪馆的管理员说：建馆8年，烧了不少去世的领导和名人，这次吊唁的人数史无前例。

肖石安不想提起当时的感受，就像惧怕回忆冯开石案件一样。但是他还是讲了许多追悼会的细节。殡仪馆在望极门外，离城里3公里，参加的人员很杂，有领导，有一般干部和普通的群众，还有一些特殊身份的人，就是曾经被邱大生处理过的。他说，遗体告别时出现了意外。一个年轻男子突然跪在地上号啕大哭道："我爸怎么叮嘱你的，你走了谁来管我？邱大生我告诉你，那次发誓后，我开始养鸭子，我靠这个赚钱养活母亲！可是你怎么就走了……"说着那人从包里掏出一只煮熟的鸭子、三个鸭蛋置于案前，深深鞠躬，转身走了。没人知道他是谁，但是肖石安知道，他叫余忠厚，曾被邱大生扇了无数个耳光的那个年轻人。

那场病我得的是急性胰腺炎，母亲在病床前流泪，她一定想起了父亲。母亲问：多少天没休息了？我说都忘记了。母亲又流泪，说时常问父亲同样的问题，父亲从来不回答。我问为什么、母亲叹气道：他头脑里就没有休息这样的概念。

那日，母亲讲了很多父亲的事，这样的交谈我们母子还是第一次。按照母亲的说法，父亲从来不管家里的事情，也从来没有回家的固定时间，就像南方的秋雨，说来就来，说走就走。母亲下岗了，那时她才32岁，她告诉了父亲。过了好些时间，父亲在街上意外看到母亲捡矿泉水瓶，便拉住母亲问："不上班，在街上捡破烂做什么？"母亲呆呆地望着父亲道："都下岗两个多月了！"父亲听了没反应过来，半晌问："做得好好的为什么下岗？"母亲噙着泪水道："企业改制了，工人都下岗了。"那晚上，母亲看到父亲的脸膛红红的，脖子上的青筋杠了起来，最后道："以后不准再干这事！"母亲说："我不上街，你帮我找工作呀，靠你那点工资怎么养这个家，赡养长辈？"最后父亲叹了一口气道："这是国家的大事，我们管不着，但是你不能再捡瓶子，省得丢人现眼。"

对父亲的死，母亲是自责的。父亲常常半夜里痛醒，母亲一次次劝父亲去看医生，但父亲都说痛痛就过去了。那日，父亲下班很早，脸上没有什么表情。他让母亲弄两个菜，自己喝起了酒来。这期间，父亲没说一句话。母亲让他少喝点，他却一头趴在了桌子上。从时间上推算，父亲一定拿到了诊断报告，晓得了病情。父亲在暗暗盘算活着的时间，如何打发最后的日子。母亲告诉我，酒醒后父亲态度起了很大的变化，开始做家务，帮助我学习。一次他还让母亲去找工作。母亲说："满大街都是下岗工人，我一个女人文化不高，哪里找得到工作！"父亲的脸色越来越灰，有时眼圈黑得像熊猫，好几次我被父亲的疼痛惊醒，听到母亲哀求的哭声。说不告诉局领导，至少要告诉肖石安呀。接着是父亲严厉的制止。父亲去世后，母亲的自责也来自于此，好些次我放学回来，看到母亲呆坐在客厅里流泪；好多次做作业，还听到母亲在厨房里喃喃自语："我真傻，我真没用。"母亲知道父亲病重，她自责没向领导反映，母亲还自责没有发现父亲患的是绝症。

我在医院里躺不住，科里的人每天都在加班。"争创全国文明县城"突击月活动如火如荼，每个干部都像打了鸡血。不大的开阳城满街是穿着制服的执法人员，还有一群群戴红袖章的志愿者。对违建、设摊、乱停乱放实行坚决的干预，每天都有冲突事件发生。这段时间，市领导经常下来视察，全科人配合交警对领导行驶线路、活动场所进行安全保卫。一年又一年这么过来了，老民警从来不说不；新民警只是跟着做，没人知道他们心里想着什么。

不知为什么，这个时候我都会想起肖石安经历的"突击月"活动。想起他亲手办理的冯开石案件，还想起精力充沛的彭位泽和"今天和昨天不一样"的夏可……

我忽然明白，一个热爱警察的智者，为什么会成为警察队伍里的"逃兵"。执法良心与现实需要，关键时候会逼着你作出选择，而善良会成为诚实的人永久的疼痛。

我们接着把彭位泽的故事讲完。

彭位泽跑遍了全县各乡镇和有关村庄，就像一个烤煳了的红薯，变得更黑更瘦了。但他心里有一种凛然正气，每天都有使不完的劲。在决心和夏可分手之后，他几乎忘记了每天工作的目的。他与纯朴憨实的农民交谈很放松，有一种堂堂正正的感觉。那日他车子路过一片洼田，见上百人在挑土挖坑。这是村里在筑起拦水坝后，将四百亩低洼田改成良田，每年可种三季。彭位泽把车停得远远的，脱下鞋挽起裤腿，和司机小姚沿着阡陌田塍走向工地。他从一名妇女那里接过一挑畚箕，二话不说干了两个钟头，不但浑身被汗水湿透，还沾了一身泥巴。村书记听妇女说起此事，追着彭位泽看，没想到干得热火朝天的是副县长，便叫了起来。

彭位泽说："在村里没找着你，就到工地来了。"人们听说是县长，呼啦啦围拢过来。村书记说："彭县长就是救了11条命的那位英雄。"所有的目光都睁得大大的。一个老人挤过来，只见他白发苍苍，几根银须翘得老高。他仔细地端详彭位泽，用两个指头捻着胡子说："你是菩萨相，你当我们的县长，百姓有好日子。"彭位泽内心流过一阵热流，他握住老人的手说着感谢的话。村书记指责老人不该在县长面前讲迷信。大家笑，老人争辩："我说的是实情，你们没见我胡须不是一根根，是一丛丛的吗？这是太白金星种的。"说着翘起下巴捻给人看。人们又笑。彭位泽又问："您老高寿？"老人回答76岁。彭位泽道："这么大岁数还上义务工？"有人说："给他一个女人照样生得出儿子。"老人骂那人不正经，然后道："这是我们自己的事，闲着没事干，活动活动筋骨。不瞒你说，学大寨那会，我还担任突击队组长呢。你瞧那连片的田，水利设施，都是那个时候搞的。要是再学一年大寨，这片低洼田不会拖到几十年后的今天再改，说不定早打下几十万斤粮食了呢。"彭位泽说："有那么好的百姓，当县长都感到光荣！"

书记让大伙继续干活，对彭位泽说："到村里坐坐。"彭位泽说："现场办公好。"他了解了改田资金落实情况，雨前能否完成计划。书记

——作了回答，彭位泽拍拍身上的土，满意地点头。

彭位泽每次下乡，每次到农民中间都有一种被净化的感觉。他觉得中国农民太纯朴，日出而作，日落而歇，周而复始。但那种朴实又令彭位泽十分担忧。开阳城山多地少，全年收入原先靠的是木头和茶叶，如今木头采伐过量，成材林锐减，市场流动不好，偏远山区的采伐就像竹篮打水，漏多剩少；茶叶由于国外市场滞销，农民宁可不摘，一片片蓄得荒芜了；柑橘也有些收入，但近年新品种充斥市场，传统水果销路不畅；另外还有蚕桑，价值和价格严重背离，销售起伏变化太大，农民担心亏本，难以形成支柱性产业。开阳城工业没有拳头产品，大多数处于亏损或超负荷运转。如果说农民由于憨实不能从市场经济的角度去思考，限于自给自足，县里的工农业产值永远徘徊不前，那么商品意识和市场经济关系，这是纯朴的农民亟待解决的问题，想到这里，彭位泽感觉自己像一个负重的行者，身上的担子越来越重。

一直跑乡镇，彭位泽有好些天没到办公室了。这天上班，见桌面上堆满各种报刊信件，便一一整理着，一沓牛皮纸信封间滑出洁白信封，左上角印有一朵玫瑰。从刚毅的字迹里，一眼就认出这是夏可写的信。他把报纸和其他信件推到一边，将夏可的信恭恭敬敬地摆在面前。

信很薄，薄薄得信封像是空的，他猜不出来，这么薄的信会写些什么。这些天来，他几乎把非分的感情压到了内心的最底层，有意识要忘记那个熟悉且陌生的名字。换一种说法，夏可像一条蛇，在他心中冬眠了。他不关心她干什么，更不情愿猜测她想干什么，他的传呼机再没接到夏可的呼叫，手机与他的意念一样没再响起甜蜜的声音，繁重的工作早把夏可给淹没了。现在，面对这封信，彭位泽不会像接听夏可的电话那样绝情，它平静地躺在他的面前，给他一种安全感。他可以揣摩，调动所有想象力来推测夏可在信里写些什么。他又望望信封上的两行字，心想该不该拆开这封信，或是将信原封不动地退回去。当然，退信显然不行，如果落到别人手里，后果不堪设想。他和夏可认识除了快乐，从来没有遭遇不测，不能到了该说再见的时候，反倒东窗事发了。还是烧了吧，他又担心夏可在信中谈到重要的事情。会是什么呢？他极力回忆，想象不出和夏可之间还有不曾了结的纠缠。夏可不是喜好恐吓要挟的人，夏可不会，她不是那种人。但如果是呢？想到这里，彭位泽迅速抓起信封欲撕开，手却在半空停住了。他发现自己原来是个优柔寡断的人，他为什么不可以堂堂正正地拆开这封信，看了后再作处理呢？这毕竟是给他的信呀。没错，"彭位泽先生亲启"。她把他称之为先生而不是县长。彭位泽拿出剪刀，剪开信口，里面只有一张信纸，这一点彭位泽想到了。他摊开纸，没有称呼，没有结尾，没有年月，没有留名，只见信纸的中间写着这么几个字：

我赞叹已经死去的死人，远胜于那些活着的活人；而且我以为比这种人更强的，是那种从未存在，从未见过阳光的人。

彭位泽目瞪口呆，他第一个反应是不确定的，他需要证明：这句话是从诗歌里摘录的，还是真切的描述。他倒过信封，里头什么也没有。他突然感到紧张，抓起电话欲打到编辑部。他怎么问？他想，他应当以一个不知名的业余作者询问稿件。他迅速按了号码，手指像在琴键上弹击一样。

电话响了半天，是一个男的声音。

"请问夏小姐在吗？"

"你问的哪个夏小姐？"

"就是夏可小姐。"

对方沉默，然后说："你是谁呀？"

"我是业余作者。"

"前天去世了。"

彭位泽啪地挂上电话，额头上渗出豆大的汗珠。

他瘫坐在椅子上，闪过的第一个念头他就是罪魁祸首，是他无情地举起利剑，刺杀了自己心爱的姑娘。他闭上双眼，心灵深处的画面"噼噼啪啪"跳跃在他的面前。活泼、美丽的面孔，闪烁着灵光的眼睛，充满活力修长柔韧的身材，热情似火奔放的个性，那些个抚摸那些个吻，那一句句让他心醉的耳语。哦，这一切难道会连同手中这么几个字而永远消失吗？这怎么可能！一具鲜活的身体，会为分离而永久地凝固甚至消亡吗？"我是凶手，我才是真正的凶手！"他的意识在诅咒鞭笞自己的灵魂，他的灵魂却在极力地分辩曾说过的那些话，那些只言片语已在记忆中流失。他用思维的手臂，在深邃的脑海中摸索，结果是一无所获。他无法将自己的行为言语和夏可的死真正连接起来，无法寻找到之间的必然联系，他的意识极力地抵抗着这种可能。

"我赞叹已经死去的死人，远胜于那些活着的活人。"

这是什么意思，这是一种极端的悲观主义思想。他不能想象一个永远体验着人生愉悦的人，会得出这么一个灰暗的结论。他又想起夏可的座右铭，那极力倡导今天和昨天不同的姑娘，应当面对惊涛骇浪，为什么在一个小小的浪涛中丧生呢？难道她一直把追求不同的价值的体验，建立在平坦宽阔花团簇拥的道路上吗，难道她从没想到人生旅途的艰辛和险恶吗？一个把天空看成永远晴朗的人，总会受到暴风骤雨的摧残。夏可没经受住这种变故，跌入悲观的泥淖而毁灭了自己的性命。

彭位泽终于从夏可死亡的因果联系中摆脱了出来了。他否认了自己原先的想法，他逐渐寻找到了心灵的平衡。但夏可毕竟死了，想到夏可的死，彭位泽悲痛欲绝。他把信展开又合上，身不由己地走到窗前，窗外是一棵古柏，苍老的树干被岁月摧残得伤痕累累，粗大的枝条已经干死，插向天空，像在诉说一个不凡而又悲惨的故事；树的另一边却是枝繁叶茂，翠绿欲滴，犹如初生般葱青。夏可的死和他有关系，彭位泽只有保持沉默，吞咽着这杯永远也无法饮尽的苦酒。

汪书记打电话让他过去。

彭位泽理了理头发，双手揉了揉脸。

汪书记还是那张笑脸，给他泡茶，随他坐到沙发上。

"我就要走了。"他的话像是问"吃过饭吗"一样的平常。

"恭喜您。"彭位泽伸出双手。其实他已从华部长那里听到消息，华部长从不正面回答提问，华部长是讲原则的，从华部长那里他只能听到风声而不是确切的回答。

"你神色不好？"汪书记关切地问。

"可能没休息好。"彭位泽答。

汪书记对彭位泽讲解当前的养殖春蚕工作，他说这是开阳城的传统农业，也是农民致富的捷径。汪书记还讲了发展开发性种植果园，把全县低矮秃的荒山变成花果山。汪书记还讲到了发展工业。汪书记像对临出门的孩子一样，对下一步工作讲了许多设想。

彭位泽说："汪书记走到哪里，都是我的领导，工作交接还要请曾县长的。"

汪书记笑而不答，然后转过话题说："别忘了我们定的那件事。"

彭位泽点头说："我想您走前给办了，体现您对部属的关怀。"

汪书记不置可否，然后说："'突击月'工作接近尾声，公安那边立了大功，我们是要给嘉奖的。"

"我让高局长写报告了。"

"那个冯开石判了几年？"

"哮喘发作，肖石安给他办了取保候审，这样不会判实刑了。"

"一个70多岁的病人，为什么揪着不放？我们共产党也是讲人性的嘛。"

彭位泽愣愣地望着汪书记，见挥挥手道："小彭呀，你年纪轻，文化高，你的前途远大，好好干。"

彭位泽点头，心里一片茫然。

下午彭位泽接待了几名下岗女工，回到房间很晚了，沈冰迎着他笑笑问："还没吃晚饭吧？"彭位泽答"还没呢"，然后问沈冰什么时候到开阳城的。沈冰说才到一个小时，接着说："你先洗洗吧，我端饭去。"

彭位泽洗完脸，沈冰已经端上菜饭。

"电话里不太好讲，一切都妥了。"沈冰说。

"我知道了。汪书记说这两天要开常委会，人事定下来不到位，易引起猜测，影响工作。"

沈冰望着彭位泽点头。彭位泽发现镜片后面那双眼睛十分温柔。

"你瘦了。"她关切道。

"没什么，这些天跑乡镇呢。"沈冰从没这样多的话。彭位泽忽然想起了夏可，心里被重重地刺了一下。

"不想吃了。"他说。

"才吃这么点。"

"中午吃多了，现在没胃口。"彭位泽丢下筷子。

沈冰收拾碗筷，彭位泽到卫生间，看到自己的脸色有些憔悴，用手揉了眼圈，放开手，镜子里就出现了裸体的夏可。夏可依偎在他的怀里，他从后面搂着她，身上的香皂滑叽叽的。彭位泽对着镜子在她乳房上画圈圈，夏可咯咯地笑，骂彭位泽坏。彭位泽结实的身子在她滑腻的身上蹭来蹭去，他们又做爱。

彭位泽揉了一把脸，心中压抑不住对夏可去世的悲伤，他想流泪，痛痛快快流，然后痛痛快快地大骂自己，扇自己的耳光。

从卫生间里出来，彭位泽坐在沙发上，闭起双眼，沈冰悄悄地走到他身边。

"不舒服吗？"她轻声问。

"也许累的。"他抬头说，理理头发。

"你躺一会儿吧。"

彭位泽茫然地望着沈冰，他突然抓住她的肩膀往自己怀里扎，又将她抱上床，发疯似的撕去她的衣服，压在她身上。沈冰没经过这种光景，嘴里嘀咕着，勉强迎合着他。彭位泽喘着粗气，在她身上忙乱着，他几乎不顾及沈冰的情绪，像是强迫自己也在强迫她做十分不愿做的事。他没吻她，因为他没有吻她的欲望。他唯一的目的是想排遣心中的忧郁与狂躁。然而不管他怎么折腾都不能如愿。他气急败坏地滚到一边，心中空空的，没一点思想。他觉得疲倦，一种真正的疲倦。他仰卧在床上，望着洁白的墙，墙上没一点污渍，他的思想无法在光滑无瑕的墙上定位，思绪像是一把无骨的伞，怎么也撑不起来。他极力想用意志抓住它，但他无法做到。滚滚的江水无情地将他冲入大海，他无所适从，他看见沈冰用一种穿透力极强的目光望着他，他惊醒了。

"对不起。"他说。

沈冰凝视了他片刻，伸手抚了一下他的头。

三十六

有许多人，除了权力之外，不再有更多的力量。

彭位泽不是这样的人，肖石安也不是。在他们工作生活中，抛开权力还有许多更有魅力的东西。比如：忠信、人格、智慧、坚忍和斗志。这些，让他们在这个小小的城市里树立起一面旗子。彭位泽当了县长，往后是平步青云，做了不小的官。早年与夏可轰轰烈烈的爱，像浪花一样被一波波的潮水淹没了，没人再记住那个早逝的姑娘，甚至没人知道她自杀的真正原因。就像许多匆匆而过的人物，在历史的风帆上，没留下一个补丁。

在我对这部作品进行润色的同时，"奋战60天，争创全国文明县城突击月"活动已经结束，机动车随意停放，摊贩重返人行道，白色垃圾随风流动，综合执法队员满街闲逛不再严厉，一切像一条条搁浅的渔船，等待下一次"突击月"再次起航。谁也没想到，国家文明办的检查人员杀了一个回马枪,拍下"突击月"活动和日常管理迥然不同的现象。意见反馈到县里,只说一句话:"难道不是为了地方百姓,而是做给我们看的吗?"

遗憾的是"全国文明县城"验收并没有通过,好在书记此前已经擢升,会场上铿锵的口号被人忘记,滚烫的标语泡在细雨中渐渐淡去,官员恢复了双休日,百姓拾起了慵懒的慢生活,大家忘却了紧张的60天,就像忘却了春天里满山的红杜鹃一样。

那日,好事者问我:上下五千年,你说得出几个皇帝姓名?我望着对方无言以对。

在我全部的视野里,除了父母还有肖石安,他们是刻骨铭心的人物。父亲的早逝在我幼小的心灵里留下了阴影,影响了我性格形成。但是,没有父亲的家庭里,在很小的时候我就担当起男人的角色,这里头包含了许多母亲期待的目光。在我完成全部义务教育过程中,心中只有一个信念:好好读书。因此,我的成绩在全班从来没落下前三名。肖石安对我大学毕业后报考警察职业十分惊讶,单从成绩而言他觉得可惜。但我明白肖石安内心的想法,在他心里,从来没有缺少过英雄情结。

我觉得,人的一生能够做好一件有意义的事,已经相当了不起了,我拾起父亲邱大生的意志,重蹈他的足迹,已然让父亲获得重生。何况对我而言,警察职业的本身充满着巨大的吸引力。

我们继续讲完作品中的故事。

肖石安找到高局长,讲述了诸多理由,将报告交给局长签字。高局长几乎是没考虑,把名字签了上去。肖石安让小黄为冯开石办理取保候审手续。

高局长挂了电话,问肖石安下午有没空。肖石安说有事尽管吩咐。高局长说:下午两点到我这里。肖石安不想多问。邱大生去世之后,他扎扎实实地写了一篇长篇报告文学《英雄足迹》,他打电话联系夏可,想先在市日报发表。可对方的回答让他大吃一惊：夏可死了。他拐弯抹角通过同学才了解到夏可的死因，她穿戴整齐死在自己的床上，表情十分安详。据说市刑侦支队通过现场勘查和尸表检验，认定是自杀。因为夏可是单身，又没留下遗言，如同三毛一样，自杀的动机众说纷纭。于是肖石安想起了林萍说的一句话：

"这样的人结果一定非常惨烈。"

林萍说着了，她只是凭借夏可的那句格言作出了英明的判断。

夏可为什么死呢？肖石安隐约觉得和彭位泽有关。夏可似是而非地告诉过他和彭位泽的事，夏可的死和彭位泽有一定的牵连，肖石安放不下心。他想，或许是因为彭位泽作了另外一种选择，或许是夏可感觉到生活中最珍贵的不再是自己的生命。不管如何推测，总之，夏可是自杀的，公安机关的定论足以排斥一切猜疑。但是，夏可的死给肖石安的震惊如同邱大生的死一样，让他一直打不起精神，一切都变得索然无味起来。

善良的人不一定都长寿，就像真理不一定都有趣一样。肖石安想。

肖石安开始为邱大生妻子工作奔跑，他希望那些看到过报告文学的人能够有所感动，发发善心。但几日下来毫无结果。无奈，他只得以廖冬妹的名义向局里、县里写报告，希望领导来关心这位普通民警的妻子和孩子。

下午两点钟，肖石安如约到高局长办公室，两个陌生人坐在里面。肖石安想退出，高局长叫住了他。高局长说："这位是组织部干部科叶科长，那位是小钟。这是你们要见的肖石安同志。"

肖石安和来人一一握手。高局长开开另一道门，把他们让进小接待室。

"你们谈吧。"他说。

"一块儿坐坐嘛。"

"你们谈，你们谈。"高局长说完走了出来。

干部科长40多岁，戴一副宽边眼镜，面部没有表情；随同的小伙年纪很轻，像是学校毕业不久。叶科长问了肖石安基本情况。肖石安心想何必多问，我的档案不都在你们那儿摆着吗，什么事尽管道来。

"我们觉得你不适合再当治安科长。"叶科长终于说。

肖石安并没有惊慌，他从来没认为自己是一名合格的治安科长，尤其在冯开石案件上，他表现出很不成熟的迹象。如果拿掉科长这个头衔，倒也轻松许多。"是的，我也有这种想法，我不是个合格的科长。"

"不能这么说，不论做什么工作，都是组织上的需要，你要服从组织上的安排。"叶科长严肃地说。

肖石安一股无名之火蹿上心头，他一直对冯开石说这样的话，现在叶科长又把这话说给他听，他真想啐一口姓叶的，解解心头之恨。

"是的，需要，我明白。"肖石安没头没脑说。他决定不再开口，不论他们往下说些什么，他都不想再开口。

"你有情绪？"叶科长问。

肖石安摇头，目光模糊起来，他想起了邱大生，想起让自己为他腐败一次的邱大生，他要求腐败的全部内容就是为他妻子找一份吃得饱的工作。"她不怕苦,她能吃苦！"这几个字就像铁锤一样砸在肖石安心里。他不想回答叶科长的问话，他只是摇头或是点头，他几乎没听清叶科长再说些什么，他想让这一切早些结束了。

"好吧，"叶科长又说，"目前县里有人事变动，牵一发而动全身，局里也跟着变。"

叶科长说着端起了茶杯，镜片后的那双眼睛注视着肖石安。肖石安觉得这个像克格勃一样的家伙一开始就审度他的反应，于是他仍旧不动声色。那些传闻证实了邱大生的话，而通常传闻到了蜂起的程度，八九不离十是文件的副本。汪书记到市里当市委副书记，曾县长当书记，彭位泽代县长，方严枫当副县长，高局长任政法委书记兼任公安局长，一切都没猜错，像文件本身一样精确。

肖石安望着叶科长，他仍旧喝着茶。过了第一感觉，肖石安便猜不出他年龄了，不会超过 40 岁吧，成天煞有介事的，把自己弄得苍老不堪，难道真的不到 40 岁？他觉得这种人心理基本处于亚健康状态。

"局领导班子需要充实力量,县里决定,由你担任公安局第一副局长。"叶科长说完了,嘴角露出一丝笑。

肖石安没想到,但肖石安也没有吃惊,他只是没往这方面想,只是让他当第一副局长他有些不明白。这是怎么了?他还是他,整个"突击月"活动他没有增长见识,多出智慧与周旋能力,也不像彭位泽那样有突出的功绩。那么这些年一如既往的他,怎么就当上副局长了呢?而且是第一副局长。难道我肖石安……他突然想起林洋的话:"你为什么没上:不走动,没背景"。他仍旧没走动,仍旧没背景,但是……天呀,他突然想到了林萍……他想骂,想对叶科长大笑,然后扇过一个耳光,大声地骂一句!

但肖石安什么也没做,因为他想到邱大生,想到了邱大生最后说的话:"我希望老婆有个工作,别管好坏,只要能挣到一碗饭吃。她不怕吃苦……这就是我邱大生的私心……我想你能当官,我恳求你能当官,帮我做好这些事,如果说这也算是腐败的话,那我邱大生请求你肖石安,为我腐败一次!"

肖石安震动了,泪水模糊了双眼。他心里想:邱大生呀邱大生,我为你腐败一次,我一定为你腐败一次。

"我服从组织的安排。"肖石安平静说。

叶科长怪异地望着他,半晌嘴角露出一丝笑,满意地点点头。

回到办公室,肖石安坐在椅子上,双手捂住脸。他想让自己安静一会儿,他非常疲倦,像一个刚跑完马拉松的运动员。

有谁在他肩上拍了一下,他抬头,见是副局长林洋。

"恭喜你呀。"他说。

肖石安茫然,仿佛不知道他指的什么,叶科长的谈话像是一场梦,他没把林副局长的"恭喜"和叶科长告诉他的事实联系起来。

"怎么，还蒙我呀？"林洋在他对面坐下，神情有几分尴尬，几分凄婉。

肖石安醒悟，然后是摇头。他无法向林洋说清他内心的感受，任何一种说法都无济于事。于是他干脆不说。

"这可是汪书记和彭县长亲定的。"林洋说完起身走出去。肖石安望着他的背影心里不是滋味。

内勤小黄送进来一封信说："肖局长，恭喜您！"

肖石安一愣，茫然笑笑。

信是林萍写的，信写得不长。她说：她怎么也没想到肖石安会在信中写那些东西，写冯开石和邱大生那些和自己毫无关系的人和事，通常来说这叫匪夷所思！她说她自己都无法想象，他无意中流露的那种富有感染力的热情与恤隐之情，会让她如此震惊，如此感动，并且久久难以平静。她说从他对那两个和她完全不相干的人的叙述中，她了解了他更多更完整的性格与境界，并且体味到了他的真情、真心和真实。

林萍说，她也有过这样的经历，"文化大革命"期间，父亲被打成"右派"关进了黑屋子，母亲让她悄悄送一块儿面包给父亲，结果挨了红卫兵的打，扯掉许多头发。后来红卫兵冲到她家里，指责母亲是两面派，一边宣布与父亲划清界限，一面偷偷给父亲送面包。那日，父亲和母亲一同挨斗，她也被红卫兵推到了台上，母亲紧紧地握住她的手……她永远不会忘记。

我能感觉到林萍生活的坎坷，现在算是证实了。

林萍说：如果以前她只是喜欢他，那么她现在是爱上他了。因为任何一个人都不会这样写信，不会这样回答一个女士的问题。她说她就要回学校去，希望他能为她送行。来信告诉他离开的时间与地点。

肖石安合上信，心中一阵激动，那封信的结果是他始料未及的。

人民代表大会开幕前几天，县里人事全部到位。肖石安上任的第一天，借了一部车子去了看守所，他接出冯开石，并送他回家，亲手交给了书记冯贵。冯开石问家中房子拆了没有。书记说："没有，肖石安拿了三千块钱，潜冯进交了罚款，保住了你的房子，也保住了那头猪。"

冯开石转身，"扑通"一声跪在地上。

两天后，肖石安和高局长一道找到了代县长彭位泽。彭位泽答应，作为特殊照顾，将邱大生的妻子廖冬妹安排在令人羡慕的供电部门。

肖石安和高局长往回走，太阳特别红，街两边的梧桐树张开了巴掌大小的叶子，簇拥着形成了一张张巨大的伞，给行人留下一片片荫凉。树叶翻飞，阳光顽强地穿透叶缝，斑斑驳驳地在地上跳跃，很有活力。

肖石安心情特别好，他突然想起什么，转头对高局长说。

"高局——哦，高书记，我想请假。"

高局长笑笑："刚上任就请假。"

"我想送送林萍，她要返校了。"

高局长大笑，在他肩膀拍了一巴掌说："准了！"

尾 声

肖石安与林萍结婚是一年之后，那时林萍已经毕业，分配到市劳动部门，林萍对那份工作没有兴趣，上班后不久就辞了职，后来她在省城一家杂志社做编辑，林书记随后调入省城委以重任。两年之后，肖石安也从市委党校调进省财经大学当了副教授。

在我读初一的时候，传呼机逐渐被移动电话淘汰，电脑出现在办公桌上，社会进入飞速发展的信息时代。

《风生水起》完成后，我曾给朋友看过，她是我心爱的小夏。她问，太感人了，很多地方我是流泪读完的，只是那个记者为什么也姓夏，你在暗示什么？

其实这只是一种巧合。

许多人会问：这部作品是虚构还是非虚构的？这是个很难回答的问题。但是，不论虚构还是非虚构，这样的故事在那个年代里肯定发生过，而且发生在每个人的身边。只是我们并没留意，让生活像流水一样从你我身边淌过。我想，作为历史，尽管成为过去，不论是否走过弯路，都在往今天这个方向行走，转而又走向明天。从这个意义上，历史现象会消失或被人为地改变，但历史本身不会倒退，就像江河永远流向大海一样。

传呼机退出舞台，手机粉墨登场，20多年后的今天，人变得更加理性，社会依旧一直在寻求法治，这是个漫长而又漫长的过程。

后 记

完成作品初稿，是最热的季节，不过更热的怕是我的内心。回想起敲打键盘的每一个夜晚，8个多月的辛勤付出，终于有了一个像样的结果，于人于己，也都是一种交代。

像往常一样，写下最后一句话之后，许多人物就会清晰地浮现在我的眼前。我就势将人物一个个进行梳理，这个过程速度越快，人物塑造得越是成功。这是一个古怪的测试方式。

小说写到一半，恰逢衢州市开始第四届"文艺精品"申报工作，抱着试试看的心情送上材料，便继续我的创作。接到正式通知的时候，倒是把申报的事给忘记了，于是少不得一分惊喜。那日市里举行签字仪式，我在合约书上写上自己的名字，心情格外激动。非常感谢市委宣传部的惠润，有他们的帮助，这部作品面世的时间就近了一步。

每写一部长篇，对我来说都是不同的体验，除了好的故事，还要选择好的结构和相应的叙事方式。对《风生水起》来说，似乎是一件十分困难的事。既要回忆过去，又需统揽今天，在两个时空之间如何搭起一座桥梁？于是我想起了外婆在月光下讲述嫦娥与后羿的故事：嫦娥是好人，后羿是坏人，长大要做好人，不做坏人。这样链接显得十分自然妥帖。于是我让精神回到20多年前，同时留住身体在当下，用"我"的眼光搜索两代人的经历，书写他们的故事。这样一来，就像手里紧紧握住了纲，有一种纲挈目张的效果。而小说中的人物故事，尽管互相交叉、盘根错节，但只要握纲在手，便能得心应手，让人物遥相呼应，收放自如。

《风生水起》中的人物和故事，都是我熟知的，有的是我亲身经历的，不像另一部获得"五个一工程奖"的长篇小说《国楮》，无论是叙述方式还是人物环境，对我来说都是一个陌生的世界。因此，比起《国楮》的创作，《风生水起》似乎更简单一些。但是，抱着这种乐观的想法，创作一部大众熟知的生活小说，显然是一种冒险的行为。道理很简单，相对于今天而言，对过去说谎总要容易得多，也安全得多。

《风生水起》几经周折，即将付梓，这要感谢杜宇女士和中国言实出版社，这是他们共同努力的结果。这时，省作协传来消息，《风生水起》被列入 2017 年度省作协"优秀文学作品助推计划"，我想，当手捧这本书的时候，书中的许多人物都会栩栩如生地出现在我面前，不论活着的还是死去的，都是那段历史中的个性化人物，都是街谈巷议的民间英雄。从这个意义上讲，我写这本书，是对生者的纪念，对死者的祭奠。

孙红旗

2017 年 9 月 9 日